Ancien membre des Forces spéciales au Vietnam, Kent Anderson s'est ensuite engagé dans la police de l'Oregon puis de Californie, avant finalement de devenir écrivain et professeur de littérature. Son œuvre romanesque met en scène son alter ego, Hanson, dans une trilogie qui lui a valu une reconnaissance mondiale. Il vit aujourd'hui au Nouveau-Mexique.

1

HIVER, IDAHO

C'est l'hiver dans l'Idaho. À minuit passé, il devrait faire noir, mais la tempête de neige ponctuée d'éclairs secoue et fait tinter les branches de cristal des arbres gelés. Les voiles verts et bleus d'une aurore boréale flamboient, s'enroulent et fendent l'horizon septentrional en faisant la révérence.

Hanson, les bras chargés de bois de chauffage, retourne au chalet. Dans l'arbre où le vent ne semble pas l'atteindre, un hibou aux grands yeux jaunes le regarde déposer près de l'entrée les bûches qui s'entrechoquent. Hanson ouvre la porte, entre, la referme contre le vent, suspend son manteau, enfourne dans le poêle en fonte des rondins fendus de robinier, observe les flammes qui jaillissent, puis rabat le loquet. L'éclairage du chalet se limite à leur lueur dansante projetée sur les murs à travers la vitre en mica craquelé du poêle. On se croirait en avril, au début du printemps, quand la tempête souffle depuis le nord du Montana. Assis en tailleur devant la cheminée, Hanson boit de la tequila à la bouteille et contemple sur les étagères ses livres dont les titres scintillent à la lumière du feu.

Il va partir dans un mois et demi, dès la fin du

trimestre, quand il aura remis leurs notes à ses étudiants. Ils vont lui manquer, il le sait, et ce chalet un kilomètre au nord de Boise aussi. En toute saison, Hanson arpente les collines, guettant les phénomènes météo qui arrivent du nord-ouest. Mais après trois ans comme assistant à la fac de la ville, il s'en va. Ses collègues du département d'anglais se réjouiront de son départ. Il n'a rien à voir avec eux et se demande comment il a pu penser leur ressembler. Il va reprendre le seul métier qu'il a trouvé après la guerre, un métier où l'on comprend mieux la douleur que la rhétorique. *Tant pis pour la vie de l'esprit*, songe-t-il en souriant. Le moment est venu de retourner à ce qu'il faisait bien.

Il passe une main par le col de sa chemise en laine, saisit une boussole de la taille d'une pièce de dix *cents* accrochée à une cordelette. Une boussole de l'armée qu'il porte depuis la guerre. Le vert olive de l'émail s'est écaillé et laisse apparaître le bord du boîtier en cuivre, mais elle marche encore. Il peut se fier à elle quand il se croit perdu. Il la maintient à l'horizontale, regarde l'aiguille tourner, osciller, se retourner et enfin s'arrêter sur le nord. *Ce bon vieux nord*, se dit-il. *On peut compter sur le nord, avec sa glace, son vent qui mugit et ses ours polaires, ombres blanches au plus profond des bourrasques de neige*.

Il se lève, finit la bouteille de tequila, s'approche d'une des étagères, examine les titres à la lueur du feu, caresse les livres, prend le volume de Yeats qui l'a suivi partout au Vietnam dans une poche de sa tenue de camouflage, emballé dans du plastique et déformé aujourd'hui encore par la courbe de sa jambe. Il le tapote en souriant, puis le remet à sa place entre l'*Oxford Book of English Verse* et un exemplaire de *La Bible du roi Jacques* trouvée un soir dans un Motel 6 de Salt Lake City.

Il a vécu dans des camps militaires isolés, éveillé en permanence, même quand il dormait, et dans des villes où il piégeait ses appartements avec des fils de détente, des chevrotines et des détonateurs dissimulés sous le Placo. Un jour, dans une cabane près du Rio Costilla dans les monts Sangre de Cristos au nord du Nouveau-Mexique, à cent kilomètres du supermarché le plus proche, il avait dû faire la paix avec des fantômes. Deux cents ans plus tôt, à l'époque des guerres entre les Espagnols et les Indiens Ute, les corps avaient été enterrés sur ces terres. Pendant la première semaine, il avait dormi dehors au bord de la rivière sous le regard des spectres qui psalmodiaient, s'arrachaient bras et jambes sous ses yeux. Une nuit, ils avaient invoqué un vent glacial et il avait déferlé des montagnes et déraciné trois des vieux peupliers dressés sur les berges. Ensuite, ils l'avaient laissé tranquille, l'avaient accepté – du moins se plaisait-il à le croire – et il avait apprécié la présence nocturne de ces gardiens du lieu.

Dehors, les rafales de neige silencieuses et tourbillonnantes s'éloignent en virevoltant avant de disparaître dans la lueur lointaine des lumières de la ville en contrebas.

Derrière la cloison qui ménage une chambre dans le chalet, il se débarrasse de son jean et de son caleçon long, se glisse sous le drap vert pâle tout propre puis, les mains sous la nuque, examine les ombres qui tremblotent sur le plafond fait de planches et de rondins. Il entend des bourdonnements, des grésillements, des sifflements. Les médecins des anciens combattants lui ont expliqué que ses acouphènes ne disparaîtront jamais, ils ne feront qu'empirer.

La mort rôde dans le chalet, de l'autre côté de la cloison. Il l'a entendue ouvrir et fermer les tiroirs de son bureau, l'a surprise à lire du vieux courrier. Elle examine les livres, leur parle dans son langage ancien. Quand elle se met à chanter, Hanson sourit, ferme les yeux. La mort observe le feu. Dans le ciel au-dessus du chalet, loin au-delà de la tempête et des préoccupations terrestres, la constellation d'Orion, immense et sublime sablier, égrène le temps.

2

L'ACADÉMIE DE POLICE

Maintenant en troisième position, il accélère l'allure. Il sait parler à la douleur. Lui faire mal si nécessaire. Il peut sortir de son corps, se regarder courir, et la laisser derrière lui. Mais il a confiance en elle. Elle est réelle. Ce n'est pas une notion abstraite, une métaphore ou une analogie pleine d'esprit qu'on place dans un de ces insupportables cocktails du département d'anglais. Dans la rue, le vainqueur est celui qui supporte le mieux la douleur, pas besoin de chercher plus loin. Et il peut en supporter autant qu'on lui en servira. Alors il chante :

Well, I had an old dog and his name was Blue,
Had an old dog, and his name was Blue,
Had an old dog[1]*…*

Il traverse la rue, la retraverse. Il ne voit de coureurs ni devant lui ni derrière lui. Bien.

1. « Ah, j'avais un vieux chien qui s'appelait Blue / Un vieux chien qui s'appelait Blue… »

Had an old dog his name was Bluuuue,
Betcha five dollars he's a good dog too[1]*…*

Allez, se dit-il, *allez. Continue.* Il prend Railroad Park en diagonale, longe une haie de trois mètres dont les feuilles poussiéreuses ont muté sous l'effet de la pollution. De l'autre côté de la haie, une énorme locomotive à vapeur – gris métallisé et noir brillant – semble se déplacer à son rythme. Elle accélère, scintillante entre les branches.

Troisième position, c'est bien, songe-t-il. *Ça me va, la troisième place. Donnez-moi la troisième place, il s'agit seulement d'une course, après tout. Ce qui compte quand tout est dit, c'est qui tue qui. Courir vite ou non n'a pas d'importance quand on est mort. Rien ne compte quand on est mort, qui on était ou croyait être, ce qu'on croyait, à quel gang on appartenait. Tout est fini. Ce qu'il y a de pratique avec la mort, c'est qu'on n'a plus à gérer ses échecs. Les fois où on a eu peur, hésité, où on était saoul, où la mémoire ou les aptitudes sociales ont fait défaut, toutes les occasions où on aurait dû mieux faire, ça aussi, c'est terminé. Quand on est mort, on peut enfin se détendre, et dormir.*

Mais ce jour-là, à courir, il se sentait bien. Et méchant. Plus il allait vite, mieux il se sentait. Et lorsqu'il se sentait vraiment bien, il n'avait pas envie de danser, de rire, ou de chanter, il avait envie de se battre. Il avait essayé d'expliquer ça à des gens normaux, mais il ne parvenait même pas à se l'expliquer lui-même. Le motif de la bagarre n'avait aucune

1. « … un vieux chien qui s'appelait Bluuuue, / J'te parie cinq dollars qu'il valait le coup… »

importance, ni au combat, ni seul dans la rue avec un badge et une arme. Là, il était bien.

— Aucun problème, monsieur le juge, sage comme une image, prêt à affronter le public, déclara-t-il en riant en pleine course.

Devant lui, McCarty, jusqu'alors à la deuxième place, boitille vers le centre-ville, une main sur la hanche. Hanson grogne et donne un coup de collier pour aller rejoindre Byron Fernandez, quelque part en tête. Fernandez est son seul ami à l'Académie de police. Avec un nom pareil, on pourrait le croire hispanique, mais c'est un gamin noir issu de la classe moyenne et qui a grandi à Alameda. Mieux vaut le rattraper vite parce que la tour du Oakland Police Justice Center est en vue. Elle s'élève au-dessus du flot de véhicules et des arbres, et masque le soleil.

Un chef adjoint prit la décision d'accepter la candidature de Hanson et de l'incorporer discrètement, contre l'avis du lieutenant Garber, le patron de l'Académie responsable de la formation. Après tout, il était chef adjoint, et les officiers subalternes comme le lieutenant Garber avaient besoin qu'on leur rappelle leur grade de temps en temps.

Hanson avait quatre ans d'expérience en Oregon, dans le ghetto de Portland, une ville sensiblement de la même taille qu'Oakland. Il y avait reçu plusieurs distinctions pour son courage et ses initiatives. Il avait aussi été sergent dans les Forces spéciales au Vietnam, et on lui avait décerné deux étoiles de bronze pour actes héroïques. Titulaire d'un master de littérature anglaise, il enseignait maintenant dans une petite fac de l'Idaho. Certes, il avait trente-huit ans, mais beaucoup d'agents de police d'Oakland appartenaient à cette tranche d'âge. Hanson, avait-il déclaré, serait un atout pour le service.

Les raisons pour lesquelles le chef adjoint avait accepté sa candidature étaient précisément celles pour lesquelles le lieutenant Garber ne voulait pas de lui. Hanson avait appris le métier dans un autre service de police, il était trop vieux et on n'allait pas pouvoir le former.

Arrivé à Oakland, il avait découvert qu'il allait devoir suivre une formation de cinq mois à l'Académie avec pour camarades de classe des recrues de vingt et un et vingt-deux ans. Mais à ce moment-là, le chef adjoint avait quitté le service.

Tous les mardis après-midi pendant plusieurs mois, il retrouvait une dénommée Brandi dans une chambre du Marriott Hotel occupée à titre gracieux. Brandi lui avait été présentée par une connaissance commune de la DEA[1], un ami du lieutenant Garber. Une surveillance avait été mise en place sous la direction du lieutenant. Des caméras avaient été installées et Garber, accompagné d'un sergent des Mœurs, avait visionné les vidéos du crime, à savoir accepter l'usage gratuit d'une chambre au Marriott. Le chef adjoint n'avait été ni accusé ni arrêté, mais la semaine précédant l'arrivée de Hanson, il avait démissionné de la police d'Oakland et intégré celle de Detroit.

Bien entendu, Hanson ignorait tout de l'affaire, mais s'était rendu compte que s'engager dans l'OPD était une erreur. Il ne répondait pas aux attentes, et le service ne correspondait pas aux siennes. Seulement,

1. Drug Enforcement Administration, équivalent de la Brigade des stupéfiants.

il avait besoin de ce boulot. On n'aimait pas son attitude et c'était justifié. Le lieutenant Garber et le cadre instructeur s'en étaient pris à lui dès le premier jour. Ils avaient tenté de le forcer à démissionner. *Vous pouvez toujours essayer*, avait-il pensé. Il était bien plus coriace qu'eux.

Lors d'une des premières inspections réglementaires, le sergent White, un cadre d'expérience, avait reproché à Hanson d'avoir un pantalon neuf en laine à la poche pas assez profonde pour y ranger la matraque de vingt-cinq centimètres garnie de plomb dont on équipait les policiers en plus de leur tonfa pour les interventions rapprochées. Quand Hanson avait répondu : « Oui, monsieur, je vais la faire arranger », White l'avait réprimandé pour propos inutiles et lui avait infligé un blâme versé à son dossier. Plus récemment, White avait rédigé une note à y ajouter au sujet de la dernière inspection, au cours de laquelle il lui avait demandé de retourner les poches du pantalon de son uniforme et avait découvert une étiquette de syndicat cousue au fond de celle de droite – une violation du respect dû à l'uniforme. Hanson avait dû répondre par écrit pour expliquer qu'en ne retirant pas l'étiquette il s'était rendu coupable de négligence professionnelle.

Il avait aussi porté atteinte à l'image de White sur le champ de tir lorsque ce dernier l'avait pris en exemple pour illustrer la difficulté de viser avec précision avec une arme de poing après une course de soixante mètres aller-retour. Hanson avait mis les six balles dans le mille, et White n'avait rien trouvé d'autre à dire que : « Normalement, c'est difficile de tirer avec précision après une course-poursuite et quand on est sous pression. Souvenez-vous de ça, pas du coup de chance de Hanson. Sur le terrain, la chance, ça n'existe pas. » Hanson savait qu'il aurait dû rater volontairement la cible à deux reprises, mais quand il avait visé pour faire feu, sa mémoire musculaire était entrée en action. Son corps avait pris le relais, plus rapide que la pensée, et s'était mis en position survie.

Il s'en était un peu voulu d'avoir ridiculisé son formateur sur le champ de tir. Parfois White se mettait à boire après le déjeuner. Hanson sentait l'odeur de l'alcool sur lui. Sa vie, s'imaginait-il, était déjà assez difficile comme ça. Mais Hanson en avait assez. Et il n'avait jamais ressenti ce genre de compassion pour le lieutenant Garber.

Le lieutenant Garber, son cadet de plusieurs années, n'avait pas servi longtemps sur le terrain contrairement à la plupart des policiers de grade supérieur à celui de sergent. Au lieu de ça, il avait passé des années à préparer les examens nécessaires à sa promotion et à apprendre comment manœuvrer dans la politique interne du service. Son objection officielle à la présence de Hanson, fréquemment exprimée auprès du cadre instructeur, était l'insubordination. Mais si Hanson pouvait tenir des propos ironiques dans des circonstances inappropriées et poser trop de questions en classe, il ne s'agissait pas d'insubordination. C'était simplement pour maintenir son intérêt et rester éveillé. Il savait obéir aux ordres et se montrer respectueux.

C'était vendredi, en fin d'après-midi, et comme la plupart de ses camarades, Hanson avait du mal à rester éveillé après la longue course du matin suivie d'un cours de deux heures sur le code de la route.

Le lieutenant Garber était arrivé à 17 heures pour apprendre aux élèves à rédiger des mandats de perquisition en vue d'un examen le lundi matin, mais il s'était écarté du sujet. Il s'était mis à divaguer à propos d'un arrêt récent de la Cour suprême de Californie sur la présomption légitime et sur Rose Bird, la Chief Justice « communiste » de la Cour, qui avait encore une fois réduit la marge d'action de la police.

Les autres élèves, penchés sur leurs bureaux, écoutaient attentivement, encourageaient le lieutenant à leur livrer des anecdotes dans l'espoir que l'examen sur le mandat de perquisition serait reporté. Hanson, bien calé contre le dossier de sa chaise, écoutait lui aussi, sceptique comme d'habitude face aux points de vue politiques du lieutenant. Mais il s'obligeait à écouter sans poser de questions parce qu'il ne s'agissait pas d'un cours de fac. Moins de quinze jours auparavant, il avait insinué devant un formateur que les agents de police n'étaient rien de plus que des assistantes sociales armées dont la tâche consistait à interpréter et faire respecter le contrat social dans la zone où ils patrouillaient. Fernandez avait remarqué que Hanson réfléchissait, et quand le lieutenant s'était tourné pour fermer la porte de la salle, il lui avait souri et adressé un geste de la main comme pour lui dire « doucement » et lui suggérer d'éviter les commentaires. Hanson lui avait rendu son sourire et avait hoché la tête comme pour répondre « D'accord, pas aujourd'hui ».

Garber portait l'uniforme, confectionné sur mesure, et arborait bien entendu son badge de lieutenant de l'OPD, une belle étoile dorée. Il retourna sur l'estrade derrière son pupitre, ôta son couvre-chef et, en silence, balaya la salle du regard. *Un regard viril et martial*, songea Hanson. Pour asseoir son excellente « autorité naturelle » pendant qu'il revenait en détail sur la bêtise de la dernière attaque en date de la Cour suprême communiste de Californie contre les pouvoirs de la police.

Un policier, leur apprit-il, avait arrêté un Noir qui se promenait dans Beverly Hills à 23 heures, au motif qu'il était habillé de façon indécente et ne ressemblait clairement pas à un habitant du quartier. Le suspect avait prétendu exercer la profession de scénariste et résider non loin de là. L'agent avait déclaré, en se fondant sur son expérience passée dans la police, que l'haleine de l'individu sentait fort l'alcool. Il le soupçonnait d'être saoul et lui avait donc demandé ses papiers d'identité. Le suspect avait alors répondu « Tu peux toujours rêver, sale con, je rentre chez moi » et avait commencé à s'éloigner sans tenir compte des injonctions de l'agent qui lui ordonnait de s'arrêter. Des agents dans une voiture de surveillance étaient arrivés sur les lieux et, observant le comportement du suspect, son apparence, son refus de se soumettre aux sommations de leur collègue, et craignant à juste titre que l'individu soit porteur d'une arme, l'avaient maîtrisé et avaient procédé à son arrestation. Selon les déclarations d'un riverain, une personne d'un certain âge qui affirmait avoir assisté à l'arrestation depuis son porche à un pâté de maisons de là, et de nuit, les policiers avaient brandi leurs armes de service et agressé le suspect sans raison apparente. Ils l'avaient jeté à plusieurs reprises contre le flanc d'une voiture de patrouille en lui lançant des insultes racistes.

L'homme avait refusé un plaider-coupable, et

quand l'affaire était passée devant la justice, plusieurs célébrités hollywoodiennes témoignant en sa faveur, il avait été disculpé de tous les chefs d'accusation, notamment celui de possession d'une certaine quantité de cocaïne découverte par les agents dans sa chaussure. Le tribunal n'avait pas retenu cette charge, ni aucune autre, à savoir agression sur agent, résistance à arrestation, ébriété sur la voie publique et possession de cocaïne, parce que la police n'avait pas eu de présomption légitime pour l'arrêter. L'homme avait alors intenté un procès au service de police de Beverly Hills et obtenu 1,3 million de dollars de dommages et intérêts. La présomption légitime pour justifier une arrestation allait devenir encore plus difficile à établir, du moins en Californie.

Mon Dieu, songea Hanson, un sourire aux lèvres, *le type a eu du bol qu'ils ne lui tirent pas dessus à Beverly Hills, et qu'un sympathisant de gauche friqué ait assisté à la scène et ait été disposé à témoigner. Bon sang, il…*

Le lieutenant se tut. Il se tenait derrière son pupitre, les yeux rivés sur Hanson, De même que tous les autres élèves.

— Oui, monsieur ? dit Hanson sur un ton aussi doux que possible.

Fernandez leva les yeux au ciel.

— Vous avez l'air de trouver ça amusant. Quelque chose que vous voudriez partager avec nous ?

D'un signe de la tête, le lieutenant l'invita à s'exprimer.

Très bien, se dit Hanson, *OK*.

— Monsieur, personnellement, plutôt que Rose Bird, je tiendrais pour responsables les agents impliqués.

Garber fit un nouveau signe de la tête pour lui signifier de poursuivre.

— C'était un peu idiot de… Enfin, le policier… Monsieur, les flics comme lui n'arrêtent pas d'inciter la Cour suprême à amputer la police de ses moyens d'action.

Garber leva un doigt pour l'interrompre tout en regardant le reste de la classe.

— Et voici notre expert en droit constitutionnel. Merci, agent Hanson, pour cet intéressant commentaire. Le policier en question, un agent chevronné qui s'en est remis à ses compétences durement acquises et à sa connaissance du terrain, et qui a tenté d'arrêter un individu effectivement en possession d'une certaine quantité de cocaïne, serait selon vous « idiot ».

C'est moi qui suis idiot de l'avoir ouvert, songea Hanson.

— Je dirais, moi, que c'est un agent remarquable pour avoir procédé à une arrestation fondée, poursuivit Garber. Moi, je ne suis pas un intellectuel, mais c'est comme ça que je le qualifierais. Oui, de remarquable. Mais vous détenez peut-être des informations dont je n'ai pas connaissance. Pourriez-vous les partager avec vos camarades ?

— Vous savez, monsieur, c'est une sorte de jeu parfois, un…

— Un « jeu » ? C'est ce que vous pensez ? Le jeu du respect de la loi ? Le jeu qui consiste à protéger les citoyens des prédateurs dans la nature ? s'écria-t-il en montrant de la main la fenêtre du sixième étage donnant sur l'est d'Oakland au loin. Je ne vois pas en quoi ce serait un jeu. Quant au politiquement correct, je ne parle pas du cas de cet homme-là en particulier, ce n'est pas une question raciale comme ça l'est clairement pour qui est assez honnête pour s'en apercevoir. C'est une question de législation.

— Monsieur, je n'essaie pas de polémiquer, pas du tout, mais… pourquoi ne pas simplement aller voir le type, le suspect, et lui dire : « Comment ça va ? », lui parler et voir…

Garber leva la main. Hanson se tut.

— Les cours sont finis. Ils reprendront lundi matin. Hanson, vous, vous restez.

— Monsieur, demanda l'un des stagiaires, on a toujours l'examen sur le mandat de perquisition lundi, ou bien…

— Je ne sais pas, Parker. Je ne sais pas. Mais révisez.

Hanson se leva et se tint immobile à côté de son bureau. Les autres élèves partirent, le regard droit devant. Garber agrippa son pupitre.

— Quelles sont vos intentions, Hanson ?

— Mes intentions, monsieur ?

— Vos intentions, oui, cria presque Garber. Qu'est-ce que vous faites ici ? Nous n'avons pas beaucoup de recrues de trente-huit ans diplômées en littérature. Vous écrivez un livre ?

— Non, monsieur, répondit Hanson en gardant une expression neutre.

— Vous voulez peut-être faire carrière dans le social, alors ? Venir en aide aux opprimés ? Ou faire votre droit ? Vous n'êtes pas trop vieux, si vous vous y mettez vite. Vous pourriez obtenir un boulot à l'ACLU[1].

1. American Civil Liberties Union. Ligue américaine des droits des citoyens.

Hanson ne dit rien, il attendait que Garber finisse.

— Si je vous pose la question, Hanson, c'est que vous n'avez pas l'air de très bien vous intégrer ici, à l'OPD. Votre travail en classe est satisfaisant, dans l'ensemble, mais ce n'est qu'une petite partie de la préparation au terrain. En tant qu'agent de police ici, en tout cas. Le sergent Hicks, par exemple, m'a fait savoir que vous avez eu des problèmes en matière d'autodéfense, ce que je considère comme un aspect très important de votre formation.

Hanson acquiesça d'un signe de tête pour montrer qu'il écoutait.

— Très bien, Hanson. Il va falloir travailler plus dur et nous prouver que vous désirez vraiment apprendre ce que nous attendons de nos agents pour qu'ils fassent respecter la loi, et personne ne va vous faciliter la tâche. Pensez-y. Vous pouvez disposer.

— Oui, monsieur. Merci, monsieur, répondit Hanson.

Et il quitta la salle.

Pour sortir du bâtiment, il devait passer devant le bureau du cadre instructeur. La porte était ouverte.

Le sergent Hicks, campé sur le seuil, le regardait. Âgé de quelques années de plus que lui, c'était le responsable en chef de l'entraînement physique. Il avait exercé seize ans sur le terrain. On racontait que, jeune policier recruté quelque part dans le Sud, il avait épousé une femme belle et fortunée avec des relations dans la sphère politique et qu'il n'avait pas besoin des cinquante mille dollars par an que lui octroyait le service. Il travaillait parce qu'il aimait le métier. Il osait dire aux lieutenants et aux capitaines qu'ils avaient tort, et semblait faire ce que bon lui semblait sur le terrain, même si ça pouvait paraître brutal ou scandaleux sur le moment.

Le sergent Hicks était un homme dur, intelligent et vif. Coléreux, mais il s'en servait à son avantage. Il ne perdait aucune occasion de harceler Hanson. « Toi », lui lançait-il quand il avait besoin d'un volontaire. Et il désignait du doigt Hanson assis en tailleur sur le tapis, en pause comme les autres stagiaires. Hanson se levait et, son tee-shirt de l'Académie de police d'Oakland trempé de sueur, rejoignait le sergent qui lui faisait alors une clé douloureuse au bras ou au poignet ou se servait de lui pour une démonstration de mise au sol. Hicks feignait de bouger dans un sens, pivotait pour pratiquer un balayage de jambes ascendant, et jamais à bout de souffle expliquait calmement son mouvement au reste de la classe. Hanson restait impassible quand Hicks le mettait au tapis ou pratiquait sur lui un étranglement l'aveuglant au point qu'il avait l'impression de se trouver dans un tunnel noir. Mais il était capable de sortir de lui-même, de devenir spectateur de la scène, et il refusait de donner satisfaction au sergent en exprimant une quelconque émotion. Il ne pouvait pas se permettre de s'énerver, mais ça devenait de plus en plus difficile.

*

Le lundi suivant marqua le début du quatrième mois à l'Académie. À ce moment-là, la moitié des stagiaires de la 106e Recruit School avaient renoncé, mis un terme à leur formation à cause de blessures ou avaient été exclus pour performances trop faibles.

Deux avaient été écartés parce qu'il y avait eu des lacunes dans la vérification initiale de leurs antécédents. Un autre avait abandonné après avoir été arrêté pour voie de fait dans un bar du centre-ville. Ceux qui avaient suivi jusqu'au bout la formation de cinq mois à l'Académie de police d'Oakland appelaient ça « le stage de Street Combat de l'OPD ». L'instructeur établissait une autorisation de sortie pour un stagiaire et demandait à un camarade de le conduire aux urgences de l'Alameda County Hospital. Doigt cassé, nez fracturé, côte fêlée et commotion cérébrale étaient les excuses les plus fréquentes. Les stagiaires boitillaient jusqu'à leur voiture après des journées de douze à quatorze heures de course sur sept kilomètres, de séances de katas à la matraque, d'étranglements, de mise au tapis, de menottage et autres exercices d'entraînement du même ordre. Ils portaient tous les tee-shirts fournis par le service – blancs avec l'insigne de l'OPD, un pic rouge, orange et jaune au bec courbé, imprimé sur le devant et dans le dos. L'oiseau semblait pousser un cri féroce. Au-dessus on pouvait lire : *Tough as woodpecker lips*, dur comme un bec de pic. Cet après-midi-là, assis en demi-cercle dans la salle de sport, les élèves écoutaient le sergent Hicks :

— Tout individu qui se bat contre un agent de police finira par le tuer, lança-t-il à la classe. Votre insigne et votre arme ne signifient rien pour lui parce qu'il n'a rien à perdre. Quand on l'arrête dans la rue, il ment, coupe la parole et conteste. Le laisser faire, c'est lui donner la permission de vous tuer parce qu'il vous croit faible. Il va vous injurier et filer si vous lui dites qu'il est en état d'arrestation. Quand vous irez vers lui pour lui passer les menottes, il résistera, se défendra et vous tuera, avec votre arme s'il n'en a pas déjà une. Dans la rue, ne vous attendez pas à ce que les gens obéissent à la loi comme nous le devons tous. Eux, c'est la loi de la jungle qu'ils suivent. Cet individu n'est pas comme vous. Ne croyez pas au discours des progressistes qui considèrent que nous sommes tous semblables, au plus profond de notre être. Il s'agit d'un animal d'une autre espèce. Et quand vous vous retrouvez dans une bagarre de rue, vous n'avez plus d'amis, vous ne pouvez pas laisser tomber, vous ne pouvez pas abandonner parce que sans ça, il vous tuera. Il le fera, le salaud, excusez-moi, mesdames, il ne va pas simplement vous soumettre, puis rentrer tranquillement chez lui retrouver femme et enfants. Gagner le combat est votre seule option, et ça signifie que dès l'instant où il vous regarde de travers, où il vous nargue, vous répond ou lève la main sur vous, vous devez le plaquer au sol, le frapper et continuer de le frapper jusqu'à ce qu'il cesse d'essayer de se relever. Là, vous l'arrêtez, vous lui passez les menottes et vous réfléchissez à un motif d'inculpation pour plus tard. Si ça se passe mal et que vous pensez qu'il va prendre le dessus, vous dégainez et vous tirez. N'hésitez pas à tuer s'il le faut. Nous sommes trop peu nombreux sur le terrain pour hésiter. Si le suspect vous force à l'abattre pour que vous sauviez votre vie, le service vous soutiendra. Pendant toutes mes années sur le terrain, aucun agent ayant été obligé, en état de légitime défense, d'abattre un citoyen, n'a écopé d'une sanction supérieure à deux semaines de congé administratif rémunéré. Oakland est la capitale californienne des anciens détenus. Ces individus ne craignent ni les tribunaux ni la prison. Les tribunaux croulent sous les affaires criminelles datant de deux ou trois ans en attente de jugement. Les prisons sont pleines. Ces individus le savent. S'ils doivent y retourner, ils y sont chez eux de toute façon. C'est leur vrai foyer. Ils y sont nés. C'était leur foyer avant même leur naissance. Ils ne craignent ni la loi, ni les tribunaux, ni l'emprisonnement. Alors moi, je suis ici pour vous expliquer qu'il vaut mieux qu'ils aient peur de vous. Dans la rue, c'est vous la loi. Et vous êtes réels. Vous pouvez leur faire du mal, là, tout de suite. Beaucoup d'entre vous ont grandi en pensant que ça se passait différemment. Maintenant vous savez comment ça se passe.

Après la pause, Hanson était debout face au sergent Hicks sur un matelas en mousse rouge brique pour pratiquer un exercice de blocage. Son instructeur portait des gants d'entraînement rouges, une sorte de gants de base-ball en plastique brillant rembourrés. Hanson, les mains le long du corps, attendait que Hicks essaie de le frapper d'un côté ou de l'autre de la tête pour lancer un bras ou l'autre en l'air et parer le coup. Ils se tenaient en vis-à-vis, trop proches pour que les deux mains de Hicks se trouvent dans la vision périphérique de Hanson. Il observait donc les yeux de son adversaire pour anticiper les coups. Il les para l'un après l'autre, même quand ils arrivèrent de plus en vite et de plus en plus fort. Hicks, un peu à bout de souffle, lui lança :

— Ne fixe pas mes yeux. Surveille mes mains. Les mains, c'est ça qui va te tuer. Pas les yeux.

Tous les deux savaient bien qu'il lui était impossible

de surveiller les deux mains à la fois. Hanson para le coup suivant.

— Ne fixe pas mes yeux.

Toujours concentré sur eux, Hanson envisagea de casser le nez du sergent, de le faire saigner. De le blesser le plus possible avant qu'il lui mette une pâtée et le fasse exclure. Ou de lui asséner un coup à la gorge et peut-être le tuer.

— Allez. Vas-y, le provoqua le sergent.

Hanson avait besoin de ce boulot. Il baissa les yeux, fixa le gant droit de son adversaire jusqu'à ce qu'il l'atteigne sur le côté du crâne avec la main gauche. Il tourna la tête pour fixer le gant gauche, les bras le long du corps, sans tenter de parer le coup suivant. Hicks le frappa de la main droite, plus fort cette fois et de l'autre côté de la tête, l'envoyant presque au tapis. Hanson vit des étoiles rouge et argent, sentit le goût du sang dans sa gorge, reprit l'équilibre et tourna la tête de l'autre côté.

— Va-t'en, lui lança Hicks. Pars d'ici tant que tu le peux encore. Prends le reste de ta journée.

Hanson le dépassa, assailli par ses acouphènes, traversa la salle en direction des deux doubles portes qu'il apercevait au fond. Il espérait franchir celle qui était bien réelle avant de vomir. Une main lui toucha l'épaule. Il entendit Fernandez murmurer : « Tu les emmerdes. » Il sourit. Il savait qu'il pouvait passer la vraie porte s'il continuait de marcher, et quitter le bâtiment, à moins qu'ils le tuent parce que ce serait ce qu'il leur faudrait faire.

De retour au vestiaire, dans les douches vides où les sons résonnaient, il inhala la vapeur. Un filet de sang coulait de son nez. Il se laissa marteler par l'eau chaude. Encore trois semaines et la promotion serait diplômée. Le 19 novembre. Il avait entouré la date sur le calendrier du restaurant Three Dragons punaisé au Placo moisi de sa cuisine.

3

MY GIRL

C'était le solstice d'hiver, le 21 décembre, la plus longue nuit de l'année. Le lendemain, les jours allaient commencer à rallonger. Hanson allait travailler pendant les congés – cette semaine qui propulsait le taux de criminalité à la décimale supérieure avant qu'il retombe à zéro le 1er janvier. Comme il ne trouvait nulle part où manger dans le District cinq, il s'éclipsa après sa dernière intervention, se rendit au Junkyard Dog dans Foothill et commanda un Coca et un Gangsta burger. Il n'avait pas faim – il avait pris un milk-shake en poudre protéiné au petit déjeuner – mais il savait qu'il devait avaler autre chose pour tenir pendant les heures supplémentaires qu'il allait effectuer. Les flics sur le terrain étaient en sous-effectif et, cette semaine-là, tous ceux qui avaient un peu d'ancienneté étaient en congé. Et les autres s'étaient fait porter pâles. Seules deux voitures étaient assignées au District cinq, et la moitié des interventions qu'on leur attribuait se trouvaient en dehors. Les renforts mettraient du temps à arriver ou, pire que d'habitude, n'interviendraient pas du tout. Mais de toute façon il préférait travailler sans équipier, et faire des heures supplémentaires pendant les vacances lui convenait. Mieux valait patrouiller que se retrouver seul chez lui ou à faire des courses de dernière minute dans la cohue des supermarchés qui diffusaient de la musique de Noël.

Le montant de sa paye, versée en deux fois chaque mois, représentait au bas mot le double du salaire qu'aurait pu lui rapporter n'importe quel autre boulot, dans l'hypothèse où il en aurait trouvé un. Il avait investi dans un canapé, un four à micro-ondes, une deuxième mijoteuse qu'il n'utiliserait jamais, et il venait de monter de nouveaux pneus sur son véhicule, un D1100 International Travelall 1963, modèle cinq portes, acheté dans une vente aux enchères du Service des forêts de Missoula. Il lui avait permis de parcourir la distance entre Boise et Oakland, mais tout juste. Il suffisait cependant pour le trajet entre son appartement et le Justice Center. Et quand bien même il aurait rendu l'âme, Hanson aurait pu prendre le bus ou y aller à pied. Un jour ou l'autre, il allait devoir le remplacer, mais ça supposait de négocier avec un concessionnaire, ce qu'il voulait repousser le plus longtemps possible. Dans deux mois il aurait rattrapé le retard dans ses factures et aurait de l'argent sur son compte. D'ailleurs, pour quel autre emploi l'aurait-on recruté ? La prochaine guerre n'avait pas encore commencé, et quand elle débuterait, il serait trop vieux pour s'engager. Il ne se sentait pas capable de tenir deux ou trois ans de plus dans le milieu universitaire pour obtenir un doctorat, et quand bien même, que se passerait-il ensuite ? Il ne tiendrait pas plus d'une journée devant un bureau, confiné dans une pièce, avant de jeter son supérieur par la fenêtre.

Une fois l'appel des agents terminé, quand il se trouvait sur le terrain, loin du Justice Center, ça n'allait pas si mal, dans la rue, à East Oakland, seul, à appliquer le principe de vie et de mort. Et étant donné qu'on le baladait de secteur en secteur et de district en district chaque soir, il n'assurait pas une surveillance cohérente. Il n'avait pas à regarder derrière lui pour voir si un sergent arrivait pour le critiquer ou attendre de lui qu'il gère la situation à la manière OPD. Tant qu'il maintenait son quota d'arrestations, ils semblaient le laisser tranquille. Il pouvait même s'en sortir dans ce boulot et, dans vingt-cinq ans, il pourrait prendre sa retraite et mourir.

Le Junkyard Dog était un vieux camping-car aux angles arrondis, métallisé à l'origine et peint effet hot-dog, marron avec une bande moutarde à l'arrière. Du côté qui donnait sur la rue avait été soudée et rivetée une tête de chien-robot sauvage façonnée à partir d'une cabine de camion. Les dents et les oreilles pointues de l'animal étaient conçues à partir de pièces de voiture trouvées à la casse – calandres, pare-chocs, ailettes. Ses yeux-phares étaient braqués jour et nuit sur Foothill au bas de la colline. La tête abritait à la façon d'un auvent la vitre pare-balles du guichet de service. Hanson se gara en marche arrière sur l'emplacement le plus proche de la rue, descendit et avança jusqu'au camion. Le seul autre véhicule stationné sur le parking était une vieille Cadillac dorée customisée. Une jeune femme y était assise côté passager.

Le conducteur se tenait déjà devant l'épaisse vitre en Plexiglas du Junkyard Dog, qui fonctionnait comme une porte à tambour miniature. Il posa un billet de cinq dollars maculé de sang sur le comptoir, mais le serveur, un gamin noir joufflu coiffé de la casquette en papier du Doggie Diner, refusa d'actionner la porte pour le saisir. Le badge sur sa tunique blanche tachée et étriquée indiquait « Jimenez », mais il n'avait pas l'air mexicain.

— Nous n'acceptons pas les billets couverts de sang, informa-t-il son client d'une voix étouffée par le plastique pare-balles.

Le sang frais et humide luisait à travers les fibres du papier dans la lumière artificielle. Ni le client ni le serveur ne semblèrent remarquer la présence de Hanson, en uniforme, armé, badge sur la poitrine et émetteur-récepteur sifflant et aboyant à mesure que l'opératrice envoyait des voitures sur des lieux d'appel, puis les rappelait.

— C'est un billet authentique, répliqua le client en jetant un coup d'œil à la fille assise dans sa voiture. La loi fédérale dit que vous devez l'accepter.

Il portait un costume cousu de fils irisés qui diffusait un halo vert doré.

Jimenez se contenta de le regarder en hochant la tête.

— Tu crois que je viens de l'inventer ? C'est la loi, petit. Personne est au-dessus.

Hanson n'avait pas demandé à l'opératrice la permission de quitter son district. Il était heureux que le syndicat de la police se soit opposé à la dernière proposition du service, à savoir munir les voitures de patrouille de transpondeurs afin qu'elles soient localisables en permanence. Quand elle finirait par être acceptée, il ne pourrait plus s'acheter à manger pendant le service.

— Vous allez faire respecter la loi, monsieur l'agent ? lui demanda le gamin.

— Tu veux que je l'arrête ou que je lui tire dessus ? répondit Hanson.

Il scruta le badge du gamin par-dessus le comptoir.

— Jimenez…, commença-t-il.

— Ce n'est pas mon nom, je suis juste obligé de porter ce truc mexicain toute la nuit.

— Donne-lui deux serviettes, suggéra Hanson dans le petit micro fixé au-dessus de la vitre pare-balles. Il peut essuyer le billet et après, tu le rouleras et tu l'attraperas par un coin propre. Juste avec deux doigts, tu vois ?

Il leva la main au-dessus de sa tête pour mimer une pince avec le pouce et l'index.

— Ensuite, poursuivit-il, tu le rangeras dans la caisse avant qu'on s'embarque dans des débats juridiques compliqués.

Ni le gamin ni le client ne répondirent. Ils avaient l'air énervé.

— Réfléchis-y. Suis mon conseil ou dispute-toi avec lui quand je serai parti. Mais en attendant, moi, je voudrais un Coca et un Gangsta burger. Avec fromage. D'accord, Jimenez ? *Por favor ?*

Il se tourna vers le jeune en costume.

— Excuse-moi de te passer devant, mais je dois retourner au boulot et vous risquez d'en avoir pour la nuit tous les deux. D'accord ?

Le jeune se contenta de lui lancer un regard mauvais.

— Ou alors, ajouta Hanson d'une voix lasse, tu peux me montrer tes papiers. Je pense qu'un billet de cinq dollars taché de sang est un motif raisonnable de vérifier si tu as des mandats d'arrêt en cours et de fouiller ta voiture. À toi de voir.

— Donne-lui son Coca, lança le gamin en costume à Jimenez, et va te faire foutre. Je vais aller ailleurs.

Il regagna sa voiture, son billet entre le pouce et l'index. Hanson but une gorgée de Coca et regarda la Cadillac s'éloigner pendant que le serveur lui enveloppait son burger.

— Merci. *Feliz Navidad*, conclut-il.

Il attendit de se trouver à seulement quelques pâtés de maisons de son district avant de mettre fin à sa dernière intervention.

— *Reçu, Cinq Tac 51 Terminé… et Cinq Tac 51, celle-là est en attente depuis un moment, code 245 au couteau devant l'Artistic Hair Haven au croisement de la 66ᵉ et de Foothill.*

— Je suis en route, répondit Hanson.

Il raccrocha, se rangea sur le bas-côté, tourna quelques pages de son guide routier à spirale, puis termina son cheeseburger en trois bouchées. Il tourna ensuite le guide face à lui, lut la plaque de la rue, se lécha les doigts, grogna, coinça la canette de Coca entre ses jambes et accéléra en remontant la 14ᵉ Est. Il passa devant un parking clôturé où étaient stockés des sapins de Noël moribonds.

Il dut arrêter le propriétaire du Artistic Hair Haven pour motif d'agression avec arme mortelle, port d'arme dissimulé et récidive de détention de drogue, mais n'eut pas à se battre avec lui pour le mettre en cellule. Ça représentait tout de même des tonnes de paperasse. Il dut ensuite s'occuper d'un différend familial. Un homme avait essayé de mettre le feu au sapin de Noël – selon les dires de sa femme – mais était tombé ivre mort avant de parvenir à le faire brûler. Elle lui avait versé une casserole d'eau bouillante dessus et il avait dû se rendre aux urgences, victime de brûlures au troisième degré à l'arrière des jambes.

*

À 2 heures du matin, tout était calme. Hanson roulait dans des ruelles proches de la 96e Rue quand il perçut juste au-dessus de lui le claquement des pales d'un hélicoptère qui effectuait un virage en descente vers la baie.

Il avait détaché sa ceinture, fait glisser son holster autour de son ceinturon pour l'avoir contre le ventre et pouvoir dégainer plus vite. Il aurait l'air vraiment idiot assis sur son siège, réduit en miettes par un tir, sa ceinture bien attachée l'empêchant de retirer l'arme du holster. Le lieutenant Garber et les collègues seraient débarrassés de lui. Lui, le spécialiste du droit constitutionnel. Lui, l'assistante sociale. Il sourit, les imagina en train de rire. Il se demanda s'ils feraient jouer *Amazing Grace* à la cornemuse pendant son enterrement.

Plus haut dans la rue, une poubelle tomba avec un bruit sourd et se renversa sur le bitume. Elle déversa des canettes de bière, des restes de fast-food édition fêtes de Noël et un opossum aux poils argentés et queue à rayures. Son museau barbouillé d'une substance blanche lui donnait un air de rongeur mime. Énorme et gauche, il se dandina dans le faisceau des phares pour atteindre un coin obscur.

Hanson contourna lentement la poubelle, se

pencha sur le côté et, par la fenêtre ouverte, lança dans un murmure étranglé :

— Salut, l'opossum…

— *Cinq Tac 51.*

Il s'arrêta et décrocha le micro du tableau de bord en fixant toujours l'opossum.

— Cinq Tac 51.

— *Cinq Tac 51, on signale une bagarre, un groupe de vingt-cinq à trente personnes, au niveau des numéros 1500 de Grant Avenue…*

— OK.

— *Voiture en renfort ?*

— Je m'en charge, déclara-t-il à l'opératrice.

Puis il s'adressa à l'animal.

— Sois prudent, petit. Joyeux Noël !

Il se mit à rire et se redressa sur son siège.

Voiture en renfort, tu parles, pesta-t-il en sortant de la ruelle. Comme s'il y en avait une de disponible. Comme si une voiture conduite par un flic qu'il n'avait jamais rencontré allait changer quoi que ce soit face à une telle assemblée. Mais oui, mais oui, voiture en renfort. Si vingt-cinq ou cinquante individus se battaient encore à son arrivée sur les lieux, il lui faudrait demander une frappe aérienne pour les calmer. Personne ne pouvait se battre un quart d'heure durant à moins d'être un zombie. Qui savait en quoi consistait vraiment le problème ? Qu'allait-il trouver ? Pourrait-il s'en charger ou allait-il y laisser sa peau ? C'était ça qui lui plaisait dans ce métier. Il oubliait tous ses problèmes personnels, les doutes, les erreurs et les regrets contre lesquels il ne pouvait rien.

Il déboucha dans une triste petite rue commerçante bordée de boutiques en liquidation déjà fermées.

Douze à quatorze véhicules étaient stationnés en cercle irrégulier sur le parking, toutes les radios réglées sur la même station. Des couples dansaient, buvaient et fumaient de l'herbe. Les extrémités incandescentes de leurs cigarettes et de leurs joints rougeoyaient, décrivaient des arcs virevoltants. Les fêtards virent la voiture de patrouille entrer sur le parking, évidemment, mais firent comme si de rien n'était. Hanson éteignit ses phares et s'arrêta à deux voitures de distance de l'extérieur du cercle. Donna Summer chantait *She Works Hard For the Money.* Hanson descendit de son véhicule, regarda les couples danser en écoutant la chanson qui évoquait tant de femmes, et d'hommes, d'East Oakland.

C'était une très belle nuit. Le meilleur moment de la journée, selon lui. Il sauta sur le capot d'où il serait plus difficile aux fêtards de l'ignorer. Ce fut peine perdue jusqu'à ce qu'il lève les bras au-dessus de sa tête, les agite pour leur faire signe, les balance d'avant en arrière tel un arbitre signalant un essai et leur crie :

— Excusez-moi ! Excusez-moi ! Excusez-moi tous, j'ai quelque chose à vous dire !

Il était disposé à passer un peu pour un idiot si ça pouvait résoudre un problème. Peu de flics l'étaient, et en général, ça attirait l'attention. La plupart de ses collègues seraient restés dans leur voiture et auraient donné des ordres par mégaphone.

Finalement, tous les membres du groupe tournèrent les yeux vers lui juché sur son capot, à présent bien visible. Il leur rendit leurs regards, sans crainte, sérieux, créant un bref contact visuel avec grand nombre d'entre eux. Si les gens voient que vous avez peur, ils n'entendront rien de ce que vous dites.

— Merci ! cria-t-il. Merci, mesdames et messieurs ! L'opératrice m'a envoyé ici en m'informant que vingt-cinq à trente personnes étaient en train de se battre.

Il marqua une pause, sourit.

— J'ai dit OK, je m'en charge.

La réplique lui valut quelques rires et la tension commença à se dissiper. La brise venue de l'océan était un peu fraîche à cette heure-là et la chaleur du moteur sous ses pieds était agréable. Il pensait pouvoir consigner l'incident sur une fiche d'intervention. Pas de tonnes de documents à remplir. Quelqu'un était encore susceptible de lui tirer dessus, mais c'était peu probable. Et quand bien même…

— Vous n'êtes pas en train de vous battre, vous dansez, vous vous amusez. Mais il est, voyons…

Il consulta sa montre.

— … 2 h 30. Alors quelqu'un dans le quartier doit essayer de dormir avant d'aller au boulot demain et a dû penser qu'une bagarre conduirait les flics ici plus vite qu'une boum.

Il haussa les épaules, un geste pour dire : « Qu'est-ce que j'y peux ? »

— Bref, est-ce que vous pourriez me rendre service et rentrer chez vous ? Ça m'ennuie de vous demander ça, mais si vous ne partez pas, ils vont envoyer plein de collègues et ce sera la pagaille. Vous savez tous de quoi je parle.

Juste à cet instant, les six premières notes à la basse de *My Girl*, la fabuleuse chanson de Smokey Robinson, jaillirent de toutes les radios tel un signe divin.

— Hé ! s'écria Hanson, un large sourire aux lèvres. C'est *My Girl* !

My Girl, songea-t-il en chantant un moment au

son de la musique. Chanson gaie, mais triste aussi dans East Oakland, où… eh bien, on pouvait peut-être trouver un peu de bonheur quand on était jeune, qu'on avait une petite amie et l'impression que ça n'allait pas si mal. Il porta ses yeux sur les danseurs.

— Je vous serais reconnaissant à tous si vous rentriez chez vous.

Ils jetèrent un coup d'œil à Hanson, se regardèrent, et commencèrent à rejoindre leurs voitures, finirent leurs joints, leurs bières Olde English 800 et Night Train. Certains riaient, quelques-uns le saluaient d'un geste de la main en s'éloignant.

— Merci beaucoup à tous ! leur cria-t-il. Merci beaucoup. Je vous suis reconnaissant. Passez une bonne fin de soirée. Bonne nuit. Hé, joyeux Noël aussi !

D'un bond, il descendit de son capot. Les fêtards démarraient déjà leurs voitures et allumaient leurs phares. Les faisceaux s'entremêlaient et se reflétaient dans les vitrines des magasins. Hanson regarda les véhicules s'en aller par les deux entrées et partir dans deux directions différentes. Les feux avant jaunes et les feux arrière rouges se croisaient. Le bruit des radios s'atténua.

Il contempla les étoiles, familières, comme de vieilles amies depuis son passage dans l'Idaho où il avait appris à les connaître, à respecter leur élégante fiabilité, à s'en remettre aux immuables protocoles qu'elles suivent dans leur périple. Ce soir-là, Jupiter se montrait plus lumineux que le plus lumineux des astres, royal et constant pour décrire son orbite à travers les constellations. Mais surtout brillait, imposante, la constellation d'Orion à la forme de sablier, celle dont la taille cintrée semble laisser s'écouler de plus petites étoiles qui vont rejoindre la nébuleuse à ses pieds. Hanson présenta ses hommages aux principales en les nommant : Rigel, Bételgeuse, Bellatrix, Saïph. Puis il remonta dans sa voiture de patrouille.

Il alluma ses phares qui se reflétèrent aussitôt sur l'arrondi de l'énorme pare-chocs chromé d'une voiture pas vraiment dissimulée dans une ruelle adjacente à la rue commerçante. Tout en roulant, il ouvrit le casier magnétique où était rangée son arme et déverrouilla la portière afin de pouvoir l'ouvrir d'un coup de pied et s'éjecter armé à l'entrée de la ruelle. Il y serait protégé par l'avant de son véhicule et il éclairerait l'étincelante Cadillac bleu nuit aux vitres teintées et sombres, garée en pleins phares. Il fit tout cela sans peine, sans crainte, résolu, satisfait pour le moment de celui qu'il était, passé et avenir mis à part. Peut-être ressentait-il ce qu'éprouvent les gens normaux quand ils disent être heureux.

La vitre de la Cadillac s'abaissa.

— Bonsoir, monsieur l'agent, le salua le conducteur. Quelle nuit magnifique.

La trentaine, plus jeune que Hanson, barbe courte bien taillée et lunettes à monture métallique dont les verres lui grossissaient légèrement les yeux, il avait presque l'air d'un jeune professeur d'université en costume à mille dollars. Par la fenêtre passager ouverte, Hanson lui rendit son salut sur un ton amical tout en gardant la main sur son arme.

— Bonsoir. Vous attendez quelqu'un ?

— J'allais partir, monsieur l'agent, maintenant qu'il n'y a plus de musique.

Il parlait d'une voix assurée mais sans arrogance, une voix qui inspirait la confiance. Il félicita Hanson.

— J'ai admiré la manière dont vous avez dispersé ce groupe en douceur.

Il mijotait quelque chose et Hanson se demandait qui était ce type, mais il était tard, temps de rentrer et ils auraient certainement l'occasion de se recroiser.

— La plupart des gens se montrent raisonnables quand on leur en offre la possibilité, déclara Hanson sans en croire un mot.

— C'est tellement vrai, monsieur l'agent. C'est ce que m'a toujours prouvé mon expérience.

Manifestement, dans son cas, ça ne s'était pas vérifié.

— Bien entendu, répondit Hanson en se retenant de rire. Bonne nuit, monsieur, soyez prudent au volant.

La vitre teintée de la Cadillac se releva. La voiture quitta la ruelle en sourdine, s'arrêta au bout de la rue, tourna à droite et poursuivit sa route. Hanson avait sorti son stylo pour noter le numéro d'immatriculation, mais celui-ci était masqué par une espèce de film plastique. Il appuya sur le déclic pour faire sortir la mine et regarda la voiture tourner au niveau du pâté de maisons suivant avant de disparaître.

N'importe lequel des participants à la soirée aurait pu l'informer que l'homme de la Cadillac était un certain Felix Maxwell, baron de la drogue d'Oakland, un jeune issu de la cité qui s'était forgé une réputation. Mais personne n'aurait pu lui révéler l'avenir que les astres leur réservaient à tous les deux.

4

LE DIPLÔME DE LA POLICE

Il était 2 heures du matin et Hanson, dans son appartement situé à la limite entre Oakland et Piedmont, lustrait les accessoires en cuir de son uniforme avec des collants couleur chair achetés la veille chez Walgreen. Il les avait coupés au niveau des genoux et, glissant la main au fond du pied, les avait enfilés telle une paire de longs gants pour ne pas laisser d'empreintes sur la surface qu'il cirait.

Les rangers hauteur cheville à bout renforcé ne présentaient pas de problème, mais le reste de l'équipement était impossible à manier sans y laisser d'empreintes : ceinture à pistolet, passants, étui à bombe lacrymogène, menottes et holster en cuir souple.

De nouveau à astiquer du cuir et à lustrer du cuivre, songea-t-il. Il aurait dû rester au Vietnam. Réintégrer l'unité des Forces spéciales du nord. Participer au programme Phoenix, aller au Laos, dans la plaine des Jarres, se brancher avec la CIA. Rester là-bas jusqu'à ce qu'on le tue. Mais à la dernière minute il avait perdu la tête, ou perdu courage, et avait jugé judicieux de rentrer tant qu'il était encore en vie.

Il avait compris qu'il avait commis une énorme

erreur aussitôt descendu de l'avion de ligne quand, coiffé du béret vert et arborant les médailles de sa tenue de cérémonie, il avait posé un pied chaussé de rangers sur le tarmac, en Caroline du Nord. Il lui avait fallu un peu plus longtemps pour se rendre compte que prendre part aux combats avait toujours été sa seule aspiration, mais la guerre était finie, terminée, et lui, encore vivant. C'était comme perdre la femme qu'on a aimée, celle qu'on n'oubliera jamais, son grand amour, après l'avoir quittée parce qu'on n'avait pas conscience de l'aimer, voire qu'on ignorait ce qu'est l'amour et que, dorénavant, n'importe quelle autre allait décevoir.

Ce qui lui restait de mieux à faire maintenant, c'était de passer une année comme agent pour obtenir le diplôme de la police, le POST, *Peace Officer Standards and Training*. Ce certificat, requis pour devenir flic en Californie, était une tentative de « professionnaliser » le métier, standardiser les flics, les produire en grande quantité et les utiliser comme des pièces interchangeables. Pour l'obtenir, Hanson devait effectuer la période d'essai d'un an et demi, dont cinq mois à l'Académie. Encore un an, douze mois, à tirer. Un an. Il pouvait y arriver.

Avec un certificat POST d'Oakland, il pourrait demander un transfert et exercer n'importe où dans l'État. Troquer son expérience de la rue à East Oakland contre un poste dans une petite ville sur la côte. Un endroit où il pourrait passer chef en quelques années, où il incarnerait la loi, où, travailleur social armé, il œuvrerait à faire respecter le contrat social de la juridiction. Où la justice aurait plus d'importance que le Code pénal californien. Et où il pourrait se charger de résoudre les problèmes. Lui-même. S'approcher de la maison, du véhicule, du bar, du magasin de spiritueux, de la foule, du parking. Entrer, avancer, décliner son identité, prendre une décision et régler l'affaire sur-le-champ. Faire respecter sa loi à lui à sa façon à lui, et bon sang, le faire sans pistolet. Et s'asseoir sur toutes ces règles de « sécurité » à suivre au pied de la lettre. Il n'avait pas besoin de pistolet. Seuls les crétins en avaient besoin. La moitié des flics tués chaque année l'étaient avec leur arme. Celui qui voudrait l'abattre devrait en avoir une – il ne pourrait pas se servir de la sienne. Et n'aurait qu'une seule chance.

Soudain, toutes les ampoules de son appartement se mirent à clignoter, menacèrent de s'éteindre, éclairèrent plus fort que la normale, faiblirent, puis rééclairèrent normalement. L'installation électrique de la vieille bâtisse avait été conçue à une époque où on utilisait peu d'électricité. Elle fonctionnait encore avec des fusibles au lieu d'un interrupteur général et Hanson devait en acheter. Les ampoules se remirent à clignoter. Quelque chose venu de la cuisine détala sur le plancher en rasant le mur, puis avança derrière Hanson en entrant dans son champ de vision pour essayer d'attirer son attention. La chose ressemblait à une espèce de canard en plastique phosphorescent. Il décida de ne pas s'en préoccuper. « Une autre fois », dit-il à l'intention du plafond juste au moment où la lumière s'éteignait dans tout le bâtiment. Il déposa son équipement en cuir sur la moquette, ramassa son pistolet, traversa l'appartement plongé dans l'obscurité pour se rendre dans sa chambre. Il finirait à l'aube.

*

Hanson dort. Il est parti là où la guerre ne finit jamais. Là où le soleil se couche en ce moment, au nord du Vietnam, avec une section de cinq hommes de la Combat Recon Platoon, l'unité de reconnaissance de combat, les vingt-cinq ou trente vrais tueurs du campement. Des cinglés, des drogués, des orphelins de guerre, des solitaires, des rescapés hantés par leurs souvenirs, des mercenaires vietnamiens payés en liquide, en dollars américains, de l'argent de la CIA qui n'exige aucune autorisation officielle.

La nuit tombait sur les montagnes lorsqu'ils virent loin en contrebas la section ennemie sortir de la brousse longeant le ruisseau et commencer son ascension vers l'est. Huit ou dix hommes qui se déplaçaient à la lueur des derniers rayons du soleil, sans se savoir observés. Même dans la lumière déclinante et à cette distance, on devinait qu'ils appartenaient aux forces viêt-cong locales. Ce n'était que des combattants à temps partiel qui retournaient vers leurs familles dans un village à moitié caché. Ils se trouvaient hors de portée de tir. En blesser un ou deux avec un demi-chargeur de M16 aurait été possible, mais peu probable. Dès les premières détonations, ils se seraient dispersés en courant, seraient devenus plus difficiles à atteindre, même s'ils traînaient leurs blessés par-dessus la colline, et ils auraient disparu.

Les hommes de la section de reconnaissance de combat les observaient en silence, postés en demi-cercle autour de Hanson, qui, accroupi devant l'émetteur-récepteur, cherchait la fréquence de la base d'appui de feu principale située plus loin vers la côte. Il la trouva, pressa l'interrupteur du combiné, annonça : « Mission de tir » et s'identifia à l'aide de son code d'appel, à voix basse comme si les Viêt-cong pouvaient l'entendre.

— Explosifs au phosphore blanc. On a repéré une colonne à découvert.

Il leur transmit les coordonnées géographiques.

L'ennemi était bien à portée des 155 et des canons huit pouces de la base d'appui. Même si l'unité parvenait à franchir la colline, les armes de gros calibre la feraient sauter de l'autre côté.

— Il va nous falloir ces munitions très vite, sinon on va les perdre dans l'obscurité, martela-t-il dans le combiné.

La base d'appui du nom de Big Army relevait d'une chaîne de commandement complexe et de protocoles de sécurité qui ralentissaient sa réactivité. Les membres de la section grommelèrent, hochèrent la tête et levèrent les yeux au ciel quand Hanson dut s'identifier de nouveau et répéter les coordonnées. La radio sifflait.

Allez, allez, s'impatientait Hanson tandis que ses camarades regardaient les Viêt-cong progresser sur le flanc escarpé de la colline. Ces hommes devaient être à bout de souffle, avoir des crampes aux jambes. Et s'écorcher la paume des mains et les poignets à se hisser ainsi à travers l'herbe à éléphant qui poussait à hauteur d'épaule. Hanson l'avait fait lui-même bien souvent et avait ressenti sur ses mains la douleur cinglante du sang mêlé à la sueur. « Allez, allez. »

« Feu. » Une voix rompit le sifflement de la radio. Quelques instants plus tard, deux obus de 155 filaient au-dessus de leurs têtes. Tremblèrent et claquèrent tels d'immenses drapeaux dans la bourrasque. Phosphore blanc. Il explosa, argenté et pâle derrière la crête de la colline, illumina l'horizon obscur de nuages bouillonnants. Des nuées incandescentes de gaz s'échappèrent en arcs de cercle, chacune avec sa mince traînée blanche. Une poussière de phosphore blanc brûle la peau, traverse le muscle et l'os pour ressortir de l'autre côté. L'eau n'y remédie pas, l'oxygène qu'elle contient ne fait qu'aggraver la brûlure. Si on a la possibilité de recouvrir la blessure de boue pour la rendre étanche à l'air, on peut empêcher le phosphore de grignoter la chair et les os, irrémédiablement. Si on a de la boue à portée de main. S'il vous arrive dessus, vous êtes foutu, c'est pire que tout.

— Larguez-en trois cents, réclama Hanson dans le combiné.

Deux obus supplémentaires soufflèrent et claquèrent dans le ciel. Explosèrent le long du ruisseau en contrebas de la position de la colonne. Pris en étau, les hommes étaient fichus et le savaient. Les fusées suivantes que demanda Hanson allaient arriver juste au-dessus d'eux. Maintenant que la colline était en feu, ils ne pouvaient plus rien faire, n'avaient nulle part où se cacher. Il ne les discernait pas à travers la fumée, mais il savait qu'ils couraient. En contrebas, l'herbe brûlait, les flammes gagnaient leurs talons. Ils ne seraient pas rentrés à l'heure du dîner, ils seraient morts.

Il sentit que ses hommes l'observaient et les regarda droit dans les yeux. Ces yeux de tueurs dans lesquels étincelaient les reflets d'argent et d'or du phosphore blanc et du feu. Ils lui parlaient avec les yeux. Il sourit, hocha la tête en signe d'assentiment, pressa le bouton de l'émetteur et au lieu de réclamer davantage de phosphore blanc, ordonna :

— Annulez la mission de tir. Raté. Ils se sont enfuis.

Les combattants de l'unité ennemie s'interrogeraient sur la raison de leur survie. Tout le reste de leur existence, ils se poseraient la question. Mais ils ne soupçonneraient jamais que, cette nuit-là, Hanson et sa section avaient choisi de les laisser en vie, avaient joué à Dieu, là-haut dans les montagnes.

— La prochaine fois… Beau boulot. Merci. Terminé, conclut Hanson dans le combiné.

Un des soldats fit tourner une gourde. Tous burent et respirèrent l'air frais du soir. Il était temps de mettre au point les embuscades pour la nuit. Dans le ciel, les étoiles jaillissaient au-dessus des montagnes du Nord-Vietnam. À Oakland, Hanson dormait et les lueurs de l'aurore brillaient à l'horizon.

5

WEEGEE

L'après-midi suivant, au début de son service, il venait de s'engager vers le nord dans High Street quand l'opératrice lui signala un délit de fuite. Il n'y avait aucune unité disponible. Hanson emprunta Foothill Boulevard pour rejoindre Fruitvale, puis prit au nord, à quelques pâtés de maisons du lieu du délit. Il commençait à se repérer un peu. Mais il avait horreur de faire la circulation. Ça représentait beaucoup de paperasse.

L'accident avait été signalé par une demi-douzaine de personnes. Un monospace à vitres teintées et autocollant Harley-Davidson sur la lunette arrière était encastré dans la portière passager d'une Oldsmobile verte qui paraissait abandonnée. Quand Hanson arriva, le radiateur fumait encore et le pare-brise côté conducteur était fêlé. Le verre sécurisé, toujours en un seul morceau, était maculé de sang et de longues mèches de cheveux bruns. Hanson fouilla la boîte à gants, où il trouva la carte grise du monospace au nom d'un certain Arlie Hollow Horn Bear. Il y découvrit aussi un sachet de quinze grammes de cristaux de méthamphétamine qu'il laissa là en attendant de voir comment évoluerait la situation.

Le soleil brillait haut dans le ciel. C'était un bel après-midi. Cinq gamins noirs s'amusaient à tourner à vélo autour de l'épave, à sauter sur le trottoir et à retourner sur la chaussée en faisant une roue arrière, fixant Hanson, guettant sa réaction. Âgés de dix ou douze ans, élancés et musclés, ils étaient ravis de faire le spectacle.

— Comment ça va aujourd'hui, messieurs ? leur demanda Hanson en les regardant tour à tour dans les yeux.

— Ça va.

— Ça roule.

— Et vous, monsieur l'agent ?

— Plutôt bien jusqu'à maintenant. Est-ce que l'un de vous a vu l'accident ? demanda-t-il en montrant du doigt le monospace fumant.

— Je l'ai vu.

— Moi aussi.

— J'ai tout vu.

— Est-ce que l'un de vous a vu vers où se dirigeait le conducteur ? Il faudrait que je lui parle.

Deux des gamins se mirent à rire. Ils firent une roue arrière, puis tournèrent leur guidon à droite et à gauche en pédalant.

— Ils étaient deux. Ils sont descendus dans Fruitvale. Ils étaient saouls.

— Un grand Blanc et un grand Indien. Vraiment balèzes.

— J'imagine que c'était l'Indien qui conduisait.

— Bien vu, Jack.

— Dans le mille, monsieur l'agent. Ça l'a bien amoché.

— Weegee les a suivis. Par là.

— Je ferais mieux de trouver Weegee alors. Merci pour votre aide, messieurs.

— Pas de problème.

— On fait ce qu'il y a à faire.

— Vous voulez peut-être des renforts ? Ils sont vraiment costauds tous les deux. Et c'est des Angels.

— Je vais voir comment ça se passe, répondit Hanson.

Il glissa la carte grise du monospace dans la poche de sa chemise, puis redescendit la rue. Les gamins le suivirent, certains à côté de lui, d'autres devant, d'autres derrière, comme une escorte.

Un autre pédalait vers eux de toutes ses forces. Il montait la côte, gagnant de la vitesse. Il avait attaché une carte à jouer avec une pince à linge à la fourche de son vélo afin que le frottement du carton contre les rayons imite la pétarade d'un petit moteur.

— Hé, Weegee. Ils sont allés où ? lui cria un des membres de l'escorte.

— Ils sont à l'Anchor, mec.

Le nouveau venu jaugea Hanson.

— Vous feriez mieux de vous trouver deux autres gars pour venir avec vous, lui conseilla le gamin.

— Merci Weegee. Je pense que je vais juste aller leur parler. Leur demander ce qui s'est passé. Voir s'ils vont bien.

— C'est vous le chef. Faites comme vous le sentez.

— Je sens, répondit Hanson en se tournant pour localiser sa voiture de patrouille, que je ferais mieux de prendre ma voiture.

Il sourit à Weegee.

— Pour ne pas oublier où elle est garée au cas où je devrais coller un suspect à l'arrière. Ça donne presque toujours une mauvaise image de la police.

Il se gara en double file devant l'Anchor Tavern, alluma seulement ses feux arrière et descendit. Le bar était petit et l'espace manquait pour se servir d'une matraque. Il avait donc laissé la sienne dans la voiture. Il passa la porte et laissa ses yeux s'habituer à la pénombre.

L'Indien partit d'un rire bizarre, une sorte de rire hystérique destiné à intimider. À vue de nez, il pesait un bon quintal. *Merde*, se dit Hanson, *un Indien saoul et défoncé au speed*. Le Blanc, maigre et nerveux, mesurait dans les deux mètres, et n'était pas si éméché que ça. Tous les deux portaient les couleurs des Hell's Angels, section d'Oakland. Le QG se trouvait juste à quelques pâtés de maisons de Fruitvale.

— Monsieur Hollow Horn Bear, l'apostropha Hanson en se dirigeant vers leur table.

L'Indien tourna la tête, puis la retourna aussitôt, comme s'il ne venait pas de réagir à l'appel de son nom. Hanson se tenait maintenant près de la table où trônaient de grosses pintes de bière à moitié vides.

— Messieurs, amorça-t-il en saisissant les chopes pour les poser sur une autre table, je vous prie de m'excuser de déplacer vos bières, mais elles sont conséquentes.

L'Indien le dévisagea. Le Blanc se cala contre le dossier de sa chaise, curieux de voir ce qui allait suivre, jeta un coup d'œil par la fenêtre et vit tous les gamins qui observaient la scène, juchés sur leurs vélos.

— C'est ma bande, précisa Hanson.

— Où sont les autres flics ?

— Occupés à faire de bonnes actions, j'espère.

Sans perdre le rythme, Hanson retira nonchalamment de son ceinturon l'émetteur-récepteur qu'on lui avait remis ce jour-là – et espéra qu'il fonctionne. Il demanda à l'opératrice d'envoyer une ambulance à l'Anchor Tavern. Elle lui répondit que ça prendrait un moment. Il raccrocha l'appareil à sa ceinture.

L'Indien éclata de rire, s'arrêta brusquement, fixa Hanson d'un œil hostile. Deux profondes balafres lui sillonnaient une pommette, son nez semblait cassé de frais et ses cheveux étaient collés par le sang. Hanson lui rendit vaguement son regard, tenta de lire dans ses yeux, mais c'étaient deux cailloux noirs qui ne révélaient rien.

— Il faudrait vous faire recoudre. On dirait que votre tête vient de passer à travers un pare-brise.

L'Indien rit, lui lança un regard menaçant, fronça les sourcils.

— Pogo et moi, on s'est battus, dit-il. Je sais rien au sujet d'un pare-brise.

— J'ai trouvé ça dans la boîte à gants du monospace noir, poursuivit Hanson en sortant la carte grise de la poche de sa chemise. Il y a votre nom dessus. Et tous ces gamins affirment que vous étiez au volant quand le véhicule a percuté l'Oldsmobile.

— L'Oldsmobile est abandonnée depuis six mois.

— Je ne pense pas que quelqu'un va se plaindre des dégâts, mais je dois vous conduire aux urgences et vous arrêter pour conduite en état d'ivresse.

L'Indien rit, s'interrompit, lui lança un regard menaçant.

— Il va bien ? demanda Hanson à son acolyte blanc.

— Ouais. Ils ont pas envoyé d'autre flic ?

— Il n'y a que moi. Monsieur… ?

— Pogo. Vous avez trouvé autre chose dans la boîte à gants ?

— Vous voudriez récupérer des objets de valeur avant l'arrivée du camion remorque de la fourrière ?

— J'irai voir. Merci.

Hanson acquiesça d'un mouvement de tête et s'adressa de nouveau à l'Indien.

— J'apprécierais que vous vous leviez pour que je puisse vous passer les menottes. Vous savez que je suis obligé de vous menotter. On va aller aux urgences vous faire réparer et après, on ira en centre-ville s'occuper de votre contravention pour conduite en état d'ivresse.

— Allez, Bear, l'encouragea Pogo. On paiera ta caution.

Hanson le remercia d'un hochement de tête et l'Indien se déplia pour se dresser de toute sa hauteur.

— Si vous voulez bien mettre les mains derrière le dos, *por favor*, lui demanda Hanson en sortant ses menottes. Je vous les passe et je ferai deux tours de clé pour qu'elles ne se resserrent pas.

L'Indien dévisagea Pogo à l'instant même où deux flics à moto, après avoir contourné la voiture de patrouille de Hanson, se garaient sur le trottoir et dispersaient les gamins. L'Indien recula d'un pas. Pogo se leva, tendit le bras. Attrapa une des pintes d'un geste si rapide que la bière qu'elle contenait flotta en apesanteur comme dans une animation image par image avant de se répandre sur la table et le sol.

— Juste vous, hein ? lança-t-il à Hanson.

— Je n'ai pas demandé de renfort.

Dehors, les deux agents de la circulation firent ronfler les moteurs de leurs gros engins noir et blanc, coupèrent le contact, les appuyèrent sur les béquilles, descendirent. Ils adoptèrent un instant la posture du sumotori, suspendirent leurs casques au guidon puis se dirigèrent vers la porte.

Une fois entrés, ils balayèrent la salle du regard. Leurs tenues en cuir craquetaient. Leurs lunettes de soleil avaient des verres miroirs bleus.

— S'il doit nous emmerder, Barnes, on le traitera comme il faut, lança le plus grand en fixant l'Indien.

Il retira sa matraque de son étui. Le cuir crissa.

— Viens par ici, tête de nœud, lui lança Pogo en agrippant la pinte.

— Non, dit Hanson.

Il se tourna face aux deux flics, adressa à Pogo un signe de la main pour lui signifier de se calmer.

Eugene Hollow Horn se jeta sur Hanson qui heurta la table au niveau de la poitrine, tomba au sol sur le dos et glissa, pieds vers le bar. Les clients bondirent de leurs tabourets, ou en tombèrent, se tamponnèrent. Hanson se tourna sur le côté, prit appui sur ses mains, se releva, poussa un client, l'écarta de son chemin puis, comme s'il marchait sous l'eau, avança péniblement vers la porte. Le plus petit des deux flics, matraque brandie, rétropédalait tandis que l'Indien en maintenait le battant pour le coincer. Soudain, les rayons rouge et bleu des gyrophares d'une deuxième voiture de police percèrent le ciel de l'après-midi. Le véhicule se rangea en épi devant l'établissement. Hanson comprit alors qu'il s'était fait piéger par les flics de la brigade à moto, qui s'étaient servis de lui comme appât. Ils s'étaient dit que si leur collègue était seul, les deux bikers saouls résisteraient à l'arrestation. Ils auraient ainsi une excuse pour aller à la rescousse et mettre la pâtée aux deux Angels. Mais tout ça n'avait pas d'importance parce que, pour l'instant, il avait sauté sur le dos d'Eugene Hollow Horn. Il lui enserrait le cou avec le bras gauche et le tirait en arrière par une clé de bras. Et il restait suspendu, les pieds décollés du sol, coupant l'arrivée d'air et l'irrigation du cerveau d'Eugene qui tournait, ruait, tentait de se débarrasser de lui d'un coup de coude, dépensait ses dernières ressources en oxygène en criant. Il finit par tomber à terre et, inconscient, percuta le sol tel un arbre qu'on abat. Hanson lui passa les menottes quelques secondes avant que ses poumons et son cerveau se remettent en état de marche. Pendant ce temps, les trois autres flics avaient terrassé Pogo. Ils lui expliquaient maintenant la situation à l'aide de leurs genoux, de leurs coudes et de leurs matraques. Avec un gros freinage, une autre voiture de patrouille s'arrêta devant le bar.

Quand tout fut terminé, les deux flics à moto et les trois agents en service de jour restèrent devant l'établissement à se taper dans la main. Pogo, la tête en sang, était assis à l'arrière d'une des voitures de patrouille. Il croisa le regard de Hanson, détourna les yeux, posa la tête sur l'appuie-tête. *Il a bien conscience*, se dit Hanson, *que je suis un menteur et un minable qui lui prépare une arrestation pourrie*.

— Hé, lança le grand motard qui répondait au nom de Barnes. T'aurais dû voir ce type étrangler cette saleté d'Indien.

— Ouais, renchérit l'autre qui répondait au nom de Noble. Carrément. L'Indien allait faire la danse de la guerre sur ma tête quand Hanson l'a mis à terre.

Hanson se contenta de le fixer, le visage en feu. Il craignait de se mettre à vomir. Sa main lui faisait mal, mais il ne voulait pas y jeter un coup d'œil tout de suite.

— Hé…, commença Barnes.

Il partit d'un rire forcé.

— On est désolés de s'être servis de toi pour tendre un piège à ces deux sacs à merde, mais ça a marché. Ils vont aller en taule avec tous les délits qu'on va leur coller. L'occasion était trop bonne pour qu'on la laisse passer… Qu'est-ce que tu leur avais dit, toi ?

— Je leur avais dit : Pouvez-vous vous lever pour que je puisse vous passer les menottes ?

— C'est ça. Et t'aurais réussi bien sûr, se moqua Noble.

— J'étais en train de menotter l'Indien quand vous avez fichu mon arrestation en l'air.

— Pardon ? Ces deux pourritures t'auraient démoli si on s'était pas pointés. T'as encore beaucoup de choses à apprendre sur le quartier.

— J'avais pas besoin de renforts.

— Ce type sort tout juste de l'Académie, expliqua Noble aux deux autres flics. Il a trente-huit ans. Vous y croyez ? Il lui restera autant d'années que j'en ai déjà faites que je serai déjà à la retraite.

— Va te faire voir, murmura Hanson.

Il s'approcha de Noble et ajouta :

— Je n'ai pas demandé de renforts.

— Attends un peu, collègue, lui lança Noble.

Son haleine sentait la cigarette.

— Laisse-le tranquille, Dwayne, dit Barnes. Il est complètement naze. Allez, on va transporter ces détenus.

— Rien à foutre, répliqua Noble.

— Il est fou, Dwayne, laisse tomber, insista Barnes en le prenant par l'épaule.

C'est ça, retenez-moi les gars, pensa Hanson.

— Vous faites respecter le code de la route et vous avez réalisé les arrestations, alors je vais vous laisser rédiger les rapports, leur dit-il une fois à leur hauteur.

Il les frôla au passage sans vraiment les bousculer, se dirigea vers le bout de la rue, à l'extrémité la plus éloignée du monospace accidenté, puis examina enfin sa main gauche.

L'annulaire était démis, déboîté au niveau de la première phalange, pointé en arrière en direction d'une cinquième dimension. Avant de pouvoir changer d'avis ou de perdre son sang-froid, il saisit son doigt, tira dessus, le remit en place. En croyant défaillir de douleur. Pris d'un haut-le-cœur, il vomit ce qui restait du sandwich au fromage et du yaourt au citron qu'il s'était forcé à manger au déjeuner.

Weegee se tenait là, à côté de son vélo.

— C'est bien que vous ayez eu des renforts.

— Weegee. Comment ça va ?

— Vous surtout, ça va, agent Hanson ?

— Ça va. Bien, répondit Hanson la bouche sèche.

Weegee le regarda.

— Soyez prudent.

— Toi aussi. Merci de m'avoir aidé aujourd'hui.

— Aucun problème. Je trouve qu'avant que la police à moto arrive, vous avez assuré avec ces deux bikers.

— Eh bien, merci jeune homme. Ça me fait plaisir.

— Pas de problème. À la prochaine.

Weegee prit appui sur sa roue arrière, souleva sa roue avant et parcourut ainsi la distance d'une moitié de pâté de maisons. Le moteur en carte à jouer cliqueta jusqu'à ce que la roue avant retrouve le contact du bitume.

Hanson le regarda s'éloigner, surpris d'accorder une telle importance à l'opinion que ce gamin avait de lui. Il sourit, puis alla récupérer la méthamphétamine dans la boîte à gants du monospace. Il écrasa les cristaux pour les réduire en poudre et les jeta au vent.

6

LE LAPIN DU TEMPLE

C'était le soir de la Saint-Sylvestre. Hanson était garé à l'extrémité sud du parking d'un temple mormon. Les nuages s'étaient dissipés. Loin en contrebas, la baie étincelait d'un bleu acier. Le sanctuaire, bien que situé hors de sa zone d'intervention, se trouvait à proximité de l'autoroute. L'emplacement était pratique s'il devait répondre à un appel tardif, et pratique aussi pour finir de rédiger les rapports. Il se réjouissait de l'avoir trouvé. Il avait garé la voiture de patrouille en marche arrière sur une place de stationnement en bordure d'un muret bas. Personne ne pouvait arriver derrière lui pendant qu'il écrivait. Le temple surplombait son véhicule. Les pilastres de marbre et les flèches dorées s'élançaient à l'assaut du ciel depuis les collines d'Oakland telle la cité d'Oz. Des milliers de globes lumineux, bleu pastel et vert, planaient au-dessus de l'immense parking désert comme des ovnis, massés, en attente.

Dans cet endroit frais et calme, Hanson finissait de remplir le formulaire d'un rapport de résistance à arrestation lors d'une intervention pour violence domestique. Il avait des élancements à un genou, mais au moins son pantalon en laine à quatre-vingt-dix dollars n'était pas déchiré. Des petites perles de sang avaient filtré à travers le tissu. Rien dont la blanchisserie ne viendrait à bout.

Il écrivait en écoutant les messages radio d'une oreille. Des voix jaillissaient de l'appareil. La plupart du temps la nuit, il ne croisait aucune voiture de patrouille avant de retourner au dépôt en centre-ville à la fin de son service. À l'époque où il était flic à Portland, au cœur du ghetto du quartier nord, il avait eu un coéquipier, le même tous les soirs, aux mêmes horaires. Ils avaient appris à connaître les habitants du coin, et réciproquement. Même si aucun d'eux ne les aimait, tous pouvaient compter sur leur impartialité, au moins sur leur honnêteté. Son collègue et lui n'étaient pas simplement deux types blancs anonymes en uniforme.

Mais avec le système de rotation des rondes, les agents de l'OPD avaient rarement l'occasion de faire connaissance entre eux et encore moins avec les citoyens noirs. C'était d'ailleurs pour assurer leur sécurité qu'on les payait. Ou plutôt, en réalité, pour les maintenir de l'autre côté des autoroutes, dans East Oakland et West, hors du centre-ville et des quartiers blancs. Les flics habitaient dans diverses banlieues éloignées de trente à quatre-vingts kilomètres de la ville. Se rendre au travail à Oakland revenait à pointer à l'usine d'abattage, prendre une douche, laisser dans son casier ses vêtements de travail ensanglantés, puis reprendre l'autoroute pendant une heure pour retrouver un pavillon financé avec un prêt sur trente ans. Presque sans contact pendant le travail et sans aucun contact en dehors, ils étaient des étrangers les uns pour les autres. Si l'un d'eux avait besoin de renfort, ce serait la voiture la plus proche qui se déplacerait.

Quand un flic était tué, quasiment tout s'arrêtait jusqu'à ce que le suspect soit abattu s'il résistait à l'arrestation, ou se soit suicidé. Même chose si les médias arrivaient sur les lieux avant que la zone soit bouclée, avant que le type soit arrêté, condamné et envoyé en prison. Auquel cas il mourait en général dans l'année – poignardé à maintes reprises, jeté d'un étage élevé ou brûlé vif dans sa cellule par des agresseurs non identifiés – parce que les voyous devaient bien avoir conscience qu'à tuer un flic, ils mourraient. Ça n'avait rien de personnel, c'était dans l'ordre des choses.

La ville d'Oakland, alors qu'elle comptait le plus fort taux d'ex-détenus de Californie, envoyait patrouiller des agents seuls dans une voiture, jamais assez nombreux pour couvrir les trente-cinq rondes des cinq districts et s'occuper de trois cent soixante mille personnes. Hanson l'ignorait, mais se retrouvait souvent seul flic en service de nuit pour couvrir une zone de vingt mille habitants.

Il savait encore convaincre les gens de se laisser conduire en prison, comme à Portland, mais à Oakland, ça s'avérait plus difficile. Et certaines nuits, il lui semblait que son mauvais penchant reprenait le dessus. Il devait rester vigilant s'il ne voulait pas, avant d'être venu à bout de ses seize mois, se transformer en ce que l'OPD attendait qu'il soit. Il risquait sa vie tous les jours, mais c'était ce qui lui plaisait, c'était là qu'il avait l'impression que tous les projecteurs se braquaient sur lui.

Il balaya du regard le pâté de maisons, s'appuya

contre l'appuie-tête, inspira profondément, retint sa respiration, puis souffla lentement. Bonne année. Il avait arrêté de patrouiller depuis au moins une heure. Il avait dû prendre en charge l'intervention dont il rédigeait le rapport. Il avait passé la majeure partie de son temps aux urgences de l'Alameda County Hospital, à attendre qu'un médecin du sous-continent indien ait fini de recoudre la coupure à l'arcade de son prisonnier et de plâtrer en vitesse son nez cassé. Sans ça, le type n'aurait pas été accepté en cellule.

Il jeta un dernier coup d'œil aux formulaires de son rapport, s'assura que tous les champs étaient remplis et les signa *Hanson/7374P.* Il regarda dans ses rétroviseurs, contempla loin en contrebas les rais de lumière rouge et blanc qui se croisaient à toute allure sur l'autoroute Nimitz.

La zone comprise entre le parking où il était garé et l'autoroute était digne d'*Au cœur des ténèbres.* Tout le monde était suspect, même les victimes. Les flics eux-mêmes n'y formaient qu'un gang de plus, aussi brutal que les autres, peut-être plus encore, et se trouvaient en telle infériorité numérique qu'ils devaient sauver leur peau. Peut-être ne tiendrait-il pas assez longtemps pour obtenir le certificat POST. Peut-être valait-il mieux ne pas essayer.

Une ombre apparut soudain dans le rétroviseur latéral, coincée entre le mur et le parking goudronné. À mesure qu'elle avançait vers la voiture de patrouille, ses contours changeaient. Elle semblait posséder un noyau solide qui s'allongeait, se condensait, déployait des antennes, puis les rétractait. Elle se déplaçait ensuite en zigzaguant de droite à gauche. Quand il la remarqua, Hanson sursauta. Elle l'effraya peut-être même un instant, mais les battements de son cœur ralentirent vite. Il se persuada qu'il devait s'agir d'un jeu de lumière, d'une illusion, d'un présage, d'une hallucination. Peut-être d'une menace, mais peut-être pas. Il posa la main sur son pistolet, changea de position sur son siège, s'assura que le holster était accessible contre le dossier. Puis il se pencha vers la fenêtre passager pour mieux observer l'apparition.

Un lapin noir aux oreilles tombantes bondit sur le parking. Bien réel, c'était le plus gros lapin qu'il ait jamais vu. L'animal s'approcha de la voiture en sautillant, s'arrêta, sautilla plus près encore. S'arrêta, tourna la tête, le regarda, droit dans les yeux, de son œil noir nacré illuminé par le halo rose orangé de l'éclairage du temple.

Le lapin du temple. Évidemment. À l'image de ces singes qui ont la jouissance des temples hindous en Inde. Le médecin indien des urgences. Peut-être y avait-il un lien ?

— Salut, lança Hanson à l'animal par la fenêtre ouverte. Salut, petit père. C'est vrai, dis ? Tu serais le lapin du temple ?

L'œil restait fixé sur lui.

— Tu parles la langue ?

Était-ce un animal de compagnie ? Ou bien avait-il été élevé dans un clapier au fond d'un jardin pour être mangé ? Rien de plus. Rien de surnaturel, mais tout de même, un lapin noir dans East Oakland la nuit ? Le lapin s'approcha encore. Hanson dut passer la tête par la fenêtre et baisser les yeux pour le voir. Le lapin pencha la tête, le fixa de nouveau. Il était amoché, comme un matou, mais il semblait en bonne santé. Sous l'un de ses yeux, une touffe irrégulière de poils blancs s'étirait le long de son museau, comme si après une coupure la fourrure avait repoussé blanche. Hanson glissa sur son siège, ouvrit la portière aussi doucement que possible, sortit, gagna lentement l'arrière de la voiture. L'air de rien. Souriant, tranquille et calme. À la manière dont il aurait procédé lors d'une intervention sur une transaction de drogue. Il s'accroupit lentement. Et, toujours accroupi, s'approcha encore.

— Hé, lapin, murmura-t-il. Pas un geste. Police.

Il allait éclater de rire quand soudain le gros animal bondit juste devant lui et virevolta avant de disparaître derrière le muret. Hanson tomba à la renverse, se rattrapa sur les mains, le cœur battant à tout rompre. Il se releva, se précipita jusqu'au muret, regarda de l'autre côté. À un peu moins de quatre mètres en contrebas, un jardin. Une ombre, le lapin noir, couchait l'herbe en sautillant, comme l'auraient fait les pas d'un géant invisible. Il contourna la maison, traversa Lincoln Avenue en un éclair et disparut à nouveau. Un lapin noir le soir du réveillon du Nouvel An près d'un temple mormon. Le signe était bien trop complexe pour être pris en compte.

De l'autre côté du muret, le murmure des coups de feu de la fête montait de l'autoroute qui traversait les plaines d'East Oakland. Il en perçut le lointain crépitement au milieu de ses acouphènes. Là-bas, des centaines de personnes accueillaient la nouvelle année avec des pistolets, des carabines et des fusils de chasse. Et tiraient dans le ciel. Des étincelles jaunes et orange s'élevaient des jardins et des fenêtres. À Oakland, deux individus finiraient blessés et un autre tué avant l'aube à cause de cartouches retombant au sol. La première mort de la nouvelle année. Il consulta sa montre. Minuit. C'était l'heure de rentrer. Terminé.

*

Hanson habitait à Oakland, en haut de Grand Avenue. Son appartement se trouvait à un pâté de maisons de la limite avec Piedmont, une petite ville dans la ville, avec ses propres forces de police et ses propres pompiers. Une petite île de Blancs aisés cernée par les eaux brunes de l'océan d'Oakland.

Juste après le supermarché Safeway, Hanson quitta Grand Avenue par la droite, remonta Sunny Slope Avenue, tourna à gauche au niveau de Jean Street, passa devant chez lui et se gara quelques bâtiments plus loin, de l'autre côté de la chaussée. Aucune voiture étrange n'était stationnée dans les environs. Il n'y avait encore personne sur les trottoirs. Il descendit de sa Travelall, passa la bandoulière de sa sacoche sur l'épaule droite, glissa la main à l'intérieur, la referma sur la crosse en caoutchouc de son Browning Hi-Power. Il traversa ensuite la rue pour rejoindre l'appartement qu'il louait au rez-de-chaussée d'une maison construite en 1907 après le tremblement de terre et l'incendie de San Francisco. Un vrai bijou à l'époque, sans doute, bien avant que le propriétaire actuel ne la divise en trois appartements. Des grains de poussière scintillaient à l'entrée. Il longea le couloir silencieux en vérifiant que les fenêtres et les serrures étaient bien fermées. Arrivé dans la cuisine, il enclencha la sécurité du Hi-Power et le mit dans sa poche.

Il versa trois doigts de tequila verte dans un gros bocal à conserve et l'avala d'un trait. L'alcool lui brûla la gorge et s'épanouit dans son estomac. Il leva l'épais bocal pour l'observer à la lumière, examina les bulles d'air en forme de larmes emprisonnées dans le matériau quarante ou cinquante ans plus tôt. Il s'en reversa une dose, vida le bocal d'un trait, s'en versa une troisième et gagna sa chambre. Il ôta ses chaussures, s'étendit sur son lit, les mains sous la nuque, regarda le plafond. Et s'endormit tout habillé.

Hanson dort.

Ça ne le dérange pas vraiment de dormir pendant la journée après avoir travaillé toute la nuit. Le bruit assourdi de ses semblables quittant leur domicile le matin pour aller travailler, les portières qui s'ouvrent et se referment, le moteur qu'ils démarrent avant de partir, sont rassurants. Il se sent en sécurité, il rêve rarement pendant la journée. Il se réveille dans l'après-midi sans sensation de peur et sans gueule de bois.

Il se fiche de vivre ou de mourir. La plupart des gens le lisent dans ses yeux et se ravisent, hésitent, tentent de s'expliquer. Quant à ceux qui ne le voient pas, il a survécu si longtemps quand d'autres sont morts que sa réaction à la menace est instinctive, plus rapide que la pensée. Cette force de vie dépasse sa volonté. Certaines nuits, il sait qu'on ne peut pas le tuer. Il craint de vivre pour toujours.

7

LA BOUTIQUE DE MINÉRAUX

Hanson avait presque rejoint l'autoroute lorsque, à l'angle d'une intersection non signalée, il aperçut une petite maison bien entretenue avec un petit jardin de style japonais. Des cailloux et du sable ratissé pour former des arcs de bleus, de gris et de blancs se chevauchaient tel un quadrant de ciel nocturne. Au panneau de stop, il ralentit et vit des étoiles et des planètes scintiller et tourbillonner dans le jardin – la lumière du soleil qui renvoyait des fragments de quartz, d'obsidienne et de mica.

Les nuits où il avait patrouillé dans le périmètre, il n'avait jamais remarqué cet endroit. La porte du garage à claire-voie était fermée par des tiges en acier et des cadenas. Une longue Lincoln noire des années 40 brillait dans l'allée. Au-dessus de la porte, à côté du garage, était fixé un écriteau sur lequel on avait peint au pochoir les mots *Boutique de minéraux du révérend Ray.*

Hanson traversa l'intersection et se gara le long du trottoir pour aller jeter un coup d'œil.

Le quartier était désert. Personne dans la rue, pas de voitures, maisons aveuglées. Il régnait un calme absolu. Même ses acouphènes se réduisaient à de brefs grésillements d'électricité statique, lointains et proches à la fois, pareils au sifflement d'un serpent à sonnette. La luminosité du jour avait la pâleur d'un après-midi d'hiver nuageux malgré le bleu intense du ciel. Il se rappela une éclipse solaire un dimanche, il était seul chez lui, il avait cinq ans, et l'ombre de la lune courait dans la rue.

Un peu pris de vertige, il examina ses yeux dans le rétroviseur et conclut qu'il devrait dormir davantage et mieux manger. Et ne pas boire autant. Il fallait qu'il prenne soin de lui sinon le métier allait le tuer avant qu'il vienne à bout des dix-huit mois et puisse démissionner sans passer pour un dégonflé.

Il descendit de sa Travelall, avança vers la maison. Il se sentait bien. Un avion de ligne siffla haut dans les airs. Le roucoulement plaintif des tourterelles résonnait dans les arbres. Le vertige s'était dissipé, mais comme toujours, ses oreilles grésillaient et geignaient. Malgré tout, il entendait de la musique. Peut-être quelqu'un qui chantait.

La Lincoln aurait pu sortir tout droit d'une exposition de véhicules anciens. Sa carrosserie noire reflétait Hanson tel un miroir déformant. Elle le tassait, l'étirait, le faisait décoller du sol, l'étalait d'un pare-chocs à l'autre, puis le réduisait en nain piégé dans le moyeu chromé d'une roue à rayons. Les larges pneus bicolores étaient flambant neufs et la luxueuse garniture violette était immaculée.

Il avait entendu les accents d'un piano, venus de la maison. Il ferma les yeux et laissa les notes vibrer sur ses paupières.

« *It's Georgia… always Georgia…* »

On aurait cru Ray Charles chantant *Georgia on my Mind*, mais ce n'était pas la radio. Peut-être une sono perfectionnée. Il rouvrit les yeux.

Pourquoi n'avait-il encore jamais remarqué cette boutique de minéraux ? Il avait l'habitude de faire un tour dans ce genre de magasins sur les haltes d'autoroute ou au bord des nationales. Leurs propriétaires étaient toujours des originaux aux opinions bien arrêtées, des obsessionnels, maniaques, maussades, paranoïaques. Savants idiots d'un genre ou d'un autre, authentiques génies, psychotiques borderline, ils l'accueillaient toujours comme s'il incarnait l'hallucination qu'ils attendaient. Ils le conduisaient dans leur remise secrète, lui montraient la marchandise dans leur sous-sol, le présentaient à leur chien. Avant qu'il s'en aille, ils lui demandaient de revenir bientôt et quand il démarrait, ils lui faisaient au revoir de la main comme s'il partait pour une autre planète.

« *Georgia on my mind.* »

Le gros heurtoir, un lion en cuivre aux yeux en opales bleu-vert muni d'un anneau coincé entre les crocs, sembla le fixer quand il s'approcha de la porte. Sous le lion, un plus petit écriteau annonçait :

CREUSEZ LE SOL ET VOUS ME TROUVEREZ,
ÉCARTEZ LES EAUX ET JE SERAI LÀ.
OUVERT

Le chant s'arrêta, mais le piano maintint son tempo. Hanson saisit le heurtoir. Le chanteur se mit à rire, exécuta des trilles au piano et lança :

— Entrez donc, monsieur l'agent.

Hanson ouvrit la porte.

Le nez chaussé de grosses lunettes noires, son hôte avait des airs de Ray Charles. Sans doute aveugle, il souriait dans sa direction et semblait hocher la tête en cadence avec une autre chanson. Il était installé dans un fauteuil roulant devant l'instrument, face à une armoire vitrée contenant des cristaux de la taille du poing qui lui éclairaient le visage et y dessinaient des motifs bleus, roses et blanc diamantin. Il joua les dernières notes de *Georgia* en *decrescendo.*

— Je savais que vous étiez en chemin, déclara-t-il.

— Je ne le savais pas moi-même.

— Vous n'en aviez simplement pas conscience. Et garé ici, vous n'aurez pas de problèmes. Personne ne dérange mes clients.

— Qu'est-ce que vous chantez ?

L'homme hocha la tête.

— C'était magnifique, le complimenta Hanson.

— Merci, mais c'est la chanson de Ray Charles, pas la mienne.

— Sa chanson, peut-être, mais c'est votre voix.

— C'est juste un truc, répliqua-t-il.

Il s'avachit bizarrement dans le fauteuil roulant comme si son corps était dépourvu d'ossature.

— C'est une belle voiture que vous avez dehors, reprit Hanson pour changer de sujet. Qui… ?

— Je viens de la faire customiser. Il faut parer et bichonner sa monture.

— Qui… ?

— J'y vois normalement quand je conduis la nuit. Les lumières indiquent le chemin. Mes yeux sont plus sensibles la nuit, vous voyez.

Noir, aveugle et infirme, songea Hanson. *Et fou aussi.*

— C'est pas ça, le *blues* ? Mais si monsieur, absolument, dit-il.

Il joua une note, une autre, puis se remit à chanter. Une marche funèbre sombre : « La mort n'a pas de pitié – ici-bas. Je dis la mort n'a pas de pitié ici-bas. » Il rit de nouveau et exécuta au piano un trille à la Jerry Lee Lewis.

— Ça fait un bail, non ?

— Depuis que… ? répondit Hanson en tentant d'être poli.

— Depuis la dernière fois que vous m'avez vu. Qu'est-ce qui vous amène à la boutique de minéraux du révérend Ray ?

— J'étais dans…

— Ce n'est pas un bon endroit.

— J'allais…

— Vous n'alliez pas visiter une boutique de minéraux. Je sais, affirma-t-il en pianotant.

Il tourna la tête. Regarda Hanson à travers ses verres teintés et lui demanda :

— Que faites-vous ici pendant votre jour de congé ? Mais surtout, pourquoi voulez-vous travailler ici tout court ? Dans un endroit où tout le monde vous déteste ? Je vais vous dire pourquoi.

Ses lunettes au verre teinté bleu-noir reflétaient par en dessous deux images jumelles de Hanson.

— La haine est un sentiment sur lequel on peut compter, dit-il. Ça vous donne une raison de vivre. C'est mieux que l'amour, ça c'est sûr. C'est un sentiment auquel on peut croire, petit frère.

Il joua quelques accords, encore les mêmes, mais dans une tonalité différente.

— Vous avez des amis ici ?

— Eh bien…

— Ils sont morts, présuma le révérend Ray en appuyant sur une touche. Tous les amis que vous aviez sont morts. Pourquoi pensez-vous qu'ils ont déjà rencontré la Mort ?

Hanson réfléchit.

— Eh bien ? insista le révérend.

— Ils n'ont pas eu de chance.

— Qu'est-ce que vous dites ? Comment ça ?

— Ils sont si doués pour ce qu'ils font que la malchance est à peu près la seule chose qui peut les tuer. Ils s'ennuyaient et ils ont pris des risques.

— En se frottant à la Mort ?

— Ils n'avaient pas peur de mourir.

— Tout le monde a peur de la Mort.

— Pas tout le monde, non.

Le révérend joua quelques notes et chanta, tout doucement : « *and then I go back home, and hear your voice again, but I'm alone*[1] ». Faites le tour de la boutique, proposa-t-il en faisant un geste à la Monsieur Loyal. J'ai concentré l'histoire du monde dans cette boutique, mon p'tit gars. Admirez mes pierres, mes pierres précieuses, mes minéraux, mes cristaux. Précieux, semi-précieux, communs ou rares et inestimables. J'ai des fossiles du passé et des météorites datant d'avant le passé. J'ai tout ici : la vie, la mort, l'or et le plomb, l'amour et la guerre. Les réponses à des questions que personne n'a encore posées, pas dans cette vie. Vous voyez ce verre vert, là-bas ? Une étagère plus bas, oui monsieur, vous l'avez trouvé.

1. « Puis je rentre chez moi, et entends à nouveau ta voix, mais je suis seul. »

Du sable fondu en verre par la première bombe atomique. Au Nouveau-Mexique sur le site de Trinity. Vous voyez ce verre noir ? Une étagère au-dessus ? On l'appelle « obsidienne à usage militaire ». Oui, oui. Pour fabriquer les flèches, les lances et tout le reste. Plus tranchants que des rasoirs. Verre vert, verre noir, toujours la même histoire, ça change jamais, celui qui détient les armes détient l'or. Vous savez bien ce que je veux dire. Peu importe si ce sont des griffes, des dents, des épées ou des bombes atomiques. Une forme d'évolution, pour les armes, pourrait-on dire. É-vo-lu-tion. Les gens parlent de l'évolution comme si on pouvait s'y fier, comme si elle était logique. Mais ça ne tient pas debout.

Il s'interrompit pour sourire, hocher la tête et faire un trille sur le piano.

— On ne peut pas se fier à l'évolution plus qu'à autre chose, continua-t-il. Les dinosaures ont régné pendant des millions d'années et seraient encore des animaux supérieurs, mais il y a toujours des surprises.

Le piano sonna comme une cloche d'église. Le révérend chanta : « Chute de météorite ! » Il rit pendant que le son s'estompait contre les murs. Et il reprit son monologue.

— On ne s'attendait pas à ça. Oubliez les stratégies de survie et le statu quo évolutionniste. Tout recommence à ce moment-là.

Hanson plaqua les mains derrière son dos pour ne rien renverser et ne rien avoir à rembourser. Il se pencha pour observer certaines des pierres poussiéreuses accumulées sur les étagères en bois.

— Ce que vous regardez là s'appelle « calcite dent de chien ». Cet échantillon vient du Mexique, du fond d'une cave entièrement inondée, pleine de toutes sortes de requins aveugles, de raies et de poissons toxiques. Dans certains coins, même les pierres ont des dents. Obligé, pour survivre. Vous voyez le diamant à côté ? Celui-là. Brut comme le jour où il a jailli d'une cheminée volcanique il y a cinq millions d'années. Allez-y, prenez-le dans votre main.

Hanson prit le diamant et le fit rouler dans ses paumes. De la taille d'une boule de billard, il était lourd, noueux et épineux, d'un blanc translucide comme du givre. Il faillit le faire tomber quand Ray cria :

— Et regarde ça, petit frère ! Là, dans ce bol en argent, un bol entier de petites météorites, toutes plus vieilles que le Soleil, plus vieilles que le système solaire, tout ce qui reste d'une étoile qui s'est éteinte, qui a explosé et est devenue noire il y a quatre cents millions d'années. Une pluie de ces météorites a arrosé Johnson City au Texas. Tombées du ciel la nuit, il y a juste sept cents ans. J'aurais aimé que vous voyiez ça. Plongez vos mains dans le bol, sentez-en le poids. Vous pouvez l'évaluer, je le sais. Elles se sont consumées, ont traversé l'atmosphère et se sont transformées en nickel pur gravé de petits hiéroglyphes et en cristaux verts jamais vus sur Terre. Plus durs que le diamant et plus lumineux qu'une flamme. Regardez cette lumière !

— Comment…, commença Hanson en plongeant la main dans le bol de météorites.

Il la referma sur l'une d'elles, la souleva.

— Pourquoi est-ce qu'elles… Monsieur ? lança-t-il.

Il s'approcha du piano, la météorite incrustée de pierres précieuses encore dans la main. Le révérend

Ray était parti. Le fauteuil roulant était vide derrière la caisse où il était assis. Hanson regarda par la fenêtre l'étrange quartier déserté. Deux tourbillons de poussière faisaient la course dans la rue.

Derrière lui, quelque chose tomba sur le sol avec un bruit sourd. Il savait qu'il ne devait pas y prêter attention. Ne pas s'en occuper et s'en aller. Le bruit n'était pas réel, de toute façon. Mais il se retourna.

— Eh bien, qu'est-ce que je peux faire pour toi ? demanda-t-il.

À ses pieds se tenait un lapin noir aux grandes oreilles balafrées comme celles d'un matou, ses yeux noirs brillants éthérés et accusateurs à la fois. La touffe irrégulière de poils blancs le long du nez. Le lapin du temple. La météorite transperçait la main de Hanson comme un clou et lançait des rayons lumineux dorés et verts sur le plafond, les murs et le sol.

— Quoi ?

Le lapin leva les yeux vers lui et Hanson discerna des peintures rupestres préhistoriques et des anges de la Renaissance dans ses yeux.

— Révérend Ray ? lança-t-il. Monsieur ? C'est votre lapin ?

Il n'y avait personne.

— Je dois partir. Écarte-toi de mon chemin, voyou, dit-il à l'animal.

Il sortit et ferma la porte derrière lui.

8

FELIX MAXWELL

Un vent chaud soufflait depuis un jour et une nuit. La poussière scintillait dans les phares de la voiture de patrouille. Quand Hanson s'engagea au sud dans High Street, une meute de chiens féroces sortit à découvert. Leurs iris jaunes lançaient des éclairs tels des tirs de pistolet dans ses pleins phares. La radio, en sourdine, rugissait des appels pour intervention en instance depuis l'après-midi. Certains remontaient à deux ou trois heures. Depuis qu'il avait pris son service, Hanson était allé d'intervention en intervention dans les Districts quatre et cinq. Le brandy bu la veille jusqu'à tomber ivre mort lui avait laissé la gueule de bois et le rendait nauséeux. Il tourna à l'ouest dans la 14e Rue Est, microphone en main, prêt à sauter parmi les transmissions d'appel pour s'occuper du dernier de la nuit, un code 245, agression en état d'ivresse avec arme mortelle, qui mettait en cause un couteau de cuisine et une bombe de décapant pour four.

— *Trois L 34, ne tenez pas compte du dernier appel et venez en renfort de Trois L 40.*

— *Trois L 34 bien reçu… heu, quelle adresse déjà ?*

Un éclair de chaleur silencieux fit frissonner l'horizon.

C'est ça, c'est ça, se dit Hanson. Il se frotta les yeux avec le dos de la main qui tenait le micro pendant que l'opératrice répétait l'adresse destinée au collègue qui opérait dans la Trois L 34. *Concentre-toi, abruti. Allez*, s'ordonna-t-il, le pouce sur le bouton émetteur-récepteur.

— *La voiture au stop?*

— *Quatre L 14 au croisement de la 65e et de McArthur.*

— *Attendez, Quatre L 14.*

Une Rolls-Royce Silver Shadow blanc nacré était garée en double file au bout du pâté de maisons devant le Raylene's Discount Liquors. Elle luisait d'un violet surnaturel dans la lumière des néons fixés aux fenêtres grillagées du magasin d'alcools. Un petit attroupement s'était formé sur la chaussée autour du véhicule. Hanson raccrocha le micro, s'arrêta un demi-pâté de maisons plus loin et n'alluma que ses clignotants arrière. Les yeux injectés de sang, il regarda la foule grossir. Le doigt qu'il s'était abîmé lors de sa dernière intervention l'élançait. Il serra le poing pour assommer la douleur.

Sorti de sa voiture de patrouille, il rangea son carnet de PV dans sa poche arrière, puis claqua la portière d'un coup de hanche. Il laissa sa matraque dans le véhicule. L'espace manquerait pour s'en servir au milieu d'une foule pareille. Les clignotants orange émettaient un tic-tac métallique et l'émetteur-récepteur mobile à sa ceinture lui aboyait dessus. Il la remonta et l'éteignit.

Il resserra le poing sur son doigt blessé, l'examina.

Est-ce que ça fait mal ? Et ça ? Il donna un coup de poing dans la paume de son autre main et sourit à la douleur, content d'avoir une occasion de sortir de sa voiture de patrouille. Le siège affaissé lui endolorissait le dos. Maintenant que la communication radio était coupée, il était soulagé, comme débarrassé d'un mal de tête dont il ne se serait rendu compte qu'après être passé. L'opératrice ne connaissait pas sa localisation, alors si ça tournait mal, il serait seul. D'accord, très bien.

La foule n'était pas encore hostile, mais pas amicale non plus. « Pas amicale » – l'expression le fit sourire.

— Les amis, puis-je vous parler ?

Une fois arrivé à proximité de l'attroupement, il éclata de rire, et les gens qui avaient jusque-là ignoré sa présence se tournèrent pour le regarder. Il sentit les muscles de ses épaules et de sa poitrine se tendre, sur le qui-vive. Ses yeux souriaient. C'était son sourire méchant.

— Salut, comment ça va ? demanda-t-il en avançant dans la foule.

*

Levon, installé sur la banquette arrière de la Rolls, observait Hanson. Il le voyait en double – un reflet dans chaque rétroviseur – traverser la foule, avec ce sourire mauvais. Il n'avait pas vu quelqu'un se déplacer de cette manière depuis longtemps.

Felix et Tyree étaient venus de L.A. dans l'après-midi et avaient récupéré Levon à la tombée de la nuit. Felix, de retour en ville, voulait faire le tour du vieux quartier, reprendre tout de suite contact. Levon lui avait expliqué que les choses changeaient et qu'il aurait mieux valu attendre le lendemain matin, mais Felix entendait commencer le soir même. Levon les avait accompagnés, en emportant un Uzi au cas où.

Felix s'adressait à la foule depuis le siège passager, vitre baissée. Il dit au vieux Jessie Bacon à quel point il lui avait manqué, l'appela oncle Jessie et lui mit un billet de cent dollars dans la main avant de le congédier.

Felix avait la capacité de penser avec deux temps d'avance sur tout le monde. Il était sacrément malin et bon politicien quand l'envie lui venait. Pourtant, dernièrement, même dans les cas importants, il refusait de sortir et ruminait, enfermé dans son bunker en béton. Certains jours il était fidèle à lui-même et prenait les choses en main. Parfois il se fâchait pour un rien, soupçonnait des complots à son encontre sans aucune raison. Ce soir-là, il allait bien, il était juste un peu présomptueux, comme toujours. Il le fallait pour arriver là où il était arrivé. Peut-être le séjour à L.A. l'avait-il revigoré.

Levon se faisait vieux, il aurait soixante et un ans en octobre. Il avait plus d'argent qu'il ne lui en faudrait pour le restant de ses jours. Le moment était venu pour lui de prendre sa retraite tant qu'il le pouvait encore, quelque part où personne ne le connaissait et où personne ne le trouverait. Où il faisait chaud et où les gens étaient polis. Mais il ne pouvait pas laisser tomber Felix tout de suite, pas avant quelques mois.

Il jeta un coup d'œil au flic dans le rétroviseur droit.

Par la fenêtre, Felix serra la main à un jeune joueur qui ne fêterait pas son vingtième anniversaire.

— Maintenant c'est bon, dit-il au gamin en riant.

— C'est un réel honneur, monsieur Maxwell, répondit le jeune. Si jamais je peux vous être utile, n'hésitez pas.

Il fit même une petite révérence, recula d'un pas, puis rejoignit sa bande.

Levon laissa la main sur son Colt 45 jusqu'à ce que le gamin se tourne et s'éloigne. Il y avait trop de monde à surveiller à la fois. Il ne savait pas pourquoi il avait apporté ce fichu Uzi. Une arme pareille ne servirait à rien dans une foule comme celle-là. Il devait devenir idiot avec l'âge.

— Allons-y, Felix.

— *Noblesse oblige*, Levon, répondit-il. Je connais ces gens depuis toujours. Ils s'attendent à pouvoir me parler.

— Tu as regardé la trilogie du *Parrain* trop souvent. Tu as remarqué le flic qui vient par ici ?

— Depuis qu'il s'est garé. Je l'ai déjà rencontré, Levon.

— Jette encore un coup d'œil.

*

Hanson avait moins mal au doigt maintenant. Sa gueule de bois était passée. Une jolie femme vêtue d'un dos-nu à sequins et d'un minishort lui adressa une moue depuis le trottoir, se déhancha et, avec un geste de l'index digne d'une chanteuse des Pointer Sisters, lui fit signe de venir. Hanson lui sourit, croisa son regard. Il passa ensuite à côté de trois types qui essayaient d'ignorer sa présence.

— Belle soirée, hein ? leur dit-il.

Comme ils ne répondaient pas, il s'arrêta et se tourna pour les regarder.

— N'est-ce pas ?

Souriant, il attendit une réponse. Les yeux grands ouverts, à la Shirley Temple, le regard un peu fou, une astuce qu'il avait découverte des années plus tôt. Le regard était si peu naturel que personne n'en avait jamais vu de pareil et que personne ne savait comment réagir. En prime, la ruse était facile, et amusante.

— Mmh. Mmh.

— Ouais.

— Très bien.

Il poussa le bouchon plus loin.

— Hé ! Regardez la lune qui se lève ! Lune, lune, lune, chantonna-t-il tandis qu'il s'éloignait en fendant la foule.

Un éclair de chaleur fusa au-dessus de la baie tel un tesson étincelant. Hanson était invincible ce soir-là et rien ne pouvait l'atteindre. Levon vit Lemon Lee s'ouvrir un chemin juste en face du flic. Il posa ses gros bras en travers du toit de la Rolls, se pencha. Sa grosse tête de bison occupa tout l'espace de la fenêtre côté passager.

— Felix, j'ai un compte à régler avec toi.

— Pourquoi tu ne t'adresses pas plutôt à moi, Lemon, lança Levon depuis la banquette arrière.

— Je veux l'entendre de ta bouche, Levon, tu comprendras tout de suite. C'est avec ton gars Felix que j'ai un problème.

Levon connaissait Lemon Lee depuis l'enfance. À huit ans, c'était déjà un sale type. Il avait été recruté tout juste sorti du lycée pour jouer champ gauche chez les Kansas City Monarchs, la séduisante équipe professionnelle noire de base-ball. Jackie Robinson et Satchel Paige avaient joué chez les Monarchs avant que Jackie Robinson ne brise le tabou de la ségrégation raciale. Lemon avait été le frappeur star des Monarchs pendant deux ans, mais son rapport à l'argent et son agressivité avaient fini par le gâter et l'équipe avait rompu son contrat. Ensuite, il s'en était sorti en exerçant diverses activités, illégales pour la plupart, pour diverses personnes. Levon ne comprenait pas pourquoi il ne s'était pas encore fait tuer. Il était baraqué, c'était un fait, mais sous le coup de la colère, un gamin de seize ans et soixante kilos armé d'un 9 mm se fiche de votre carrure.

Lemon sera plus heureux une fois mort, songea Levon. Peut-être Dieu le gardait-il en vie pour le punir. Mais il n'avait jamais vu beaucoup de preuves de ce genre de Dieu personnel. Il serra le Colt 45 et saisit la poignée de la portière.

*

Hanson traversa la foule jusqu'à la voiture juste au moment où un balèze, la bonne cinquantaine, sa chemise jaune format toile de tente laissant voir un dos noir poilu, se penchait pour parler à quelqu'un dans la Rolls. Hanson s'approcha de lui.

— Excusez-moi, lui dit-il.

L'homme l'ignora.

— S'il vous plaît, excusez-moi, insista Hanson en lui touchant l'épaule.

Cette fois, l'autre tourna la tête et regarda son épaule comme si on lui avait sali la chemise.

— Lâche-moi, enfoiré, cracha-t-il en moulinant de la main derrière son dos pour écarter Hanson.

Alors le temps ralentit pour Hanson, s'arrêta presque. En général, il gardait ses tendances malveillantes enchaînées dans un cachot fermé à triple tour où il ne pouvait pas les entendre, mais leurs hurlements s'élevaient maintenant avec les sifflements de ses acouphènes.

Il regarda l'énorme main de Lemon flotter vers lui, poignet et doigts pliés, faciles à saisir. De la main gauche, il n'y avait qu'à agripper le poignet, et de la droite, le majeur, gros comme un cigare. Hanson tira sur le poignet pour déséquilibrer Lemon et lui cassa le doigt. Lemon hurla, se tourna pour s'éloigner de la voiture. Hanson lui tordit le poignet des deux mains pour le maîtriser, lui lança, de l'intérieur du pied, un coup de botte en plein genou qui lui déboîta la rotule, luxa le tibia et disloqua la voûte plantaire, brisant ce complexe et fragile assemblage d'os, de tendons et de nerfs. Une fois Lemon tombé au sol, il s'écarta et fixa Felix Maxwell qui lui rendit son regard comme s'il était complice de la plaisanterie. Lui, le type aux lunettes à monture de fer, à bord de la Cadillac bleu nuit dans la ruelle le soir où il avait convaincu les fêtards de rentrer chez eux.

Lemon braillait et s'agitait comme un gros poisson jaune. Hanson se tourna vers la foule et lança :

— Quelqu'un connaît-il cet homme ? Il fait une crise cardiaque. Il faut appeler une ambulance et ma radio est en panne !

Derrière lui, Felix adressa à la foule un geste de la main. Un très jeune membre de gang s'avança, avec sa bande. Un instant plus tard, alors que les jeunes traînaient Lemon Lee pour le mettre à l'écart, un éclair de chaleur embrasa le ciel, comme le flash d'un appareil photo qui aurait immortalisé la scène.

Hanson, ravi, s'approcha de la voiture.

— Bonsoir.

— Bonsoir, monsieur l'agent. C'est une crise cardiaque, selon vous ?

Hanson baissa les yeux pour s'empêcher de sourire, acquiesça d'un hochement de tête, releva les yeux.

— Qui sait ? dit-il.

— Peut-être que Satan l'a fait tomber.

— Satan rôde toujours, répliqua Hanson, rayonnant.

Il adressa un salut de la tête à l'homme plus âgé assis à l'arrière, puis un autre au gamin au volant.

— Visiblement, j'aurais dû m'approcher par l'autre côté. Le volant est loin de l'autre portière. Enfin bref, puisque je suis là, est-ce que je peux voir votre permis de conduire, monsieur ?

— J'ai commis une infraction sans faire attention ?

— Montre-lui ton permis, le pressa Felix.

À l'adresse de Hanson, il ajouta :

— Mon neveu parle parfois avant de réfléchir.

Hanson eut une moue pour signaler qu'il comprenait.

L'individu assis sur la banquette arrière était plus imposant que Felix. Avec une attitude différente, des vêtements moins bien coupés, il aurait pu paraître bien plus dur. Sa veste, posée sur le siège à côté de lui, ne dissimulait pas vraiment la forme de l'Uzi. Un autre flic que Hanson n'aurait probablement pas remarqué cette bosse ni reconnu l'arme, mais des années plus tôt, il s'était entraîné au tir avec ce type de pistolet-mitrailleur. D'un mouvement du menton, il montra la veste.

— Le temps se réchauffe. Vivement que la hiérarchie nous autorise à passer à la chemise à manches courtes.

— C'est ma voiture, précisa Felix. La carte grise est dans la boîte à gants.

Il attendait que Hanson lui donne l'autorisation de l'ouvrir. Quand ce fut fait, il ouvrit la boîte à gants en loupe d'érable, sortit la carte grise et la lui tendit.

— J'ai acheté la voiture à L.A. la semaine dernière. Nous sommes juste sortis faire un tour ce soir. Tyree voulait voir comment elle se comportait sur la route.

Hanson jeta un coup d'œil au document et le lui rendit. Il était établi au nom de Felix Maxwell. Il consulta ensuite le permis de conduire du gamin, nota les informations dans son carnet : *Tyree Raymond Stewart.*

— Merci, monsieur Maxwell. Et merci, monsieur Stewart, dit-il au conducteur en lui rendant son permis. C'est une magnifique voiture. Mais je suis inquiet, tout de même. Garé en double file comme ça… si un chauffard ivre empruntait cette rue, avec tout le monde que vous avez attiré…

— On va s'en aller. Si vous n'avez pas besoin d'autres informations. Merci.

— Merci à vous, monsieur Maxwell, pour votre aide ce soir avec la foule. Je vous en suis reconnaissant.

Hanson tapota le capot de la Rolls.

— À vous aussi, monsieur, dit-il à l'homme assis sur la banquette arrière.

Il ignora si ostensiblement l'Uzi qu'il aurait aussi bien pu y porter un regard appuyé.

À l'autre bout de la banquette, le peu de lumière qu'il y avait se reflétait sur la couverture brillante d'un livre neuf : *Retraite en Jamaïque.*

— Très bien, monsieur Maxwell. Soyez prudent, le quartier est dangereux.

— C'est ce que j'ai entendu dire.

— J'espère que le monsieur de tout à l'heure se sent mieux et se rend en ce moment même chez le médecin. Vous le connaissez ?

— Je ne l'avais jamais vu.

Hanson opina de la tête, échangea un sourire avec Felix Maxwell, puis s'éloigna. Cette fois-ci, les badauds attroupés le laissèrent passer.

La fille en minishort se pinça les lèvres et lui envoya un baiser. Il la salua à la John Wayne avec deux doigts et retourna à sa voiture de patrouille cabossée tandis que la Rolls repartait en silence.

Il n'avait eu aucune raison d'aborder la question de l'Uzi. Ces types étaient des dealers et ils en avaient besoin pour les affaires. Les seuls sur qui ils auraient pu tirer, c'étaient d'autres dealers. S'il avait procédé à une interpellation, ç'aurait fait du foin pour rien. Maxwell aurait été libéré sous caution en une ou deux heures. Lui aurait dû remplir jusqu'en milieu de matinée la paperasse destinée aux fédéraux du Bureau des Alcools et Tabacs, Armes à feu et Explosifs, qui auraient été furieux d'être dérangés en pleine nuit. L'OPD n'aurait pas apprécié de devoir les impliquer et ça n'aurait abouti à rien de toute façon. Pas la peine de se précipiter. Maxwell et ses gamins de gang avaient probablement sauvé sa peau grâce à la foule.

Il le recroiserait. Et verrait ce qui se passerait à ce moment-là.

Au braillement de la radio, on aurait cru deux ou trois commissaires-priseurs en train de parler en même temps. Les Districts quatre et cinq n'avaient toujours pas rattrapé le retard des appels qui s'accumulaient systématiquement avant le début du changement d'équipes. Debout derrière la portière ouverte de sa voiture de patrouille, Hanson rédigea des notes pour lui-même au sujet de la Rolls et de ses occupants, monta et claqua fort la portière pour qu'elle se ferme. L'habitacle sentait le vomi, l'urine, la cigarette, la peur et le sang au goût de sel. L'assise à ressorts du siège était si basse qu'il voyait à peine au-dessus du volant. Comme s'il était trop jeune pour avoir son permis… Il se dit qu'il pourrait acheter un coussin pour le travail, sourit à cette idée, et démarra.

*

Dans la Rolls qui s'engageait maintenant dans la 69e Rue, Felix contemplait les étoiles par le toit ouvrant.

— Il a vu l'Uzi. Je sais qu'il l'a vu. On va avoir les flics sur le dos dès qu'il le signalera, s'inquiéta Tyree.

Felix acquiesça.

— Il l'a vu, oncle Fel.

— Je sais, Tyree.

Felix inclina un peu la tête pour regarder encore par le toit ouvrant.

— Mais il ne va rien dire.

Il se réadossa au siège en cuir gris. La Rolls blanc

nacré brillait comme la lune et fonçait à travers les ruines d'East Oakland où Felix avait grandi.

— Pourquoi il dira rien?

— Il a trouvé ça drôle. Il a fait tourner Levon en bourrique, il nous a tous fait tourner en bourrique. Il était tout excité d'avoir traversé la foule tel Moïse ouvrant les eaux de la mer Rouge. Mais si j'ai tort, dit-il à Tyree tout en jetant un coup d'œil à Levon, on le posera juste sur tes genoux et on expliquera qu'il est à toi. Donc de toute façon, je ne m'inquiète pas.

— Ce que je veux dire, c'est que ce flic a bousillé Lemon, ajouta Levon. Il lui a cassé le doigt et après, il s'est attaqué à son pied.

Tyree regarda Felix.

— J'ai cru qu'il avait eu une crise cardiaque ou une espèce de, tu sais… une attaque ou un truc de ce genre.

— Ce flic lui a botté le cul, insista Levon. Lemon n'a pas beaucoup d'amis, mais le flic avançait en terrain miné au milieu de tout ce monde. Il a eu de la chance que tu aies ce gamin et sa bande de voyous sous la main pour traîner Lemon ailleurs.

— Maintenant, le gamin va vouloir un boulot. Une zone à lui. Tu as regardé ses yeux?

— Je ne lui ferais pas confiance moi non plus.

— Comme employé intérimaire, on pourrait peut-être s'en servir.

— Je t'ai dit que j'avais déjà vu ce flic, poursuivit Felix. C'est celui qui est monté sur sa voiture de patrouille et a demandé aux jeunes de partir. J'ai entendu des choses sur lui. Il est nouveau ici, mais il a travaillé ailleurs. Ce n'est pas quelqu'un à qui se frotter, mais ce n'est pas un connard non plus. Il n'est pas très apprécié par ses collègues.

— Je le trouve correct. J'ai cru que j'allais peut-être devoir tuer Lemon tout à l'heure et passer la nuit en prison. J'apprécie de ne pas y être.

— Tu vois, Tyree ? Sois poli avec les agents ici. Ne leur lèche pas les bottes, mais sois poli. Et sois attentif à tout. Les yeux, la manière de bouger, pas juste l'uniforme. C'est une des raisons pour lesquelles ils portent un uniforme. Pour se ressembler. Mais ils ne sont pas tous pareils.

— Rentrons, suggéra Felix. Le flic nous a avertis que ça pouvait être dangereux ici la nuit.

Felix abaissa le siège électrique, qui vrombit. Il ferma les yeux un instant, sortit de sa chemise un objet pendu à sa chaîne en or, un petit sablier taillé dans un cristal de quartz clair, serti d'or, rempli, au lieu du sable, de minuscules pépites de diamant. Il rouvrit les yeux, le prit entre le pouce et l'index, le retourna et observa les grains étincelants couler par le goulet et s'amonceler au fond.

— Peu importe ce qui se passe, dit-il pour lui-même comme s'il était seul dans la voiture. Ça se passe. Mais les instants s'accumulent continuellement.

9

LE VENT

À partir de midi, l'obscurité se fit sur toute la terre.

C'était Vendredi saint, jour de la crucifixion du Christ. Mais aussi celui des poissons d'avril, le 1er du mois. Hanson avait effectué une semaine de plus du stage nécessaire pour obtenir son certificat POST et quitter l'OPD.

Un vent chaud venu de Lodi ou Tonopah soulevait les sacs en plastique et les déchets de fast-food dans le ciel obscurci. Il soufflait sur Oakland deux ou trois fois par an, chaque printemps, déferlant du désert. Il sifflait dans les arbres, secouait les portes moustiquaires, faisait vibrer les fenêtres, essayait d'entrer. Il se levait, se calmait, puis redoublait quand il atteignait le District cinq, y créait des tourbillons dans les ruelles, projetait des poubelles sur les voitures en stationnement. Les tourbillons de poussière qui s'engouffraient dans la 14e Est emportaient sur leur passage lambeaux de journaux, emballages jaunes de cheeseburger, tickets de parking, de bus, tickets de caisse de magasins d'alcools et images placardées d'enfants disparus l'année précédente et jamais retrouvés, leurs photos à présent si fanées qu'ils se ressemblaient tous.

Garé le long du trottoir au fin fond du District cinq, Hanson feuilletait son plan de la ville afin de localiser l'adresse indiquée par l'opératrice pour problème inconnu signalé par une femme qui avait refusé de laisser son nom. L'intervention était en stand-by depuis un bon moment et il n'arrivait pas à repérer le bâtiment. Donc, problème inconnu signalé par un individu anonyme à une adresse qu'il ne trouvait pas.

Le vent soufflait depuis le passé, en rafales, tournait, résonnait de voix, ébranlait la voiture de patrouille. Hanson leva les yeux et aperçut un gamin à vélo qui descendait en roue libre depuis le pâté de maisons en amont. Penché sur un côté à cause d'une violente bourrasque, il tenta de voir à travers le pare-brise de la voiture. C'était Weegee, souple et musclé à force de rouler tous les jours sans faute dans les districts lugubres et dangereux d'East Oakland. Il n'allait pas falloir longtemps avant qu'il obtienne son premier 9 mm en servant de guetteur pour le compte d'un dealer dans une des cités, et y gagne son propre territoire où vendre de la drogue. À ce moment-là il aurait de quoi s'offrir un Uzi. C'était un gamin énergique, il allait travailler dur et sans doute mourir avant son vingtième anniversaire. Il accéderait peut-être au rang de manager, de distributeur ou de superviseur avant d'y passer. Hanson le salua à travers le pare-brise.

Weegee lui adressa un grand sourire, se redressa et se mit à pédaler. À présent poussé par le vent, il prit tellement de vitesse pour rouler vers lui que Hanson se dit qu'il allait passer à côté de sa voiture en un éclair. Mais au dernier moment, il freina, tourna le guidon et exécuta un dérapage parfait pour s'arrêter face à lui.

— Salut, agent Hanson, lui dit-il, à peine essoufflé. Je pensais bien vous avoir reconnu.

— On se ressemble tous en uniforme. Comment vas-tu, Weegee ?

Il ne put s'empêcher de lui sourire.

— Bien.

— Tu habites dans le coin ?

— Je me balade. Vous voyez. Qu'est-ce qui vous amène ?

— Je suis encore perdu dans East Oakland. Tu peux peut-être m'aider.

Il saisit son plan.

— C'est juste là, indiqua-t-il en tapotant une page pliée du guide à spirale. Près d'ici, mais je n'arrive pas à trouver. La rue s'appelle Bleeker Court.

Weegee jeta un coup d'œil par-dessus son épaule, au bas de la rue, puis regarda Hanson.

— Vous êtes sûr ?

— Oui, m'sieur. Bleeker Court. C'est ce que m'a dit l'opératrice.

— Pourquoi vous devez aller… ?

Le vent projeta une poubelle contre une voiture abandonnée de l'autre côté de la chaussée.

— Pourquoi vous devez y aller ?

Je dois y aller. La cadence du pas de marche que Hanson avait apprise jadis à l'École militaire de parachutisme lui revenait par rafales. Il entendit sa propre voix et celles de camarades auxquels il n'avait pas pensé depuis longtemps. La plupart étaient morts. Il faut y aller, il faut y être, troupes aéroportées, infanterie…

— Pour régler un problème inconnu, répondit-il.

— Ils veulent que la police y aille ?

— Quelqu'un l'a demandé.

Weegee regarda à nouveau au bas de la rue.

— C'est un quartier bizarre de la ville, confia-t-il en penchant un peu la tête comme s'il écoutait quelque chose.

— Qu'est-ce que…

— Oh, non, rien, c'est juste que…

Il sourit.

— … J'ai l'impression que quelqu'un m'appelle : Weegee, Wee-gee, mima-t-il en riant. C'est juste le vent. Je peux vous y emmener.

Il fit pivoter son vélo sur la roue avant.

— C'est par là.

Hanson le suivit en voiture. Ils roulèrent dans des ruelles, passèrent par les portails ouverts de terrains vagues clôturés de grillages, des endroits qu'il n'avait jamais vus, dans des rues signalées par des panneaux « impasse », mais qui n'en étaient pas. Ils traversèrent une espèce de jungle peuplée de clochards et hérissée de feux allumés dans des incinérateurs de déchets de deux cent vingt litres d'où jaillissaient des étincelles. Ils longèrent une sorte de couloir aux murs construits avec des poubelles empilées. Ils aperçurent une décharge où trois cochons gros comme des chiens, les pattes raides, leurs petites queues en tire-bouchon dressées, se poursuivaient en couinant. Dans la poussière qui volait, ils sautaient sur des épaves de voitures, de réfrigérateurs et de cuisinières.

— Ce sont juste des chiens, se persuada Hanson.

Weegee s'arrêta dans une vraie impasse où un bosquet de bambous hauts de six mètres épais comme le poignet bloquait le passage. Hanson stoppa à côté du gamin dont les pneus crissèrent sur le gravier.

— C'est là, lui indiqua Weegee en montrant du doigt les bambous. Même moi des fois je ne trouve pas.

— Des fois ?

— C'est dur à expliquer. Y a des vieilles dames qui habitent là. Toutes des Blanches, précisa-t-il en opérant un demi-tour sur place. Vous voyez ces trois cochons ?

Il se mit à rire.

— Faut que j'y aille.

Il bondit sur son vélo, tourna la tête pour jeter un coup d'œil à Hanson comme s'il voulait ajouter quelque chose, mais se ravisa et s'en alla. Hanson l'observa un instant, puis coupa le moteur, descendit de son véhicule et sortit sa boussole. La flèche refusait de s'immobiliser. Elle oscillait. Au-dessus de lui, les bambous s'entrechoquèrent, murmurèrent, et quand il leva les yeux, une nuée d'étourneaux à bec orange et plumes mouchetées d'un vert-noir irisé s'échappèrent du feuillage en tournoyant, suivie d'une autre. Les oiseaux se chamaillèrent en poussant des cris stridents. Et s'envolèrent. Hanson pencha la tête en arrière, tendit l'oreille, écarta le rideau luisant de bambous aux chaumes nervurés et cloisonnés, suivit un chemin de dalles de brique à travers le bosquet.

Il découvrit alors douze maisons de style californien. Six de chaque côté d'une cour où se dressait un haut dattier dont les frondes mortes cliquetaient et craquaient dans le vent. Des plantes que Hanson n'avait jamais observées ni à Oakland, ni ailleurs, se faufilaient partout. Des lianes du Pérou aux fleurs jaunes et aux vrilles pareilles à des griffes, des figuiers de Barbarie épineux aux cladodes violettes. Des passiflores recouvraient presque entièrement les maisonnettes et contribuaient à maintenir en place ce qu'il en restait. Elles avaient dû être construites après le tremblement de terre de 1906, lorsqu'un grand nombre de personnes qui avaient perdu leur maison à San Francisco étaient venues s'installer à Oakland. Bien avant l'afflux, après la Deuxième Guerre mondiale, de Noirs venus travailler dans les chantiers navals, les conserveries et les usines automobiles.

Des vieilles dames, toutes des Blanches vivant au fin fond de la périphérie sud-est d'East Oakland, entraient et sortaient par les portes de l'unité n° 5. Elles portaient des jupes, des chemisiers et des robes défraîchis, des vêtements trop serrés aux épaules et aux hanches. Leur jeunesse remontait à l'époque de la construction du site, celle où les ferries flamboyaient dans la baie brumeuse et faisaient des allers-retours réguliers depuis San Francisco. Hanson entendit dans le lointain de la musique *dance* portée par le vent et il les vit, jeunes à nouveau, coupe au carré et robe garçonne à perles chatoyantes comme un plumage d'étourneau, en train de danser toute la nuit sur le ferry, la boule disco au-dessus de leurs têtes mouchetant de lumière la piste de danse et les murs.

Il franchit la haie de bambous et traversa la cour. Haut dans le ciel, le vol d'étourneaux prit la forme d'un serpent, d'un requin, d'une méduse, puis s'égailla et disparut en tournoyant. Le vent murmurait, bâillait.

Hanson monta les marches branlantes du porche de l'unité n° 5.

— Bonjour, mesdames, dit-il.

Les vieilles femmes l'ignorèrent comme s'il venait leur vendre une religion ou une autre. Elles sortirent, certaines avec des magazines ou des boîtes de conserve sous le bras, d'autres avec des serviettes en papier et des livres serrés contre la poitrine, d'autres encore chargées de sacs de magasins qui avaient plié boutique depuis longtemps.

— Mesdames, excusez-moi, insista Hanson.

L'une d'elles le poussa un peu pour pouvoir entrer dans la maison, et lui adressa un regard furieux. Arrivé devant la porte, il dut s'écarter, laisser la voie libre à une vieille dame qui transportait une lampe de table à l'abat-jour cabossé, et à une autre derrière elle, chargée d'un carton plein de rubans verts et rouges, de nœuds autocollants brillants et de papier cadeau de Noël brillant qui avait déjà servi. Le vent le souleva un peu avant qu'elle ait le temps de poser la main dessus et il se mit à voltiger dans la cour en crépitant.

Dans la maison, des liasses de journaux jaunis et froissés s'empilaient à hauteur de taille le long des murs de l'entrée, sur les meubles et sur l'imposant meuble-télé en chêne. Un étroit passage ménagé entre les quotidiens permettait l'accès au canapé, puis au coin cuisine encombré de numéros de l'*Oakland Tribune* jusqu'à hauteur de poitrine, pratiquement au niveau des appuis de fenêtres. Des années, des décennies de mauvaises nouvelles. Il régnait une odeur de plats brûlés masquée par du désodorisant, et l'on sentait un léger relent doucereux de pourriture, comme l'haleine d'un conducteur ivre qui affirme être sobre.

— Qui a appelé la police ?

Une moustiquaire mal fixée claqua au vent.

Dans la cuisine, une vieille dame, pieds nus, en peignoir de bain et coiffée d'un bonnet de douche de motel, ouvrait et refermait vigoureusement les portes de placards de cuisine déjà vidés.

— Mesdames ?

Elles pillaient la maison.

Une autre, les cheveux si clairsemés qu'on lui voyait le crâne, et uniquement vêtue d'une miteuse combinaison couleur chair, était aux prises avec un tiroir coincé. Il finit par céder et sortir de ses rails. La vieille dame trébucha en arrière et se retrouva contre le mur opposé. Dans le mouvement, une de ses bretelles glissa et laissa voir un sein. Sur le lino gondolé, des assiettes bon marché s'entrechoquèrent à côté de couverts liés en fagots avec des élastiques. Cuillères, fourchettes et couteaux en plastique fournis avec les plats à emporter. Elle jeta un coup d'œil à Hanson et remonta sa bretelle.

Des sacs-poubelle noirs bosselés s'amoncelaient à l'autre bout de la cuisine. Du vin se déversait de cubis écrasés. Hanson referma la porte du réfrigérateur, puis entra dans une pièce qui avait dû servir de salle à manger autrefois. Une femme trapue en robe de chambre à fleurs, ses cheveux bruns moribonds retenus par un élastique et ses bas en Nylon roulottés sous les genoux, fouillait dans les tiroirs d'un buffet en bois foncé. Ses lèvres minces étaient peintes en rouge sang et ses sourcils entièrement épilés dessinés en arcs sévères.

Un grand fracas dans la pièce voisine incita Hanson à se retourner. Deux autres dames le dépassèrent et se précipitèrent vers une chambre aux rideaux tirés et éclairée de manière aussi subtile qu'une gare routière par les ampoules de cent watts d'un plafonnier premier prix. Personne ne les avait encore volées. Les éclats de verre d'un miroir tombé sur la coiffeuse et éparpillés sur le tapis à poils longs orange et bleu s'émiettèrent sous ses bottes. Bijoux fantaisie, poudre à maquillage, manteaux, chemisiers et chaussures, bouteilles de vodka de un litre et de un demi-litre étaient disséminés un peu partout. Il examina le corps de femme qui gisait sur le lit.

Ni plaies ni signes de traumatisme visibles, mais il n'allait pas le retourner pour vérifier s'il y avait des orifices de sortie. La mort pouvait être due à n'importe quoi : empoisonnement, asphyxie, pic à glace dans l'oreille. Mais la cause probable du décès de la vieille dame était son grand âge. Elle reposait sur le dos, nue, les genoux relevés et écartés par l'effet de la gravité ou de la mort. Un bras en travers du corps, l'autre tendu, paume ouverte. Son visage était tourné vers Hanson, ses yeux presque fermés. Du sang noir s'était accumulé sous ses fesses et ses pieds. Les draps, ivoire au départ, avaient pris une teinte noir graphite au fil des ans. On y était tombé ivre mort pendant des années et on ne les avait jamais lavés. La mort avait lissé toutes les rides de son visage, rides frontales et rides du lion, avait tendu la peau sur les pommettes et le nez. La défunte était antique et anonyme. Masque mortuaire de femme lambda. Aristocrate, sans âge. Il s'approcha et l'observa. L'odeur de putréfaction un peu doucereuse imprégnerait l'uniforme en laine et les cheveux de Hanson. Dehors, le vent gémissait, crépitait comme des coups de feu.

Il ramassa le dessus-de-lit qui avait glissé sur le sol. Les bouteilles de vodka roulèrent et s'entrechoquèrent.

Puis il couvrit le corps. La scène de crime avait déjà été piétinée et les lieux pillés. Il affirmerait avoir trouvé le cadavre couvert. Quand il retourna dans la cuisine, il n'y avait plus personne. La maison vide tremblait à chaque bourrasque. Quelque part, une porte moustiquaire claquait sans relâche en grinçant. Il ferma à clé la porte du fond, vérifia que toutes les fenêtres étaient fermées, puis retourna dans la chambre et resta sur le seuil un moment.

— Ça va aller, rassura-t-il le cadavre. Tout est sécurisé. Ça va aller maintenant.

Le vent faisait vibrer les vitres, tentait de s'insinuer par les interstices.

— Bien, conclut-il.

Et il sortit.

Une fois sur le porche, il ôta son émetteur-récepteur de son ceinturon, tapota sur le micro et récita son indicatif d'appel. Les parasites interrompirent la communication. Le vent soufflait à trente mètres du sol dans une direction, puis virait brusquement en dessous, déchirant les nuages. Il chantait là-haut.

L'opératrice le pria d'attendre un instant.

La nuée d'étourneaux avait vrillé pour former un entonnoir vert-noir scintillant qui volait vers la frontière avec San Leandro.

L'opératrice recontacta Hanson et lui demanda d'attendre sur place.

Il se dirigea vers la maison voisine, monta les marches et frappa à la porte. Il crut entendre quelqu'un parler, mais c'était peut-être simplement la télé ou le murmure du vent. Il cogna à la porte avec sa matraque, regarda les oiseaux, écouta les craquements du palmier, rame géante grinçant dans son tolet. Personne ne vint ouvrir. Le bruit de voix cessa.

L'obscurité se leva au-dessus des arbres tel un voile de fumée, se souleva avec le vent, se répandit dans les nuages. Les portes moustiquaires de tous les immeubles battaient. Les chiens hurlaient contre le ciel.

— *Cinq Tac 51.*

— Cinq Tac 51, répéta Hanson.

— *Hmm, Cinq Tac 51, ne prenez pas en charge cette intervention. Vous serez 905.*

— Il y a un cadavre sur les lieux.

— *Cinq Tac 51, vous notez, ne prenez pas en charge. Cet endroit est hors de notre juridiction. Vous serez 905.*

— Cinq Tac 51, je vais devoir…

— *Cinq Tac 51, elle va être confiée au comté. J'ai un numéro de référence du comté d'Alameda pour votre rapport, vous êtes prêt à noter ?*

Hanson inscrivit le numéro dans son carnet et replaça l'émetteur-récepteur à son ceinturon. Il jeta un dernier coup d'œil à l'unité nº 5 et regagna sa voiture de patrouille.

Le lapin noir était à demi caché sous le porche de l'unité nº 2. On aurait dit une ombre, une fissure dans la dalle de béton. Hanson l'ignora en passant devant. Il se demandait comment il allait retrouver son chemin jusqu'au district. La nuit tombait. Il vit un éclair tressaillir à l'horizon. Le vent était déjà bien assez pénible, pas question de supporter aussi la présence d'un fichu lapin. Des centaines de lapins noirs, sans doute célèbres dans tout le pays, se reproduisaient probablement chaque nuit dans East Oakland, mais il n'avait encore jamais entendu parler du phénomène, de ce vivier de proies urbaines pour tous les chiens sauvages. L'animal trottinait derrière lui, le suivait comme un toutou. Hanson s'arrêta, se tourna et le regarda. Une bourrasque ébouriffa sa fourrure lustrée, y modela de petites mèches noires. Ses oreilles pendantes remuèrent quand il leva les yeux vers lui. Une frise irrégulière de poils blancs lui descendait de sous un œil le long du museau. Il s'agissait bien du lapin du temple. Le sanctuaire se trouvait à des kilomètres, dont la plus grande partie en côte de l'autre côté des deux autoroutes. C'était le même lapin. Et il n'allait pas le laisser tranquille.

— Qu'est-ce qu'y a ? lui lança Hanson.

L'animal inclina la tête et grignota quelques brins d'herbe en le regardant d'un œil.

Hanson le chassa d'un geste des mains, paumes ouvertes, comme s'il l'éclaboussait avec de l'eau.

— Va-t'en. Tout de suite.

Mais il ne bougea pas. Hanson le contourna.

— Hé, agent Hanson !

C'était Weegee. Il traversait les bambous pour venir à sa rencontre.

— Weegee. Je suis content de te voir, jeune homme. Dis donc, je ne savais pas si j'arriverais à sortir d'ici, c'est vraiment un endroit étrange.

— C'est vrai.

Il baissa les yeux. Par timidité ou peut-être gêné qu'un flic se perde comme ça sans arrêt.

— J'y ai pensé, poursuivit-il. Et j'ai décidé de revenir voir si vous étiez sorti.

Il leur fallut un moment. Hanson comprit que Weegee avait lui aussi peur de cet endroit, mais il lui avait montré comment y accéder, et il était revenu. Il se mordit la lèvre et leva les yeux vers le ciel, mais le ciel avait disparu. Seuls y demeuraient des nuages noirs et gris.

— Allez, on *dee dee,* jeune homme. Si j'arrive à traverser ces satanés bambous.

— Ça veut dire quoi *dee dee*?

— *Dee-dee mau.* C'est du vietnamien. Ça veut dire «fichons le camp».

Il rangea le vélo de Weegee dans le coffre de la voiture de patrouille et ils partirent ensemble. Weegee lui parla avec enthousiasme d'un certain Felix qui conduisait une Rolls-Royce. Hanson sourit, fit oui de la tête, mais il n'entendait pas vraiment ce que le gamin lui racontait. Il ne prêtait pas attention à la radio non plus. Il écoutait les paroles du vent. Il emmena Weegee manger un Gangsta burger au Junkyard Dog, puis il lui proposa de le déposer chez lui, mais le gamin lui répondit qu'il allait rentrer à vélo, qu'il n'était pas loin.

Plus tard, Hanson consulta son plan et remarqua qu'un petit secteur d'Oakland, qui comprenait Bleeker Court, était hachuré, relégué hors des limites de la ville.

10

FEU AMI

Hanson dort.

La ville d'Oakland est éveillée. Un agent des Stups sous couverture du nom de Sandler poursuit un jeune Noir de quinze ans dans les arrière-cours du District quatre. Cette nuit, Sandler et ses deux coéquipiers ont passé plusieurs heures à essayer de déjouer un deal de drogue en se faisant passer pour des clients dans Oakland West, sans succès. Au moment où Sandler s'apprêtait à quitter l'endroit où il avait garé sa voiture banalisée, et s'arrêter là pour la nuit, un véhicule les a doublés et ça l'a mis en rogne. La tête du conducteur était cachée par l'appuie-tête – le type paraissait petit pour conduire. Sandler l'a donc suivi et a recherché le numéro d'immatriculation sur la fréquence radio secrète dont se servent les flics sous couverture. La nuit, ils étaient en général quinze ou vingt sur le terrain, mais les patrouilleurs l'ignoraient et ne connaissaient pas toutes les fréquences radio classées secrètes utilisées par leurs collègues des Stups et d'autres unités spéciales. Soucieux d'éviter que la mission soit compromise par la faute des agents de patrouille, le service en gardait plusieurs secrètes.

La plaque s'avéra correspondre à une voiture volée le matin même. Sandler alluma donc les phares rouges cachés derrière la calandre du modèle de Ford bleu foncé sans options que presque tout le monde reconnaissait comme une voiture de police.

Le gamin, Ezekiel de son prénom, avait roulé dans les environs presque toute la journée, était presque à sec et avait l'intention d'abandonner la voiture assez près de chez lui pour rentrer à pied. Quand il aperçut les phares derrière lui, il accéléra. Il atteignit presque les cent soixante kilomètres à l'heure sur l'autoroute 880, la voiture de police à ses trousses. Il n'oublierait jamais cette course-poursuite. Il remonta High Street en faisant crisser les pneus, essaya de semer les flics près de son quartier, mais n'y parvint pas, dérapa, emboutit une grosse boîte aux lettres bleue, sauta du véhicule, puis se mit à courir vers chez lui.

Sandler était vraiment furieux. Un flot d'adrénaline envahissait son corps. Il arrêta sa voiture en dérapage contrôlé, bondit du véhicule où il abandonna ses coéquipiers, bien décidé à tuer Ezekiel, à tout le moins lui flanquer une bonne raclée.

Il se rendit compte qu'il courait à la parallèle du gamin, s'éloigna en décrivant un arc. Deux pâtés de maisons plus loin, il l'attendait, qui sortait de l'obscurité en soufflant, mal en point. Sandler le jeta à terre et lui pointa son .44 à canon court sur la tête.

Des unités avaient été envoyées en renfort pour aider à appréhender un voleur de voiture. Deux des véhicules conduits par de jeunes flics qui avaient moins de six mois d'expérience surprirent Sandler dans le faisceau de leurs phares avant. Il était penché au-dessus d'un jeune garçon. Un revolver braqué à quelques centimètres de sa tête, le gamin implorait sa pitié en criant.

Bien entendu, les jeunes flics n'avaient jamais rencontré Sandler et ignoraient la présence de flics sous couverture dans les environs. Ils se précipitèrent hors de leurs voitures, armes de service pointées sur Sandler en hurlant : « Pas un geste ! Pas un geste ! » Et l'un d'eux pressa par mégarde la détente de son pistolet, fit peur à son collègue, qui lui aussi se mit à tirer. Ils atteignirent Sandler neuf fois depuis le milieu de la rue.

Ezekiel, terrorisé, n'osait pas bouger. Sandler était mort.

Le lendemain, les médias firent seulement allusion au drame dans un bref article où l'on parlait d'un officier de police d'Oakland abattu par accident.

11

STATISTIQUES

La gueule de bois de Hanson était presque passée et la brise venue de la baie sentait la haute mer. C'était le premier jour de mai. Un autre mois s'était écoulé. Il n'y avait aucune raison qu'il ne tienne pas les dix-huit de sa période d'essai. Il continuerait d'avancer.

Il venait de régler sa première intervention de la journée – tentative de sodomie / 245 au couteau, telle que décrite par l'opératrice – dans un centre de réadaptation à la suite d'une dispute à propos de la véritable nature de Jésus, fils de Dieu ou simple prophète. Les deux victimes étaient également des suspects, la présumée menace au couteau ayant été commise contre le présumé sodomite. Après que Hanson eut réussi à les séparer et à les calmer, les protagonistes semblaient bien se porter, abstraction faite de leur état d'ébriété et de leur léger trouble psychotique.

Il arrivait presque au terme de son bilan mensuel et il lui fallait encore trois arrestations pour crime, et au moins deux pour délits, s'il voulait maintenir son quota au niveau du reste de la brigade et consolider ses statistiques de résultats. Il aurait pu arrêter les deux résidents du centre pour délit, et y avait songé.

Le district attorney ne les aurait jamais inculpés, mais les deux arrestations auraient été comptabilisées dans ses stats – deux de moins, donc plus qu'une. Mais les mener à bien, transport et paperasse compris, lui aurait pris deux heures. Il se contenta donc d'une note sur le formulaire d'intervention. *Problème résolu au moment du départ. Hanson/7374 P.* Il essayait de réduire la majorité des rapports d'intervention à des formulaires.

Les deux résidents du centre de réadaptation avaient promis de rester éloignés l'un de l'autre pour la nuit, chacun seul dans sa chambre lugubre. Au départ de Hanson, ils lui avaient tous les deux fait au revoir de la main. Il avait levé la sienne en réponse et s'était surpris à espérer qu'ils aillent bien. Que croyait-il ? C'étaient deux Noirs ivres et psychotiques à Oakland. Ils n'iraient jamais bien. Ils étaient foutus, condamnés, et on ne pouvait plus rien pour eux.

Mieux valait se dégoter quelques arrestations de plus au cours des deux nuits à venir, sinon le lieutenant Jenkis le convoquerait et aurait une bonne raison de le provoquer. Une des copines de Fernandez, du service des Archives, lui avait confié que le lieutenant avait demandé de faire passer tous les rapports de Hanson par son bureau. Depuis le temps qu'il patrouillait dans les Districts quatre et cinq, simple agent parmi les autres, il espérait que le lieutenant avait commencé à l'oublier. Il n'avait jamais vu personne d'un grade supérieur à celui de sergent dans la rue, et peu de ce grade-là. Exception faite des fusillades, agressions avec arme mortelle et d'un bon nombre de braquages, il s'occupait surtout de différends conjugaux, de querelles de voisinage, de litiges sur les parcelles cadastrales, de violation de propriété, de menaces et tentative d'agression, plus divers 647 – atteintes aux bonnes mœurs –, en général des troubles à l'ordre public ou des cas d'ivresse sur la voie publique. Il était donc avant tout un travailleur social. Les habitants d'East Oakland avaient uniquement recours à la police quand les menaces se révélaient inefficaces et que la seule solution était d'appeler les forces de l'ordre ou de régler la situation à coups de pistolet, de couteau et de démonte-pneu. Hanson savait parler aux gens, les calmer, leur poser des questions, leur faire des suggestions, les convaincre, et il ne les arrêtait pas à moins d'y être contraint. Ce qui réduisait sa quantité de paperasse, mais nuisait à ses statistiques. Pourtant, certains jours, comme ce soir-là, vers la fin de la période des deux semaines de bilan, il se donnait de la peine pour suivre le règlement, celui de l'OPD, et résoudre les problèmes en coffrant les délinquants. S'il avait mauvaise conscience en rentrant chez lui à l'aube, il se rassurait en se persuadant que si ce n'était pas lui qui s'en occupait, ce serait quelqu'un qui traiterait la population beaucoup plus mal. Et il n'en avait plus que pour… moins de huit mois. Ensuite, il intégrerait un commissariat plus convenable où il pourrait se comporter humainement de temps en temps. La formation était un moyen d'atteindre un but. Il ne fallait pas être trop dur avec soi-même.

Juste en haut de la rue, devant une maison de style victorien délabrée, un Noir torse nu, la petite trentaine, carrure d'habitué de la prison adepte de la gonflette, tenait par les cheveux une tête coupée qu'il balançait. Au moment où Hanson ralentit, l'individu se mit à la cogner contre un arbre. Le crâne se cassa. Nez, oreilles et mâchoire se détachèrent. Hanson écrasa la pédale de frein, braqua vers le trottoir et s'aperçut qu'il ne s'agissait pas d'une tête, mais d'une plante en pot, flétrie, de ses tiges sèches et de ses racines ratatinées en boule. Il réaccéléra, redressa le volant et se demanda s'il pouvait caser quelques crimes entre deux interventions. Il jeta un coup d'œil à l'individu dans le rétroviseur. Il se tenait maintenant dans la rue, brandissait encore ce qui restait de la plante morte et roulait des yeux furibonds en direction de la voiture, l'air de dire : « Qu'est-ce que tu regardes, connard ? »

Il lui fallait aussi des infractions au code de la route pour mettre quelques PV. Il trouverait des contrevenants, mais s'il ne remplissait pas son quota tous les mois, il aurait l'air d'un flic médiocre, ce qu'on appelait « une limace », et quand on avait l'air d'une limace, on en était une.

Et quand bien même ? Sa réputation auprès de ces abrutis n'aurait pas dû le tracasser, mais c'était pourtant le cas. Au quotidien, dans un service de police, la réputation compte plus que tout. On craint de correspondre à l'image que les autres se font de vous. Et ils ne tardent pas à s'en faire une. Une fois que l'idée d'être un flic limace vous effleure et que vous vous mettez à perdre confiance, il devient impossible de vous acquitter de vos fonctions. Ensuite, vous devenez ce qu'ils pensent que vous êtes. Avoir un coéquipier avec qui parler lui manquait parfois, mais il s'y habituait.

À Portland, beaucoup de ses collègues ne l'appréciaient pas, mais sa réputation y avait été solide. Dans le North, l'arrondissement le plus difficile, il s'était montré frimeur, courageux et excentrique. Il pouvait paraître bizarre mais il était capable d'enfoncer une porte, et il était le premier à entrer. Malgré son côté impertinent, ses tendances écolo et ses discours de gauche, on ne la lui faisait pas. Ils avaient beau tous le trouver un peu plus fou qu'eux, ça restait un fou vraiment courageux.

En réalité, il n'était pas courageux, ni même fou, c'était juste qu'il n'avait pas peur. Parce qu'il se souciait peu de vivre ou de mourir. Il s'inquiétait parfois de commettre une erreur, d'être responsable d'une mort, de manquer de prudence et d'avoir l'air idiot quand il mourrait. Il n'en avait aucune envie et, bien entendu, quand le moment viendrait, il espérait ne pas trop souffrir et vite passer de vie à trépas. Ce n'était pas plus compliqué et il n'en parlait à personne. Ce n'était pas vraiment un secret, mais il se sentait incapable de l'expliquer.

S'il avait un secret, c'était son caractère cruel. Un temps, il avait pensé qu'il était né comme ça, mais dans l'armée, et pendant la guerre là-bas, il s'était rendu compte qu'il ne s'agissait pas d'un trait de caractère, mais plutôt d'un talent. Quand on s'entraîne, on ne cesse de s'améliorer. Quand on est méchant et qu'on se fiche de vivre ou de mourir, personne ne vous embête. Il savait gérer cette tendance, et depuis longtemps. Il songeait parfois que, même maîtrisée, elle se lisait dans ses yeux et que, confrontés à ce regard-là, les gens faisaient ce qu'il leur demandait. À l'image d'un chien méchant, elle lui restait fidèle, le protégeait, même s'il la tenait enchaînée. À Portland, il avait eu une coéquipière pendant quatre ans. Puis elle s'était fait tuer. Hanson avait pourchassé et exécuté l'assassin. Cette coéquipière, Dana, une flic chevronnée avec quatorze ans d'expérience dans le ghetto et connue sous le nom de « L'ours de l'avenue », intrépide, presque une force de la nature, était un témoin du comportement de Hanson pendant le service. Ils patrouillaient ensemble dans la même zone, chaque nuit. Ils travaillaient aussi avec des agents qui, à deux par voiture, faisaient des rondes adjacentes et voyaient Hanson à l'œuvre. Les témoins et le bouche-à-oreille, c'était comme ça qu'on se forgeait une réputation à Portland.

À Oakland, la réputation reposait sur la paperasse. Rapports d'intervention, d'arrestation, dépositions de témoins, rapports d'informations complémentaires, rapports supplémentaires. Un bon flic avait de bonnes statistiques et procédait à beaucoup d'arrestations ensuite enregistrées et classées. Un bon flic avait en général plus que son lot de plaintes déposées par les citoyens, parfois beaucoup plus. Et comme il procédait à plus d'interpellations, il faisait bien sûr l'objet de davantage de plaintes, mais se servait des arrestations comme premier et principal moyen de traiter avec les gens. Il n'essayait pas d'abord de parler, ni surtout d'écouter, et s'exposait ainsi aux récriminations de beaucoup de citoyens. Les flics prononçaient le mot « citoyen » avec la même intonation que le mot « connard ».

Le quota exigé entraînait tellement d'arrestations que le district attorney ne requérait l'inculpation qu'une fois sur dix. Tout ce que le système était capable de supporter. Ensuite, il pouvait s'écouler des mois, parfois un an, avant qu'un inspecteur examine l'affaire. À ce moment-là, le suspect, ou même les témoins ou les victimes, pouvaient se trouver derrière les barreaux – « La victime d'aujourd'hui est le suspect de demain » – ou être déjà morts. Dans ces cas-là, le district attorney était ravi de se débarrasser de l'affaire et d'alléger ainsi sa charge de travail.

Le taux d'élucidation des homicides volontaires était fondé sur les arrestations – encore des statistiques –, non pas sur le nombre de suspects reconnus coupables. Et quand ils étaient reconnus coupables, c'était essentiellement sur la base d'aveux obtenus après vingt-quatre ou trente-six heures d'interrogatoire ininterrompu. Les inspecteurs qui les enregistraient n'étaient pas ceux qui les menaient. Alors parfois, après deux, trois ou quatre ans de prison, l'individu qui avait avoué était libéré car on s'apercevait qu'au moment du crime il était au travail, ou chez quelqu'un ou même en prison, qu'il y avait des vidéos, des enregistrements ou des témoins pour le prouver, et qu'il l'avait répété aux flics jusqu'à ce qu'il finisse par avouer pour pouvoir dormir et éviter la peine de mort dont ils le menaçaient s'il n'avouait pas.

Le service tenait le compte du quota d'arrestations comme l'armée celui des morts au Vietnam. C'était la seule façon de prouver qu'il était sur la brèche alors que le taux de criminalité augmentait d'année en année. Les tribunaux étaient si engorgés à cause de toutes ces arrestations que seules les affaires quasiment impossibles à perdre faisaient l'objet d'un procès. La plupart des personnes appréhendées le savaient et ne tentaient pas de plaider coupable pour obtenir une négociation de peine. Elles étaient libérées et, quelques jours plus tard, elles revenaient alimenter les statistiques.

*

Pendant son service la nuit à East Oakland, Hanson croisait rarement une autre voiture de patrouille. Personne ne le voyait travailler, sauf les citoyens, toujours des inconnus puisqu'il effectuait chaque soir des rondes différentes, comme les autres flics de l'OPD. Tout contact policier-citoyen – même un simple geste, coup d'œil ou commentaire marmonné – supposait une interaction entre personnes qui s'attendaient au pire l'une de l'autre. Toute rencontre était potentiellement mortelle.

Il était tôt dans la soirée lorsque Hanson se gara en marche arrière dans une rangée de voitures d'où il pouvait observer le Pioneer Chicken. Le bâtiment de verre et d'aluminium illuminé rappelait une cathédrale de l'Armée du Salut rehaussée de néons vacillants. De la vapeur s'échappait de la cuisine à l'arrière, tel un piètre miracle.

L'énorme enseigne *Pioneer Chicken*, resplendissant de tous ses feux, tournait et ondoyait dans le ciel sombre comme une station spatiale de ghetto avec son dessin humoristique d'un cuisinier rondelet tenant d'une main un poulet rôti de la taille d'une roue de moto et semblant sortir d'un chariot bâché dont les roues rouges clignotaient.

Au cours des deux mois précédents, il y avait eu cinq ou six braquages de franchises Pioneer Chicken en ville. Les gérants avaient renforcé l'éclairage et engagé au salaire minimum des vigiles qui refusaient de travailler la nuit.

Du côté de la rue opposé à la place de stationnement

de Hanson, au niveau de l'intersection, un Noir, la cinquantaine, le poing gauche serré, attendait que le feu passe au vert. C'était un héroïnomane qu'il avait repéré pour la première fois en janvier alors qu'il effectuait cette même ronde. Quelques semaines plus tôt, il l'avait arrêté et avait noté dans son carnet ses nom, adresse et date de naissance, histoire de le garder en réserve pour les moments où son nombre d'arrestations serait insuffisant. En général, à cette heure de la nuit, l'homme se promenait dans la rue, toujours seul et toujours vêtu de la même veste et du même pantalon marron. Consommer de l'héroïne lui permettait de tenir, de supporter les jours et les nuits. C'était une manière de s'endormir et une raison de se réveiller, juste un délit mineur, mais c'était facile à verbaliser.

En tant qu'agent de police qualifié, Hanson savait reconnaître les six signes de l'addiction aux opiacés. Il avait un motif raisonnable de l'arrêter, de le fouiller et de chercher des traces de piqûre, preuves suffisantes qu'il violait la loi 11550 du Code de la santé et de la sécurité de Californie : consommation d'une substance réglementée. Le formulaire « emprise de narcotiques » était facile à remplir – pas trop de cases à cocher et, en bas, deux dessins simples figurant un bras droit et un bras gauche sur lesquels le patrouilleur pouvait situer les marques de seringue observées.

Hanson sortit de la voiture.

— Salut, Jonah, lança-t-il au drogué.

L'homme leva les yeux et lui adressa un sourire forcé. À son regard, on voyait bien qu'il se demandait s'il devait ou non s'enfuir en courant. Il se savait coupable de quelque chose, mais pas vraiment de quoi.

Toujours sourire aux lèvres, il passa en revue son emploi du temps des derniers jours pour y trouver un indice. Le feu passa au vert.

— Viens par ici, lui ordonna Hanson.

Le sourire de Jonah commença à s'estomper. Trop tard pour courir, et où courir de toute façon ? Il était allé à San Francisco plusieurs fois, et une fois à L.A., à l'époque du lycée, mais sinon, il avait passé toute sa vie dans East Oakland.

Hanson lui fit signe de le rejoindre de son côté de la rue. Jonah s'exécuta, en essayant de mettre un peu de ressort dans sa démarche et de raviver son sourire.

— Qu'y a-t-il, monsieur l'agent ?

Malgré une existence ponctuée d'interpellations par la police, il espérait encore ne pas se faire arrêter.

— Allez, tu le sais bien.

— J'allais juste m'acheter du poulet.

Il tourna sa tête presque chauve dans la direction du Pioneer Chicken, puis ouvrit le poing pour montrer à Hanson les billets de deux dollars et la monnaie qu'il tenait.

— J'ai vraiment faim, reprit-il en esquissant un nouveau sourire.

— Remonte ta manche.

— Qu'est-ce qu'y a ?

— Remonte-la.

— Monsieur, j'allais juste me prendre à dîner et rentrer chez moi.

— Remonte-la.

Il obtempéra et, les yeux posés sur l'enseigne pivotante du Pioneer Chicken, tendit à Hanson un bras purulent et criblé de cicatrices.

— Tu es armé, Jonah ?

— Non, monsieur.

— Tu as quelque chose dans les poches qui pourrait…

— Non, monsieur.

— … qui pourrait me tailler ou me piquer ?

— Non, monsieur. Désolé…

— C'est bon.

Hanson n'avait pu s'empêcher de répondre poliment, et sur un ton autoritaire sans empathie inutile et purement professionnel, il ajouta :

— Approche-toi de la voiture.

C'est au moment du passage de menottes qu'on recensait des blessés. C'était la dernière occasion pour le suspect de courir, de se battre et d'essayer de s'emparer de l'arme du policier. Une fois les menottes passées, l'affaire était réglée.

— Penche-toi sur le capot et mets les mains derrière le dos.

Quelques badauds observaient la scène depuis le parking du Pioneer Chicken. Ils étaient furieux que Jonah soit humilié en public. Hanson leur lança un regard noir.

— Écarte un peu plus les jambes, lui demanda-t-il en donnant un coup de botte dans le talon des chaussures éculées de Jonah.

Une fois menotté, le contrevenant ne prononça plus un mot. Il fit ce que Hanson lui demanda, sans se plaindre, comme si le patrouilleur n'était rien de plus qu'un engrenage ou un levier dans une machine familière et implacable. Ni l'un ni l'autre ne parla sur le chemin de la cellule de détention. Hanson, en écoutant la respiration de Jonah derrière la grille de séparation, pensa à ce qu'aurait été la soirée de ce pauvre type s'il n'avait pas été arrêté pour violation de la loi 11550 du Code de la santé et de la sécurité. Pas grand-chose, sans doute. Deux morceaux de poulet frit, peut-être un verre de vin enrichi en alcool, et de l'héroïne pour adoucir les angles aigus de sa vie ratée. Et enfin, le sommeil.

Mais maintenant, il allait sans doute passer la nuit debout, en compagnie d'une dizaine d'autres détenus, alcooliques, sociopathes, brutes, dans une cellule dégoûtante, où, avant le lever du jour, il commencerait à ressentir les effets du manque d'héroïne. Puis on le menotterait à un anneau dans le bus de transport de détenus pour le conduire à la maison d'arrêt de Santa Rita, où il passerait probablement trois mois.

À sa sortie, il devrait emprunter de l'argent, trouver un endroit où dormir pendant qu'il en chercherait un où s'installer, espérer que son dealer ne soit pas incarcéré et en dénicher un nouveau s'il l'était. Retourner à la normale, en définitive. Il l'avait déjà fait souvent. Ce n'était pas grand-chose. Il n'était sans doute même pas vraiment en colère. Ça faisait partie de la vie.

*

Hanson but tellement après le travail qu'il s'écroula à 21 heures et dut appeler le lendemain pour prévenir qu'il ne viendrait pas travailler. Le téléphone tremblait dans sa main tant sa gueule de bois était intense. Il prit deux sachets de cocaïne ramassés à l'arrière de la voiture de patrouille un jour où il n'avait pas vu de raison de verbaliser et d'incarcérer celui qui les y avait laissés tomber. Il les sniffa par petites lignes en se délassant dans un long bain chaud tout en écoutant les conduites d'eau gargouiller dans les murs de la vieille bâtisse.

Il évita autant que possible de penser à Jonah en plein état de manque à Santa Rita, pour qu'il puisse, lui, ajouter un délit à ses statistiques d'arrestations. Pour satisfaire un sergent dont il ne se rappelait pas le nom, un petit lieutenant arrogant qui s'employait à chercher des fautes de frappe dans les formulaires de rapports d'arrestation et à gagner le respect des agents plus âgés, qu'il méprisait pour la plupart.

Il se demanda s'il était en train de s'habituer à ce genre de comportement, s'il allait commettre encore pire sans se sentir honteux. Il passa en revue les arguments classiques : s'il ne le faisait pas, quelqu'un – un plus gros salaud que celui qu'il était en voie de devenir – le ferait. C'était juste un moyen d'atteindre un but, celui de pouvoir agir de façon honnête dans un autre service. Il ne lui restait plus que sept mois. Et deux jours. Ce n'était pas un dégonflé. Personne ne le traiterait de dégonflé ! Ce n'était pas comme s'il était convaincu du bien-fondé des lois idiotes qu'il était censé faire respecter… et personne n'en avait rien à cirer de toute façon. C'était juste un boulot, un boulot bien payé dans un contexte économique défavorable. Et quel autre métier aurait-il pu exercer ? Il était trop vieux pour se mettre à porter une cravate et recevoir les ordres d'un abruti lambda qu'il aurait été capable de tuer à mains nues sans verser une goutte de sueur. Ah çà oui ! Il devait être un peu indulgent envers lui-même de temps en temps.

*

Hanson était maintenant enfermé dans le sas sécurisé de la zone de détention de l'OPD. Le gardien était sur le point d'actionner l'ouverture de la porte quand il avait dû courir à la rescousse d'un collègue pour maîtriser le prisonnier que Hanson avait amené. L'individu en question avait proféré des menaces à l'encontre de Hanson pendant tout le trajet. Il avait cogné son front contre la paroi de Plexiglas du véhicule et hurlé en postillonnant qu'il allait trouver où il vivait et que la prochaine fois qu'il le verrait, ce connard, serait la dernière parce qu'il aurait son fusil avec lui.

Le prisonnier s'était arrêté pour reprendre son souffle. Hanson, sans quitter la route des yeux, lui avait dit d'une voix calme et posée qu'il était désolé de le voir se mettre dans cet état et lui conseillait d'éviter de cogner sa tête contre la paroi de Plexiglas parce qu'il pouvait se blesser.

Une fois le transfert effectué, quand on avait ouvert à Hanson la porte intérieure en grillage d'acier du sas pour qu'il ressorte, un autre gardien avait traité le détenu de « sac à merde ». Le prisonnier avait disjoncté. Hanson n'avait pas pu voir la scène, mais à en croire les grognements et les bruits sourds, il s'était imaginé que les surveillants luttaient pour lui passer un bras autour du cou et l'étrangler. Les détenus déjà présents criaient contre les surveillants et poussaient l'autre à continuer de se battre, même si quelques-uns riaient.

Hanson sourit. Il pensait que l'individu était bien informé et que les surveillants l'avaient peut-être provoqué.

La prise d'étranglement était maintenant illégale

dans la plupart des villes. De temps en temps, très rarement, un détenu décédait de ses suites. L'œsophage gonflait, le détenu étouffait, et à moins que quelqu'un lui fasse une trachéotomie, mourait. Comme cette prise était le plus souvent pratiquée sur des Noirs en raison de leur surreprésentation dans la population carcérale, les associations de défense des droits civiques étaient parvenues à l'interdire officiellement. Le gaz lacrymogène ne fonctionnant pas sur un individu furieux ou assez dingue pour se battre avec les forces de l'ordre, et les policiers se trouvant trop près pour utiliser leur matraque, le type avait déjà les mains sur eux. Depuis peu, quand un grand costaud décidait d'en découdre, l'alternative la plus raisonnable consistait souvent à lui tirer dessus avant qu'il ne se saisisse de votre arme et vous tire dessus. L'interdiction en vertu de la loi sur les droits civiques de pratiquer la prise d'étranglement avait entraîné la multiplication des tirs sur suspects. Un panneau *Voter pour la prise d'étranglement, c'est voter pour le Ku Klux Klan* avait récemment été installé juste à la frontière avec Berkeley.

Le passage sécurisé était un long couloir en grillage d'acier pourvu à chaque extrémité d'une porte à verrouillage électrique. Pour pénétrer dans la prison, Hanson avait dû déposer son pistolet dans un petit casier dont il avait rangé la clé dans sa poche. Après quoi le gardien l'avait fait entrer par la porte extérieure. Hanson l'avait ensuite poussée pour la refermer, avait parcouru le couloir, puis le surveillant lui avait ouvert la porte intérieure. On ne pouvait en ouvrir qu'une seule à la fois. Ce système empêchait les détenus de se glisser derrière un agent de police ou un surveillant pour s'enfuir.

Sur sa gauche, une cellule de rétention provisoire était destinée aux prisonniers qu'on n'avait pas encore officiellement enregistrés. Tandis que la lutte avec son détenu se poursuivait, Hanson regarda les occupants de la pièce.

À savoir deux Mexicains, fin de l'adolescence ou petite vingtaine. L'un, torse nu, avait la poitrine, les bras et le dos striés de cicatrices rouges de trois centimètres de long. Résultat d'années de combat au couteau contre des adversaires qui tenaient l'arme de façon à réduire à quelques centimètres la longueur visible de la lame et à produire des entailles superficielles. Le Mexicain avait dû les empêcher de guérir en écartant les bords pendant un jour ou deux pour qu'elles paraissent plus spectaculaires. Elles ressemblaient assez aux cicatrices des duels prussiens du siècle précédent. Ce gamin avait été mêlé à beaucoup de combats au couteau.

L'autre, visiblement aux commandes, était vêtu d'une chemise de cheminot à rayures grises et blanches et au dos orné d'un dessin à l'encre très bien réalisé représentant un Chicano portant un bandeau, une moustache retombant aux extrémités, des lunettes de soleil à verres miroirs et tenait un fusil à canon scié dont la bouche pointée droit devant paraissait énorme avec la perspective. Se trouvaient aussi dans la pièce un Indien ivre qui ruminait assis dans un coin où personne ne l'embêtait, un Noir complètement saoul, la trentaine, qui n'arrêtait pas de s'écrouler, et un autre Noir moins saoul qui, lui, se disputait avec le Mexicain torse nu et l'interpellait sans arrêt en l'appelant sa « traînée ».

— Tu vas être ma petite traînée. Dès qu'ils éteindront la lumière, tu vas me sucer la bite.

— Je suis pas ta traînée.

— Tu le seras ce soir.

Le Mexicain à la chemise demanda au balafré de la fermer.

Quelqu'un, dans les tréfonds de la prison, se mit à hurler :

— À l'aide ! À l'aide !

— La ferme ! aboya le Mexicain à la chemise. Fermez-la tous !

Le gardien revint, l'uniforme taché de sang.

— Ce connard s'est pissé dessus et on lui a fait essuyer ça avec sa chemise hawaïenne.

Il leva les yeux vers l'écran du moniteur de contrôle.

— Une seconde, faut que je la laisse entrer.

Il ouvrit la porte à une surveillante. Elle escortait une jolie Noire, la vingtaine, habillée en bergère du siècle passé. Comme si elle revenait d'une fête costumée. Ses yeux étaient soulignés d'un trait d'eyeliner argenté et elle s'était appliqué du blush rouge sur les joues. Les nombreuses couches de jupons de sa robe bleu ciel évasée produisaient un effet gonflant. Elle avait épinglé un petit bouquet d'œillets rouges à son corsage et tenait une houlette en papier mâché enveloppée de ruban argenté.

— Tu vas me sucer la bite ce soir.

— La ferme.

La surveillante demanda à Hanson de s'occuper de la houlette le temps qu'elle escorte la bergère à l'étage du quartier des femmes. Hanson croisa son regard.

Elle lui tendit l'objet, lui fit la révérence, se redressa puis déclama :

— Revêtue de vertu, je me tiens devant le trône.

Elle se tourna ensuite vers la surveillante qui venait d'ouvrir une porte latérale. Elle passa après elle et abandonna Hanson avec le bâton en papier mâché enrubanné de tissu argenté.

Le Mexicain à la chemise à fusil lui souriait.

— Vous croyez au diable ? demanda-t-il à Hanson. Vous y croyez ? Quand le diable arrivera, je rigolerai. Oui, je rigolerai quand il viendra.

Les autres occupants de la cellule observaient Hanson.

— Et si nous étions les dernières personnes sur Terre ? conjectura-t-il encore avec un geste du bâton vers la fille déguisée.

— Alors, je te tuerais, répondit le Mexicain aux yeux aussi opaques que des pierres noires. Tu crois que tu me fais peur avec ton badge et ton flingue ?

— Et mon bâton, enchérit Hanson en le brandissant.

— Vous êtes prêt à y aller ? lui demanda le surveillant.

— Oui, je suis prêt.

Le gardien actionna l'ouverture et Hanson franchit le seuil, bâton pointé devant lui.

— Quand le diable viendra, je rigolerai. Je rigolerai.

Hanson posa l'objet contre l'armoire à pistolets, sortit son arme du casier, vérifia qu'elle était chargée comme chaque fois qu'il la remettait sans son holster, puis se dirigea vers la porte suivante.

— Quand le diable arrivera…

Il poussa le battant et accéda au garage de la prison en pensant au diable.

*

Hanson patrouillait dans le District quatre, sa voiture garée en marche arrière contre le mur d'un entrepôt. Il se réjouissait que ce soit bientôt l'heure de rentrer pour pouvoir se saouler. Les deux jours à venir, il serait en week-end. Depuis la tombée de la nuit, il voyait des toiles d'araignées flotter devant les lampadaires, du moins c'était à ça que ça ressemblait. Un phénomène saisonnier sans doute. Il finissait de rédiger un rapport lorsqu'un vieux pick-up sortit d'une ruelle en ferraillant. Il marqua le stop à l'intersection, traversa la rue, s'engagea dans l'allée en face. Ses feux avant étaient allumés, mais pas les feux arrière. Il était 3 heures du matin.

Hanson posa son formulaire, éteignit la liseuse puis suivit le pick-up dans l'allée le long d'un pâté de maisons, tous feux éteints. Il transmit à l'opératrice sa localisation et le numéro d'immatriculation de l'utilitaire. Arrivé dans la rue suivante, il alluma ses gyrophares, ses feux de route et ses feux de croisement avant. L'obscurité engloutissait par intermittence le pick-up à l'arrêt. Le conducteur plaça les deux mains sur le volant.

Hanson s'approcha du véhicule, lampe torche en main, bras tendu. Quiconque voudrait lui tirer dessus viserait trop loin, en principe. Il doutait que la tentative aboutisse. La seule manière dont les gens apprennent à tirer, c'est en regardant des films – tout ou presque repose sur le hasard, heureux ou malheureux – et quoi qu'il arrive, la plupart des tirs sont effectués à une distance telle qu'un coup de couteau aurait été parfaitement envisageable. L'habileté au tir n'a pas grand-chose à voir dans l'histoire.

Il passa à côté du pick-up et examina le plateau. Roue de secours à plat, chaîne de traction, chutes de bois de construction, caisse de six bidons d'huile vides, et deux douzaines de canettes de bière vides elles aussi.

Les branches élevées d'un massif d'arbustes, mutants à cause de la pollution, lui frôlèrent l'épaule et la joue avec leurs feuilles grises. Elles empestaient le gaz d'échappement, l'urine et la vapeur rance de l'usine de chips Granny Goose, à vingt rues de là. Le conducteur avait toujours les mains sur le volant. Hanson tapota le toit de la cabine avec sa lampe torche.

— Monsieur…, commença-t-il.

À la fois las et sur le qui-vive, il s'écarta de la porte.

Le conducteur, un Blanc aux cheveux blonds sales mi-longs et aux dents pourries, portait un jean effiloché et un tee-shirt crasseux avec l'inscription *I Want My TV.* À son sourire, Hanson comprit tout de suite qu'il avait affaire à un ancien détenu. Ça se lisait dans son regard, un regard de chien maltraité, brillant de peur même quand il feint d'être content de vous voir.

— Bonsoir, monsieur l'agent, comment allez-vous ? lui demanda-t-il.

— Bonsoir, monsieur, répondit Hanson sans enthousiasme.

Il espérait que l'autre abruti n'avait pas de mandats d'arrêt en cours. C'était presque l'heure de rentrer à la maison et il n'avait aucune envie de se coltiner des heures supplémentaires s'il le conduisait en prison.

— Où allez-vous ?

— Je vais vous dire la vérité, monsieur l'agent, je rentrais chez moi. J'étais chez ma petite amie.

Hanson accepta le mensonge.

— June, poursuivit le conducteur du pick-up. Elle habite à Harvey Court.

Cette comédie d'ex-détenu sociopathe déprima Hanson.

— Je vais vous dire quelque chose, monsieur l'agent… June est une fille super.

— Oui, oui, grommela Hanson.

À l'aide de sa torche, il éclaira la cabine du pick-up, examina le plancher, le dessous des sièges, le tableau de bord, regarda les mains du type. L'habitacle sentait le tabac froid et le vomi, comme la banquette arrière d'une voiture de police.

— Je peux voir votre permis, s'il vous plaît ?

L'opératrice donna suite et apprit à Hanson qu'il n'y avait ni poursuites ni mandat à l'encontre de l'individu, mais qu'il était actuellement en liberté conditionnelle pour cambriolage. Le pick-up n'était pas volé.

Le contrevenant mit un moment à trouver son permis de conduire. Il fouilla la boîte à gants, chercha dans ses poches, au-dessus du pare-soleil, dans un portefeuille plein de bouts de papier et de vieilles cartes de visite. Il le trouva enfin, coincé derrière la poignée de la portière.

— Le voici, se réjouit-il. Je ne sais pas du tout pourquoi je l'ai mis là.

Il tendit à Hanson le document chiffonné et déchiré.

Le type avait l'air beaucoup plus jeune sur la photo. Plus jeune, mais surtout en bon état, sans doute avant la prison.

— Monsieur O'Donald, dit Hanson en lisant le nom sur le permis. Ce permis a expiré il y a trois ans.

Certains soirs, on aurait pu croire que tout le monde à Oakland avait fréquenté la prison ou y serait bientôt incarcéré.

— C'est le vieux ? s'étonna le type. L'autre doit être chez moi. C'est pour ça que je n'arrivais pas à mettre la main dessus.

Hanson sortit son carnet de PV et commença à écrire.

— Monsieur l'agent, je suis presque arrivé. J'habite Matt Street. Je sais qu'il est tard, mais ma copine et moi, on a beaucoup discuté. De l'avenir, vous voyez ? Je vous serais reconnaissant si vous passiez l'éponge pour cette fois.

On sentait maintenant une pointe de peur dans sa voix. Hanson recula un tout petit peu.

— Mon contrôleur judiciaire… Il va être furieux.

— Je suis obligé de vous mettre un PV.

Il avait le choix. Il pouvait le laisser partir. Mais pourquoi ? Ce type était une ordure.

— Monsieur l'agent, s'il vous plaît. Vous ne pourriez pas fermer les yeux ? Me laisser partir, juste cette fois.

— Non, je ne peux pas, monsieur, lui répondit Hanson.

Et il rédigea le PV à la lumière de sa torche.

Les phares rouge et bleu de la voiture de patrouille balayaient sans relâche la nuit au-dessus de leurs têtes

– faisceaux de couleur en alternance, lumières de carnaval sur cette triste petite scène.

— Et vos feux arrière sont éteints. Je ne vais même pas vous demander la carte grise.

Il avait du retard dans ses PV pour contravention au code de la route. Il tendit le papier au conducteur par la fenêtre et lui demanda de le signer.

— Soixante-trois dollars ? s'offusqua le type en découvrant la somme.

Ses yeux clignotaient en bleu-rouge.

— Je n'ai pas soixante-trois dollars, monsieur l'agent. Je suis foutu si vous me collez une contravention.

— Vous préférez signer ou descendre du véhicule ?

Il signa le document et le lui rendit.

— Je peux y aller maintenant ?

— Tenez, votre exemplaire, lui répondit Hanson.

Il détacha la feuille et la lui tendit, prêt à le massacrer s'il descendait du pick-up. Mais le conducteur se contenta de le regarder, abattu, néanmoins pas surpris, comme un chien maltraité. Il fourra le PV sous le col de son tee-shirt, démarra le pick-up et tourna au bas de la rue.

Hanson suivit des yeux le véhicule qui s'éloignait, retourna à sa voiture de patrouille, éteignit les lumières. Il resta ensuite assis dans le noir, les oreilles stridulant comme une nuée de grillons. Il avait l'impression d'être un salaud, même s'il n'avait rien fait de mal. Merde, il avait passé à l'as le défaut de permis. Ce dégueulis de Blanc l'aurait tué s'il en avait eu le cran et s'il avait pensé pouvoir s'en sortir. Et il s'en serait vanté auprès de ses potes de prison.

Mais Hanson était quand même un salaud, juste un

salaud de flic de plus. Bientôt il collerait à l'image et ferait partie du lot. S'il se mettait à procéder à toutes les arrestations possibles, à accumuler les PV et à lécher assez de bottes, un jour il pourrait devenir sergent ou obtenir un poste dans une unité spéciale de la brigade des Stups et bosser avec ces connards spéciaux.

La petite ordure avait pris par les ruelles parce qu'elle ne voulait pas être interpellée pour défaut de permis et Dieu sait quoi d'autre. Elle avait sûrement dépassé son couvre-feu, là où elle était censée se rendre. Peut-être s'était-elle associée avec des « criminels notoires ». Qui d'autre aurait bien pu s'associer avec lui ? Des croyants pratiquants et de bons pères de famille ? D'autres losers peut-être, des types qui n'avaient plus de cœur, qui encaissaient leurs chèques de salaire minimum et travaillaient pour s'offrir de misérables week-ends alcoolisés.

Le contrôleur judiciaire d'O'Donald serait effectivement furieux. Et le renverrait sans doute en taule. Mais le type était voué à retourner derrière les barreaux de toute façon. À un moment ou à un autre. Si Hanson ne l'avait pas fait, quelqu'un d'autre s'en serait chargé. Et d'ailleurs, il s'en fichait. C'était l'heure de rentrer. Il avait deux jours de congé. Il déclara la fin du contrôle routier, informa l'opératrice qu'il rentrait et emprunta Lee Street pour rejoindre l'autoroute Nimitz.

Il ne savait pas s'il arriverait au bout des dix-huit mois.

Quand il eut atteint la vitesse maximale autorisée sur autoroute, il lança par la fenêtre le PV déchiré. Dans le rétroviseur, il regarda danser les morceaux, roses dans ses feux arrière, puis disparaître.

12

VINS ET SPIRITUEUX

Hanson était disponible pour partir en intervention. L'opératrice l'envoya en renfort au magasin de vins et spiritueux Black & White situé au croisement de la 73ᵉ et de McArthur. Quand il arriva sur les lieux, d'autres voitures y avaient été dépêchées. L'une d'elles remontait McArthur en code 3, ses lumières rouge et bleu irradiant le ciel qui s'assombrissait. Il se gara un peu plus haut le long du trottoir, descendit, verrouilla ses portières. Il dut se frayer un chemin dans la foule qui s'amassait, et marcha à un rythme soutenu, le coude collé au pistolet rangé dans son holster. Une fois passée la porte vitrée, il pénétra dans l'œil du cyclone. Il faisait chaud, humide, le sol glissait à cause du sang et de l'alcool, et des tessons de bouteille réfractaient la lumière. Dehors, de l'autre côté des vitres teintées, les phares des véhicules d'urgence illuminaient de leurs éclairs stroboscopiques la horde hurlante qui levait le poing, alternant les effets de ralenti et d'accéléré.

Le sergent Hicks entra sur le parking et sortit de sa voiture. D'un geste ferme du bras, il écarta un rasta à dreadlocks pour passer. L'homme bascula au milieu de la cohue, s'écroula sur le trottoir et des gens, furieux qu'il les ait bousculés, le rouèrent de coups. Hicks poussa un adolescent adipeux aux deux poings levés, lui donna un coup de coude dans la poitrine qui le fit tomber à genoux, puis il poursuivit à vive allure la traversée de ce chaos tonitruant. Arrivé devant le magasin, il se retourna, balaya la foule du regard. Il prit ensuite le commandement des autres agents présents sur les lieux. À ce qu'en savait Hanson, Hicks venait uniquement sur le terrain pour rétablir des situations qui tournaient au vinaigre ou quand il était d'humeur à s'énerver contre les gens, suspects, citoyens ou autres flics.

À l'intérieur du magasin, des néons bourdonnants accrochés par des chaînes au plafond diffusaient une lumière crue qui absorbait la moindre ombre. Des miroirs convexes placés au bout de chaque allée déformaient la scène en multipliant les perspectives. Le ventilateur oscillant installé au fond du magasin aspirait la puanteur de l'alcool, du sang et de la poudre, la dispersait et l'aspirait de nouveau.

L'auteur du hold-up raté, mort, semblait baigner dans une mare de sang et d'alcool de deux centimètres d'épaisseur. Du sang frais coulait encore de ce qui restait de son visage. Le caissier expliqua que l'individu avait franchi la porte armé d'un couteau, et qu'il avait un « comportement étrange ». Le caissier avait sorti un .44 Special Bulldog à canon court de sous la caisse et, affirma-t-il, allait le pointer sur l'homme pour lui montrer qu'il était armé – les agents le comprenaient, n'est-ce pas ? – mais alors, le coup de feu était accidentellement parti sous le comptoir. La balle à tête creuse 240 grains avait traversé le contreplaqué, déployé sa corolle comme un champignon, doublé de taille et avait transpercé le cou du suspect par en dessous, lui tranchant la carotide, la langue et le palais avant de ressortir par le nez pour finir par se loger dans le plafond.

Le caissier raconta que l'homme avait alors remonté et descendu les allées en courant « comme un poulet dont on a coupé la tête ». Du sang giclait de son cou et de son visage. Il avait titubé, s'était cogné aux rayonnages et aux présentoirs de bouteilles disposées en pyramide, et avait fini par s'effondrer.

L'un des flics, le second pour le moment, fit un commentaire d'une voix traînante à la John Wayne : il fallait être stupide pour s'armer d'un couteau dans une fusillade.

Une femme flic du nom de Shannon, un pied de chaque côté de la tête du défunt, déclara en le regardant :

— Il ne pourra plus croquer dans un épi de maïs.

Sur ce, le cadavre se cambra, lui vomit du sang sur la botte et la jambe du pantalon, puis tressauta dans un présentoir de vodka Smirnoff jusque-là épargné.

— Et merde ! jura-t-elle.

Les vingt ou trente bouteilles dégringolèrent autour de lui, explosèrent l'une après l'autre sur le sol. Au même instant, les fenêtres se mirent à vibrer. De la musique, une chanson tirée d'un film ou d'une série télé connus, insistante, s'échappait de plus en plus fort et de plus en plus vite des voitures bloquées sur le parking et dont toutes les radios étaient réglées sur la même fréquence :

I wanna do it do it do it do it do it with you
You make me crazy[1]*…*

*

Au bout de la 14e Est, les mugissements d'une sirène d'ambulance s'intensifièrent à mesure que le véhicule approchait à toute vitesse. Dans les jardins de tous les pâtés de maisons alentour, les chiens l'entendirent et hurlèrent avec elle.

La foule grossissait, s'énervait. Un gamin s'adressa en beuglant à un flic hispanique que Hanson ne connaissait pas.

— Vous me dites que je peux pas rester sur le trottoir ? C'est ça que vous dites ? Je peux pas rester sur un trottoir ? C'est ça que vous me dites ?

Le flic avait sorti sa matraque, la tenait à l'envers, dissimulée par son avant-bras replié.

— C'est un trottoir public, bordel, et vous me dites…

— Je te dis de la fermer, et je te dis de dégager de mon trottoir, rugit le flic.

Il pivota, tira sa matraque, frappa d'un geste expert le gamin à la poitrine. Le gamin tomba sur le dos entre deux voitures.

… I wanna do it, do it, I wanna do it with you
Let's go crazy…

D'autres voitures de police arrivèrent, en trop grand nombre, bloquant les véhicules des civils.

1. « Je veux le faire avec toi, avec toi / Tu me rends fou… »

Les portières claquaient et des flics se déversaient, bousculaient les gens pour passer, tonfa à la main, à la recherche d'une occasion de s'en servir. Hanson estima que c'était le moment de s'éclipser, avant que quelqu'un se fasse tirer dessus. *Une bonne vieille équipe – juste deux flics qui auraient patrouillé dans le quartier tous les soirs et en auraient connu la population – aurait pu gérer la situation*, songea-t-il en traversant le magasin. Une bouillie d'alcool et d'éclats de verre craqua sous ses bottes.

Une Monte Carlo surbaissée vert pomme bondit sur le trottoir, franchit la bordure du parking en béton haute de trente centimètres et arriva au ras de la devanture du magasin en cahotant sur ses amortisseurs hydrauliques. Hicks tapa sur le capot avec sa lampe torche. Le conducteur sortit, prêt à se battre. Le sergent retira de derrière sa ceinture un objet qui ressemblait à un appareil photo en plastique. Un mois plus tôt, on lui avait remis un des premiers modèles de Tazer. Hanson comprit seulement ce dont il s'agissait au moment où Hicks lança deux décharges électriques qui traversèrent la chemise en soie du gamin. Un faisceau d'étincelles bleues l'envoya valser contre la portière ouverte, qui se referma. Il glissa sur le bitume derrière la voiture, dérouté, et s'aida d'une main pour se relever.

— Tiens, encore un peu de jus ! lui cria le sergent.

Et il actionna de nouveau son Tazer.

Hanson retraversa la foule pour rejoindre sa voiture de patrouille. L'hélicoptère de l'OPD grondait dans le ciel. Après son passage, une des grandes vitrines du magasin vola en éclats. Tous les flics d'Oakland seront bientôt sur les lieux, en déduisit Hanson en slalomant entre des voitures garées en double file. Les appels devaient déjà s'accumuler. La nuit serait chargée. S'il se dépêchait, il serait considéré en intervention 901 – code dégâts matériels – sur le site du magasin assez longtemps pour avoir le temps d'aller dans le District trois se chercher deux Junior Whoppers. Ce serait sa seule chance de manger de la nuit. Il crut apercevoir Weegee en train de se faufiler à vélo entre les véhicules et les piétons, mais il le perdit de vue dans la foule.

Il ouvrait la portière de sa voiture de patrouille lorsqu'un nain noir bossu et aux jambes chétives et arquées sembla le dévisager depuis l'autre côté de la rue. Mais les verres de ses lunettes, sales et épais comme des culs de bouteille, reflétaient les feux des véhicules d'urgence qui clignotaient en rouge et bleu, dissimulant ses yeux. Il portait deux montres au poignet droit et une chemise à manches longues. Dans la main gauche, il tenait une bouteille de un litre de bière forte Olde English 80. Il observa Hanson jusqu'à ce que celui-ci monte dans sa voiture et s'éloigne. Puis il jeta derrière lui un coup d'œil à la foule en colère et se mit à rire, ses bras difformes levés au-dessus de la tête. Il sautilla d'un pied sur l'autre, dansa, laissa la mousse jaunâtre de sa bière se déverser par le goulot. Et soudain, le premier coup de feu retentit dans le parking du magasin.

*

Au moment où Hanson finit son service, l'aube colorait tout juste les nuages à l'est.

— « Aurore aux doigts de rose. Fille du matin », récita-t-il à voix haute.

Puis il contrôla le rétroviseur, réussit à démarrer la Travelall, et s'éloigna. Il roula dans les rues désertes, passa devant des devantures fermées, s'arrêta à des feux rouges de carrefours sans autres véhicules. Il prit Grand Avenue, tourna dans Lakeshore, gara la Travelall, puis descendit. Le lac Merritt était gris, sans relief. Une couche de brouillard flottait sur l'eau.

Il ôta une paire de menottes de sa poche arrière et, le regard toujours posé sur le lac, se mit à faire jouer le mécanisme du cliquet, de l'une, de l'autre, se fermant et s'ouvrant. De petits caillots de sang noir violacé s'en détachèrent, s'envolèrent comme des moucherons. Dans le silence, le cliquetis des dents métalliques était retentissant. Il ferma les menottes, les remit dans sa poche. Il allait devoir les nettoyer à la brosse à dents avec de la pâte à polir. À toucher des gens tous les jours, la plupart ensanglantés, saouls ou drogués, c'était un miracle qu'il n'ait pas attrapé de MST, d'hépatite ou Dieu sait quoi encore qui traînait. La nouvelle maladie qui se propageait dernièrement par exemple. Personne ne savait de quoi il s'agissait, mais elle semblait surtout décimer les junkies et les homosexuels. S'il en mourait, l'OPD affirmerait qu'il était les deux.

Une calèche à touristes tirée par une jument tourna dans la rue. Le lent *clip-clop* des sabots résonna sur le béton. L'animal blanc, harnaché et équipé d'œillères noires à clous en laiton, prenait son temps. Le cavalier, impeccable, smoking et haut-de-forme, s'arrêta à la hauteur de la Travelall. Derrière lui, le lac commençait à luire au soleil levant.

— La nuit a été longue, monsieur l'agent ?

— Je rentre me coucher.

— Champagne et moi rentrons aussi à l'écurie. Il semble sortir de l'obscurité comme par magie, vous ne trouvez pas ?

À travers le brouillard, le lac se parait de lueurs argentées. Le cavalier examina le badge de Hanson.

— Permettez-moi de me présenter, agent Hanson. Je m'appelle Michael Townsend Landon. Mais tout le monde m'appelle Mickey.

Les deux hommes contemplèrent le lac étincelant.

— C'est le meilleur moment de la journée, n'est-ce pas, Champagne ?

En entendant son nom, la jument blanche donna un coup d'épaule dans son harnais. Les hautes roues avancèrent, puis reculèrent. Hanson posa la main sur l'encolure de l'animal, qui tourna la tête pour le regarder, la vue limitée par les œillères.

— Mon frère aîné travaille dans la police, à Lone Pine, reprit Mickey.

— Shérif adjoint ? lui demanda Hanson.

— Oh, non. C'est le grand shérif en personne. Comté d'Inyo. Depuis longtemps maintenant. Il est maître à bord. Il n'approuve pas ce qu'il appelle mon « mode de vie ». Il dit que ça lui coûte sans doute des votes chaque fois qu'il se présente pour être réélu, mais il l'est toujours. Il y a des Landon dans le comté d'Inyo depuis les années 1880. Mon grand-père est arrivé d'Indiana. Il a pris le chemin des sierras en 1860 et a cherché de l'or à Bodie. Il n'a pas combattu dans la guerre de Sécession.

— Le mien s'est battu pour la Confédération, et tous ses frères et ses cousins aussi. La plupart ont été tués.

— Mon frère s'est occupé de moi quand on était

petits. C'est la seule famille qui me reste maintenant. Je lui confie tout.

Il parlait presque comme s'il était seul.

— Et maintenant il écoute, poursuivit-il. Il est républicain. Mais c'est toujours mon grand frère.

Il releva son col.

— Regardez ça. Le lac nous a pris de court. Il brille maintenant. Nous ferions mieux de renter.

Il baissa une main gantée de blanc pour serrer celle de Hanson.

— Enchanté d'avoir fait votre connaissance, lui lança Hanson.

Ils échangèrent une poignée de main.

— Ce fut un vrai plaisir.

— Salut Champagne, ajouta Hanson en caressant le flanc de la jument.

Mickey claqua la langue, tira d'un doigt sur les rênes, puis partit. Hanson le regarda avancer sur sa monture jusqu'au stop au coin de la rue. Les jantes en fer des roues de la hauteur d'un homme jetaient des étincelles. Ils tournèrent à gauche et, avant de disparaître, Mickey leva une main gantée.

Hanson dirigea le regard vers le lac qui brillait. À seulement quelques centimètres de la surface planait une file de pélicans blancs. Le bout de leurs ailes effleurait l'eau. Gauches sur terre, ces oiseaux étaient gracieux lorsqu'ils volaient, avant de s'abattre lourdement en quête de poisson. Cet été-là, quelqu'un les avait capturés, avait coupé leurs longs becs à la scie à métaux, puis les avait libérés, condamnés à mourir de faim.

13

COURSE À PIEDMONT

Une ou deux fois par semaine, Hanson faisait son jogging dans les rues de Piedmont, un îlot de richesse avec sa propre municipalité et édifié sur un plateau vallonné cerné par les flots de misère et de désespoir d'Oakland. Les rues étaient désertes. Les immenses demeures, construites après le tremblement de terre de San Francisco, semblaient vides. Il imagina que s'il entrait dans l'une d'elles, il découvrirait des petits déjeuners à peine entamés et encore chauds sur les tables et les plans de travail, les habitants disparus à jamais. Il apercevait seulement des jardiniers mexicains, et de temps en temps un facteur ou un patrouilleur de la police de Piedmont. Les jardiniers, pour la plupart, feignaient de ne pas le voir.

En courant au hasard dans les rues, il admirait les maisons, leurs vastes terrasses à colonnes doriques, leurs lions en pierre plus grands que nature, leurs portes d'entrée en chêne massif, leurs fenêtres à vitraux, leurs immenses baies vitrées aux panneaux biseautés derrière lesquelles des chats le suivaient des yeux. Il avait appris à connaître les chats. Quand il passait devant, il pointait le doigt vers eux en criant : « Salut mon petit pote ! »

En guise de forces de police, Piedmont disposait d'agents de sécurité bien rémunérés, engagés pour maintenir les étrangers hors du quartier, mais c'étaient tout de même des flics, des types qui avaient opéré dans les rues d'Oakland, de San Francisco, de L.A., de Seattle ou de villes situées plus à l'est. Ils désiraient à présent vivre loin de leur ancien lieu de travail pour ne jamais croiser d'individus qu'ils avaient arrêtés. Ils avaient fait leur temps sur le terrain, et maintenant il leur suffisait de se montrer polis et aimables, sympathiques et pittoresques personnages en bons termes avec les habitants de Piedmont. Mais sachant aussi rester discrets quand ils rudoyaient un étranger trop idiot pour ne pas déguerpir quand on le lui demandait.

Les riverains voulaient se sentir en sécurité dans leur ville, cependant la plupart étaient de fervents progressistes, sympathisants de l'ACLU, partisans des droits de l'homme et des droits civiques. Ils ne voulaient ni voir les flics tabasser les voleurs d'automobiles et les potentiels cambrioleurs violents en repérage dans les rues, ni que leurs enfants soient témoins de ce genre de comportement choquant.

Il tourna dans Nova Drive où il aperçut en haut de la rue un cambrioleur qui n'avait pas encore remarqué sa présence. Il ralentit, le suivit à bonne distance. C'était un junkie décharné, la vingtaine, jean noir aux revers effilochés à force d'avoir traîné dans la rue, tennis noires et veste de treillis kaki à rayures foncées d'où avaient été arrachés des écussons de sergent. Ses cheveux roux sales lui tombaient sur les épaules et sa barbe rousse était mal entretenue.

En repérage, il restait sur le trottoir, mais étudiait en passant les maisons, les quelques voitures garées, les terrasses, les boîtes à lettres, examinait les portes de garage. Peut-être y avait-il quelque chose à voler dans la cour ? Y avait-il quelqu'un dans la maison ? Quel âge avaient ses habitants ? Et qu'en était-il des alarmes ? Y avait-il un chien ? Hanson courut jusqu'à lui, sans bruit, et s'approcha assez pour l'intercepter sans qu'il ait le temps de se retourner.

— Comment ça va ? Tu habites dans le coin ? lui demanda-t-il.

— Mais vous êtes qui ? répondit le jeune d'une voix rauque.

Hanson portait un sweat-shirt aux manches coupées et un Levi's raccourci pour en faire un short. Il se mit à rire, ravi.

— Regarde-moi, mon pote, murmura-t-il.

Son agressivité s'exprimait à présent.

— Regarde-moi, « sergent », ajouta-t-il.

Il plongeait le regard dans les yeux larmoyants du type.

Le junkie allait avoir besoin d'héroïne à la fin de l'après-midi, avant la tombée de la nuit.

— Tu n'es pas du quartier. Tu n'as pas le droit d'être ici. Retourne en bas, à Oakland. Ta place, c'est là-bas.

D'un mouvement de la tête, il lui montra le bas de la colline.

— Je fais juste une balade, répondit le jeune en essayant de prendre une voix grave. On est dans un pays libre.

— Non. Ça, c'est juste ce qu'on raconte.

L'autre essaya de dire quelque chose, mais bégaya et se ravisa.

— On s'est déjà vus, non ? Quelque part dans Fruitvale un soir. Je me trompe ?

— Oh, j'en sais rien.

— Rentre chez toi, « sergent », la guerre est finie.

Le jeune resta planté là un moment, comme s'il avait oublié qui il était, puis il tourna les talons et déguerpit.

— Hé, le gode ! lui cria Hanson.

La réplique le stoppa net.

— Si je te revois ici, je te mets une raclée et je demande aux flics de t'arrêter en t'accusant de m'avoir agressé. Et puis le tournevis dans ta poche, c'est une arme mortelle. Agression avec arme mortelle, « sergent ». Ajoutée aux mandats d'arrêt en cours que tu as. On est d'accord ?

— Ouais.

— Bien. Bye-bye.

Le jeune partit sans se retourner, avec la démarche des voyous de prison, en rejetant ses longs cheveux en arrière tous les trois pas.

Un pays libre, pensa Hanson. *Il n'a rien de libre.* Ce n'était même plus un pays. Si c'en avait jamais été un. C'était une énorme entreprise, et à son âge il avait eu de la chance de s'y faire engager comme trou-du-cul professionnel par l'OPD.

Des nuages accompagnés d'une brise très fraîche montaient de l'océan. Le temps s'annonçait froid et pluvieux. Météo étrange. Ce gamin avait encore quelques heures devant lui pour voler quelque chose, le revendre et se procurer de l'héroïne avant la nuit. Ou la passer recroquevillé derrière une poubelle, en manque, sous la pluie. Hanson reprit son jogging et tourna à gauche dans Bryant Street, une rue en côte, pour pousser un peu. Il songea que le type était condamné de toute façon. Condamné dès sa naissance.

Une demi-heure plus tard, à moitié perdu dans Piedmont, Hanson marchait les mains sur les hanches, en nage, le souffle court, quand il remarqua une voiture de patrouille derrière lui. Il sourit. C'était Knox, le flic de Piedmont avec qui il avait fait connaissance. Knox s'arrêta au bord du trottoir à sa hauteur.

— Le jogging va te tuer, Hanson. Tu vas tomber raide mort d'une crise cardiaque.

— Ça me permet de rester méchant. Ça élimine mon empathie. Ça me rend plus flic.

— Faut que tu prennes du poids, Hanson, parce que tu bosses dans le District cinq. De nuit.

Knox avait été affecté au Vietnam au début de la guerre, y était allé et en était revenu avant même que Hanson ait terminé sa formation dans les Forces spéciales.

— Hé, j'ai fait ton travail à ta place ce matin.

Il lui raconta l'histoire du cambrioleur roux.

Knox fouilla dans une boîte à chaussures remplie de photos d'identité judiciaire, en retira une et la lui montra.

— C'est lui.

Knox le remercia et la remit à sa place.

— Hanson, tu ne te fonds pas dans l'agréable univers de Piedmont. Un de ces jours, tu vas merder avec une nouvelle recrue du service, une qui ne te connaîtra pas, et je vais devoir payer la caution pour te sortir de prison.

— Je peux baisser les bras maintenant ?

— Assure-toi juste de ne pas faire de mouvement brusque.

Hanson éclata de rire.

— Mets-les à terre, mets-leur la pâtée. Dis-moi, Hanson, c'est toujours aussi flippant là-bas la nuit, dans la plaine avec Tyrone ? Je me souviens qu'on avait une sacrée trouille après le coucher du soleil.

— Rien ne me fait peur, répliqua Hanson.

Knox avait grandi à Boston, avait été détaché, et à son retour du Vietnam, avait pris un poste dans la police de San Francisco. Il y avait travaillé douze ans avant de rejoindre celle de Piedmont. Il ne parlait pas beaucoup de la guerre, mais il avait vécu des choses terribles, Hanson le sentait.

— Hanson, t'as une sorte de désir de mort. T'es trop vieux pour faire ce boulot.

— Non, pas moi. Je ne peux pas me faire tuer.

Knox lui sourit, hocha la tête.

— Hanson…

Il mit le moteur en marche, lui lança un dernier coup d'œil et ajouta :

— Sois prudent.

Hanson claqua les talons et lui adressa un salut militaire. Saluer Knox lui fit du bien. Ça servait à ça un salut, affirmer votre lien avec ceux que vous respectiez. Au moins en théorie.

14

LE TEMPS SE GÂTE

« Pour être placé en garde à vue, l'individu doit constituer, de l'avis de l'agent de police, un danger pour lui-même, pour autrui, ou être gravement déséquilibré. »

Code de la santé et des institutions de Californie 5150

Quand il l'aperçut, là dans l'eau, Hanson crut reconnaître l'individu, un code 5150 dont l'opératrice l'avait envoyé contrôler l'état, quelqu'un qu'il aurait pu fréquenter des années plus tôt, à une époque où ils étaient beaucoup plus jeunes. L'homme avait fait le tour du lac Merritt toute la journée – dès avant l'aube, lui affirma un ivrogne –, avait marché en suivant les berges du lac : « Comme s'il cherchait quelque chose qu'il avait perdu. » Un Blanc qui ne répondait pas quand on s'adressait à lui. Tous les gens que Hanson interrogea se souvenaient de lui, mais lui donnèrent des versions légèrement différentes.

— Vous voyez, il ignore juste les gens parce qu'ils sont noirs. Rien de nouveau là-dedans dans cette ville. Tu lui dis bonjour et il trace comme si t'étais pas là, comme si tu valais rien. Mais je m'en fous. Même si c'est un cinglé, ça reste une saloperie de raciste.

— Ce gamin ? Il avait quelque chose de vraiment pas net, si vous voyez ce que je veux dire. Il avait l'air malade, ça se voyait à sa manière de vous regarder. Non, non, je ne l'avais jamais croisé avant.

— Assez vite, les gens sont allés vers lui, juste pour lui demander si ça allait, voyez ? Mais chaque fois, il s'éloignait. Et puis deux Noirs lui ont demandé s'il se prenait pour un dur, parce qu'il n'en avait pas l'air. Et qu'il avait peut-être besoin qu'on lui casse la gueule bien comme il faut pour le remettre à sa place. Non, ils l'ont pas touché, monsieur l'agent. Ils lui ont juste dit ça, pour le faire réfléchir, voyez.

— S'il est là dans l'eau, c'est sa faute.

L'individu avait commencé à entrer dans l'eau boueuse, jusqu'aux genoux, cherchant à s'éloigner suffisamment des spectateurs pour qu'ils n'aient pas envie d'abîmer leurs chaussures ou de mouiller leur pantalon.

Ensuite, ils s'étaient mis à lui lancer des choses, l'obligeant à s'enfoncer un peu plus dans l'eau, jusqu'à la poitrine, puis jusqu'au cou, tant et si bien qu'il avait dû s'aider de ses mains pour garder l'équilibre sur la pointe des pieds sur le fond boueux. Il s'était enfoncé encore, avait dû faire du surplace pour rester debout au milieu des branches d'arbre cassées, des canettes de bière et de soda et des gobelets de milk-shake écrasés qui flottaient à la surface. Heureusement qu'il n'y avait pas beaucoup de pierres le long de la berge, sinon le gamin aurait été lapidé le temps que Hanson fende la foule et intervienne.

— Il était déjà dans l'eau quand je suis arrivé, alors je ne sais pas, monsieur l'agent. Mais il a une sacrée chance que vous soyez là et que vous vous occupiez de ça, de remettre de l'ordre dans la situation.

Même les oiseaux étaient énervés – les mouettes, les pélicans, les canards, les cormorans noirs et les oies volaient au-dessus du lac en poussant des cris perçants – et fondaient sur lui en piqué. C'était peut-être seulement à cause de la météo bizarre, c'était l'explication la plus simple. Le vent était tombé et la semaine avait été très chaude pour la saison. C'était une belle journée et on annonçait du beau temps jusqu'à la fin de la semaine.

Hanson s'arrêta au bord de l'eau et fit signe au jeune.

— Viens, il est temps de partir.

Il le regarda s'approcher en barbotant tant qu'il n'avait pas pied, marcher sur le lit boueux jusqu'à la berge, et ensuite dans l'herbe. Il portait un sweat-shirt gris sans forme et un jean, mais ni chaussures ni chaussettes. Il les avait sûrement perdues dans la boue. Il eut l'air surpris, juste un instant, quand il sembla reconnaître Hanson, puis il reprit son attitude distante de victime.

— Laisse-moi te passer les menottes, lui dit Hanson. Laisse-moi te passer les menottes parce qu'il faut que je le fasse. OK ?

Il se plaça de dos et regarda le lac pendant que Hanson le menottait.

— Tu as des papiers sur toi ?

Il continuait de regarder le lac, ou peut-être la berge d'en face, et Hanson savait qu'il n'allait lui montrer aucune pièce d'identité.

— Tu es armé ? Couteau de poche, arme blanche ? Tu ferais mieux de me regarder, pour qu'on en finisse.

Et d'une voix plus douce, il ajouta :

— Ça nous éviterait des problèmes dont ni toi ni moi n'avons besoin. Comment tu t'appelles ? demanda-t-il quand l'autre se fut retourné. Comment tu te fais appeler maintenant ?

Le jeune se contenta de fixer Hanson.

— Très bien. Voici ce que je te propose : je t'emmène à l'hôpital pour qu'ils déterminent à quel point tu es cinglé et décident quoi faire de toi. À l'Alameda County Hospital. Je suis juste ton moyen de transport. Bien, maintenant tourne-toi très lentement.

Hanson accompagna ses mots d'un geste circulaire du doigt et scruta les vêtements Armée du Salut pour déceler d'éventuelles bosses révélant la présence d'une arme. Il n'allait pas le fouiller.

— Tu peux arrêter maintenant.

Il n'avait plus rien d'un gamin, plus maintenant. Il avait le même âge que Hanson, les mêmes traits irlando-écossais-appalachiens, mais en plus mous, plus flasques, signe d'années passées à boire en grande quantité. Hanson le connaissait.

— Allez, viens, lui dit-il.

Ils montèrent la côte vers la voiture de patrouille garée dans l'herbe. Hanson ouvrit la portière arrière.

— Voilà.

Il lui fit signe de monter et lui abaissa la tête pour lui éviter de se cogner.

— Ils te donneront des vêtements secs à l'hôpital. Comment tu te sens ?

Comme l'homme ne répondait pas, Hanson claqua la portière, monta dans la voiture, sortit du parc, et chercha dans ses souvenirs.

C'était durant la seconde semaine de la formation

de base. Il faisait très chaud à Fort Bragg ce jour-là. Un type avait feint un étourdissement et aussitôt trois ou quatre autres l'avaient imité. Ç'avait mis le formateur en rogne et il avait choisi Hanson pour passer ses nerfs. Lui avait hurlé à l'oreille qu'il ne se mettait pas au garde-à-vous correctement, « de façon militaire ». Il l'avait inspecté sous toutes les coutures, avait rectifié l'inclinaison de sa tête, abaissé son bras à la verticale.

La tête lui tournant un peu à cause de la chaleur, Hanson avait décidé que, si l'entraîneur le touchait encore une fois, il démissionnerait. Qu'ils aillent se faire foutre. Il irait s'asseoir sous un pin qu'il avait repéré et laisserait son esprit divaguer. *Adios.* Ils comprendraient qu'il simulait la catatonie, mais il continuerait jusqu'à ce qu'ils le renvoient à la vie civile, qu'il quitte leur saloperie d'armée et leur saloperie de guerre. C'est ce qu'il se rappelait avoir pensé. Mais il n'avait pas mis son projet à exécution.

Peut-être cet homme était-il tout bonnement sourd et cinglé et non un double de lui-même qui se serait séparé de lui ce jour-là, pendant la formation de base, et qui aurait pris un chemin différent. Il était presque sourd lui aussi. Ses tympans avaient explosé pendant les années de guerre où il avait combattu. Mais son audition était encore suffisante. Dans la rue, les gens s'adressaient à lui en criant. Quant à savoir s'il était cinglé, il avait appris à se comporter la plupart du temps comme s'il ne l'était pas.

Il lui jeta un coup d'œil dans les rétroviseurs latéraux, dans le rétroviseur intérieur, puis à travers la paroi de Plexiglas. Le jeune croisa son regard. Il n'était pas impressionné, il était hautain comme

Hanson autrefois. Finalement, lassé, il se cala sur la banquette et regarda par la fenêtre.

— Le temps se gâte, commenta-t-il.

Hanson se gara sur le parking d'une station Shell fermée, sortit, ouvrit la portière arrière.

— Descends, ordonna-t-il à son passager.

Il fut ravi de lire un peu de peur dans ses yeux.

— Tourne-toi.

Il lui ôta les menottes.

— Voilà. Ne me regarde pas. Si je vois tes yeux, je t'en colle une.

Comme il ne bougeait pas, Hanson le poussa d'un coup de botte sur le fond de son pantalon trempé.

— Dégage.

L'homme ajusta le fond de son jean qui gouttait encore et fit quelques pas, pieds nus.

— Attends, lui dit Hanson.

Il sortit son portefeuille, en retira un billet de vingt dollars, hésita, retira tous les billets, s'approcha et les lui fourra dans la poche du jean.

— *Adios.*

Depuis la voiture, il le regarda descendre la rue puis disparaître au coin. Ensuite, il remplit son formulaire. *Pas de plainte. Problème résolu au moment du départ. Hanson 7374.*

Il avait déclaré l'intervention terminée et se rendait sur les lieux d'un « problème inconnu » dans McArthur Boulevard lorsque la clarté du soleil changea. Elle faiblit, ou s'assombrit, prit une teinte jaune sale. Des gouttes de pluie vinrent soudain grêler le pare-brise poussiéreux. Il regarda par la fenêtre passager. L'orage montait de la baie. Un ciel noir d'Armageddon traînait des rideaux de pluie gris acier.

Au grand large, le tonnerre roulait et grondait. Une immense horde de nuages menaçants amassés au-dessus de l'horizon se bousculait à l'assaut de l'intérieur des terres.

Hanson arrêta la voiture, observa la progression de l'orage entre les citernes de carburant et les raffineries, par-dessus les grues du port tapies tels des chiens robots, culbutant sur son passage les panneaux publicitaires et soufflant les toits des entrepôts. Les rafales diluviennes traversèrent, ralentirent, arrêtèrent la circulation et inondèrent les rues d'East Oakland. Les réseaux d'alimentation électrique grillèrent et les transformateurs sur les poteaux de téléphone explosèrent dans des jaillissements d'étincelles. La tempête ébranla la voiture sur ses suspensions, des grêlons martelèrent le toit et de la neige fondue opacifia les vitres. La radio se tut.

*

Quelques heures plus tard, à la nuit tombée, Hanson rentra au District quatre après avoir transporté un prisonnier. Il roulait lentement dans les rues inondées, sous une pluie violente. L'esprit occupé par les événements de sa journée, il tourna au mauvais endroit et se retrouva dans un quartier d'entrepôts. Des cloches mécaniques se mirent à sonner. La barrière à rayures rouges et blanches d'un passage à niveau s'abaissa brusquement dans l'obscurité, éclairée par les phares avant de la voiture. Il donna un coup de frein. Et s'arrêta en dérapant à quelques centimètres du bras de la barrière sur lequel la cible rouge d'un panneau de danger lumineux se balançait d'avant en arrière, juste au-dessus du capot de la voiture de patrouille.

Le train surgit de nulle part, de l'obscurité, dévala sur la voie ferrée. Sur deux étages, comme une rue principale dans une tornade : wagon couvert, wagon-citerne, wagon plat, wagon-trémie, wagons-tombereaux ballottant de droite à gauche sous la pluie, traversant Oakland – la ligne Erie Lackawanna-Santa Fe, la ligne Oregon Pacific-Pee Dee River-Kansas City, ligne Illinois Central-Green River – vers ailleurs. La pluie explosait, se changeait en vapeur et en fumée colorée sur la carrosserie. Les phares des véhicules de l'autre côté des rails rappelaient des feux de bouche lorsqu'ils apparaissaient entre les voitures du train qui défilaient dans le vacarme, secouant la voiture de patrouille. Hanson, dans son uniforme détrempé par la pluie, se cala contre son dossier et ferma les yeux un moment, épuisé.

*

Il pataugeait dans la Song Mai Loc boueuse, retraversait cette rivière à gué pendant la saison de la mousson au moment le plus chaud de la journée, de retour dans une guerre menée de l'autre côté de la planète. D'après la carte dont il se servait, lui et ses hommes se trouvaient à cinq cents mètres d'un village qui portait le nom de Mai Than avant sa destruction. Tous les villages de la carte étaient détruits, le mot « détruit » était imprimé en majuscules sous le nom de chacun d'eux, entre parenthèses. Ce qui avait été Mai Than, d'après la carte, se situait de l'autre côté d'une butte, juste derrière une ligne bleue figurant le cours d'eau qu'ils traversaient, la Song Mai Loc brune, la rivière Mai Loc boueuse.

À mi-parcours, Hanson et cinq des CRP, le peloton de reconnaissance formé de mercenaires vietnamiens, leurs meilleurs tueurs, se retrouvèrent plongés jusqu'à la taille dans la Mai Loc chaude comme le sang et presque dépourvue de courant. C'était le troisième des cinq jours d'une mission de reconnaissance organisée par Hanson pour actualiser les informations de la carte.

Les hommes firent une pause sur la berge, de l'autre côté, dans un abri de bambous moribonds, pour boire l'eau chaude au goût iodé de leurs gourdes, manger une poignée de petits poissons séchés qui se consommaient comme du pop-corn, et extraire ou brûler les sangsues accrochées à leurs chevilles et à leurs aines.

Rau, le sergent du peloton, alerta Hanson en sifflant et montra du doigt un groupe de quatre ou cinq femmes déjà proches qui contournaient la butte dans leur direction en poussant un buffle d'Asie. Leur rire haut perché et musical flottait vers eux dans la pluie. Elles ne les avaient pas encore remarqués et l'animal ne les avait pas sentis car ils se tenaient contre le vent, sur un sentier absent de la carte.

Mai Than ne devait plus être signalé « détruit », en tout cas pas encore, et quand les femmes les verraient, elles enverraient le chef du village, un Viêt-cong, à leur poursuite. Hanson savait qu'aucun allié ne s'était rendu dans cette zone depuis plus de deux ans. C'était la raison pour laquelle il avait voulu l'examiner au cours de l'opération. *Bonne idée*, s'était-il dit en souriant. Ils étaient largement hors de portée d'une base de tir d'artillerie, et ni hélicoptère de combat ni avion de combat tactique de la 101e base à Quang Tri ne serait capable de survoler les montagnes par ce temps. Ils étaient seuls. Qu'allait-il faire quand les femmes arriveraient à leur hauteur ? Leur dire : « Salut, on fait juste une pause, faut qu'on y aille » ?

Ses hommes et lui pourraient se mettre à courir tout de suite, mais ils auraient les Viêt-cong du coin à leurs trousses, et les locaux connaissaient le terrain bien mieux qu'un Hanson seulement muni d'une carte pour se repérer. *Très bien*, songea-t-il en se détendant, *on ne bougera pas, on se battra ici et on tuera autant de Viêt-cong que possible avant d'être abattus à notre tour. Bien.*

— Il faut qu'on *crokadow,* lui murmura Rau.

Il mima un tir au pistolet pour tuer les femmes, puis il hocha la tête dans une parodie de regret, « quel dommage ». Il tuait des Vietnamiens, d'une tendance politique ou d'une autre, depuis ses douze ans. C'était le seul travail qu'il avait jamais eu. Au camp, Rau se piquait parfois avec un mélange d'opium et d'alcool de riz, mais il restait efficace.

Des monstres, se dit Hanson en débouclant un pan de son paquetage, *nous sommes tous des monstres.* Il en sortit le Hi-Standard .22 enveloppé dans du plastique, puis son silencieux.

Il était devenu trop performant. Au bout d'un moment, quand on en réchappe assez longtemps, seule la malchance peut causer votre mort. Alors si on est bon, et même en jouant de malchance, si on reste calme et agit avec bon sens, on s'en sort.

Il emportait le pistolet .22 et son silencieux lors des opérations au cas où un Viêt-cong ou un soldat nord-vietnamien isolé croiserait leur route. Pour lui tirer dessus sans qu'il meure tout de suite et pouvoir le capturer. Le pistolet n'était pas complètement silencieux, mais il n'était pas bruyant. Il était aussi doté d'un chargeur supplémentaire de dix balles. C'était une arme de précision, et Hanson s'était entraîné au camp jusqu'à maîtriser parfaitement son maniement. Il n'aurait aucun problème pour abattre d'une seule balle chacune des cinq femmes en cinq secondes. Tir dans la tête. Ce qu'il aimait dans la guerre, ce qu'ils aimaient tous dans la guerre, s'ils l'aimaient, c'était la simplicité. Le boulot de Hanson consistait à rester en vie et à faire en sorte que les CRP qui l'accompagnaient le restent aussi.

Après avoir tué les femmes, ils courraient, déferaient les sangles à démontage rapide de leurs paquetages, se délesteraient de tout sauf de leurs munitions et de l'eau. De retour de l'autre côté de la ligne bleue, ils auraient de l'avance puisqu'à partir de là ils connaissaient le chemin. Ils pourraient trouver refuge dans des collines ou des vallées moins infestées de Viêt-cong, appeler de leur abri le renfort de l'artillerie, et peut-être ainsi seraient-ils encore en vie le lendemain. Ils pourraient prendre de l'avance s'ils tuaient ces femmes.

Il essuya le pistolet avec le chiffon huilé qu'il rangeait dans le même sac, vérifia qu'il était chargé – une petite cartouche .22 taille Boy-Scout –, vissa le silencieux, puis d'un geste du pouce déverrouilla la sécurité. Hanson, Rau et les quatre autres CRP se consultèrent du regard. Au même instant, les femmes se mirent à frapper avec leurs bâtons en bambou le buffle qui avançait d'un pas lourd. Elles s'engageaient de l'autre côté de la colline sans soupçonner qu'elles avaient failli se faire massacrer. Hanson resta accroupi, contrôla sa respiration. Les CRP, eux, paraissaient à la fois soulagés et déçus.

Les rires délicats, le bruit du bambou sur le cuir de l'animal cornu, le tintement des clochettes à son cou faiblirent, puis s'éteignirent.

Tout le monde avait été sauvé et Hanson était encore assis dans la voiture de patrouille puante de l'OPD, à l'arrêt, moteur en marche, sous la pluie, mais au bout de la voie silencieuse le train avait disparu, était parti. Le tintement de la cloche mécanique n'était que le son qui résonnait dans ses oreilles s'il y prêtait attention. La barrière du passage à niveau se leva à la manière d'un bras qui lui aurait fait signe de poursuivre le cours de son existence. Des voitures traversaient déjà les voies dans l'autre sens. Leurs phares l'aveuglaient quand elles tressautaient sur les rails. D'autres, alignées derrière lui, patientaient. Leurs conducteurs n'osaient pas klaxonner une voiture de police. Hanson démarra et continua de rouler sous la pluie.

*

Hanson dort.

Au-dessus de sa tête, la pluie s'infiltre par le plafond, dessine sur le plâtre des motifs sombres énigmatiques : menaces, mauvais souvenirs et demandes de rançon venus des profondeurs du lac Merritt. De l'autre côté de sa fenêtre, les arbustes claquent dans le vent et déploient dans la chambre les ombres projetées par le lampadaire à l'angle de la rue.

15

ELVIS HITLER

Encore une nuit pluvieuse. Le temps se gâtait. Les appels radio étaient aussi nombreux que d'habitude. Hanson était passé devant la maison dont l'opératrice lui avait donné l'adresse et s'était arrêté un demi-pâté de maisons plus bas. Il l'avait en vue dans le rétroviseur. Un nouveau 415-F : nuisance domestique, un conflit familial. Des gens avaient besoin d'une personne munie d'une matraque et d'un pistolet pour prendre des décisions à leur place. Le moteur en surchauffe cala. Les essuie-glaces qui battaient le pare-brise s'arrêtèrent. La pluie grésilla et se changea en vapeur sur le toit de la voiture sale.

Rangés dans un casier contre un mur, sa chemise et son pantalon en laine n'avaient pas eu le temps de sécher entre deux périodes de travail. Ils étaient mouillés depuis trois jours maintenant, lourds et chauds. Hanson avait la gueule de bois, mal au crâne, la diarrhée, et regrettait de ne pas s'être fait porter pâle. Il serra le poing droit jusqu'à avoir mal et se donner une attitude un peu plus agressive. Visiblement, ça fonctionnait. Alors il recommença, appuya sur la plaie perforante bleue et purulente qu'il s'était faite deux jours plus tôt en sautant par-dessus une clôture grillagée tandis qu'il pourchassait un violeur.

Il tendit le bras et retira de la mallette en cuir noir posée sur le siège à côté de lui un flacon d'antiacide rose. Ce faisant, dans le pare-brise convexe, il aperçut son reflet et vit un prestidigitateur à l'air perplexe tirant un lapin rose de son chapeau. Hanson avala le liquide crayeux, inclina la bouteille, la regarda en plissant les yeux – déjà à moitié vide –, la reboucha et la rangea. Puis il se lécha les lèvres, vérifia dans le rétroviseur qu'il ne restait pas de traces roses. Mais ses crampes d'estomac le reprirent. Peut-être devrait-il fabriquer un holster pour la bouteille rose, identique à celui dans lequel il transportait le gaz lacrymogène.

On le rappela sur le canal 3 pour lui fournir la vérification de casier qu'il avait réclamée.

— *Pas de mandat ou d'avis de recherche en cours concernant l'individu. Il est en liberté conditionnelle pour agression avec arme mortelle, résistance à arrestation et possession de drogue. Sachez que – d'après votre plaignant –, il a été arrêté à deux reprises pour voies de fait au cours des neuf derniers mois. Les plaintes ont été retirées chaque fois.*

— 904, répliqua Hanson en permutant sur le canal 2.

Il enfila son gant gauche de close-combat, deux cent vingt grammes de plomb en poudre répartis dans cinq poches cousues, une derrière chaque doigt, et une seule, plus grande, sur le dos de la main. Il laissa le gant droit glisser sous la boucle de sa ceinture – pour que la main qui tenait le pistolet reste libre –, le poignet du gant dégagé à l'extérieur pour pouvoir l'attraper et le balancer de revers. La meilleure arme, de loin, pour le combat rapproché.

Il sortit de la voiture, ferma la portière sans bruit, marcha dans une flaque d'eau endiguée entre des feuilles et des détritus. L'eau froide s'écoula par-dessus les chevilles de ses bottes à bout renforcé et, quand il remonta la rue, il sentit qu'une de ses chaussettes glissait sous son talon. Il écouta devant la porte un instant, cria « Police ! », frappa trois fois avec sa matraque, puis quand il entendit le cliquetis des verrous qu'on ouvrait, la glissa dans la petite poche le long de sa jambe.

Une femme lui ouvrit, sans ôter la chaîne, et le regarda qui se tenait debout sous la pluie. Elle était pieds nus, vêtue d'un jean transformé en short, et ne portait pas de soutien-gorge sous son tee-shirt noir sur lequel était imprimé en lettres blanches le slogan : *Eat Shit and Die.* Elle avait une cigarette à la bouche et les lèvres enflées. Celle du bas était fendue mais une croûte s'y était déjà formée.

— Vous avez appelé la police ? Ou je ne suis pas à la bonne adresse ? lui demanda Hanson.

Elle recula juste assez pour le laisser se faufiler à l'intérieur et échapper à la pluie. Elle était plutôt corpulente. Ses seins remplissaient son tee-shirt et son jean était coupé si haut qu'on voyait pendre les poches sur ses cuisses blanches et potelées.

Hanson, impatient, haussa les épaules.

— Tout va bien ?

Elle ouvrit plus grand la porte pour lui permettre d'entrer. Dans la maison surchauffée régnait une odeur nauséabonde. L'occupante des lieux le dévisagea comme si elle ne savait pas pourquoi il était là ni pourquoi elle lui avait ouvert. Elle était pâle, elle avait l'air fatiguée. Son œil au beurre noir remontait à deux jours et les ecchymoses sur son bras avaient viré au bleu-vert et jaune.

— Quoi ? fit-elle.

Hanson hocha la tête.

— Rien.

Il la contourna pour vérifier que personne ne se cachait derrière le battant entrebâillé.

— Je veux qu'il parte d'ici, marmonna-t-elle, la cigarette tressautant entre ses lèvres. Je veux que ce connard s'en aille. Tout de suite ! Tout de suite !

Mais oui, mais oui, se moqua Hanson intérieurement. Elle avait exactement le type de voix auquel il aurait dû s'attendre.

— Et quel est le problème ce soir ? lui demanda-t-il.

Ses crampes d'estomac reprenaient.

La fille ôta la cigarette de sa bouche, le regarda, puis tourna la tête par-dessus son épaule.

— C'est lui, le problème. C'est un connard ! Et je veux qu'il parte.

Une voix d'homme s'éleva du sous-sol.

— Va te faire foutre !

Combien de fois, songea Hanson en tentant de chasser ses crampes par le seul effet de sa volonté, *ai-je assisté à cette scène ? Avec le même genre d'abrutis ?*

Il essaya de respirer – une technique de réduction du stress qu'un psychologue avait pris une heure à lui expliquer à l'Académie. Hanson avait inhalé à pleins poumons une bouffée de sa cigarette au menthol. Il était quasiment impossible de savoir où trouver des WC dans East Oakland, vu la manie du service de déplacer ses agents de patrouille en patrouille. Et les appels radio étaient trop fréquents pour lui laisser le temps d'un 980-B de toute façon. Il y avait un code pour tout à l'OPD.

Peut-être pouvait-il régler la situation rapidement, rédiger à la hâte un commentaire sur une fiche d'intervention – *Problème résolu au moment du départ* –, puis utiliser les toilettes avant que l'opératrice l'envoie régler un problème ailleurs.

Son estomac se calma un peu, et ce fut seulement à ce moment-là qu'il comprit pourquoi la maison lui semblait encore plus étrange que celles qu'il voyait d'habitude. Elle était encombrée d'objets de collection d'Elvis. Plus qu'une collection, c'était un musée, une obsession, une espèce d'attraction – comme au bord d'une route dans le désert – à la gloire d'une célébrité décédée. Des représentations et des versions d'Elvis dans différents pays, et dans diverses formes d'artisanat et d'art. Les peintures au mur, pour la plupart réalisées sur du velours noir, exhibaient un chanteur aux traits légèrement hispaniques ou asiatiques. Elvis le matador de Tijuana, Elvis d'Hô Chi Minh-Ville marchant à côté d'un soldat de réserve. Elvis en béret vert, armé, au plus profond de la jungle. Elvis en chasseur de cerf dans un Ford F-150 avec râtelier. Elvis avec le Che, avec Mao, avec Richard Nixon et avec Malcolm X. Prêchant avec Billy Graham. Traversant la rivière avec le révérend King. Au plus haut des deux aux côtés des Kennedy morts, et agenouillé seul sous la lumière de Dieu dans le jardin de Gethsémani.

Il y avait aussi des bustes en porcelaine peints à la main par des machines, la laque rouge pas vraiment alignée avec les lèvres charnues ou le bleu des yeux légèrement décentré. Sur toutes, le nez, le sourire, les pattes étaient si flous et mal ajustés que le King semblait disloqué dans d'autres dimensions.

Paradaient également des figurines en caoutchouc moulé : des poupées Barbie d'Elvis habillées de vêtements correspondant à chaque époque, beaucoup de la dernière période Las Vegas en combinaison-pantalon blanche à paillettes, bottes et lunettes de soleil. Sans oublier Elvis Hillbilly, Elvis GI, Elvis costumé comme dans *Sous le ciel bleu de Hawaï*, chemise hawaïenne et collier de fleurs au cou, Elvis karaté en kimono à ceinture noire, les bras pliés en armes meurtrières qui pivotaient aux épaules. Enfin, un Elvis en tôle de trente centimètres chevauchait un fil tendu de la porte de la cuisine au plafond et montait au paradis du rock and roll dans une tenue à l'allure de peignoir, jambes écartées, pantalon pattes d'eph larges comme des ailes, mèche emblématique de cheveux noirs sur un œil, guitare à paillettes à bout de bras juste sous l'aine. L'ascension vers la gloire.

Sur un triste petit bar en contreplaqué recouvert de skaï rouge, bleu et blanc trônaient des carafes à liqueur édition collector Elvis remplies d'eau colorée et accompagnées d'un miroir en verre gravé à l'effigie d'Elvis dans lequel Hanson observa son reflet. Il avait une mine affreuse, l'air malade et amoché, pire que l'occupante des lieux.

Du sous-sol montait un fracas métallique d'haltères qui secouait la maison comme un petit tremblement de terre.

— Pouvez-vous me donner votre nom, madame ? Et votre date de naissance.

La fille écrasa sa cigarette Kool dans un cendrier

Elvis on Tour du Circus Circus Hotel, et en prit une autre dans un boîtier à cigarettes musical qui piailla quelques notes hésitantes, peut-être de *Love Me Tender*, interrompues par le ressort qui rabattait le couvercle.

— C'est moi qui ai appelé les flics, expliqua-t-elle en jouant avec sa cigarette.

Ses ongles étaient rongés jusqu'au sang et son vernis rouge écaillé.

— Pourquoi il vous faut ma date de naissance ?

— J'ai besoin des renseignements concernant le plaignant pour remplir mon rapport. Pour heu… la base de données.

Elle se ficha la cigarette dans la bouche et rembobina la boîte. Il s'agissait bien de *Love Me Tender*, mais maintenant, le ressort retendu à fond, les notes s'égrenaient deux fois plus vite comme dans la bande-son d'un film d'horreur chinois. Lui aussi pris d'un tic nerveux, Hanson tripota le stylo-bille qu'il avait à la main. Elvis. Partout. Qui l'observait. Le fracas de l'acier sur le béton ébranla de nouveau la maison.

— Vous ne pouvez pas simplement lui demander de partir ? le pria la fille. C'est tout ce que je veux.

Le fracas de l'acier sur l'acier cette fois secoua les poupées Elvis. Encore. Et encore quand le présumé culturiste fixa rageusement de nouveaux disques à chaque extrémité de la barre. *Ça fait lourd*, songea Hanson.

— Comment s'appelle le monsieur ? demanda-t-il.

Ils se regardèrent dans les yeux pendant qu'elle lui fournissait l'information.

Il s'appelait Paul. Elle, c'était Racine, et elle avait vingt-trois ans. Il lui en aurait donné trente. Son tee-shirt noir était trempé de transpiration aux aisselles et son odeur, mêlée à un parfum douceâtre, l'assaillit. Un souvenir honteux le poussa à se rapprocher d'elle.

— C'est lui qui vous a fait ça ? s'inquiéta-t-il d'une voix un peu rauque.

Il se pencha vers elle pour suivre du doigt les contours de l'œil au beurre noir.

— Il s'est fait virer, répondit-elle. De l'usine de portes. Ça fait trois mois.

— Et ça ?

De la main, il lui entoura le bras à l'endroit tuméfié où les bleus disparaissaient sous le tee-shirt en coton.

— Oui, oui.

— Il prend des stéroïdes ?

— Des stéroïdes ?

— Je ne suis pas des Stups. Je me fiche qu'il en prenne ou non. Ou que vous fumiez de l'herbe, ou que vous consommiez de la drogue.

— N'importe laquelle ?

— J'ai juste besoin de savoir à quoi m'attendre de sa part.

Elle hocha la tête. Ses cheveux frôlèrent la poitrine de Hanson.

— Oui, répondit-elle, les lèvres contre sa poche-poitrine. Il aime me faire mal.

Sa jambe touchait l'érection qui pulsait contre la laine mouillée du pantalon de Hanson.

— Je vais descendre lui parler, déclara-t-il.

Il faillit trébucher en se tournant. *Bon sang, arrête,* s'ordonna-t-il. *Arrête. Elle va t'attirer plus d'ennuis que la femme tatouée de Missoula.*

— Restez là. Si vous descendez avec moi, ça va

déclencher une dispute. Vous écouterez du haut de l'escalier.

Viré de l'usine de portes ? Cette saleté d'usine de portes ? Il descendit les marches qui menaient au sous-sol. Le sifflement aigu des scies électriques et des raboteuses résonna à ses oreilles. Le *boum boum* des agrafeuses. Il s'imagina se réveiller tous les matins aux côtés de Racine qui allumait sa première cigarette de la journée. Se rendre à l'usine de portes.

C'est ce regard qu'elle lui lançait. Elle n'était pas désagréable, au fond. Un peu dégoûtante, mais dégoûtante, ça passait. Tout allait à peu près bien, en fait. Il aurait besoin de toute l'aide, toutes les distractions, toutes les occasions de s'évader pour aller jusqu'au bout de sa période de formation. Encore sept mois. Sept mois et cinq jours.

— Ne parlez pas. Laissez-moi faire, reprit-il.

L'escalier en bois brut noueux et gondolé, même pas peint, assemblé avec une vingtaine de kilos de clous tordus, trembla quand ils descendirent. La fille se tenait juste derrière lui.

Il se demanda si les matériaux venaient de l'usine de portes. Bien sûr qu'ils en venaient.

Le sous-sol en béton dépourvu de fenêtre était aussi lugubre qu'une chambre de torture et, dans un premier temps, les dix mille watts de néons d'entrepôt pendus au plafond aveuglaient. Eux aussi devaient provenir de l'usine de portes, récupérés un par un tous les vendredis après le boulot, et transportés dans le coffre de la voiture. *La moitié des trucs à Oakland sont volés*, songea Hanson, *et sont réinjectés dans le trafic de drogue.* Il baissa la tête pour éviter de se cogner.

Les murs de chaque côté du banc de musculation

étaient lambrissés d'étroits miroirs en pied. Des dizaines, fixés côte à côte avec du mastic noir. Derrière le banc s'étalait au mur un drapeau nazi d'un mètre vingt de large. Les poids, Hanson les connaissait bien. Dans chaque maison à l'est de High Street, on trouvait des poids de musculation. Il fallait rester en forme jusqu'à ce que la police vous renvoie au trou à cause d'un échantillon d'urine prélevé au hasard à 4 heures du matin.

Paul semblait ne pas avoir remarqué leur présence. Il était tranquille, en pleine série de soulevés, peut-être cent dix kilos sur la barre. Il la tenait à bout de bras sans un tremblement, la baissait, la relevait. Pour les impressionner. Ça faisait lourd. Il la relâcha brutalement sur son support, s'assit, luisant de sueur, et les jaugea. D'épaisses veines bleues serpentaient tels des vers de terre le long de ses bras.

Il portait un short bleu marine en élasthanne longueur genoux et un marcel avec des éclairs SS de chaque côté du mot *Blitzkrieg!* Yeux bleus, QI de quatre-vingt-cinq. Blond. Coupe en brosse, et, évidemment, moustache à la Fu Manchu. Dans les un mètre quatre-vingts. Des bras aussi longs que les jambes de Hanson. Gros trapèzes, pas de cou.

— Bonjour, lui lança Hanson la bouche sèche.

Ses crampes d'estomac revenaient à l'attaque.

— Bonjour ? C'est tout ce qu'y a à dire ? lui cracha Paul en essayant de ne pas paraître esscufflé. Bonjour, ça marche pas. T'as un mandat, mec ?

— Je n'ai pas besoin de mandat, monsieur. On n'est pas dans une série télé. Votre femme a appelé la police et m'a laissé entrer.

— Ma femme ? C'est ce qu'elle a dit ? Je suis pas marié à cette conne.

— Vous pouvez me donner votre nom ?

— Paul, d'accord ? Je m'appelle Paul.

— Ah oui, Paul. Paul. Votre… heu… Racine a appelé la police. M'a demandé d'entrer. Alors je n'ai pas besoin de mandat. Paul, elle veut que vous partiez.

Il descendit la dernière marche et avança sur le béton.

Quand son estomac se noua à nouveau, il serra le poing pour combattre les crampes. Sa main était déjà enflée. La douleur la plus forte remporte la bataille.

— Je paie le loyer, mec. Alors rien à foutre, lança Paul.

Il se rallongea, fixa le plafond, droit dans les spots, et réalisa trois soulevés rapides.

— Il n'a pas payé le loyer depuis quatre mois, lança Racine de l'escalier. Il dort toute la matinée, traîne avec ses potes à la salle de sport tout l'après-midi, se saoule, et puis hein, après c'est l'heure de rentrer me faire chier. J'en ai ras le bol. De payer le loyer, de lui préparer ses repas spéciaux hyperprotéinés. De marcher sur des œufs. De regarder la télé, seule. Tous les soirs. Pendant qu'il est en bas à grogner. Beurk. À se regarder dans ces miroirs bidon comme un pédé.

Paul se redressa comme s'il était monté sur des ressorts.

— Va te faire foutre, connasse. C'est toi, la tantouse. Tantouse d'Elvis. Faut que tu t'en serves comme gode. Parce qu'y a que comme ça que tu pourras prendre ton pied. Regarde-toi ! Moi, pédé ? s'écria-t-il en se tapant sur la poitrine.

Un vrai chimpanzé aux jambes arquées, se dit Hanson. Comment ça s'appelait, déjà, chez les animaux ? Expression d'agressivité. S'ils avaient été dehors, le type aurait jeté des poignées de terre et des feuilles par-dessus son épaule.

— Je suis balèze. Je suis menaçant. C'est comme ça. Personne m'emmerde.

— Oh Paulie. C'est pas comme si..., commença Racine.

— Va te faire foutre. Et qu'est-ce que je t'ai promis si t'appelais encore les flics ? Hein ?

Le son s'élevait du plus profond de sa poitrine, amplifiant sa colère.

— Hein ? répéta-t-il.

Il prit appui sur ses mains posées entre ses cuisses pour se relever tel un gymnaste.

Hanson observait la scène dans les miroirs, en spectateur de film. Son uniforme ne ressemblait plus à rien – la pluie en avait aplati les plis. La chemise pendouillait. Le pantalon flottait comme s'il l'avait hérité de son grand frère. Alourdi par tout le matériel : pistolet, matraque, radio, bombe lacrymogène, petite matraque dans sa petite poche individuelle, et trempé, il lui tombait sans arrêt sur les hanches et il devait le remonter en passant les pouces dans les boucles de ceinture. Il avait dû passer sous les soixante-cinq kilos, à brûler de l'adrénaline au lieu d'ingérer des calories au cours des repas. Il puisait la majeure partie de ses calories dans la bière Mickey's Malt Liquor. Et les petites bouteilles plates de vingt-cinq centilitres de vodka Popov qu'il descendait après le boulot. Et aussi la tequila qu'il éclusait en regardant l'aube se lever sur les collines d'Oakland avant de tomber ivre mort sur son lit.

— Hein ? répéta Paul. Hein !

Il travaillait son effet. Il se redressait, se relevait, en mâle alpha. Finalement, il se leva pour de bon comme s'il allait les poursuivre dans l'escalier.

Les marches tremblèrent quand Racine courut au rez-de-chaussée, puis claqua la porte. Paul ricana, cracha par terre. *Très distingué*, nota Hanson.

— T'as appelé une voiture en renfort ? demanda Paul en le dévisageant.

Il jouait encore au dur. Moustache à la Fu Manchu et muscles de la mâchoire contractés. L'air d'un caïd de la salle de sport.

Hanson ouvrit grand les yeux, légèrement confus, innocent. Innocent façon psychopathe. Regard à la Shirley Temple.

— Dis donc, tu dois avoir des origines allemandes, flatta-t-il le culturiste.

Il porta les yeux vers le drapeau nazi, croix gammée noire sur fond rouge.

Il commençait à s'amuser. C'était du sérieux, une question de vie et de mort, pas ce « on reprend son sérieux maintenant » bidon de tous les jours. La gueule de bois était passée. Son mal de ventre aussi. Parce que son corps comprenait la notion de sérieux.

Paul hésita, regarda le drapeau, puis de nouveau Hanson.

— *Deutschland. Jawohl !* s'exclama Hanson. C'est évident. Je le vois à ta physionomie, à la forme de ton crâne.

Il était sur son terrain maintenant, le terrain qui pouvait s'effondrer sous ses pieds et le tuer s'il se déconcentrait ou perdait son sang-froid. Un seul instant de malchance pouvait avoir raison de lui.

Paul se contenait, le regard méfiant. Il ignora pourtant le signal d'alarme qui s'était déclenché dans sa tête. Il plia les bras, dansa d'un pied sur l'autre comme un boxeur. Gauche, droite, vers Hanson. Mais Hanson souriait.

— Allemand. C'est carrément ça, acquiesça-t-il. Crâne aryen, mec. Pur aryen. Des deux côtés de la famille. Je t'ai demandé si t'avais appelé des renforts. Parce que quand je t'aurai défoncé la tronche, je dérouillerai ton collègue.

— Pas ce soir, répliqua Hanson.

Une addiction à la curiosité, voilà ce que c'était. Parier sur tout. Qu'est-ce qui va se passer si je fais ça ? La curiosité passerait de vilain défaut à erreur mortelle.

— Appelles-en un. Appelles-en deux. Je me les ferai tous, un par un. Comme une chaîne de montage, comme si je cognais des saloperies de cadres de porte.

— Non, Paul.

— Non ? Non quoi ?

— Non, tu ne vas dégommer personne.

Paul éclata de rire.

— Et pourquoi ?

— Parce que tu seras mort.

Hanson retira le gant lesté de derrière sa boucle de ceinture.

Et lui envoya un revers à la gorge.

Paul se figea, le regard vide. Immense, puis effrayé quand il se rendit compte qu'il n'arrivait plus à respirer. D'un mouvement fluide du poignet, désinvolte et méprisant, Hanson lui décocha une chiquenaude au visage avec le gant plombé. Paul s'écroula sur un genou. Il étouffait, sanglotait, hoquetait pour respirer.

Hanson remit le gant derrière sa ceinture, saisit la crosse du .357 en acier inoxydable, puis déclencha l'ouverture du holster. Il disposait d'une fraction de seconde décisive.

— Je vais t'expliquer quelque chose, annonça-t-il.

Une bulle de sang s'échappa d'une narine de Paul, puis explosa.

— Et c'est très important que tu me croies parce que j'en ai fini avec la persuasion verbale pour ce soir. Si tu le vois dans mes yeux, tu comprendras peut-être. Juste ici. Regarde.

Il lui montra ses yeux, les doigts en V.

Quand Paul leva la tête, Hanson alluma ses yeux.

« Allumer mes yeux », c'est comme ça qu'il disait, mais en réalité il les libérait, les laissait prendre la direction qu'ils voulaient, comme l'aiguille d'une boussole cherche le nord et s'y fixe. Ils retrouvaient le pouvoir acquis pendant la guerre, quand il était libre d'agir à sa façon, déjà mort, sans rien à perdre. Rien n'avait changé. Ils étaient encore et seraient toujours les mêmes yeux, à la différence que maintenant, il devait les contrôler, les cacher, les contenir. Mais parfois, quand le monde, quand tout semblait désespéré, quand il se saisissait de son Hi-Power 9 mm hors des heures de service, juste pour en sentir le poids et la fraîcheur dans sa main, plongé dans ses pensées, juste une fois de temps en temps, il les libérait. Il les laissait rejoindre l'endroit que peu visitent, mais qui, lorsqu'on l'a atteint, sera toujours là pour vous accueillir. Il quittait l'arme des yeux et ses yeux le ramenaient là-bas, vers le tueur mort-vivant qu'il demeurerait à jamais. Deux, trois secondes peut-être, c'était tout ce qu'il pouvait risquer avant – et il le savait – qu'ils prennent le dessus. Le corps suit les yeux. Il était toujours revenu – il avait tenu, tenu, puis était revenu – jusqu'à présent. Ensuite, il se sentait bien, sain d'esprit, pendant quelques heures, comme s'il était sur son terrain.

Paul le regardait.

— J'ai la gueule de bois, Paul. Je ne suis pas dans mon assiette. Tu connais ça, non ?

Paul acquiesça d'un hochement de tête.

— J'ai la diarrhée. Si je devais t'arrêter ce soir, plutôt que simplement te descendre, si tu me forçais à t'arrêter, tu vois, je t'empoignerais, tu m'empoignerais, ouais, ouais…, soupira-t-il.

C'était toujours la même chanson.

— Je te menotterais, mais je me chierais dans le froc, le froc de mon uniforme de l'OPD, et l'histoire me collerait à la peau. Ça serait la seule chose qu'on se rappellerait à mon sujet. Dans cinquante ans, les jeunes recrues en entendraient encore parler. « Hanson a eu si peur qu'il s'est chié dessus. » Alors maintenant, tu ferais mieux de partir et de ne pas revenir avant demain matin, sinon je te tire dessus. Six fois. Pour te tuer. Parce que tu ne pourras pas témoigner au procès si t'es mort. C'est comme ça que ça marche. C'est pas plus compliqué. Je dirai que tu t'es jeté sur moi armé d'un poids et que j'ai dû te tirer dessus, en état de légitime défense. Tu aurais des brûlures de poudre partout. Ce truc, ajouta-t-il avec un regard vers le pistolet, pourrait même mettre le feu à ton tee-shirt. « Il s'est jeté sur moi. » C'est ce que je leur dirai. « Je n'avais pas le choix. » Tu pèses deux fois mon poids, avec tous ces gros muscles que t'as gonflés en bossant si dur et avec tous ces stéroïdes dans ton sang. « Rage stéroïdienne. » Et en plus tu es blanc. Y aurait aucun problème avec la communauté noire. Personne ne chercherait à savoir comment ça s'est passé. C'est du tout cuit. Qu'est-ce que tu en penses, Paul ? Est-ce que je dois te descendre ?

Paul fit non de la tête.

— Tu as un endroit où passer la nuit, Paul ?

— Je peux aller dormir à la salle de muscu.

— Bien. Je pense pouvoir te faire confiance. Tu vas tenir parole. Je pense que tu es un homme d'honneur, ajouta-t-il en jetant un coup d'œil au drapeau nazi. « *Mein Wort ist meine Ehre.* »

Paul, qui peinait encore à respirer, le regarda avec respect.

— Ma parole, c'est mon honneur, traduisit Hanson. Waffen-SS. C'était leur credo. Aux soldats, pas à ces saloperies de gardes de camps de concentration. Parmi les meilleurs soldats du monde, et cet abruti de Hitler s'en est servi comme chair à canon à la fin.

Il accompagna sa phrase d'un geste du menton vers le drapeau.

— Eux, c'étaient des soldats ! Alors je te fais confiance pour ne pas revenir avant demain. Pas avant midi. Je peux, Paul ?

— Oui, acquiesça Paul d'une voix rauque. Absolument.

*

Hanson, épuisé, s'assit sur le siège des toilettes. La diarrhée lui accordait une trêve. Il avait le pantalon sous les genoux et son lourd pistolet reposait dans l'entrejambe. Il avait pris plaisir à briser Paul, à le démonter. Ça faisait longtemps qu'il n'avait pas pratiqué ce genre d'exercice. Qu'il n'en avait eu ni l'occasion ni le prétexte. Il avait inventé tout le discours sur les SS, mais ça restait crédible. Il était quasiment sûr que Paul attendrait au moins jusqu'au milieu de la matinée avant de revenir cogner à la porte, de demander à Racine de lui ouvrir, et de lui casser encore la gueule quand elle le laisserait entrer. Une veilleuse luisait au-dessus du lavabo. Un buste d'Elvis translucide paré d'un bandana à carreaux rouges et noirs autour du cou. La star souriait.

Hanson retourna au salon.

— Tout va bien, rassura-t-il Racine.

Elle le regarda. Elle se mordait une lèvre. Elle était toujours pieds nus.

— Je dois retourner patrouiller, ajouta-t-il.

Il savait qu'il lui fallait partir sur-le-champ, mais ses jambes ne bougeaient pas.

— Je vous ai observé avec Paulie, lui avoua-t-elle. Par la trappe d'aération du sol de la cuisine.

Le gilet pare-balles de Hanson, humide et lourd, l'empêchait de respirer correctement. Il avait dû trop serrer les lanières.

— Il ne va pas revenir ce soir, dit-elle en dirigeant les yeux vers la porte de la chambre. Tout ce que vous voudrez. Qu'est-ce que vous voulez que je fasse ? Allez-y, dites-moi.

— Je crois…, commença-t-il.

— Ça ?

Elle enleva son tee-shirt, secoua ses cheveux blonds décolorés coupés court, tee-shirt à la main. Elle avait des bleus sur les côtes, sous les seins.

— Ou ça ?

Elle regarda Hanson droit dans les yeux et défit les boutons de son short, un par un. Elle le laissa ensuite glisser le long de ses cuisses, puis l'enjamba.

— Viens ici, lui dit-il.

Elle se colla contre lui, le regarda. Il posa un doigt sur sa lèvre fendue, doucement, la touchant à peine. Mais il en sentit la chaleur, la légère pulsation. Racine se pressa un peu plus contre lui. Elle appuyait sa lèvre contre le pouce de Hanson, toujours en le regardant, les pupilles dilatées, quand soudain sa lèvre s'ouvrit et se mit à saigner.

— Faut que j'y aille, dit-il d'une voix rauque en reculant. Faut que je retourne patrouiller.

— Donne-moi ta main, lui dit-elle en lui saisissant le poignet. Détends-toi.

Elle lui posa la main sur sa poitrine. Le sang s'accumulait sur sa lèvre inférieure et les gouttes tombaient une à une.

— Tu aimes… ?

— Voici ma carte, dit-il en sortant le document de son portefeuille.

— Reviens plus tard.

— Verrouillez la porte derrière moi.

Il lui tendit la carte marquée de l'empreinte sanglante de son pouce.

— Dormez un peu. Ne laissez entrer personne, lui conseilla-t-il.

Il retourna dehors sous la pluie en songeant *Surtout pas moi*, puis il referma derrière lui. Et là, tandis qu'il regagnait le trottoir, il sentit le regard de Racine sur lui.

La pluie tombait plus fort à présent et c'était agréable, elle rinçait la sueur de son visage et de son cou, le rafraîchissait. Il aurait bientôt fini son service. Il passerait un uniforme propre le lendemain. Il allait chauffer la salle de bains, suspendre le gilet pare-balles à la tringle du rideau de douche et l'exposer au souffle du ventilateur. Il sécherait dans la nuit. En jetant un coup d'œil à la maison derrière lui, il se dit qu'il avait de la chance de s'en être sorti vivant, qu'il pourrait se suicider dans un endroit pareil. Une autre femme tatouée. C'est pour ça qu'il envisageait encore d'y retourner après son service.

Il longea quelques pâtés de maisons, se gara puis remplit une fiche d'intervention. Situation réglée. Fin de l'intervention. *Problème résolu au moment du départ.* Quand il appela l'opératrice pour lui faire savoir qu'il était à nouveau disponible, elle l'envoya sur un 414C, un homme près des poubelles derrière le Carl's Country Market. Ivre mort, sans doute. On trouvait des types évanouis partout : sur les trottoirs, dans les toilettes des stations-service, dans les parcs publics et les cours privées. Parfois au milieu de la chaussée où ils s'étaient fait renverser par des conducteurs alcoolisés. Un homme ivre dans la rue qui se fait renverser par un conducteur ivre. Une nuit entière de paperasse.

— *On nous signale de possibles coups de feu à cette adresse. On a envoyé un 945, en provenance de Highland Park.*

— 904.

— *Voiture en renfort pour…*

— Je vais prévenir. L'ambulance aussi. Je suis presque arrivé. Mais sachez que ça fera vingt-cinq minutes de plus dans le décompte de mes heures sup, grogna Hanson en consultant sa montre.

Il actionna son gyrophare. La pluie battante et l'eau projetée par la voiture donnaient l'illusion de feux d'artifice rouges et bleus se déplaçant dans la nuit à quatre-vingts kilomètres à l'heure.

Si le type était mort à son arrivée à l'hôpital, soit un potentiel code 87, on essaierait d'envoyer une voiture de patrouille d'équipe de nuit, s'il y en avait une cette nuit-là, et il n'aurait qu'un simple rapport annexe à remplir. La municipalité n'offrait pas d'heures supplémentaires quand elle pouvait l'éviter. Elle ne pouvait pas se permettre de payer cinquante pour cent plus cher les heures affectées à un meurtre à East Oakland. Pas quand on en comptait cent vingt par an. Si on l'y envoyait en tant que premier agent sur les lieux, il savait d'avance qu'il aurait du mal à obtenir le paiement de ses heures supplémentaires. Il devrait remplir tous les documents relatifs à l'intervention, puis ceux pour les heures supplémentaires, et on trouverait un moyen de contester ses déclarations.

Derrière lui, deux phares avant aveuglants surgirent de nulle part. La voiture, qui roulait bien trop vite, pulvérisa sur lui une auréole de gouttes. Il freina et dérapa sur le trottoir. Un de ses enjoliveurs se détacha dans l'embardée et ses roues s'enfoncèrent dans une cour boueuse. L'autre véhicule passa comme un éclair sous la pluie, dans une giclée d'éclaboussures, et pendant cette fraction de seconde, Hanson reconnut l'immense Lincoln immaculée du magasin de minéraux. Il vit distinctement le révérend Ray, sans lunettes ce soir-là, lui sourire. Hanson savait avec certitude qu'une ambulance arriverait bien trop tard pour secourir cet homme. Une ambulance mettrait dix minutes à venir et le révérend Ray… était déjà sur les lieux.

— *Cinq Tac 51.*

— Oui…

— *On a deux voitures de l'équipe de nuit en route vers les lieux.*

Dans son rétroviseur, Hanson aperçut les phares avant hauts et bas d'une voiture de patrouille qui s'approchait à vive allure.

— Dix quatre. L'une d'elles vient de me dépasser. Si vous n'avez pas besoin de moi, je serai neuf zéro quatre…

— *Notez Cinq Tac 51 est neuf zéro quatre…*

Il manœuvra dans la boue, zigzagua, regagna la rue puis prit la direction de l'autoroute, ravi de ne pas devoir remplir tous les formulaires d'un 187. Il ne passerait pas voir Racine. Pas ce soir. Peut-être une autre fois. Ce soir, il rentrerait à la maison, se saoulerait en contemplant le lever du soleil et tomberait ivre mort dans son lit.

En s'engageant sur la bretelle d'accès à l'autoroute, il pensa à Racine et à Paul. Paul dans son sous-sol nazi à miroirs. Elvis *Hitler.* Ça, c'était un nom. Avec un nom pareil, on se souviendrait. *Gott Mit Uns.*

Sur l'autoroute, il entendit une des voitures chargées de l'intervention pour piéton renversé réclamer une ambulance, même si la victime était déjà morte.

16

SUIVRE LE MOUVEMENT

De fausses alarmes retentissaient dans toute la ville. La pluie qui martelait les toits des entrepôts déréglait les appareils de surveillance et paralysait les détecteurs photoélectriques. Hanson passa devant un atelier de carrosserie désaffecté qui occupait un pâté de maisons entier, et sur la façade duquel on avait tagué à la peinture blanche *Les surveillants de prison du Dakota du Sud lèchent le cul des clandestins mexicains.* La rouille avait rongé les mots. La rancune datait. Il était en route pour un rendez-vous sollicité par un sergent qu'il n'avait jamais rencontré. Ça n'avait rien d'inhabituel. Les agents de police et les sergents étaient régulièrement déplacés de district en district, souvent à la dernière minute, au sens propre, parce que tous les jours, un grand nombre de policiers se faisaient porter pâles juste avant l'appel. Le moral était bas. Au service de police d'Oakland, on attendait d'un sergent qu'il prépare l'examen de lieutenant tout en coinçant les agents incompétents ou tire-au-flanc. Ils n'étaient pas tous méchants, mais la pression leur retombait toujours dessus. De la même manière, on exigeait des agents de terrain qu'ils respectent leur quota d'arrestations.

Par cette nuit pluvieuse, Hanson patrouillait dans le District trois. On l'avait retiré des districts à population majoritairement noire pour qu'il travaille plus près du centre-ville et des quartiers blancs. L'un des avantages qu'il y avait à travailler dans les Districts quatre et cinq était que les sergents étaient moins susceptibles de vous surprendre en train de faire preuve d'incompétence ou de tirer au flanc. Non pas qu'ils aient craint pour leur sécurité, même si c'était vrai pour certains, mais simplement parce que trop de situations pouvaient mal tourner et nuire à leur carrière. Les choses tournaient plus souvent mal dans ces quartiers-là, c'était un fait, et les sergents n'avaient aucune envie de se trouver sur place et risquer de traîner des casseroles par la suite.

De même, la plupart des agents apprenaient à ne pas voir grand-chose sur le chemin des interventions qu'on leur assignait. Si un agent remarquait un problème que personne n'avait signalé et s'arrêtait pour s'en occuper, il n'avait rien à y gagner et tout à y perdre. S'il le résolvait, personne ne s'en apercevrait hormis les citoyens impliqués, qu'il ne reverrait sans doute jamais, et si la situation tournait mal et empirait, il serait tenu responsable parce qu'il s'était arrêté. Pendant que l'intervention assignée expressément par l'opératrice attendait encore.

Hanson aperçut la voiture de patrouille du sergent plus haut derrière le rideau de pluie, sous une passerelle de béton qui tombait en ruine. Avec le moteur en marche, mais à l'arrêt, le pot d'échappement du véhicule vaporisait alentour une sorte de brouillard.

Le sergent fit clignoter ses gyrophares rouge et bleu. Hanson se gara à côté de lui, dans l'autre sens, vitre latérale à hauteur de vitre latérale. La pluie tombait à verse aux deux bouts de la passerelle. On aurait dit des chutes d'eau dans un film.

Le sergent répondait au nom de Croix. C'était un commercial, pas un dur à cuire, et il avait l'attitude décontractée d'un concessionnaire automobile.

— Je voulais juste vous accueillir officiellement dans la brigade, annonça-t-il à Hanson.

Dans la mesure où Hanson patrouillait dans d'autres districts, il n'était membre de la brigade que pour la nuit. Mais le sergent était consciencieux et avait jugé utile de prendre le temps de faire l'article à Hanson, juste au cas où.

— Traver m'a dit du bien de vous. J'ai consulté la feuille de stats, et elle indique que vous êtes aussi bon dans votre activité que le reste de la brigade, le flatta-t-il en tapotant la mallette posée sur le siège passager.

Traver était agent de la circulation. Il avait travaillé avec lui à quelques reprises au début et ils s'étaient assez bien entendus. Hanson n'avait pas ouvert la bouche, avait opiné du chef en écoutant les conseils de Traver, au demeurant valables, sur la rédaction de rapports d'accidents de la circulation. Hanson détestait s'occuper de ces accidents-là. Ça impliquait de mesurer les marques de dérapage, d'utiliser des rapporteurs en plastique et des gabarits pour dessiner, et à l'échelle sur les formulaires, les véhicules impliqués. Traver s'en sortait en deux temps trois mouvements, mais Hanson était lent et, bien souvent, il dessinait mal les courbes, devait effacer, recommencer, et ça faisait mauvais effet sur le document.

— Continuez comme ça, l'encouragea le sergent Croix en allumant une cigarette. Quand un membre de ma brigade arrête un conducteur en état d'ivresse, j'aime bien qu'on m'appelle pour superviser l'alcootest. Je veux voir comment vous vous y prenez. Je pourrais peut-être vous aider, puisque vous êtes encore assez nouveau dans la partie.

À l'instar de nombreux autres flics du service, il ignorait que Hanson avait déjà exercé le métier et s'interrogeait sur les raisons qui auraient pu le pousser à rejoindre les forces de l'ordre à trente-huit ans.

Le sergent devait avoir le même âge que lui, mais Hanson n'arrivait pas à reconnaître les flics de son âge et avait cessé d'essayer de deviner. Ils avaient tous l'air d'avoir grandi ensemble dans la même ville, d'avoir fréquenté le même lycée. Mais peut-être avait-il cette impression parce qu'ils étaient très différents de lui, capables de faire le boulot sans jamais vraiment s'impliquer et rester désinvoltes et détachés. Ils avaient intégré l'Académie à vingt et un ans, signé un contrat et conclu un marché : offrir leurs services en contrepartie d'un salaire. Jour après jour, ils venaient faire leurs heures. En échange de quoi le service leur versait un salaire toutes les deux semaines. Ce n'était pas sans rappeler un prof de fac titulaire qui ressert comme un automate les mêmes cours semestre après semestre et attribue notes et diplômes sans rien enseigner. La plupart des professeurs s'accommodaient de leur travail de cette façon. Hanson, lui, en était incapable. Tout comme il gérait mal son argent, il n'avait aucun talent pour les affaires. Il attendait des autres qu'ils lui disent la vérité et ensuite ils devenaient ses amis. S'ils lui mentaient, c'étaient des ennemis. Mais les vendeurs de voitures et les agents immobiliers appartenaient à une troisième catégorie, ni amis ni ennemis. Ils ne disaient pas la vérité, mais ne mentaient pas vraiment non plus.

La fumée de cigarette devenait plus dense dans l'habitacle. La pluie devait agir comme un écran, ou alors le taux d'humidité dépassait de loin les cent pour cent et l'air était en quelque sorte imperméable à la fumée, ne pouvait pas l'absorber, ou quelque chose de ce genre.

— Pour les crimes commis en garde à vue et les tests code 11550, j'apprécie aussi que mes hommes m'appellent. Allez, je ne vais pas y aller par quatre chemins. J'aime passer du temps au tribunal. J'ai gagné cinquante-huit mille dollars l'année dernière, et je vais essayer de monter à soixante cette année. Et je peux y arriver, aucun problème, si vous et les autres gars de la brigade ne m'oubliez pas. C'est une bonne brigade, Hanson.

Hanson acquiesça d'un signe de tête, tenta même un sourire. Un sourire normal pour avoir l'air de comprendre et d'être d'accord avec son supérieur.

Le sergent exhala encore de la fumée. Il papotait maintenant, de flic à flic.

— Je dois renégocier l'emprunt de ma maison et acheter un nouveau bien immobilier à mettre en location cette année, et pour ça j'aurai besoin des heures supplémentaires. Quand on n'a pas de biens en location, les impôts vous sucent. Vous comprenez ? Je travaille depuis seize ans maintenant, presque dix-sept, et c'est une chose que j'ai apprise. J'ai vingt déductions. Vingt. Ça fait beaucoup de temps et de travail, mais avec vingt déductions, vous rapportez un salaire plus qu'honorable à la maison. On peut vivre très bien avec nos salaires si on ne paie pas d'impôts.

Il marqua une pause. Il réfléchissait, puis il hocha la tête, ménageant son effet.

— J'aimerais avoir une équipe entière stimulée par l'appât du gain. La cupidité est une motivation aussi bonne qu'une autre pour réaliser des arrestations de qualité qui débouchent sur un procès. Parce qu'une saleté de district attorney ne peut pas refuser de les prendre en considération ou s'en débarrasser avec un plaider-coupable. Elles vont au procès, on touche les heures passées au tribunal et on met un salaud de plus derrière les barreaux. Il se trouve que je sais que vous avez toujours obtenu l'appréciation « Mieux qu'acceptable » en rédaction de rapport à l'Académie. Vous pouvez vous servir de cette compétence à votre avantage pour rédiger les PV de conduite en état d'ivresse, de code 11550 et de crimes. C'est grâce à la qualité de la rédaction qu'une affaire peut devenir intéressante et aller jusqu'au procès.

Il consulta sa montre, surpris, comme s'il n'avait pas vu passer le temps, tout absorbé qu'il était par sa conversation.

— Eh bien, je ferais mieux de me remettre au boulot. Ç'a été agréable de discuter avec vous, Hanson. Je suis sûr que nous allons nous revoir souvent. Faites gaffe à vous dans la rue.

Il enclencha une vitesse, sourit encore à Hanson pour conclure le marché et réaliser la vente, puis s'éloigna à travers le rideau de pluie qui tombait de la passerelle, feux avant zébrant la rue. *Adios.*

Quand on n'attendait pas l'arrivée d'un sergent pour superviser l'éthylotest, une arrestation pour conduite en état d'ivresse représentait deux heures de moins sur le terrain. Et de toute façon, qui s'intéressait à un conducteur ivre dans une East Oakland où tout le monde était saoul en permanence ?

Quand on n'attendait pas l'arrivée d'un sergent, une arrestation pour code 11550 prenait presque aussi longtemps. En effet, après avoir constaté que l'individu était visiblement sous l'emprise d'une substance réglementée – en général un opiacé, le plus souvent de l'héroïne –, il fallait l'appréhender et l'examiner pour déceler la présence éventuelle de traces de piqûre et vérifier s'il avait les pupilles contractées. Les traces d'aiguille sautaient aux yeux quand elles se trouvaient dans le creux du bras, mais étaient plus difficiles à déceler entre les orteils, dans la raie des fesses ou sur la verge. Dans les cas complexes, le pupillomètre, utilisé pour comparer le diamètre des pupilles exprimé en millimètres à celui de la couverture du livret sur les 11550 – une rangée de cercles noirs imprimés du plus petit au plus grand de droite à gauche –, était un bon moyen de garantir une arrestation de qualité, de faire des heures supplémentaires en se rendant au tribunal et de mettre le suspect à l'ombre, dans une prison surpeuplée, pour le punir d'avoir pris de l'héroïne plutôt que de s'en être abstenu.

Si vous venez d'arrêter un individu pour crime, vous vous êtes peut-être battu avec lui dans la rue et l'avez menotté pour la garde à vue. Une foule en colère s'est formée pour vous arracher votre arme et vous tirer dessus parce que le criminel a la tête en sang après que vous l'avez plaqué au sol. Et qu'il hurle que vous l'arrêtez pour la seule raison qu'il est noir. Dans pareilles circonstances, il est sans doute plus avisé de ne pas traîner là pour attendre l'arrivée du sergent, mais de noter simplement le nom du suspect dans le rapport, de manière à ce que le sergent bénéficie de ses heures supplémentaires au tribunal et reste votre pote quand il vous prend à tirer au flanc ou à gaffer.

Hanson s'en alla et fut envoyé en renfort de 3L32 sur un individu suspect, un possible 459 en cours. 3L34 était déjà en chemin. L'adresse se trouvait dans un centre commercial à proximité. Possible cambriolage probablement en cours. Hanson éclata de rire.

Quand il arriva sur les lieux et descendit de sa voiture, deux flics avaient coincé le présumé cambrioleur contre la façade latérale d'une quincaillerie Tru-Value fermée. Ils avaient adopté la position d'assaut accroupie, pistolets de service braqués sur le potentiel cambrioleur et criaient : « Plus un geste. Plus un geste, enculé », en se déplaçant latéralement de manière à rester à sa hauteur tout en maintenant un bon angle de vision, même s'il refusait de se tourner vers eux et avançait en canard sous la fenêtre obscure du magasin pour gagner la ruelle.

Hanson se rendit compte qu'il marchait lui aussi de côté en les observant tous les trois. Il était presque sûr de ne pas avoir fait bonne impression au sergent Croix et se demandait pourquoi il ne pouvait pas simplement suivre le mouvement de temps en temps. Mais il se dit : *Eh merde*, et courut vers le potentiel cambrioleur en criant : « Ne me tirez pas dessus ! » par-dessus son épaule à l'intention des deux flics, certain de ne pas agir selon la procédure de l'OPD. Il aurait dû rouler plus lentement pour laisser le temps aux deux flics de possiblement abattre le potentiel cambrioleur et ne pas s'en mêler. Mais il était trop tard : à présent, il était énervé et voulait un peu de satisfaction. Il baissa une épaule, envoya valser le potentiel cambrioleur contre un mur et, au rebond, l'empoigna des deux mains par son tee-shirt sale.

— Allez, mec, ne fais plus un geste, lui lança-t-il pour pouvoir le cogner de nouveau contre le mur. On fait comme à la télé. Plus un geste, enfoiré.

Le type rebondit de nouveau

— Allez, mec, tu peux pas dire ta réplique maintenant ?

Et il lui donna un coup dans les jambes. Elles se dérobèrent sous lui et Hanson lui enfonça un genou dans les reins. Quand il menotta le suspect, il était à bout de souffle mais se sentait mieux qu'il ne s'était senti de toute la nuit.

— Merci beaucoup, lui dit Hanson en le remettant debout.

Il prit plaisir à sentir les muscles de ses épaules et de son torse en action quand il lui saisit les bras et tira.

— Je te suis… reconnaissant… d'avoir coopéré, lui confia-t-il en le tirant d'un côté et de l'autre. Enfoiré.

Puis il recula afin que les deux flics, pistolets dans leurs holsters, puissent le mettre de nouveau à terre.

Hanson récupéra sans un mot la paire de menottes d'un de ses collègues en échange de celles qu'il avait passées au type. Il retourna ensuite à sa voiture, sale et mouillé, mais satisfait et de bonne humeur. Il ne voulait en aucun cas se charger de la paperasse. Il était temps de rentrer.

*

Le lendemain, c'était son jour de congé. En fin d'après-midi, pour essayer de retarder encore un peu le premier verre de la journée, il faisait son jogging autour du lac Merritt quand un orage monstrueux arriva de la baie. La pluie tombait si fort qu'elle piquait et, en quelques secondes, il fut trempé. Mais l'orage court-circuita l'hostilité ambiante et Hanson abandonna son rôle d'homme invisible et s'y fondit comme tout le monde. Des vagues se formaient, écumaient à la surface du lac. Les embarcations dansaient sur l'eau et arrachaient des fragments du quai en le heurtant. Les mouettes tournoyaient de joie dans l'entonnoir du vent. Deux lycéennes noires portant l'uniforme d'une école catholique remontaient le sentier de course vers Hanson. Elles étaient trempées elles aussi, et ravies, avaient le regard brillant. Lorsqu'elles le croisèrent, elles lui sourirent. L'orage traversa le lac tel un miracle, balaya le brouillard de pollution des autoroutes, les ordures et la saleté des rues dont les flots écumants s'engouffraient ensuite dans les collecteurs d'eaux pluviales. Il gronda au-dessus d'Oakland et débarrassa l'atmosphère de la terreur et de la rage pour laisser dans son sillage un petit moment de pur espoir.

17

LIBYA

Lorsque Hanson frappa à la porte, la pluie avait cessé, mais l'horizon restait sombre car elle allait se remettre à tomber. Les éclairs tissant des toiles à l'horizon, il comptait les secondes à rebours jusqu'à l'instant où l'électricité de la foudre lui frôlerait le visage. Il s'imaginait se fondre dans l'orage. Un cliquètement se fit entendre. La porte s'entrouvrit de la longueur de la chaîne. Deux petits chiens à la respiration bruyante passèrent la tête dans l'interstice. Ils se tortillaient, tentaient de sortir, un dessus, puis l'autre, et ignorèrent la présence de Hanson jusqu'à ce que, contre leur gré, ils commencent à glisser en arrière, de retour à l'intérieur. La porte claqua. Hanson les entendit se jeter dessus. Une femme cria :

— Arrêtez ça ! Arrêtez ! Tout de suite !

La moitié des membres de l'équipe de nuit avaient appelé dans l'après-midi pour prévenir qu'ils ne viendraient pas. Il pleuvait depuis trois jours. Quand la porte s'ouvrit, le soleil était en train de se noyer. Une Noire corpulente, la cinquantaine bien sonnée, occupait presque toute la largeur de l'embrasure. Elle dévisagea Hanson d'un œil désapprobateur. Les deux animaux cachés derrière ses jambes se montrèrent, pattes crispées, agités et agressifs.

— Oui ? dit la maîtresse de maison.

Comme pour vérifier sa propre identité, Hanson baissa les yeux, regarda sa chemise d'uniforme, son badge argenté, son ceinturon et ses bottes boueuses, puis releva les yeux.

— Police ?

Au son de sa voix, les chiens s'aplatirent au sol et montrèrent les dents.

— Vous avez appelé la police ?

La femme le regarda fixement, s'écarta et poussa du pied les petits roquets nerveux pour les rassembler derrière elle. D'un hochement de tête, elle lui montra un canapé blanc recouvert de brocart et protégé comme tous les autres meubles de la pièce par une housse en plastique transparent. Le tapis blanc était, lui, recouvert de bâches de la même matière.

Hanson s'assit au milieu du canapé. Le plastique craqueta contre le fond de son pantalon en laine humide. Les roquets se couchèrent à ses pieds, enroulés tels des ressorts. Ils le regardèrent dans les yeux. Leurs gorges frêles tressaillaient. L'un était noir, l'autre bringé foncé avec un œil blanc aveugle.

Les bras croisés, la femme toisait Hanson.

— Eh bien ?

La température devait atteindre les vingt-six degrés et il régnait une forte odeur de chien. Hanson gratifia les animaux d'un regard souriant, mais ne récolta que des grognements.

— Oui, madame, quel est le problème ? demanda-t-il.

— J'ai tout raconté à la policière au téléphone.

— On ne m'a pas donné de détails.

Exaspérée, elle siffla entre ses dents.

— La voisine et les petits garçons l'appellent « tatie », commença-t-elle en tournant les yeux de l'autre côté de la pièce. Elle est debout à toutes les heures du jour et de la nuit, elle n'arrête pas de sortir, de faire claquer les portes de toutes ses forces. Jour et nuit, insista la maîtresse de maison en tapant du pied. La tolérance, c'est mon mot d'ordre. C'est ce qu'on m'a toujours appris. Je ne me plains pas, vous ne trouverez aucune plainte venant de moi dans vos registres. Pas venant de moi. Vous entendez ? Je sais qu'elle raconte que mes chiens font leurs besoins dans son jardin, mais ce n'est pas vrai, ils ne l'ont jamais fait, et ils ne le feront jamais parce que je ne les laisse pas sortir. Ce sont les crottes d'autres chiens, pas des miens, mais si c'est ce qu'elle veut croire, ou raconter aux gens, ça me gêne pas. On est en pays libre. Je me suis toujours mise en quatre pour être une bonne voisine, pour ne pas causer de problèmes ni impliquer la police. Et je sais que les feux d'artifice sont interdits par la loi, ajouta-t-elle.

Elle fixait Hanson, attendait son assentiment.

Il supposa qu'elle disait vrai. Et pour cause, à peu près tout ce que pouvait proposer le Parlement de Sacramento, la capitale de l'État, était prohibé à East Oakland.

— Mmh, mmh, maugréa-t-elle. J'ai appelé la police il y a une heure et vous êtes enfin là. Vous avez vu ce bazar dehors ?

— Non, madame.

— Vous ne devez pas être un vrai enquêteur alors.

Les chiens le savaient aussi.

Hanson acquiesça.

— Que s'est-il passé ?

— Je vais vous dire ce qui s'est passé. Ce garçon, Reggie, là-bas, Dieu ait pitié de lui, il n'arrive pas à rester tranquille, ni à courir sans faire de bruit, ça excite les chiens quand ils sont dans le…

Elle regarda ses animaux.

— … jardin, reprit-elle. Mmh, mmh, c'est pas vrai ? demanda-t-elle aux roquets coupables. Je ne les laisse pas sortir, jamais, mais parfois ils sortent quand j'ai le dos tourné, si je ne les surveille pas à chaque instant, je vous le dis. Ces pétards illégaux, des fois je sursaute tellement ils me font peur. *Boum ! Pan !*

Les chiens bondirent, excités, puis sautèrent sur le sol en courant sur place, leurs griffes cliquetant sur la bâche en plastique du tapis.

— On dirait que les voitures qui font des rondes dans le quartier, de la police ou pas, n'y changent absolument rien. Mais aujourd'hui, ce matin… et je ne m'occupe pas des affaires des autres… il se trouve juste que je regardais par ma fenêtre quand Reggie est sorti, une citrouille dans les bras. Oui, une grosse citrouille. Il l'a posée au bout de leur trottoir, il a mis un pétard dedans, l'a allumé, et ça a éclaboussé partout. Ça dégrade le quartier. Et ça a fichu une sacrée frousse aux chiens. Ils ont couru jusqu'à la porte de derrière pour que je les fasse rentrer, ils l'ont griffée, ils ont déchiré la moustiquaire et maintenant, il faut que je la fasse réparer.

Ils s'étaient allongés contre les jambes de Hanson. Il sentait les battements de leurs cœurs pendant que leur maîtresse livrait son récit.

— Vous avez déjà entendu une chose pareille ?

Hanson hocha la tête pour montrer que l'affaire le préoccupait lui aussi.

Il promit d'aller parler à la voisine, ouvrit son carnet. La maîtresse de maison lui communiqua son nom, à contrecœur, mais ajouta que sa date de naissance ne regardait qu'elle. En outre, elle n'avait rien fait et refusait que son nom figure dans un rapport de police. Pourquoi la police aurait-elle eu besoin qu'il y figure ? Elle n'était pas une criminelle.

Avant de se lever, Hanson flatta les deux chiens, juste pour leur faire savoir qu'il les considérait comme de bons chiens. Le bringé aveugle se roula sur le dos, les pattes en l'air.

— Filez, leur lança-t-elle. Allez, ouste.

Ils s'en allèrent tous les deux en courant.

— Vous allez lui parler ? C'est pour ça que vous êtes payé ? Pour parler aux gens ? C'est pour ça qu'on paie les agents maintenant ?

— Non, madame, répondit Hanson en rangeant son carnet dans sa poche. On nous paie surtout pour en arrêter autant qu'on peut, les menotter et les conduire en cellule. Mais quelquefois, eh bien, je me contente de parler avec eux et j'essaie de réduire la paperasse au maximum, ajouta-t-il en passant la porte.

La rue luisante de pluie était déserte, mais encombrée de branches bourgeonnantes arrachées par trois jours d'orage. Des éclairs bleus inaudibles veinaient encore les nuages noirs qui s'élevaient sans relâche de la baie, frémissaient et grondaient tels les signes avant-coureurs de la lointaine fin du monde. Depuis le trottoir, Hanson vit les fragments de citrouille orange flamboyer dans l'étrange crépuscule de l'orage. Il continua de marcher jusqu'à la voiture de patrouille, sans intention d'embêter qui que ce soit pour des pétards, mais s'arrêta soudain au beau milieu d'un pas. Il posa le pied avec précaution, alluma sa lampe torche et suivit la traînée de sang qui courait depuis la rue – taches, traces, éclaboussures, giclures et filets dans l'herbe, petits caillots de sang coagulé dans les fissures du béton – jusqu'au petit porche devant la maison.

— Police ! lança-t-il en tapant sur la porte avec sa torche.

Ça ne l'ennuyait pas d'attendre, de laisser aux gens le temps de mettre au point leur histoire, ou de se préparer à tout nier. Pas la peine de les paniquer, de risquer de provoquer des réactions inconsidérées qui l'obligent à les arrêter et à rédiger de longs rapports. Mais il ne s'en tenait pas moins prêt à bondir si un individu sortait armé d'un couteau, et à lui casser la main avec sa torche.

La chaîne cliqueta. Une Noire, la vingtaine, vêtue d'un short blanc et d'un débardeur à rayures blanches, lui ouvrit. Presque aussi grande que Hanson, musclée, élancée, pieds nus, furieuse dès l'instant où elle s'aperçut que c'était un flic qui avait frappé à sa porte.

— Je n'ai pas appelé la police.

C'était une belle femme qui serait loin d'être facile à maîtriser s'il le fallait. L'arête de son nez parfait était enflée, de même qu'une de ses pommettes. Quant à l'œil au beurre noir, Hanson en eut un peu le tournis.

— Ce n'est pas la bonne adresse, fulmina-t-elle en s'approchant de la porte.

— L'opératrice m'a envoyé ici…

Il glissa un pied dans l'entrebâillement pour

l'empêcher de refermer la porte puis observa les mains de la jeune femme – bagues en or et en argent à tous les doigts.

— … pour examiner un problème.

— Il n'y a pas de problème ici.

— Il y a du sang jusque dans la rue, insista-t-il en pointant les traces avec le faisceau de sa lampe.

Il la regarda le suivre des yeux.

— C'est un problème ?

La remarque le fit sourire. Elle avait beau prendre un regard dur, elle ne pouvait dissimuler ni son intelligence, ni le fait qu'elle l'avait immédiatement détesté et avait décidé quelle partie de l'histoire lui raconter et de quelle façon. Dans l'atmosphère purifiée par la pluie, elle sentait mauvais, mais sentait aussi le parfum. Un éclair déchira soudain le ciel au-dessus de la maison et les fit sursauter. Il donna une teinte argentée aux yeux de la jeune femme, arrêta le temps et imprima leurs ombres dans le sol. La pluie se remit à tomber.

— Puis-je entrer une minute pour m'abriter ? demanda-t-il.

Il poussa le battant en entier pour s'assurer qu'il n'y avait personne derrière.

— Qui s'est coupé ? ajouta-t-il en le refermant.

— S'il meurt, revenez m'arrêter. Bonne nuit.

— Ça m'a tout l'air d'un cas de légitime défense…

— Je ne me plains pas. Je n'ai pas appelé la police. Je n'ai pas besoin d'elle.

— Où cela s'est-il passé ?

Elle lui lança un regard furieux. Elle réfléchissait.

— Dans la cuisine.

— Montrez-moi.

— Pourquoi je ferais ça ? Je n'aurais même pas dû vous laisser entrer.

— Allons jeter un coup d'œil.

Elle l'y conduisit en boitant. Le sol de la pièce était maculé d'empreintes de bottes, ensanglantées, et de ses propres empreintes de pas en spirale. Un épluche-légumes en Inox taché de sang reposait dans l'évier.

— Où l'avez-vous poignardé ?

— Qu'est-ce que vous voulez ? Je ne pouvais pas lui échapper.

— Je pense qu'il n'a pas perdu assez de sang pour mourir ou être obligé de se rendre à l'hôpital, mais je veux m'en assurer avant de rédiger mon rapport. Montrez-moi où vous l'avez poignardé.

Elle toucha l'arrière de sa jambe, juste sous l'ourlet de son short.

— Et encore ?

— Ici, répondit-elle.

Elle le regarda dans les yeux en glissant deux doigts sous la ceinture de son short.

— Je crois que j'ai touché l'os. Et il s'est coupé les doigts quand il a essayé de m'arracher le truc des mains.

— Hmm…, commença Hanson.

Mais il avait oublié ce qu'il voulait dire.

— Vous allez m'arrêter ?

Il hocha la tête pour lui signifier que non.

— Vous allez bien ? l'interrogea-t-il.

Elle se contenta de le fixer. Son cocard était magnifique et érotique.

— Je crois qu'il vous a un peu cassé le nez.

— Je vais bien.

— Et votre pied ?

— Vous allez me réciter mes droits ?

Il lui sourit.

— Je ferais mieux de jeter un coup d'œil à ce pied.

Elle n'avait pas besoin qu'il l'aide à clopiner jusqu'à la pièce principale, en s'appuyant à son bras, ils le savaient tous les deux, mais il l'aida quand même. Il l'assit dans un confortable fauteuil rembourré, et quand il lui posa la question, elle lui répondit que le désinfectant était rangé sous le lavabo.

Pendant qu'il cherchait le flacon, il lui dit qu'il ne fouillait pas pour trouver de la drogue. Elle répondit qu'elle n'avait pas de drogue dans la pièce.

Ensuite, assis par terre devant le fauteuil, il prit deux gants de toilette qu'il avait passés sous un jet d'eau chaude et nettoya le pied qu'elle avait posé sur ses genoux.

— Je crois que je ne raconterai ça à aucun de mes amis, dit-elle en réprimant un sourire.

— Ne le racontez à personne, dit-il en attrapant le flacon, mon intervention concernait une histoire de pétards.

Il lui prit le pied dans le creux de la main, plia et égoutta le bout du gant qu'il trempa dans le désinfectant.

— C'est froid et ça va piquer, l'avertit-il.

Il avait la bouche sèche. Il nettoya avec douceur le sang séché autour des ongles de pied.

— Quand vous vous passez du vernis, est-ce que vous…

La lumière s'éteignit. Il avait oublié l'orage qui grondait dehors.

— Est-ce que vous… Heu…, reprit-il.

— Peut-être qu'on…, répondit-elle.

Il faisait trop sombre pour qu'ils puissent se voir.

Un éclair fusa et les éclaira. Deux secondes, trois secondes, puis la pièce replongea dans le noir.

Hanson lui prit le pied entre ses deux mains.

*

Dans son carnet, il avait noté ses nom, date de naissance, adresse et numéro de téléphone. Elle s'appelait Libya. Il souligna le prénom. Et l'entoura. Il se tenait à côté de la portière de sa voiture et observait la rue sombre et déserte. On voyait de la lumière de l'autre côté de l'autoroute et, bien entendu, sur les hauteurs, mais le District cinq était toujours privé d'électricité.

Il monta dans la voiture, mit le moteur en marche, alluma les phares. Les cadrans du tableau de bord s'allumèrent. La radio crépitait, bourdonnait de conversations. Sur la fiche d'intervention, il écrivit : *Plainte au sujet de pétards*… puis d'une pression il referma son stylo, plia la fiche en deux et la mit dans sa poche.

Il roula un peu, s'arrêta au niveau de la bretelle d'accès de High Street, éteignit les phares et sortit de la voiture. Là, sous la pluie, il apercevait l'autoroute, les feux arrière et avant rouge et argent qui se croisaient. Il était peut-être trop tard pour démissionner maintenant. Peut-être était-il tout simplement trop cinglé pour parler aux gens quand il ne portait pas son uniforme. Il remonta dans le véhicule, écouta la pluie tambouriner sur le toit, décrocha le micro fixé au tableau de bord, se connecta à la radio et déclara l'intervention terminée. Mieux valait rentrer chez lui, boire de la tequila et s'écrouler ivre mort.

Seuls deux flics se trouvaient dans le vestiaire quand il sortit du garage souterrain du dépôt. Il les entendait se changer quelque part derrière les rangées de casiers. Lorsqu'il sortit de la douche, ils étaient partis. Il se retrouva seul dans la pièce vide. Il enfila son jean, sa chemise bleue de travail, ses chaussures de course bleu et blanc. Il aurait pu être la dernière personne en vie sur Terre. Il traversa le couloir désert, poussa la barre d'ouverture de la porte en acier, parcourut sous la pluie les deux pâtés de maisons qui le séparaient de son utilitaire, monta dedans, verrouilla la portière, puis sortit de sous le siège la bouteille d'un quart de litre de vodka Popov à étiquette rouge et blanc achetée chez le petit revendeur coréen sur le chemin du boulot. En quatre gorgées, il avala l'alcool doux et huileux dont la chaleur se répandit dans son estomac, puis il se cala dans son siège, regarda la pluie tomber en cascade sur le pare-brise, les vitres latérales, regarda dans le rétroviseur et à travers la lunette arrière les ombres dans la rue. Les gouttes tambourinaient sur le toit.

Au fur et à mesure qu'il rayait les jours sur le calendrier du restaurant Golden Tiger punaisé au mur, il s'apercevait qu'il pleuvait beaucoup cet hiver-là. Il s'y était habitué et avait même commencé à apprécier ce climat, malgré son uniforme en laine mouillé, ses bottes humides et les gouttes qui tachaient ses fiches de rapport orange. La pluie soufflée par le vent depuis l'océan Pacifique, à des milliers de kilomètres en pleine mer. À l'aube quand il se couchait, elle cliquetait doucement dans le chéneau derrière la fenêtre de sa chambre. Elle lessivait les rues souillées d'essence et de détritus, reflétait la lumière des lampadaires et des feux tricolores, murmurait contre le bord des trottoirs, s'engouffrait en écumant dans les collecteurs engorgés. Elle lui coulait sur les joues et il léchait les gouttelettes au coin de ses lèvres en songeant qu'elles avaient voyagé dans les nuages depuis l'océan.

Il en avait fini pour la nuit.

*

Hanson dort.

Ses livres sont tous rangés dans des cartons empilés contre les murs de sa chambre et il se trouve à des kilomètres de là, assis en face de Libya à la table de la cuisine. Ils se parlent avec les yeux. Les yeux de Hanson ont été plus efficaces pour le maintenir en vie que tous les manuels de terrain, les fusils d'assaut, les frappes aériennes, et à présent, ils le sauvent encore. Il est doué pour déchiffrer les regards durs, les regards fous, les regards mauvais, les regards autoritaires et les regards calmes à l'approche de la mort, mais Libya lui apprend comment parler avec des yeux tendres, ce soir pendant l'orage qui capitulera et aura pris le large au matin. C'est un tout autre langage, nouveau pour lui, mais déjà il danse avec elle au son des verbes et des noms, et quand il trébuche, elle est là pour le retenir.

La pluie s'est infiltrée dans les murs et le plafond de sa chambre, a dessiné des icônes foncées et énigmatiques sur le Placo. Menaces, mauvais souvenirs et demandes de rançon venues des profondeurs du lac Merritt. Dehors, en face de sa fenêtre, les buissons claquent au vent, projetant dans la chambre les ombres produites par le lampadaire à l'angle de la rue. Le tonnerre explose au-dessus de la maison. L'orage cogne contre les murs et ferraille dans les caniveaux, arrache une moustiquaire de la fenêtre de la chambre, l'envoie valser dans le noir.

Hanson se retourne paisiblement.

18

LE LAC MERRITT

Hanson ouvrit les yeux, glissa les mains sous sa nuque et écouta les bruits de la maison. Tout était calme. La pluie avait cessé pendant la nuit. C'était un bon présage. Il avait deux jours de congé à affronter, à patienter le plus longtemps possible avant son premier verre.

Il enfila un jean coupé, but une bière pour atténuer sa gueule de bois. Pieds et torse nus, il se dirigea ensuite vers la véranda à parois de moustiquaire qui s'affaissait. Des moineaux et des roselins, aussi gris et miteux que des sans-abri, s'envolèrent quand ils l'aperçurent, tournoyèrent, puis retournèrent à la mangeoire. Un colibri brun-rouge effronté s'enfuit à tire-d'aile. Un instant plus tard, il réapparut, le plumage ébouriffé, plana juste derrière la moustiquaire, observa Hanson. De minuscules chardonnerets au costume impeccable, jaune, noir et blanc, s'accrochaient sur toutes les faces – et même à l'envers sur le fond – du filet rempli de grains de chardon qu'il avait installé dehors. Il souriait, ravi d'assister à toute cette activité, l'esprit un moment libéré par ce divertissement. Il retourna dans la maison, mit un débardeur noir et des chaussures de course bleu électrique, puis démarra le jogging qui le mènerait autour du lac Merritt.

Il avait la gueule de bois, mais il avait connu pire, songeait-il sans perdre le rythme en évitant piétons, parcmètres et voitures en stationnement. Il observa son reflet dans la vitrine du Tao Seafood, tourna, slaloma entre les tables de la terrasse du Café Noir, traversa Grand à la diagonale vers Walden Pond Books où il salua Bernie, le libraire, qui le regardait depuis la fenêtre.

Une sorte de crampe, en bas du côté droit, s'était mise à pulser en cadence avec les battements de son cœur et lui remontait vers les côtes. Il accéléra sous la marquise du Grand Lake Theatre où passait *Il était une fois en Amérique*, traversa au rouge au carrefour et, au niveau du Blues Burger, il vit les filles noires en uniforme rouge et blanc et à coiffe en papier qui y travaillaient derrière des fenêtres pivotantes en verre blindé.

Plus bas dans la rue, il aperçut, à travers la façade vitrée et éblouissante du hall d'un hôtel pouilleux, des vieillards qui n'avaient personne pour les accueillir et restaient assis là toute la journée, en attendant de mourir. Il jeta un coup d'œil aux fenêtres des étages, aux corniches et aux appuis, imagina un jeune ex-taulard qui observait la baie par la fenêtre. Fraîchement sorti de San Quentin, fauché, en retard dans son loyer, il se demanderait qui appeler pour l'aider à trouver de la came, déjà bien conscient qu'il retournerait bientôt derrière les barreaux.

Hanson s'arrêta devant l'hôtel et, les mains derrière le dos, examina les succulentes à travers la vitre. Il y en avait des dizaines posées sur une étagère sous la fenêtre. Elles étaient exposées au soleil la plus grande partie de la journée et la terre de leurs pots était sèche et craquelée.

Il entra. Une sonnette retentit quand il ouvrit la porte et tous les vieux levèrent les yeux vers lui. Le réceptionniste, un gros gamin blanc, n'obtiendrait sans doute jamais de meilleur boulot. Il se tenait dans un petit recoin, presque invisible, penché en arrière sur les deux pieds arrière d'une chaise pliante en fer, et lisait le magazine *Hustler.* Hanson se dirigea vers le comptoir de la réception et dévisagea le gamin qui fit semblant de ne pas le voir. Hanson sourit. Il venait de le reconnaître, il l'avait déjà croisé à Portland. De la paume de la main, il fit tinter la petite sonnette argentée. Sans résultat. Il se pencha, le ventre sur le comptoir, les pieds décollés du sol, et tourna la tête pour regarder le réceptionniste.

— Bonjour, jeune homme, dit-il. J'ai à te parler.

Le gamin ne leva pas les yeux de son magazine.

Dans un miroir autocollant derrière le comptoir, Hanson remarqua que les gens dans le hall observaient la scène, curieux. Qu'allait-il se passer ? D'un doigt, il tapa doucement sur la sonnette, à plusieurs reprises, et s'arrêta seulement quand le gamin se tourna vers lui. Hanson sourit, les yeux grands ouverts, l'air niais, mais cinglé aussi. Son regard à la Shirley Temple. Le gamin cessa de se balancer sur les deux pieds arrière de la chaise, se leva, roula le magazine dans sa main, puis se plaça derrière le comptoir, le plus loin possible de Hanson.

— Quoi ? lui cracha-t-il.

La réplique fit rire Hanson. Il se délectait que le

petit joue au dur. Il battit des paupières, le regard bovin et halluciné au maximum.

— J'ai quelque chose à te montrer, déclara-t-il. Ces plantes grasses sous la fenêtre.

— Quoi ?

Cette fois, il était plus dérouté que revêche.

— Regarde-moi, lui dit Hanson en mettant fin au regard Shirley Temple. Ça ne prendra que quelques secondes. Allons près de la fenêtre.

— Vous êtes flic ?

— Je vais aller à côté de la fenêtre et je t'attends là, OK ?

Il traversa le hall, toujours en débardeur noir et jean Levi's coupé, balayant la salle des yeux comme avec des faisceaux de lampe torche.

Il s'arrêta devant la fenêtre, se lécha un doigt, essuya une trace de poussière sur une des plantes, puis enfonça l'ongle du pouce dans la terre sèche et craquelée. On avait écrasé des mégots de cigarette dans la plupart des pots. Ça l'énervait. Le réceptionniste l'observait, inquiet, toujours derrière le comptoir. Hanson lui fit signe de la main et articula sans les prononcer les mots « Viens par ici ». Le gamin souleva le panneau à charnière et le rejoignit, les bras un peu écartés du corps comme s'ils étaient musclés au point de ne pas pouvoir les en rapprocher davantage. Il secoua la tête pour ôter une mèche de cheveux de ses yeux. Quand il arriva près de Hanson, il adopta un genre de posture à la sumotori, bassin en avant, bras ballants sur les côtés, parfaitement vulnérable.

— Ça s'appelle un arbre de Jade. Quand l'as-tu arrosé pour la dernière fois ? demanda Hanson d'une voix de robot.

— Je sais pas. Ces machins ont la même tronche que quand j'ai commencé à travailler ici.

— Ce sont des héros. Encore vivants. Jamais arrosés. Encore vivants. Utilisés comme cendriers. Encore vivants.

— Merde, lâcha le gamin prêt à tourner les talons.

Hanson lui marcha sur le pied. Le gamin lui décocha un regard furieux, mais qui ne dura qu'une seconde. L'air de prédicateur que prit Hanson, inquiétant de sérénité, eut raison de la colère du gamin qui parut terrifié.

— Comment tu t'appelles ?

— Marvin.

— Et moi, comment je m'appelle ? Marvin, regarde-moi.

Il saisit une des mains potelées du gamin dans les siennes.

— Tu te souviens pas de moi ? Le lion de l'avenue. Le tigre féroce du quartier nord. Le type sympa qui a rédigé non pas une, mais deux plaintes contre toi tournées de telle façon que le district attorney les rejette ? Ouvre les yeux.

— Hanson.

— Parfait. On se revoit dans deux jours. Arrose ces plantes, un peu à chaque fois. D'accord ? Ça m'a fait plaisir de te voir, Marvin.

Quand il passa la porte, la clochette tinta derrière lui. À travers la vitre, il observa avec un large sourire Marvin qui balançait les épaules, comme un boxeur.

Sa douleur aux côtes persistait. Il l'avait oubliée. Il bondit sur le trottoir, évita un taxi qui tournait à gauche et accéléra de nouveau.

Devant la station-service Chevron, il franchit d'un

bond une portion de trottoir marron. Un soir, la semaine précédente, deux Noirs en voiture s'étaient arrêtés devant un junkie blanc de dix-neuf ans qui passait devant eux. Ils étaient descendus, chacun muni d'une longue chaîne, l'avaient fouetté jusqu'au sang au point qu'il en était mort. Ils étaient ensuite remontés dans leur véhicule et repartis. C'était ce qu'on racontait, mais il n'y avait aucun témoin. Personne n'avait vu l'agression se produire. Les enquêteurs de l'OPD s'étaient rendus sur les lieux l'après-midi, mais n'avaient trouvé ni suspect ni mobile. Le propriétaire de la station-service avait nettoyé le sang au tuyau d'arrosage le matin, mais il avait eu le temps de s'imprégner pendant la nuit. *Les taches devaient nuire au commerce*, se dit Hanson en coupant par Grand pour rejoindre le sentier qui contournait le lac.

On était à peine en milieu de matinée et un banc de vapeur flottait sur le lac Merritt. Le long de la berge herbeuse, des Chinois en tunique de soie colorée et larges pantalons noirs étaient en pleine séance de tai-chi – ils se redressaient, tournaient, tenaient la posture, passaient à la suivante. Cheveux gris, minces, leur sérénité tenait à l'écart les voyous, les ivrognes et les cinglés qui rôdaient aux alentours.

Au milieu du lac, une baleinière du XIXe siècle, d'un blanc étincelant rehaussé de bleu vif, s'éloignait doucement. Huit septuagénaires ramaient et une neuvième, la barreuse, devant, était penchée sur sa rame pour diriger la lourde embarcation vers la berge opposée. Elles portaient des pantalons blancs, des marinières blanches, des chapeaux blancs et des foulards de la même nuance de bleu que les enjolivures du bateau.

Des mouettes se dandinaient le long des berges boueuses et, à l'autre bout du lac, des cormorans noirs plongeaient, disparaissaient dix ou quinze secondes, jaillissaient tout d'un coup ailleurs, puis rejetaient la tête en arrière pour avaler des poissons argentés. Une ligne de pélicans volait deux mètres au-dessus de l'eau. Ils viraient, changeaient de direction tout en maintenant leur altitude, gros et lourds oiseaux alternant à l'unisson des séquences de battements d'ailes et de vol plané, sans à-coups, telle une escadrille de gros bombardiers. Sur la bande d'herbe entre le lac et Lakeshore Drive, deux jeunes Noirs, tout juste vingt ans, s'entraînaient avec des haltères. On entendait un léger bruit métallique quand ils ajoutaient un poids à leur barre.

Hanson, penché les coudes sur les genoux, reprit sa respiration. Il se demanda si l'impression d'avoir reçu un coup de couteau dans les côtes était un signe de crise cardiaque, lorsqu'un joggeur accompagné de son chien manqua de le renverser.

MN[1], se dit-il. Un mètre quatre-vingt-six, quatre-vingts kilos, peau mate, crâne rasé, petit diamant à chaque oreille.

L'homme était passé en trombe sans un regard à Hanson, comme s'il lui disait : « Je ne te vois même pas, abruti. » Il tenait un club de golf dans une main et une laisse en cuir à clous dans l'autre. Son pitbull courait devant lui, langue pendante, avançant d'un côté, puis de l'autre, à contretemps du balancement de la plaque en fonte accrochée à une chaîne autour de son cou. L'animal avait l'air heureux.

1. Gang du Minnesota.

Hanson les regarda s'éloigner, puis essaya de chasser la sensation de crise cardiaque en marchant jusqu'aux haltérophiles. Il se sentait plus mal qu'à son départ, il transpirait la tequila, maudissait la douleur à son flanc. Un des haltérophiles s'était éloigné pour parler à deux Blanches en BMW. L'autre, que Hanson pensait reconnaître maintenant qu'il s'approchait, assis sur un banc à l'ombre d'un arbre à thé de Nouvelle-Zélande, l'observait.

— Salut, gars ! l'apostropha-t-il.

— Oui ? répondit Hanson.

— Ça te dirait de m'assurer deux minutes, gars ?

Il portait un pantalon large kaki à plis et des chaussures de course et avait accroché son tee-shirt à une branche d'arbre. Les muscles de son torse étaient gonflés à force de soulever d'énormes poids.

— Pas de problème, répondit Hanson en avançant vers lui.

L'autre fut surpris. Il examina Hanson de plus près, puis se retourna et s'allongea sous les poids. Hanson se plaça au bout du banc et agrippa la barre à chaque extrémité. Ils se regardèrent, visages à l'envers l'un de l'autre.

— Quand tu veux, boss, lança Hanson. Combien de développés-couchés ?

— Douze.

— Ça fait lourd.

Il jeta un coup d'œil théâtral à une extrémité de la barre, puis à l'autre.

— C'est bon.

Le type effectua cinq développés-couchés, marqua une pause, la barre en l'air, fixant Hanson dans les yeux.

— Comment tu t'appelles ? Je t'ai déjà vu quelque part.

— Hanson.

L'autre grogna et réalisa de nouveaux développés-couchés.

— D'où je te connais ?

— Du Raylene's Discount Liquors. Tu m'as demandé si tu avais enfreint la loi sans faire attention.

— Bon sang ! s'écria-t-il après avoir fini ses douze développés-couchés sans transpirer.

— Je ne ressemble pas du tout à ça quand je ne porte pas l'uniforme. Tu t'appelles Tyree, si je me souviens bien.

— C'est ça, confirma le type en reposant la barre sur son support.

Les adeptes de tai-chi se mouvaient, aussi fluides que des ombres au bord du lac où les dames, manœuvrant à la rame leur impeccable embarcation, laissaient un V sans fin dans leur sillage. Les pélicans atterrissaient peu à peu, plongeaient vers la surface en s'écrasant sur l'eau comme des avions, puis s'en écartaient en planant avec grâce.

L'autre type, le partenaire de Tyree, revenu de sa conversation avec les filles en BMW, se tenait à trois mètres et dévisageait Hanson. Tyree se redressa et lança à son copain :

— C'est le flic dont je t'ai parlé, celui qui est monté sur le toit de sa voiture de patrouille et a arrêté la fête dans la rue. Et il a cueilli Uncle Fee l'autre jour.

Le partenaire sourit.

— Montre-nous de quoi tu es capable, le flic, le défia Tyree en se levant et en désignant le banc. Je vais t'assurer.

Hanson regarda la barre. Elle pesait presque aussi lourd que lui.

— Sauf si tu t'en sens pas capable.

Hanson enjamba le banc, s'assit, s'allongea, tendit les bras, attrapa la barre. Tyree l'aida à la sortir de son support, la maintint un instant, puis, progressivement, la relâcha pour laisser Hanson en supporter entièrement le poids. Même sans gueule de bois, c'était trop lourd pour lui. Il parvint malgré tout à réaliser sept développés-couchés en puisant dans toutes ses ressources de volonté et en dominant la douleur. Après l'avoir abaissée près de sa poitrine pour un huitième, il n'arriva à soulever la barre qu'à moitié, se rendit compte qu'il serait incapable d'en faire un neuvième et l'abaissa juste au-dessus de sa poitrine, bras encore pliés au niveau des coudes. Sans aide, il lui aurait fallu incliner la barre sur un côté, planter légèrement l'extrémité dans le sol et se dégager de dessous en rampant latéralement sur le dos, ou en la faisant tomber par terre. Si Tyree le voulait, il pouvait la lui enfoncer dans les côtes et prétendre que le flic l'avait laissée tomber lui-même. Au mieux, Hanson aurait l'air maladroit et faible en s'extrayant de sous la barre, et au pire, si Tyree ne la retenait pas, il aurait des côtes brisées, et peut-être un poumon perforé.

— Pousse-moi cette fonte, l'encouragea Tyree.

Il soutenait la barre des deux côtés tout en l'observant.

— Allez, le flic ! Tu peux le faire. Vas-y !

Hanson se concentra entièrement sur la barre, les bras tremblants, la leva lentement, très lentement, presque jusqu'au bord du support où Tyree le soulagea juste assez pour le laisser l'y loger lui-même. Hanson leva les yeux vers les branches grises et noueuses de l'arbre à thé de Nouvelle-Zélande. Le souffle court, il considéra sa performance. Il avait l'impression que ses bras pouvaient flotter de chaque côté de son corps.

— Le truc, avec le poids… C'est combien… On peut soulever… On peut pas faire semblant… Avec la fonte… Soit on peut. Soit on peut pas, haleta-t-il.

— Tu t'en es bien sorti…, commença Tyree.

— Ouais, acquiesça son camarade.

— … T'as soulevé ce poids surtout avec l'esprit, poursuivit Tyree. Si tu prenais mieux soin de toi et si tu t'entraînais, tu pourrais faire un malheur.

Hanson rit, épuisé, puis s'assit.

— Merci pour le coup de main.

— Tu comprends ce que je veux dire ?

— Oui.

— T'es pas en service ?

— Officiellement ? Non.

— Tu habites dans le coin ?

— Oui.

— À Oakland ?

— Oui.

— Et tu n'as même pas un flingue sur toi ?

— C'est galère de courir avec. Et en plus, y a pas d'endroit où le cacher. J'aurais peur que quelqu'un le voie. Et me tire dessus. En jurant que c'était de la légitime défense.

— Les flics s'en servent comme excuse tout le temps.

— C'est pour eux que je m'inquiète le plus.

— Moi, j'ai pas de bagage, dit Tyree.

Hanson jeta un coup d'œil à son copain.

— C'est mon pote. Je le connais depuis que j'ai cinq ans. On veille l'un sur l'autre. On a besoin de quelqu'un pour protéger ses arrières dans ce monde.

— Avant, je faisais confiance à certaines personnes, dit Hanson. Mais elles sont parties, mortes pour la plupart.

— Comment c'est arrivé ?

— Ce sont des choses qui arrivent.

— Là-dessus, t'as raison.

— Comment il s'appelle ? demanda Hanson à Tyree en se tournant vers l'autre. Excusez mes mauvaises manières. C'est à vous que je devrais poser la question, si ça ne vous ennuie pas.

— Je m'appelle Quintus.

— Enchanté, Quintus. Je vous suis reconnaissant d'avoir assuré notre sécurité, à Tyree et à moi. Sans arme dans le parc, comme nous le sommes, ajouta-t-il en se levant.

— Je me posais une question, et j'ai pensé vous demander… puisque vous êtes ici, hasarda Tyree. Si ça vous dérange pas…

— Aucun problème.

— L'autre soir au magasin d'alcools, est-ce que vous avez remarqué un truc ? Vous savez, un truc pas normal dans la voiture quand vous nous avez parlé ?

— Tu veux dire l'Uzi que le monsieur plus âgé cachait sous son manteau sur la banquette arrière ?

Tyree jeta un coup d'œil à Quintus, puis regarda de nouveau Hanson.

— Pourquoi vous nous avez pas arrêtés ?

— Ç'aurait fait beaucoup d'embêtement pour rien. De la paperasse en plus pour moi. Je l'ai aperçu par accident, vous ne me l'aviez pas laissé voir pour observer ma réaction. Me manquer de respect ou me tester. Ça, ç'aurait été une bonne raison de vous arrêter. On a tous été raisonnables, polis, pas de problème. Je me fiche que vous ayez un Uzi tant que vous n'essayez pas de me tirer dessus avec, ou que vous ne vous en servez pas… de manière irresponsable, précisa-t-il en souriant. Des Uzi, il y en a plein Oakland. Ravi de t'avoir revu, Tyree.

Il hocha la tête vers Quintus.

— Et Quintus, enchanté. Soyez prudents maintenant.

Il s'éloignait en boitant un peu quand Tyree lui lança :

— Vous, soyez prudent. J'ai entendu dire qu'y a des sales gars là où vous bossez.

Hanson s'arrêta, se retourna. Tyree levait la main droite en l'air, paume brune ouverte. Hanson sourit, joignit les talons, lui adressa un petit salut. Et repartit. Il se sentait mieux à présent. Il se mit à courir sans se presser pour regagner Grand Avenue.

Il fit un tour sur lui-même, marquant la foulée sur place, observa les adeptes de tai-chi, les vieilles dames chics dans leur embarcation, et Tyree et Quintus qui riaient – sans doute de lui – près du banc.

Peut-être qu'il faisait bien son boulot. Qu'il se construisait une base. L'espace d'un instant, il envisagea de rendre visite à Libya. Elle battait à plate couture les groupies de flics du bar en face du Justice Center, et il n'avait aucune envie de traîner avec des flics ivres. C'était presque inimaginable, cette façon qu'ils avaient, Libya et lui, de ne pas se quitter des yeux. Ils se plaisaient. Mais c'était de la folie d'aller la voir. Il se remit à courir sur le trottoir le long de Grand Avenue.

Quand il entendit le cliquetis de la carte à jouer accrochée au vélo, il leva la main, s'arrêta et reprit son souffle.

— Salut agent Hanson, le héla Weegee en stoppant net derrière lui sur la pelouse. Vous avez soulevé des poids avec Tyree et Quintus. Je ne les avais jamais vus parler à un flic avant. Jamais. Et pourtant ils l'ont fait.

— Weegee, je crois que tu connais tout le monde à Oakland. Comme la CIA. T'es un agent solo de la CIA à vélo.

— Eh bien… Je connais pas mal de monde, répondit modestement le gamin.

Il était embarrassé, mais ravi.

— C'est toujours agréable de te croiser, jeune homme. Tu gardes un œil sur moi, tu me dis comment je me débrouille.

Et il était réellement content de le voir. Parce que non seulement Weegee était futé et drôle, mais surtout, il oubliait ses problèmes en sa compagnie.

— Si tu veux, tu peux rouler à ma vitesse, faire le chemin avec moi jusqu'au cinéma Grand Lake et on ira prendre une glace. Moi, j'en mangerais bien une.

— D'accord.

Et Hanson reprit sa course décontractée. Sa douleur au flanc avait complètement disparu. Weegee gardait le rythme, roulait sur la roue arrière, tournait autour de lui.

— La CIA, c'est l'agence centrale de renseignements. Ce sont des espions. La CIA et le FBI. Je le sais, agent Hanson.

19

FELIX ET LEVON

Il était 18 heures passées quand Felix rentra au complexe dans la cité de San Antonio Villa. Levon leva les yeux vers un des écrans des caméras de sécurité quand on ouvrit à Felix le premier portail électrique – même système que dans les prisons. Passer la première porte, qui se referme, se reverrouille, vous enferme dans un couloir entre deux portes avant qu'on vous ouvre la seconde. Rien qu'à le voir attendre devant, Levon comprit tout de suite que Felix était contrarié. Le scanner radio réglé sur la fréquence de la police dans une autre pièce était à peine audible.

Dès que Felix avait commencé à gagner de l'argent, il avait relogé cinq familles dans de meilleures conditions, rasé les maisons dans lesquelles elles vivaient et construit un complexe de logements sociaux, clôturé et à sécurité renforcée en plein dans le quartier de The Ville. Il avait dû soudoyer deux fonctionnaires du service des logements sociaux d'Oakland, plus un chef de la police municipale – par l'intermédiaire de son lieutenant, mais en remettant en réalité la somme à un agent de police et ce, même si The Ville n'était pas comprise dans la zone de patrouille officielle, mais se trouvait dans des sortes de limbes entre l'autoroute et la baie.

Quand Felix, vêtu d'un costume italien blanc cassé, passa la porte de devant en acier blindé, Levon referma le livre qu'il était en train de lire, une biographie de Theodore Roosevelt dont il marqua la page à l'aide d'une carte à jouer cornée, le roi de trèfle.

— Tout a foiré, c'est foutu ! fulmina Felix. Comme je te l'avais dit et même pire.

Dans l'autre pièce, Tyree et Quintus espionnaient les communications sur la fréquence radio de la police et riaient en se tapant dans la main.

Felix indiqua d'un mouvement de tête une salle dépourvue de fenêtre.

— Allons parler dans la salle de réunion.

Il s'agissait d'un bunker en béton armé sans fenêtre au milieu du complexe de logements entouré par la cité, en plein cœur d'East Oakland. Pas plus grande que la salle d'attente d'un avocat, elle ressemblait à un abri antiatomique, mais disposait d'un canapé en cuir, d'un fauteuil lui aussi en cuir et pourvu d'un luxueux repose-pied, d'une lampe sur pied et d'une étagère. Les murs étaient décorés de portraits en noir et blanc de Martin Luther King, de Malcolm X, et de l'arrière-grand-père de Felix, Solomon Maxwell, pris à l'époque où il présidait la Fraternité des porteurs de wagons-lits, le premier syndicat d'Afro-Américains.

Felix s'allongea dans le canapé à côté duquel un bloc-notes jaune était posé par terre. Levon s'assit dans son fauteuil. Felix sortit des lunettes octogonales à monture invisible de la poche de sa veste, ramassa le bloc-notes et se mit à écrire.

— Tu as vu les lumières dans le ciel la nuit dernière ?

— Quelles lumières ?

— Elles sont restées allumées toute la nuit. On aurait dit des étoiles, mais ça n'en était pas.

— Ces lunettes te donnent l'air plus intelligent, lança Levon avant de retourner à son livre.

Felix grogna, posa le bloc à plat sur sa poitrine et les lunettes par-dessus.

— Les gars de Mickey Moore nous piquent encore des emplacements. Il parle aux derniers Black Panthers. Il fait le gentil avec ces balances, juste au cas où. Et il connaît quelqu'un, peut-être un chef de police adjoint, dans les bureaux du Justice Center.

— Les soi-disant musulmans envahissent San Pablo et les quartiers nord. Ils tabassent nos gars, leur piquent leur fric et leur dope et la revendent. Les flics laissent faire, à ce qu'ils disent.

— J'ai parlé à mon lieutenant en ville et je n'ai pas cru un mot de ce qu'il m'a raconté. Je ne crois jamais rien de ce qu'il dit. Et par-dessus le marché, maintenant je le paie cinq cents dollars par mois de plus qu'avant. C'est super malin, non ? Je devrais peut-être mettre mes lunettes quand je discute avec lui.

Levon leva les yeux de son livre.

— Aujourd'hui, Tyree et Quintus sont tombés sur le flic, près du lac Merritt.

Felix, la tête posée sur le bras du canapé, se tourna un peu pour regarder Levon.

— Celui qui est venu nous voir quand on était garés en double file devant le magasin d'alcools ?

Felix contemplait le plafond.

— Quelle coïncidence !

— Il faisait son jogging. Du côté du lac. Tyree ne l'a pas reconnu tout de suite. Il lui a demandé de l'aider au banc de musculation, juste pour se payer la tête d'un Blanc, mais le flic a accepté et il s'est payé la tête de Tyree. Il n'était pas armé. Il lui a dit qu'il habitait à Oakland.

— Je vérifierai ça avec mon lieutenant… Tu savais que les lieutenants portent des badges en or massif ? Histoire de voir ce qu'il en pense.

Il rechaussa ses lunettes, puis ajouta :

— C'est peut-être pour ça qu'on ne voit jamais de lieutenant dans la rue. Peut-être qu'ils ont peur de se faire voler leur badge. Quand il m'aura suffisamment emmerdé pour que je le tue, je me souviendrai d'arracher le badge de sa petite poitrine de poulet blanc pour le garder en souvenir.

Felix n'était pas un dur, mais c'était un tueur, et intrépide. Il se considérait déjà mort, et c'était comme ça qu'il voyait tout le monde. Il était sans pitié dans un univers brutal de Blancs. Il savait qu'ils le tueraient tôt ou tard. Il avait rédigé un testament et des dispositions pour ses funérailles. Il en remettait un exemplaire à Levon chaque fois qu'il le modifiait.

20

LE LIVRE DE WEEGEE SUR LES OISEAUX

Outre sa voiture de patrouille et son appartement, le seul endroit où Hanson passait du temps était la librairie Walden Pond Books. Le propriétaire, Bernie, la cinquantaine, un Juif new-yorkais progressiste à l'ancienne, avait migré à l'ouest au début des années 70. C'était un intellectuel à la voix calme et posée, ouvert aux points de vue des autres. Hanson le sentait se détendre chaque fois qu'il entrait dans le magasin et que la petite clochette au-dessus de la porte tintait. La clochette n'avait pas pour fonction d'avertir de l'arrivée d'un client, c'était un signal de bienvenue.

L'employé de Bernie, Matt, diplômé de Berkeley, allait sur la trentaine, se proclamait anarchiste et semblait toujours mélancolique, ronchon et méfiant à tel point que c'en devenait comique, d'autant plus qu'il en rajoutait. Quand ils se trouvaient seuls tous les trois dans la boutique, Hanson avait l'impression d'être avec des amis.

— Bernie, tu sais que si tu empiles les livres aussi haut dans la vitrine, les flics ne pourront pas voir si vous vous faites cambrioler ? lui fit remarquer Hanson.

— Qui va venir cambrioler ici ? répondit Matt. La caisse est loin d'être assez pleine.

— Le butin d'un 7-Eleven dépasse rarement les trente ou quarante dollars. Ils tueraient des gens pour cinquante.

— « Ils » ?

— Les gens sans droits.

La librairie avait autrefois servi de hall d'exposition d'appareils électroménagers. Elle était plus profonde que large. Toutes les dernières parutions, les best-sellers, les livres de développement personnel et les beaux livres étaient exposés à l'avant sur des tables et des présentoirs. On pouvait apporter le café acheté à côté et s'asseoir sur un canapé à motif floral ou dans l'un des moelleux fauteuils.

Le reste de la boutique consistait en rangées d'étagères que Bernie avait fabriquées en clouant des planches de pin de deux centimètres et demi et où il rangeait les ouvrages sérieux. Les ouvrages qui s'y trouvaient dataient de vingt, trente ou quarante ans – la plupart étaient épuisés, oubliés ou inconnus – et répandaient leur odeur de moisissure et de grenier entre les étagères. Dans l'esprit de Hanson, ce lieu évoquait un cimetière de vétérans où on chuchote la nuit, où on raconte les mêmes histoires encore et encore, ce qui s'est passé, ne s'est pas passé ou aurait pu se passer, dans différentes versions de la vérité. Certains ouvrages avaient un contenu sombre, ou trop honnête, ou trop dérangeant, ou trop évident, pour survivre au-delà d'une première édition limitée. Les critiques ne s'y étaient jamais intéressés et on les avait rarement lus. Mais, jour après jour, tous attendaient que quelqu'un les tire des rayonnages, les ouvre et entame leur lecture, les ramène à la vie.

Hanson pouvait dire au premier coup d'œil quand un livre avait été ajouté ou ôté de l'une des étagères en pin.

Bernie sortait de leurs cartons de nouveaux arrivages. Ils sentaient bon. Le seul à être exposé dans la petite vitrine était une sortie récente : *The Music and Times of Miles Davis to 1960.* Sur la couverture, plongé dans la musique, Miles jouait de la trompette. Il la serrait entre ses mains comme si elle pouvait lui résister et s'échapper.

— Bonjour, Bernie, dit Hanson.

— Bonjour, agent Hanson.

— Belle journée, oui. Je ne suis pas en service et je viens regarder des bouquins ce matin, si ça ne t'ennuie pas.

— Tu cherches quelque chose de particulier aujourd'hui ?

— Un livre sur les oiseaux.

— Eh bien, tu connais la boutique aussi bien que moi, lui dit Bernie en riant.

Quand il avait commencé à fréquenter la librairie, Hanson concentrait son attention sur la section consacrée à la guerre, les deux étagères inférieures du rayon Histoire américaine. La guerre du Vietnam possédait sa propre sous-section. Il s'agenouillait et se déplaçait sur le côté dans cette position, lisait les titres des étagères du bas. *Dispatches.* Une nouvelle histoire de la 5e des Forces spéciales au Vietnam. Mais récemment, il s'intéressait aux ouvrages sur les oiseaux, en particulier sur les rapaces : les faucons et les aigles. Il parcourut une allée étroite entre les rayonnages.

Faucons, aigles et vautours, des oiseaux qu'il avait découverts dans l'Idaho et qui lui manquaient parfois. Et aussi les condors de Californie dont il ne restait qu'une poignée, une espèce d'oiseaux préhistoriques en voie d'extinction, et qui en avaient conscience. Il les observait, perchés sur leurs volières à deux étages, dans le World Center for Birds of Prey en haut d'une colline aux environs de Boise. Il cherchait leur regard dans l'espoir de s'imprégner de leur savoir. Il trouva l'entrée « condor de Californie » dans le tome un de *The Birds of California*, paru en 1923. Trois tomes reliés en bougran vert. L'espèce était déjà menacée en 1923. Elle était « éteinte ou très rare » dans toutes les régions au nord de San Francisco.

Un type en veste de cuir noir passa la porte avec classe, ses boucles afro ramenées en arrière par un bandana vert.

— Il est à combien, le bouquin sur Miles ? demanda-t-il.

Hanson l'observait depuis les rayonnages.

— Treize dollars quatre-vingt-quinze plus les taxes, répondit Max.

— OK, dit le type en se dirigeant vers la sortie. Je vais faire un tour et je reviens voir. Miles…

Hanson remit le livre sur les oiseaux à sa place, puis flâna dans la section érotique, où les ouvrages neufs et d'occasion n'étaient pas séparés. Pour la plupart, leur style était trop cérébral pour l'exciter. *Histoire d'O.* Plusieurs éditions du Kama-sutra. Un beau livre à la couverture glacée consacré au sexe tantrique. Le Marquis de Sade : *Justine, l'intégrale. The Complete Book of Erotic Art, Volumes 1 et 2* de Phyllis et Eberhard

Kronhausen. Bernie avait classé *Femmes secrètes* de Helmut Newton dans cette section. Hanson choisit *Chinese Foot Binding: The History of a Curious Erotic Custom*[1] et commença à le feuilleter.

L'auteur, un Britannique du XIXe siècle, considérait que le bandage des pieds était un exemple d'inventivité humaine dans l'art du plaisir : les pieds enflés d'une femme, sa démarche hésitante, sa sensibilité accrue à la douleur, le plaisir intensifié pour l'homme quand ses mains retiennent captives les délicieuses petites chaussures en soie qui gainent les pieds endoloris pour positionner la femme docile, craintive et pourtant excitée, avant de la pénétrer. Hanson se surprit à penser à Libya, à son pied blessé dans sa main quand il l'avait lavé. Les pieds de Libya étaient très cambrés et elle n'était pas sans défense.

Dommage. Il n'avait pas rencontré de femme intéressante depuis longtemps.

Bernie, qui regardait par la vitrine au-dessus des livres empilés à hauteur de poitrine sur l'étal, l'apostropha.

— Hé Hanson, ce gamin à vélo dehors, il est là depuis que tu es entré. Pourquoi ? Il a l'air chouette.

Hanson sortit et surprit Weegee.

— Agent Hanson. Je passais juste par là.

— Entre, Weegee.

— Je peux prendre mon vélo ?

— Bien sûr. Viens.

Il lui ouvrit la porte pour le faire entrer. La carte à jouer tapota doucement les rayons.

1. « Les pieds bandés en Chine : L'histoire d'une étrange coutume érotique. »

— Weegee, je te présente Bernie, de New York, à qui appartiennent tous ces livres.

— Bienvenue dans ma librairie, Weegee.

— … et ce type là-bas, celui qui a l'air de faire la tête, c'est Matt. Il est né dans les sous-sols de la fac de Berkeley. Il est vraiment plus sympa qu'on croirait.

— Monsieur Weegee, enchanté.

— Et si on allait manger deux burgers à l'All American Burgers ? proposa Hanson. Attends. Je vais te faire un cadeau. Je l'ai vu il y a quelques minutes, il t'attendait sur une étagère. C'est une chance que tu sois passé. Je reviens tout de suite.

Hanson retourna à la section des ouvrages sur les oiseaux et prit une version brochée d'occasion à peine abîmée de la deuxième édition du guide de Peterson, *Western Birds.* Il en avait un exemplaire chez lui.

Il tendit à Bernie un billet de vingt dollars, que Bernie lui refusa.

— Ça me fait plaisir, dit-il.

— Merci Bernie. Si tu veux bien me laisser emprunter ce stylo un instant.

Il ouvrit l'ouvrage à la page de titre, regarda Grand Avenue par la fenêtre, puis jeta un coup d'œil à Weegee, qui attendait avec son vélo, et écrivit : *Pour Weegee, mon ami d'Oakland qui me sauve quand je suis perdu. Avec ce livre, il pourra nommer tous les oiseaux.*

— Et voici, monsieur, dit Hanson en le lui remettant. Merci encore, Bernie.

— Merci Bernie, dit Weegee.

Tout ça le déroutait un peu. Il ouvrit le livre à la page où Hanson avait rédigé la dédicace, assez longtemps pour la lire plusieurs fois, sans bouger de devant la caisse.

— Attends, je vais mettre ça dans ton sac et après on ira manger, proposa Hanson.

— Vous n'avez pas signé.

— Tu as raison, jeune homme, dit Hanson en reprenant le livre. *Ton ami, l'agent Hanson*, compléta-t-il en signant d'un geste ample. Merci beaucoup, messieurs, ajouta-t-il à l'adresse de Bernie et de Matt.

Hanson et Weegee sortirent, se mêlèrent à la foule de l'après-midi dans Grand Avenue, puis se dirigèrent vers le All American Burgers proche du cinéma Grand Lake. Weegee poussait son vélo à côté de Hanson.

Ils commandèrent tous les deux un All American avec fromage et partagèrent une grande portion de frites. La fille derrière le Plexiglas pare-balles ne reconnut pas Hanson, mais sourit à Weegee, qui le lui présenta.

— Darlene, je te présente l'agent Hanson. Il n'est pas en service.

— Agent Hanson, je suis toujours contente de rencontrer un ami de Weegee. Qu'est-ce que vous prendrez ?

Weegee commanda un Coca. Hanson but de l'eau, deux grands gobelets. Il était heureux que sa gueule de bois ne soit pas aussi terrible qu'il l'avait craint. L'eau aidait, mais il avait encore un peu chaud et était encore un peu nerveux, assis à l'une des tables circulaires crasseuses, au milieu des passants. Weegee dévora son hamburger et presque toutes les frites, en gardant un œil sur Hanson et les gens dans la rue.

— Tu as l'air un peu fatigué, lui dit Hanson. Où as-tu dormi la nuit dernière ?

— Où j'ai dormi ? J'habite chez ma tante.

Il semblait offensé. Puis il se mit à rire.

— Bien sûr, je suis peut-être rentré tard. C'est les vacances d'été. Je fais du vélo. Je surveille.

— On pourrait tester ton bouquin sur les oiseaux un de ces jours quand je serai de repos. Il y a des descriptions et des dessins de tous les oiseaux qu'on pourrait voir. Tiens, passe-moi le livre. Je vais te montrer quelque chose.

Hanson lui montra le bihoreau à couronne noire.

— Quelquefois on en voit un dans un arbre près du lac Merritt.

— Comment ça se fait que Bernie ne vous ait pas laissé payer le livre ?

— Il est gentil.

— Vous ne croyez pas que c'est parce que vous êtes de la police ?

— Impossible. Ce serait un pot-de-vin pour que je ne le pince pas à vendre des livres ? J'en achète beaucoup dans cette librairie, Weegee. On se respecte. Et il t'a trouvé sympathique. Parfois, ça fait juste plaisir d'offrir un cadeau à quelqu'un.

Le gamin rangea le livre dans son sac à dos, souriant en lui-même devant la naïveté de Hanson.

— Comment ça se fait que vous aimiez autant les oiseaux ? En général, les gens les tuent avec des frondes et des pistolets à air comprimé.

— Je le faisais aussi. Il y a longtemps. Maintenant j'aime les regarder voler.

— Je ferais mieux d'y aller. Merci pour le All American, et pour le livre aussi.

— De rien. Passe chez moi quand tu veux. Je vais te donner mon adresse.

Hanson se rendit compte qu'il n'avait jamais proposé ça à personne à Oakland.

— On regardera les oiseaux, proposa-t-il.

Il nota son adresse et son numéro de téléphone au dos d'une de ses cartes de visite « Je suis agent de police ».

— D'accord, agent Hanson, promit Weegee en se levant.

Il enfourcha son vélo d'un mouvement agile.

— J'allais oublier. Vous vous rappelez le lapin noir qu'on a vu à l'endroit où vivent les sorcières ? Je le vois tout le temps en ce moment. On dirait qu'il se balade autant que moi.

Hanson se faisait du souci pour Weegee. Il était parti en opération de combat avec des garçons de la montagne âgés de douze ans. Il avait vu leurs pères, oncles et frères les aider à charger leur équipement, leur sourire et leur dire que tout allait bien se passer. Et il les avait vus morts, poignets et chevilles liés, suspendus à des bambous et ramenés au camp où les femmes avaient lavé leurs plaies, les avaient habillés et avaient déposé leurs corps dans les cercueils en bois rouge que les Américains gardaient à l'abri des regards. C'étaient de bons soldats s'ils survivaient à leur première opération. En les prenant si jeunes, soit ils mouraient, soit ils devenaient les meilleurs des tueurs.

21

SOLSTICE

Ce matin-là, quand Hanson rentra chez lui après avoir effectué trois heures supplémentaires, le soleil était haut dans le ciel, gigantesque, et le vent brûlant venu du désert du Nevada semblait jaillir d'un four. Les collines d'Oakland flottaient, éblouissantes, au-dessus de l'horizon. À présent, on étouffait même le matin, et Hanson avait du mal à dormir après l'aube. L'heure la plus chaude de la journée était celle où il se rendait au travail dans la plaine d'East Oakland. Le soleil couchant se multipliait sur les vitrines et les pare-brise, évaporait en arcs-en-ciel les flaques d'huile bouillonnante sur le bitume et faisait vibrer dans l'air les gaz d'échappement des épaves roulantes du ghetto et les émanations putrides des bennes à ordures. Il se reflétait sur le toit et le rétroviseur de la voiture de patrouille, sur les vitrines de la 14e Est, brûlait la peau de Hanson et lui boursoufflait les lèvres. Et sa chemise d'uniforme bleu marine en laine conservait la chaleur sous le carcan de son gilet pare-balles en Kevlar, maintenu par du Velcro sur ses épaules et sa poitrine. Le plastique du siège, le volant, ses bottes étaient chauffés à blanc. Il fit glisser ses lunettes de soleil sur son nez et prit ses appels radio.

Il était éveillé depuis 21 heures et, survolté sous l'action de l'adrénaline et de la fatigue, il n'avait pas envie d'aller se coucher. C'était le jour du solstice. Mais déjà le plein été. L'inclinaison maximale du pôle nord vers le soleil. Dans six mois, il allait obtenir son certificat du POST. Une fois arrivé chez lui, dans la cuisine, il engloutit trois doigts de tequila verte. Ils se contentèrent de lui brûler la gorge sans provoquer d'autre effet. Par la fenêtre, les pinsons et les moineaux qui sautillaient depuis les mangeoires jusqu'aux cordes à linge et aux lignes téléphoniques évoquaient des notes sur une portée de musique.

Il se tourna, longea le couloir, ouvrit le verrou de la porte du sous-sol, descendit les marches de guingois et branlantes, fabriquées par le propriétaire avec des planches noueuses.

L'immense chaudière à granulés alimentée à l'origine par du charbon avait été modifiée pour fonctionner au fioul. Cinq tuyaux rainurés en acier, assez gros pour s'ajuster aux gaines flexibles de la chaufferie, serpentaient et se repliaient sur eux-mêmes, zigzaguant à travers les murs et le plafond comme les bras d'une pieuvre mécanique récupérée sur le plateau d'un film muet de science-fiction.

Le lourd sac de frappe de Hanson, aussi grand qu'un buste humain, pendait sous l'escalier, maintenu par trois chaînes accrochées à un anneau. Hanson descendit la dernière marche, posa le pied sur le sol en béton, fit tourner le sac, le frappa de côté, leva l'avant-bras, frappa encore au rebond, puis se pencha pour l'éviter et saisir sur une étagère sous l'escalier un minuteur de cuisine blanc qu'il remonta tandis que les chaînes se balançaient et grinçaient dans l'anneau. Puis il se redressa, évalua la fréquence du va-et-vient du sac, se prépara et se mit à frapper. Le sang qui suintait de ses poings macula de taches de rousseur la toile grise et sale. Il attaquait le sac avec les poings et les avant-bras, le faisait tourner, le pilonnait, lui donnait des coups d'épaule, grognant sous l'effort, hors d'haleine.

Le minuteur sonna.

Il s'écarta, le ramassa, les mains tremblantes, les doigts en sang, remonta le mécanisme et retourna au sac.

Quand le minuteur sonna pour la deuxième fois, Hanson s'interrompit, les bras ballants, chercha son souffle en hoquetant, cogna le sac avec le front, se tourna et, les jambes flageolantes, alla s'effondrer sur un banc rudimentaire en planches, coudes sur les genoux, tête baissée, de la sueur gouttant sur le sol en béton. Le vent hurlait à travers le calfeutrage fissuré qui colmatait les interstices du montant d'une petite fenêtre à deux panneaux percée haut dans le mur en béton, juste au-dessus du niveau de la rue. Le verre poussiéreux était devenu laiteux avec les ans et les épines des buissons de roses y avaient dessiné des nervures.

Pour mieux observer par la fenêtre, il se leva et se faufila derrière la chaudière où il trébucha sur un rouleau de tuyaux noirs aux raccords en cuivre oxydé et verdi avec le temps. Un visage, un masque vert, apparut sous le rouleau de tuyaux. La chose avait une bouche ou un nez. Sur le front, un unique œil rectangulaire le fixait.

Hanson s'accroupit. Il s'agissait d'un masque de soudure rudimentaire en bakélite ou en fibre de verre moulé par couches à la manière d'un bandage qui lui donnait l'air d'une momie d'extraterrestre sous-évolué. Hanson poussa les tuyaux du pied. Une grosse veuve noire détala de sa toile cotonneuse, se dressa sur ses pattes avec une hâte fébrile et disparut dans une fissure du mur. Il ramassa le masque avec précaution. Un mille-pattes translucide en tomba, se contracta dans sa chute, puis une fois par terre se retourna et rentra dans les tuyaux en se tortillant.

L'œil consistait en un rectangle de verre épais d'un vert-noir au lustre doré, légèrement plus grand qu'une carte de visite standard, foncé et assez opaque pour qu'un soudeur puisse regarder directement un arc électrique quand il travaillait sur de l'acier. Hanson avait lu quelque part qu'on pouvait utiliser un tel masque pour observer le soleil.

Il l'emporta à l'étage, essuya des décennies de poussière, le passa sous le jet du robinet, puis frotta l'œil avec du nettoyant à vitres. Un bout d'étiquette sur la face interne indiquait qu'il était plaqué or. La plaque protectrice était fixée à un bandeau par une articulation que Hanson fit jouer de haut en bas avec du savon en guise de lubrifiant, jusqu'à obtenir une ouverture et une fermeture faciles permettant le réglage dans les deux positions possibles, devant le visage ou remonté à la manière d'une visière de casquette de base-ball. Il enfila le bandeau en cuir encore humide, le serra à l'aide d'une molette en plastique, la face orientée vers le plafond de la cuisine.

Il rabattit le masque. Une fois son visage couvert, il ne vit plus que ses genoux et ses chaussures. Il renversa la tête en arrière. Le masque se releva de nouveau et se bloqua. Il hocha vivement la tête et, l'écran de protection retombant sur son visage, il se retrouva dans le noir.

Il s'imagina l'emporter pendant le service et le mettre pour régler des différends familiaux.

— Obéissez à mes ordres, déclara-t-il d'une voix de robot, ou il va y avoir des morts !

D'une démarche d'automate, il traversa la cuisine, l'entrée, puis sortit sur le porche, le masque dirigé vers le ciel, le pistolet nickelé coincé sous la ceinture de son jean, contre ses reins.

Le large porche était protégé de la rue par un treillis érodé sur lequel s'entrelaçaient des rosiers grimpants pleins d'épines. En temps normal, il voyait la rue à travers les feuilles brillantes vert foncé, mais là, il ne voyait rien. Il avança jusqu'en haut de l'escalier, exposé, leva les yeux et localisa le soleil grâce à sa chaleur. Cercle parfait, disque de feu, vert et frémissant à travers le verre, sonda le cœur du foyer et vit le feu dévorer des parasites, des sortes de tiques gris verdâtre munies de cils latéraux, qui se déplaçaient deux par deux, rampaient de travers, pataugeant à la surface avec des mouvements en rafale trop brefs pour être discernés – un instant ici, ailleurs celui d'après, des tiques sur l'astre du jour qui détalaient, s'arrêtaient brusquement, filaient au bord du disque palpitant, puis se volatilisaient en vrilles de fumée verte.

Quand il s'aperçut qu'il ne voyait plus que le soleil, qu'il était aveuglé et vulnérable si quelqu'un s'approchait de lui, il releva le masque.

Deux Mexicains en pick-up passèrent, le plateau chargé de tondeuses à gazon. Leur radio diffusait de la salsa. Ils fumaient et riaient. Le véhicule descendit Santa Rosa avant de disparaître. Hanson jeta un coup d'œil dans la rue, à gauche et à droite, recula, se replaça derrière le treillis de roses, abaissa le masque et observa de nouveau le soleil vert. Les tiques avaient toutes bougé, bien sûr, pendant qu'il ne regardait pas. Il remonta le masque, sortit son pistolet de sous sa ceinture et le serra contre sa cuisse. Il jeta de nouveau un coup d'œil des deux côtés de la rue, rabattit le masque pour observer une dernière fois le soleil. À cet instant, un morceau du disque se brisa, s'enflamma et, en se détachant du bord, arracha dans son sillage une masse en fusion, plongea dans les lointaines ténèbres pour finir par se déraciner entièrement et se calciner. Alors même que le fragment amputé se reformait, Hanson songea : *Une explosion, une gigantesque éruption sur la couronne solaire et seules deux autres personnes sur Terre l'ont vue*… mais ces pensées ne lui appartenaient pas.

Il remonta la visière. La rue était déserte. Personne en vue, nulle part. La sueur lui coulait sur le visage et lui piquait les yeux. D'un geste du pouce, il ôta la sécurité du pistolet, recula à l'abri des regards et se surprit encore à penser *Seules trois personnes au monde : toi, un astronome au Nouveau-Mexique équipé d'un télescope à rayons X, et un troisième type sur un porte-conteneurs dans l'océan Pacifique, à deux jours de navigation de San Pedro.*

Il jeta un coup d'œil à travers les rosiers, se demanda s'il était réellement devenu fou, comme les codes 5150 qu'il conduisait au service de psychiatrie, en milieu fermé à l'hôpital. Sur sa droite, le vent balaya une poubelle qui dévala la rue en pente en tournoyant comme une toupie et finit par se renverser dans un grand vacarme. La visière, en retombant, lui cacha à nouveau les yeux, et il vit un homme flotter dans l'obscurité, là, en combinaison de travail, le badge d'une entreprise, « Del Sol », cousu sur une poche, le prénom « Don » sur l'autre. Il dévisageait Hanson. Ses yeux étaient d'un bronze étonnant, l'unique couleur que Hanson pouvait percevoir hormis le vert et le noir.

Quand il releva la visière pour mieux y voir, la rue était toujours déserte. Il remit la sécurité de son pistolet, le rangea dans sa poche arrière, enleva le masque, traversa la rue. Et le temps ralentit, puis s'arrêta. Rien ne bougeait autour de lui. Les particules de poussière dans l'air cessèrent de voler. Aucun bruit de circulation dans Grand Street, pas d'avion, pas de cris, pas de Klaxon ni de vent dans les branches. Même ses acouphènes s'étaient tus. Peut-être était-il enfin mort.

Pas encore.

— Quand ?

Tu ne t'en étais jamais soucié avant.

C'était la Grande Faucheuse.

Pourquoi regardais-tu le soleil ?

Il n'avait pas de réponse.

Tu viens d'assister à une énorme explosion. Qui va causer quelques problèmes.

Il l'entendit ricaner et se demanda quelle sorte de problèmes engendrerait le phénomène.

Les ténèbres.

La plupart des gens ne voient la Grande Faucheuse qu'une seule fois et font semblant d'ignorer sa présence.

Je dois partir.

Le vent se remit à souffler, le temps recommença à s'écouler, avec au départ un bond en avant, comme s'il se rattrapait lui-même. Les particules de poussière scintillèrent. L'air résonna à nouveau de bruits, et les acouphènes reprirent.

Hanson s'assit un moment dans le salon, but de la tequila à la bouteille, en avala la moitié, la rebouchonna, l'emporta avec lui dans la chambre et la posa sur la commode. Puis il se déshabilla, se mit au lit et médita sur la Mort. Dehors, le vent chaud mugissait autour de la maison, faisait cliqueter les moustiquaires voilées et chantait sa mélopée funèbre sous les avant-toits.

22

THE VILLE

La nuit tombait quand l'opératrice dépêcha Hanson à The Ville. Il ne s'y était jamais rendu et n'avait jamais entendu parler d'une voiture de patrouille qu'on aurait envoyée dans cette bande de terre coincée entre la 14ᵉ Est et la baie. Sur le plan de rondes, on ne comprenait pas bien si le quartier relevait de la compétence de l'OPD, de l'Oakland Housing Authority Police ou d'aucune juridiction. Le marqueur noir utilisé pour tracer les limites coupait The Ville en son milieu et en cinq ou six pâtés de maisons, le long de la frontière sud du District quatre. C'était un autre pays.

Tous les plans de rondes restaient évasifs sur la position exacte de leurs limites parce que les secteurs à surveiller variaient énormément en taille et en forme dans les bandes de terre et les péninsules. Les périmètres étaient délimités de manière arbitraire ou définis au hasard, et s'étendaient de plus en plus à mesure qu'on approchait de l'est vers le ghetto, dans les Districts quatre et cinq. De prime abord, on en comptait trente-cinq, mais il n'y en avait que trente-deux. Les numéros de code des rondes qui leur correspondaient sautaient du 28 dans le District quatre au 32 dans le

District cinq. Il n'y avait pas de secteurs 29, 30 et 31. Le plan officiel des périmètres de ronde prenait la forme d'un puzzle dessiné et numéroté de manière si peu claire qu'à moins de bien l'étudier on ne s'apercevait pas qu'il y manquait trois secteurs.

L'opératrice lui annonça un « problème de voisinage » dans les environs, signalé par plusieurs appels anonymes et en attente d'intervention depuis un petit moment. On le tiendrait au courant quand on en saurait davantage.

— OK, répondit Hanson. Bien reçu. Cinq Tac 51, je me rends sur les lieux.

— *Bien reçu, Cinq Tac 51.*

Quand Hanson s'engagea dans Seminary au croisement avec McArthur, le ruban bleu acier de l'horizon lui apparut et ses tons neutres reposèrent ses yeux de l'agressivité des couleurs vives. Une chauve-souris traversa la rue à toute vitesse, juste devant le véhicule de patrouille, puis vira au loin avant de disparaître dans le fouillis des cimes d'arbre et des panneaux d'affichage. Sept ou huit autres retinrent son regard, volatilisées aussitôt qu'il les apercevait, fragiles petites souris ailées sorties de greniers et de garages, de conduits de cheminée, de maisons laissées à l'abandon, de sous les ponts et les viaducs de l'autoroute. Le temps de parcourir deux pâtés de maisons supplémentaires, l'obscurité se refermait sur elles, mais elles resteraient là toute la nuit.

— « *Call me in the darkness, I'll help you find your way*[1]... », chanta-t-il doucement.

Il inventait un peu les paroles et remplaçait les mots

1. « ... Appelle-moi dans les ténèbres, je t'aiderai à trouver ton chemin. »

oubliés d'une chanson que feu sa coéquipière Dana et lui sélectionnaient sur le juke-box chaque fois qu'ils prenaient leur repas au Top Hat Café, à l'époque où il était flic à Portland.

— « … *Call me in the darkness, I'm waiting here for you.* »

Ses phares avant surprirent les premiers guetteurs du périmètre. Les gamins se tournèrent puis se replièrent dans l'obscurité en hurlant de leurs voix de sopranos : « Les flics ! » « Les flics ! » « Les flics ! ». Leurs cris lui rappelèrent les soirées d'été quand il était petit et jouait à cache-cache avec les enfants de son quartier. Mais ceux-là, âgés de dix ou douze ans, gagnaient trois cents dollars par semaine à faire le guet et avertir les dealeurs de la cité lorsque la police se trouvait dans les parages. Ils remettaient la majeure partie de leurs gains à leur mère, au début en tout cas, si elle était encore en vie et sortie de prison. Ou à une tante, ou une mère de substitution dans le quartier. Mais tous mettaient de l'argent de côté pour acheter un « neuf », un pistolet neuf millimètres. Ensuite, ils économisaient pour se procurer un Uzi, persuadés que s'ils en possédaient un, on les laisserait tranquilles. S'ils survivaient assez longtemps pour reprendre le flambeau dans un coin de rue où se vendait de la cocaïne ou de l'héroïne, le pistolet-mitrailleur éviterait que d'autres s'approprient le secteur. C'étaient les enfants les plus intelligents, les plus ambitieux, les plus travailleurs du ghetto. Ils réussiraient dans leur univers, mais peu fêteraient leurs vingt ans. Ils ne grandiraient jamais et mourraient comme des soldats.

Hanson tourna pour entrer dans The Ville – il semblait n'y avoir qu'un seul passage pour y pénétrer et un seul autre pour en sortir. Les cris des guetteurs qui le suivaient dans la rue telles des colombes se firent moins nombreux et moins sonores. Les gamins se demandaient ce que faisait là une voiture de patrouille avec à son bord un seul agent. Ils étaient habitués aux assauts des forces d'intervention : OPD, DEA, FBI, DOJ[1]. Aux convois de voitures, banalisées ou non, aux camions opérationnels de transmissions, aux camions blindés du SWAT et à l'hélicoptère avec son projecteur, l'appareil beuglant des ordres depuis le ciel nocturne.

Le quartier était étendu et comptait des centaines de maisons mitoyennes et de petits logements à un étage donnant sur des rues sinueuses et des impasses. C'était un vieux quartier d'habitations dont la construction avait été réalisée à moindre coût au début du programme « Grande Société » de Lyndon Johnson. Dans ce ghetto indépendant sis au cœur du plus grand ghetto d'East Oakland, les maisons avaient commencé à s'effondrer dès la fin des travaux.

Une énorme lune se levait. Elle rendait le quartier minuscule et, se détachant à contre-jour, les toits et auvents à voitures ravagés par les intempéries semblaient couverts de chaume et lui rappelèrent des villages vietnamiens.

Il s'enfonçait lentement dans la zone sans savoir ce qu'il cherchait, manœuvrait entre des voitures garées, abandonnées, démembrées de chaque côté de rues déjà étroites. Les numéros au-dessus des portes avaient tous été arrachés depuis longtemps et il n'y avait plus aucune plaque de rue, s'il y en avait jamais

1. Ministère de la Justice.

eu. Il découvrit des pelouses sèches, des cours de terre nue, perçut une odeur de feux de poubelles dont la fumée flottait devant le visage de la lune.

Dans le noir, il serait impossible d'appréhender un fuyard sans aucune piste. Derrière les grillages, la cité devait être un labyrinthe de fossés, de haies mortes, d'appareils électroménagers et de meubles mis au rebut, de cordes à linge, de fils tendus à hauteur de cheville dans les broussailles, de vides sanitaires où se faufiler en rampant, de caniveaux et d'appartements sombres à l'abandon dont on aurait démoli les murs à la masse pour accéder à d'autres maisons.

Il trouva un endroit où se garer en épi sans empiéter sur la rue en montant un peu sur le trottoir, puis informa la radio qu'il se trouvait sur les lieux.

— Un nom ou une adresse qui corresponde à une plainte ? demanda-t-il.

— *Négatif, Cinq Tac 51.*

— Qu'est-ce que vous voulez que je fasse alors ? Vu que je suis sur place…

— *Attendez un instant.*

Il entendit un échange étouffé dans la pièce des opérateurs, sec et insistant, presque une dispute, puis son interlocutrice le reprit en ligne et sembla lire mot à mot des instructions.

— *Inspectez la zone pour déceler des troubles tout en assurant une présence policière.*

— OK, répondit-il en riant presque. Je vous tiens au courant.

— Hello *moon*[1]. *Moon, moon, moon*, chanta-t-il en descendant de la voiture.

1. « Bonjour, la lune. »

Il enfila son gant d'entraînement gauche, plia les doigts, coinça le gant droit sous la lourde boucle en cuivre de son ceinturon, sortit sa matraque de l'accoudoir côté conducteur et ferma la portière d'un coup de pied. Si la voiture de patrouille se faisait saccager, il serait encore debout après l'aube à remplir de la paperasse, mais il n'allait pas continuer de rouler sans but, imbécile de flic qui attend que quelque chose se passe. Il préférait se déplacer à pied et provoquer un événement.

Il s'était rendu dans de pires endroits de nuit. L'obscurité est une amie. Il marcha sur le trottoir lézardé et défoncé. Les ombres le traquaient à l'instar des enfants qui ne faisaient qu'accomplir leur tâche dans les villages viêt-cong.

Un gamin sur un vélo à grosses roues déboula à l'angle de la rue, penché dans le virage, surprit Hanson et se surprit lui-même. Trop tard pour s'arrêter ou faire demi-tour, il cabra le vélo sur la roue arrière, le fit pivoter, dévisagea Hanson, détourna les yeux, puis le regarda de nouveau comme un danseur virevoltant.

— Wahou ! lança Hanson, étonné mais riant presque. Comment ça va, jeune homme ? Tu as remarqué un problème qui pourrait concerner la police ?

— C'est vous le problème, répondit le jeune pardessus son épaule.

Il abaissa la roue avant, rebroussa chemin et disparut.

Hanson s'enfonça plus avant dans The Ville et choisit une maison au hasard. Il n'y avait pas de lumière aux fenêtres. La porte, dépourvue de poignée, était renforcée avec une plaque de tôle. La lune brillait dans le dos de Hanson. Elle agrandissait son ombre et, quand il monta les marches du perron en béton, elle vint à sa rencontre. Avec sa matraque courte il frappa dans son reflet sur la plaque de tôle, tendit l'oreille, frappa encore, entendit le verrou tourner, se plaça sur le côté, une main sur son pistolet. La porte s'entrouvrit de la longueur de la chaîne.

— Bonsoir, dit-il.

La chaîne cliqueta, la porte s'ouvrit plus grand et la lune projeta l'ombre de Hanson dans la maison, au-delà de l'occupant des lieux, un nain qui passa la tête dans l'entrebâillement et observa à travers les verres épais et sales de lunettes lui grossissant un œil plus que l'autre. Trapu, les jambes arquées, il arborait un large sourire tel un lutin aux dents gâtées. Hanson le reconnut. Il portait deux montres sur le poignet droit de sa chemise à manches longues.

— *R'our,* dit-il en remontant son pantalon. *Volé*, ajouta-t-il.

Il inclina légèrement la tête et s'écarta avec un geste de la main tel un courtisan.

Quand Hanson entra, un homme cria du haut de l'escalier de l'étage.

— Qu'est-ce que tu fous, Robert ?

— *Delle.*

— Rien, c'est ça, oui. Ferme cette fichue porte.

Le nain sautilla d'un pied sur l'autre, se frotta les mains, rit tout seul en silence.

— *Kepler*, murmura-t-il à Hanson. *Réputi.*

— Bon sang, Robert !

Le nain posa un doigt sur ses lèvres, passa derrière Hanson et ferma doucement la porte.

— Bon Dieu ! fit la voix à l'étage.

L'homme s'adressait à quelqu'un d'autre, mais suffisamment fort pour être entendu.

— J'aurais dû étouffer ce crétin avec un oreiller quand il était bébé.

Le nain fit signe à Hanson de le suivre, sautilla sur la pointe des pieds, puis avança en se pavanant et en remontant son pantalon. Il écarta un rideau de seuil pour conduire son invité dans une pièce éclairée par une ampoule bleue qui pendait à un plafonnier.

— *Repar,* expliqua le nain. *Ovoui!*

Sur les murs en béton brut, on voyait encore les veines des planches utilisées pour le coffrage vingt ans plus tôt. Les boucles et les spirales rappelaient des empreintes digitales géantes. Le sol en béton était jonché de restes de fast-food, de vieux journaux, de bandes dessinées et d'excréments humains. Une machette de un mètre de long était pendue par un clou à un mur au pied duquel reposait un matelas nu. La mauvaise odeur que Hanson avait remarquée en entrant était plus forte dans cette pièce. Il n'avait jamais rien senti de pareil.

— *Ouaip, ovoui,* dit le nain.

Il s'accompagna d'un geste théâtral qui signifiait clairement « tout ça est à moi ».

Il se retourna. Avec l'épaule, il poussa un autre rideau qui faisait office de porte et dévoila une cuisine éclairée comme une gare routière avec des ampoules de cent watts – cuisine de gourmet. La puanteur fit venir les larmes aux yeux de Hanson. Un savant cocktail : produits chimiques, désinfectant de WC, vomi, nourriture avariée et un relent si aigre qu'il faillit s'étrangler. De petits sacs de congélation luisaient sur le plan de travail et sur le sol, sortes de papillons de nuit mourants. Le nain prit Hanson par la main pour le tirer vers le réfrigérateur. Il l'ouvrit, puis dansa d'un pied sur l'autre en se tordant les mains comme s'il les savonnait. Sur les clayettes étaient disposées des poêles bas de gamme, chacune recouverte d'une couche de deux centimètres d'une substance qui ressemblait à une mélasse de plâtre de moulage sale. Du crack, la nouvelle drogue venue de la côte Est.

Le nain rit, pivota sur la pointe des pieds, referma le réfrigérateur, fit semblant de fumer la pipe en tirant fort dessus, puis rejeta les épaules en arrière, les traits relâchés, comme hébété. Il leva ensuite une main, fit mine de se ragaillardir et se frotta le pouce contre l'index pour mimer le mot « argent ».

— *Tada, tada, tada*, dit-il en lançant à Hanson un regard rusé.

Tout en riant aux éclats, il baissa le bras et consulta les deux montres à son poignet.

— *Bron. Tré*, lança-t-il.

Hanson entendit un bruit de pas dans l'escalier.

— *Brotré. Tropp*, ajouta le nain en penchant la tête en arrière pour regarder Hanson, un large sourire aux lèvres.

— *Tropp, bron, retort*, répondit Hanson.

Le nain lui serra vigoureusement la main, hocha la tête en signe d'accord, puis ouvrit la porte du fond.

— *Badam, badam, retort*, conclut-il en le poussant dehors.

Le battant se referma derrière lui et Hanson se retrouva sur le porche en béton. Après la lumière éblouissante de la cuisine, le clair de lune l'aveugla. Il sauta au bas des marches, se tordit la cheville à cause d'un enchevêtrement de fils de fer et de plastique, et resta à proximité de la maison, tendant l'oreille en attendant que sa vision revienne. Il croyait pouvoir s'orienter par rapport à l'endroit où devait être garée sa voiture. Il l'imagina détruite, les vitres brisées, les pneus à plat, en flammes. Il n'avait aucune idée de l'endroit où il se trouvait. La lune remplissait le ciel, illuminait de sa clarté les rangées de portes et les porches de béton.

Dès qu'il s'éloigna, des chiens se mirent à aboyer. Évidemment, ils devaient attendre leur tour. Il avança à découvert, passa devant des balançoires renversées et tordues, ruines d'un terrain de jeu installé sous un autre gouvernement. Il avait franchi la frontière d'un autre monde, si illogique et dangereux que toute décision prise était la mauvaise. Le temps ralentit. Hanson contrôla son taux d'adrénaline, comme s'il recevait en intraveineuse la quantité qu'il lui fallait, pas plus. Il se sentait bien.

Trois chiens jaillirent de l'obscurité et foncèrent sur lui. Il tendit le bras, paume en avant, et les molosses stoppèrent net, grognant, pattes crispées. Une fois calmés, ils s'approchèrent, toujours sur leurs gardes.

— Bonsoir les gars, ou les filles, les salua-t-il.

Il s'accroupit et, quand leurs regards se firent plus doux et qu'ils vinrent à sa portée en secouant frénétiquement la queue, il les flatta des deux mains.

— Merci d'être venus.

Ils les lui léchèrent et lui sourirent de leurs sourires canins comme ils auraient souri à un vieil ami revenu d'entre les morts. C'étaient des chiens de la nuit, des survivants urbains de la taille de coyotes, des chiens du ghetto.

— Je ne sais plus où est ma voiture de patrouille.

Je me suis perdu. Je porte le badge et l'uniforme de l'oppresseur. Je suis dans la merde, au fond du trou, les gars.

Tyree sortit de l'obscurité et les chiens s'en allèrent en courant.

— Votre voiture n'a rien. On veille sur elle. Fee dit qu'il aimerait vous parler, si vous avez un moment.

— Fee ?

— Felix le chat.

Hanson hocha la tête.

— Vous savez, oncle Felix. Le propriétaire de la Rolls, expliqua Tyree en souriant.

— Pourquoi veut-il me parler ?

— Il s'inquiète pour vous. De vous voir vous promener comme ça ici.

— Eh bien, je suis content que ma voiture de patrouille ne soit pas en feu. Mais je m'attends toujours au pire, tu vois ? Allons-y alors, je suis prêt à partir.

Tyree semblait le conduire au plus profond du quartier. Hanson se dit que si on était en train de lui tendre une embuscade, Tyree serait la première personne sur laquelle il tirerait. Et pourtant il l'aimait bien. Ensuite, il en descendrait autant qu'il pourrait avant qu'ils le descendent, lui. Dommage.

Puis ils suivirent un passage entre deux maisons. La voiture était là, à côté de la Rolls. Felix était seul. Trois mois s'étaient écoulés depuis qu'ils s'étaient parlé, la nuit où Hanson avait démoli Lemon.

— Agent Hanson. Ce quartier est mal famé. J'ai grandi ici, alors je sais. Vous ne devriez pas vous promener de nuit, seul.

— C'est l'opératrice qui m'a envoyé.

— On est au courant, mais pourquoi on vous a envoyé ici ? La police ne vient jamais, sauf pour les descentes en force, et je sais à l'avance à quel moment elle prévoit d'intervenir. Ça simplifie les choses, mais ça maintient l'intérêt.

— Merci d'avoir veillé sur ma voiture.

— J'ai entendu dire que vous n'étiez pas très apprécié dans votre service. C'est vrai selon vous ?

Hanson acquiesça d'un signe de tête.

— Encore trois jours et cinq mois avant que j'obtienne mon diplôme. Après, je m'en vais.

— Où irez-vous ?

— Je cherche un plus petit service avec une approche différente du strict respect de la loi.

— Si vous vivez jusque-là. Depuis notre rencontre, on vous a sans cesse envoyé, seul, gérer des situations extrêmement dangereuses. Je pense que quelqu'un de chez vous souhaite votre mort.

— Je ne peux pas me faire tuer.

Felix sourit, moins d'amusement que parce qu'il ressentait un sentiment proche de l'affection.

— Qui peut le savoir ? dit-il. Je suis plus pessimiste quant à mon destin. Ce qui m'ennuie, c'est que la personne qui vous a envoyé ici ce soir espérait qu'on vous descendrait et me ferait porter le chapeau. J'ai mis en place une petite industrie artisanale. Je crée des emplois, comme on dit, dans mon ancien quartier. C'est une information confidentielle. J'espère pouvoir compter sur votre discrétion, parce que je sais que vous êtes entré chez un de mes employés.

— Où est Levon ?

— Il fait la sieste. Je suis allé le chercher à l'aéroport cet après-midi. Il déteste les avions. Il parle de prendre sa retraite et cherche une propriété où la passer, loin d'ici. Mais écoutez, vous devriez travailler pour moi. Je ne fais plus confiance à personne à l'OPD et j'y paie encore très cher mes informateurs. J'avoue que j'ai étudié vos antécédents avant votre arrivée, et je crois que nous pourrions collaborer.

— Vous me retireriez votre confiance dès l'instant où je commencerais à travailler pour vous. Parce que alors, et malgré ma rancœur contre le service, si je travaillais pour lui et pour vous, je ne serais pas digne de confiance. Je ne pourrais m'y résoudre. Et en plus, je me ferais pincer en moins de deux. Je ne suis pas doué pour le mensonge. C'est comme si je portais une casquette avec l'inscription *coupable* en caractères fluo. J'ai été idiot de sortir de la voiture de patrouille. Et une fois encore, j'apprécie que vous ayez veillé sur elle. Alors je vais juste retourner au travail, sans dommage d'un côté ni de l'autre. Ça vous convient ?

— Bien sûr.

— Et merci, Tyree, de m'avoir trouvé là où j'étais. Bonne nuit.

*

Hanson monta dans sa voiture, démarra, brancha le micro et annonça :

— *Cinq Tac 51 sera 908. Tous les problèmes résolus à la fin de l'intervention.*

— *Bien reçu, Cinq Tac 51 – 908.*

Au Justice Center, le sergent Hicks regardait par la fenêtre de son bureau du sixième étage et entendit la voix de Hanson sur son scanner de police.

*

Hanson dort.

Il est de retour à The Ville, invisible cette fois, transparent comme l'air et seul dans le ghetto désert. Il ne sait pas pourquoi il est là ni qui l'a envoyé, mais il suppose le pire. Il se déplace en silence d'ombre en ombre. Ses sens sont aiguisés, il est réceptif à la menace. C'est à ça que ressemble sa vie quand il dort, à un autre boulot à temps plein. Il travaille en permanence.

L'eau murmure le long des canalisations rouillées encastrées dans le mur près de son lit. Le réfrigérateur se déclenche au bout du couloir dans la cuisine, trépide, se met à bourdonner. Il chauffe en essayant une fois de plus de faire le vide avec son compresseur détraqué.

*

De l'autre côté de la ville, dans le parc régional, Felix Maxwell et trois de ses hommes déchargent des cadavres entassés à l'arrière d'un camion sans vitres. Les corps sont emballés dans des sacs-poubelle noirs fermés avec du ruban adhésif gris, lourds, flasques et difficiles à transporter. La phase de raideur cadavérique est terminée et ils commencent à gonfler. Les hommes de Felix les alignent en haut de la colline et, un par un, essaient de les faire rouler en bas comme des rondins. Mais les corps rebondissent, dégringolent en vrille dans les broussailles, se retournent tête en bas en percutant les arbres dans les parties abruptes du flanc de la colline. Des branches se cassent et déchirent les sacs, puis les corps s'immobilisent enfin et tout redevient calme. Ces hommes ne voient pas les voiles verts et bleus de l'aurore sur la baie qui se balancent au-dessus de l'eau sombre jusqu'à ce que les particules du vent solaire les déchirent en se dirigeant vers le réseau électrique de North Bay.

Ils viennent de jeter le quatrième cadavre emballé. Loin en contrebas, les plaines d'East Oakland, triste motif, puzzle d'ombre et de lumière, noircissent et s'évanouissent à l'horizon. Le centre-ville est plongé dans les ténèbres. Les panneaux d'affichage et les enseignes de motel le long de l'autoroute disparaissent. L'obscurité, telle une vague, déferle d'East Oakland, traverse l'autoroute, poursuit sa course au-delà. Et toutes les lumières de la colline s'éteignent.

23

CHINATOWN

Hanson s'engagea dans le passage sous la 580. Un nouveau graffiti – *Oakland = Afrique du Sud* – défilant devant ses yeux, bleu turquoise sur béton brut, il rejoignit l'autoroute. Il rentrait en chantant à tue-tête « *Gotta bop down the road, got a heavy load, bop, bop pushing my truck* ». L'air frais d'avant l'aube rugissait par les fenêtres ouvertes, poussait sa vieille voiture de patrouille à cent, cent dix, jusqu'à la faire danser. « *Gonna bop my baby and I don't mean May-beee, bop, bop, I'm down on my luck*[1]... »

— *3L21 situation neuf-zéro-six ? 3L21...*

Ça faisait trois fois dans la dernière demi-heure que l'opératrice appelait la 3L21. Le type devait dormir dans un garage quelconque, ou alors il était mort. Cette pensée le fit rire.

Bopping with my baby out in LA, she lives just off the freeway gonna find her today.

1. « Faut que je descende la route, j'ai un gros chargement, bop bop, et que je pousse mon camion / Faut que j'y aille avec ma nana, Bee, bop bop, j'ai pas de veine / Bop, ma nana à L.A. Elle habite à côté de l'autoroute, je vais la voir aujourd'hui... »

Il avait un coup de soleil au visage, barbouillé de sueur séchée et de poussière portée par le vent qui s'était décidé à souffler vers 2 heures du matin. Son véhicule tirait sur la droite. Il ralentit un peu.

Bee bop a lu bop I'm down on my luck[1]*...*

Il passa sa radio sur Fréquence Une à l'instant où 3L11 se signalait à Chinatown et demandait une voiture en renfort et un gradé.

— *3L11, je n'ai pas encore réussi à joindre votre responsable, je vous envoie un véhicule dès qu'il y en a un de disponible... Voulez-vous passer en code 33 pour urgence?*

— *Négatif pour l'instant.*

I say bee bop a lu bop, yeah, yeah, yeah...

Juste en face, il voyait la bretelle de sortie pour Chinatown. La dernière avant Grove Street et le commissariat central, elle fonçait sur lui à toute vitesse.

— *Une voiture en renfort de 3L11? Coups de feu tirés. 3L21?*

— *Beepin' and a boppin' down on my luck*, chanta Hanson en prenant la bretelle sur un coup de tête.

Il se demandait ce qui arrivait à 3L11. Il n'annonça rien à l'opératrice. Mauvaise idée sans doute.

Au coin de la rue indiquée, deux véhicules de patrouille étaient garés en épi. Hanson alluma, puis éteignit ses phares pour signaler sa présence à ses collègues et éviter de se faire abattre d'office quand il s'approcherait d'eux à pied. Il se gara ensuite le long du trottoir après avoir tourné au carrefour, puis sortit de sa voiture et referma doucement la portière.

Chinatown à 4 heures du matin. Le vent chaud

1. « Je suis pas en veine. »

était retombé. Plus la moindre brise ne soufflait. Le macadam le brûlait malgré la double semelle de ses bottes à bout ferré. Il marcha en silence – talon, puis pointe –, scruta la rue devant lui, les portes et les fenêtres de chaque côté, les reflets dans les vitrines protégées par des grilles, les vitres arrière des véhicules garés, jusqu'à ce qui se trouvait dans son dos.

Il passa à côté d'une cabine téléphonique. Le cordon renforcé, dépourvu de combiné, pendait du réceptacle à monnaie condamné. Le verre armé de fil de fer portait un dessin du poisson symbolique du christianisme tracé au marqueur avec en dessous les mots : *Jésus, on t'aime.* Ces dernières semaines, Hanson avait vu ces inscriptions partout, toutes identiques et toutes longues de huit centimètres. L'œuvre d'un unique artiste, qu'il imaginait en adolescente noire potelée – quatorze ans, pas plus – et persuadée qu'en persévérant, elle apporterait un peu de paix à Oakland. Mais, si ça se trouvait, le responsable était un psychopathe armé d'une hachette, tombé en religion lors de son dernier passage derrière les barreaux et en quête de semblables à tuer pour la plus grande gloire de Dieu quand il ne dessinait pas ses poissons.

Sur son trajet vers le bruit blanc des radios de police, il tourna au coin de la rue, embaumé par la suave pourriture qui émanait du conteneur à ordures du Three Dragons. Sans ralentir, il se haussa sur la pointe des pieds pour jeter un coup d'œil au contenu de la poubelle. Parfois, des ivrognes y dormaient sur des bouts de carton. Et y mouraient à l'occasion, pour faire une surprise à l'équipe de jour. *Baby, baby, baby, an' I don't mean may-beeee, bop, bop, a-lu bop…*

Il avait terminé sa patrouille, il était sur son temps

libre après douze heures et demie à courir d'intervention en intervention dans tout East Oakland, à s'occuper de gens furieux, effrayés, délirants, qui ne se séparaient jamais de leur pistolet ou de leur couteau. Certaines nuits, tandis qu'il leur parlait, il voyait leurs pensées flotter au-dessus de leurs têtes comme dans une bulle de bande-dessinée. Il avait pris un milk-shake à la poudre protéinée et une barre chocolatée le matin – la veille au matin –, pourtant il n'avait pas faim. Il carburait à l'adrénaline et son moteur ronflait. Il n'avait pas besoin de manger. Il n'avait pas besoin de dormir. Il était en forme, il débordait d'énergie.

Deux flics de l'équipe de nuit, la petite vingtaine, accroupis derrière un véhicule de patrouille, braquaient leurs pistolets par-dessus le capot et lui montraient une fenêtre explosée de l'autre côté de la rue, au premier étage d'un immeuble. Hanson ne les connaissait pas. Ils portaient tous les deux la casquette réglementaire où le badge doré luisait comme une cible en plein milieu du front. Hors de question de se faire épingler pour tenue négligée si jamais un gradé arrivait.

— Alors, comment ça va, messieurs ? leur lança-t-il. J'ai l'impression de tomber en plein épisode d'*Autopatrouille*. La vie imite l'art, comme on dit.

— Baisse-toi ! lui lança un des collègues en gardant son arme en Inox pointée sur la fenêtre.

— Mets-toi à couvert avant de te faire plomber, renchérit l'autre.

Hanson cracha son chewing-gum.

— Là, c'est du sérieux, admit-il. Il vous a vraiment tiré dessus ?

Ils ne quittaient pas des yeux la fenêtre soufflée et éclairée par le projecteur.

— Il a descendu quelqu'un ?

— Pas encore.

— Il a tiré à travers la fenêtre, et la porte.

— *Chinatown, my Chinatown, when the lights are low*[1], chanta Hanson.

Il s'arrêta le temps d'inventer une suite. *Chinamen with little feet, who knows where… they go*[2]…

— Le tireur, là-haut, est d'origine asiatique ?

— Non. C'est un Blanc.

Du verre brisé scintillait par terre. Hanson s'avança, le pistolet toujours dans son étui, les yeux rivés sur la fenêtre, mais la tête inclinée pour donner l'impression qu'il ne s'y intéressait pas. Il s'accroupit, sortit sa lampe torche, l'alluma et maintint le faisceau au ras du sol.

Des billes de plomb de la taille de grains de poivre luisaient parmi les éclats de verre. Il éteignit sa lampe torche, en ramassa une et rejoignit ses collègues en la faisant rouler entre son pouce et son index et en chantant à voix basse : *You gotta bop, and keep bopping, do it till your luck turns around, just don't ever stop when you're riding the bop*[3].

Il jeta le plomb dans sa bouche et le fit glisser avec sa langue, de gauche à droite contre ses dents du bas. Le son lui rappela une fille qu'il avait connue au Montana, à l'époque où il était à la fac. Une serveuse de

1. « Chinatown, ma Chinatown, quand la lumière est faible. »

2. « Des Chinois aux petits pieds, qui sait où ils vont… où ils vont… »

3. « Faut pas s'arrêter, continuer jusqu'à ce que la chance tourne, faut jamais s'arrêter. »

l'Eastgate Liquor Store and Lounge qui avait un piercing à la langue. Il n'avait encore jamais vu ça. Elle était venue à sa table, avait saisi par son long goulot la bouteille de Coors qu'il buvait – comme elle aurait saisi une bite – et l'avait inclinée devant la lampe pour voir s'il fallait lui en servir une autre.

— Ça sert à quoi ce truc dans ta langue ? lui avait-il demandé.

Elle lui avait souri sans répondre, s'était léché la lèvre supérieure de sa langue percée, toute rose, et lui avait proposé une autre bière.

— Oui m'dame, avec un shot de Jameson cette fois, s'il vous plaît.

Cette même nuit, il avait compris à quoi servait le piercing. Il se souvenait du cliquetis contre ses dents quand elle était en rogne.

Hanson cala la bille contre sa lèvre inférieure et retourna vers le véhicule de patrouille. Il se pencha sur le capot et regarda les deux flics plantés là.

— C'est quoi, votre plan ?

— Ça fait une demi-heure qu'on attend un supérieur !

Hanson cracha son plomb et rit.

— On s'en fout de ce type. On a l'air de débiles, comme ça.

Il passa le bras par la vitre ouverte de la voiture pour allumer son gyrophare.

— Faut jamais s'en aller quand la fête bat son plein, conseilla-t-il.

Il ouvrit son holster, puis il traversa la rue, son pistolet plaqué contre la cuisse, presque invisible dans les éclairs bleu et rouge qui disloquaient sa silhouette.

Les doubles balayages lumineux, tel un vent bigarré, semblaient le porter de l'autre côté de la chaussée.

La porte en bois éclatée pendait, entrouverte. Elle donnait accès par un étroit escalier à l'étage où la lampe du palier brillait toujours, intacte. Pourtant le Placo de part et d'autre avait été déchiré par les balles et portait des éraflures, des marques de brûlure de poudre et d'huile noire de lubrification d'arme. Une brume de poussière de plâtre mêlée à l'odeur poivrée de la poudre imprégnait l'air. La poussière blanche se déposa sur la chemise et le pantalon de Hanson, et ses bottes soulevaient un nuage à chacun de ses pas. Il tenait à deux mains son arme chargée avec des balles .357 à pointe creuse, les munitions illégales adoptées par tous les flics. Il la pointa sur la porte close en haut de l'escalier. Elle s'ouvrait vers l'intérieur et, le temps que le type qui se trouvait dans la pièce la tire vers lui et braque son arme, Hanson aurait tout le loisir de lui faire sortir le cœur par un trou dans le dos.

Le palier était étroit, et donner un coup de pied dans la porte pour l'ouvrir ne serait pas simple. Il saisit la poignée de la main gauche, la tourna – ce n'était pas fermé à clé –, poussa le battant du revers de la main et déplaça son pistolet jusqu'à le pointer sur le lit double qui occupait une bonne moitié de la pièce. Un studio. L'évier dans un coin et les toilettes au bout du couloir. La pièce empestait la sueur, la marijuana, l'urine. Des décennies de saleté. Dans la lumière de la lampe torche, tout apparaissait en deux dimensions.

Trois personnes étaient allongées à même le matelas crasseux. Le plus éloigné de Hanson, le tireur hors circuit, tenait contre lui son arme, un fusil à pompe Remington 780, pile celui des flics, comme si, tout évanoui qu'il était, il prenait la position « arme à l'épaule » d'un exercice militaire. Il était costaud, voire gros, et portait un caleçon rose à cœurs rouges et joufflus. Plus près de la porte, étendue et toute crispée, jambes serrées, bras le long du corps, une jolie femme blanche, la trentaine, et entre eux une gamine d'à peine douze ans, maigre. Elles étaient nues toutes les deux et ne quittèrent pas Hanson des yeux quand il entreprit de faire le tour du lit.

Il abaissa son arme de manière à viser le front de l'homme et croisa brièvement le regard de la femme et de la gamine. D'une voix enrouée et en montrant d'un geste de la tête la porte ouverte, il leur chuchota :

— Sortez.

Il répéta son ordre, cette fois le regard dans l'alignement du canon de son arme qu'il pointait quelques centimètres au-dessus de l'œil gauche du type.

La femme attrapa au hasard des vêtements sur une pile de linge sale par terre et tira la fille hors du lit. Le mur au-dessus du matelas, éclairé par la lampe torche dont le faisceau ricochait sur le plafond, était couvert de clichés Polaroid, certains récents, tout brillants, d'autres en train de s'enrouler. La fine couche d'émulsion pâlie, la photo en soi pelait et se décollait de son support. Tandis que les deux victimes sortaient et dévalaient bruyamment l'escalier, Hanson examina les images. Sur certaines, le connard se mettait en valeur dans différentes positions, en pleine action avec la mère, la fille ou les deux à la fois. Sur d'autres on voyait la mère et la fille à l'œuvre avec leurs langues, leurs doigts, et un gode veiné, très réaliste, sauf par sa taille énorme et sa couleur mauve criarde.

Le type, la femme, la fille, étaient tous blancs. Un Blanc, complètement cuit. Une cible idéale. Il lui suffirait de dire que le suspect avait pointé son arme sur lui et qu'il avait agi en état de légitime défense. Il fit un pas en arrière. S'il se décidait à lui coller une balle, pas la peine de récolter du sang et de la cervelle sur son uniforme. Il écarta le fusil à pompe de la grosse main paume ouverte du type et enclencha du pouce le cran de sûreté.

La fréquence des éclats intermittents de lumière bleu et rouge qui pénétraient entre les lames des stores s'accéléra. On entendit des portières claquer. Au fracas des bottes qui ébranlaient les marches. Hanson beugla :

— Agent de police, agent de police ! Code 4. Le suspect est maîtrisé !

Il en venait à regretter de ne pas avoir sur le crâne sa stupide casquette digne d'un chauffeur de bus, avec le badge au milieu pour ne pas risquer de se faire abattre par les collègues.

— Agent de police ! cria-t-il encore.

Il cala le fusil à pompe contre l'évier crasseux et se plaça au milieu de la pièce, mais sans quitter des yeux le suspect et son arme toujours plaquée contre le flanc.

Deux flics déboulèrent par la porte, l'un brandissant un fusil, l'autre son pistolet. Ils croisèrent le regard de Hanson, qui recula d'un pas pour les laisser encadrer le lit, empoigner le type par les bras et les cheveux et un peu n'importe où pour l'en arracher. Ils lui plaquèrent brutalement le visage contre le mur, lui assénèrent des coups de poing dans les reins, y laissant des marques rouges, le tirèrent en arrière, le jetèrent au sol.

Puis ils le menottèrent, le traitèrent d'enfoiré de merde, le remirent sur ses pieds comme un bout de bois et le frappèrent encore un peu.

Hanson tendit le fusil du prisonnier au collègue qui était le suivant à franchir la porte. Pris au dépourvu, l'autre le saisit.

— Beau boulot ! le félicita Hanson en se faufilant pour sortir.

Dehors, l'air empestait moins. Il traversa la rue, passa près des trois véhicules de patrouille vides qui illuminaient en silence de bleu et de rouge la chaussée et les vitrines, fila le long du conteneur à ordures, et s'éclipsa.

Il termina le trajet – quelques pâtés de maisons seulement – jusqu'au dépôt du Justice Center et avertit l'opératrice :

— Cinq Tac 51, 908.

— *Bien reçu Cinq Tac 51. 908.*

À cette heure, le vestiaire était désert et le bruit de ses pas résonna. Il passa devant un casier peint d'un joli rose Cadillac. Devant, une paire de talons aiguilles en satin rose était posée avec soin, chaussures côte à côte. Une inscription sur la porte indiquait : *Pour le premier flic pédé d'Oakland.* San Francisco engageait des gays dans sa police, mais pas Oakland. En tout cas, pas en connaissance de cause.

Il prit une douche, enfila son jean, des baskets et un tee-shirt noir, passa la sangle de sa sacoche en cuir beige sur son épaule, claqua la porte de son casier, la verrouilla, puis parcourut trois rues désertes pour rejoindre son utilitaire. Une fois dedans, il tira à fond sur la portière pour la fermer, puis tâtonna sous la banquette avant à la recherche de sa petite bouteille de vodka Popov.

Il la vida en quatre gorgées. L'alcool flamba dans son estomac tandis qu'il étudiait la gigantesque spirale de béton escaladant les cieux jusqu'à l'autoroute déjà encombrée. Il sentit ses yeux, ses épaules se détendre, et s'avachit sur son siège à l'écoute du tambourinement ininterrompu des voitures et des camions qui roulaient sur les joints de dilatation métalliques de la structure aérienne.

Avec un peu de chance, personne ne parlerait de lui dans le rapport. Il ne se trouvait pas sur les lieux. Le service ne voudrait pas lui payer des heures supplémentaires, les collègues voudraient s'attribuer tout le mérite pour pouvoir raconter comment ils avaient opéré selon les règles. Ils avaient scrupuleusement suivi la procédure et le suspect avait été appréhendé de la manière la plus professionnelle qui soit. Excellente arrestation pour un délit grave qu'une dizaine d'agents pourraient ajouter à leur quota mensuel.

Comme d'habitude, Hanson avait pris du retard pour atteindre le sien, mais il pouvait toujours, d'ici à la date limite, ramasser quelques junkies aux bras criblés de piqûres. Ou s'arranger pour créer une dispute avec quelqu'un qui tenterait de lui mettre un coup de poing. Il n'avait même pas besoin de se livrer à une provocation flagrante impossible à répéter devant le juge. C'était ce qu'on disait avec les yeux qui comptait, quand on souriait au gars en envahissant son espace personnel. Rien de plus simple que de repérer celui qui mourait d'envie de lui flanquer une raclée, et de l'insulter jusqu'à le faire craquer. Il voyait venir le coup à des kilomètres, il avait largement le temps de l'éviter, puis de faire tomber le type par un fauchage, de lui caler un genou dans le cou, lui passer les menottes et l'embarquer. Ça demandait plus de boulot qu'une arrestation pour possession de drogue avec intention de vente – un 11550 –, c'était un peu plus risqué aussi, mais « agression sur agent de la force publique », ça faisait bien dans les stats. Et après, on ne se sentait pas aussi minable d'avoir coincé un pauvre type aux bras criblés. Un peu moins minable quand l'adrénaline de la bagarre s'était dissipée. Ceux qu'il convainquait d'essayer de le frapper étaient le plus souvent ivres ou étaient tout simplement de parfaits crétins, mais tant pis. Enfermer des gens parce qu'ils étaient toxicos, ou les insulter et les exaspérer jusqu'à ce qu'ils essaient de vous lancer leur poing dans la figure, ce n'étaient que des astuces pour parvenir à remplir un quota. Et, bien sûr, il se rendait compte qu'il aurait pu être l'abruti étalé sur le lit avec son fusil, et que l'abruti aurait pu être à sa place en uniforme de flic. Cela n'aurait fait aucune différence.

*

Il prit Grand Avenue, tourna dans Lakeshore, gara sa voiture et sortit. Dans la clarté de l'aube, le lac Merritt resplendissait d'argent et de bleu-gris.

Une carriole tirée par un cheval déboucha au coin de la rue. Le lent *clop clop* de ses sabots résonnait sur le béton. C'était Champagne, harnachée de cuir noir et de cuivre, les œillères bien en place. Elle prenait tout son temps. Mickey, smoking et nœud papillon, impeccable, s'arrêta à côté de l'utilitaire sans même tirer sur les rênes.

— Bonjour, la belle, lança Hanson à la jument.

De l'épaule au bout des doigts, ses bras se décrispaient, les geignements et crépitements de ses acouphènes s'adoucissaient, s'éloignaient.

— J'ai quelque chose pour toi dans mon véhicule civil. Ça fait des jours que je le trimbale.

Il retourna à sa voiture, passa la main par la fenêtre ouverte et saisit un sac en plastique contenant une bonne dizaine de sucres qu'il avait piqués à l'All American Burger plus tôt dans la semaine.

— Je peux les lui donner, Mickey ?

— Bien sûr.

Hanson présenta les morceaux l'un après l'autre, posés sur sa paume.

— Vous avez travaillé tard, agent Hanson ?

— Un appel de dernière minute à Chinatown. Mais c'est ma faute. J'espérais vous croiser tous les deux avant de rentrer. J'ai rencontré une femme d'East Oakland et j'ai « interagi » avec elle, pourrait-on dire. Elle est bien fichue, et futée en plus. Je l'aime vraiment bien, on se plaît. Enfin, elle me plaît, et j'ai l'impression que c'est pareil de son côté. Écoutez, je vous embête avec mes histoires mais j'ai confiance en vous et je ne sais pas à qui d'autre en parler. Désolé…

— Continuez, on vous écoute, ça nous intéresse, et vous savez, je suis moi-même un incorrigible romantique, monsieur l'agent.

— Par moments, ça me fait tellement souffrir de ne pas la voir… Et je ne sais pas non plus si je peux encore, si je veux continuer à me traîner dans ce boulot, dans la vie, tout seul comme ça.

C'était la première fois que Hanson parlait de Libya à quelqu'un.

— Et alors, quel est le problème entre elle et vous ?

— Elle est noire, je suis un flic blanc, ça paraît même absurde d'y penser.

Mickey éclata de rire.

— L'amour est toujours absurde ! Avec n'importe qui. Que vous ayez peur à ce point de vous faire virer de la police que vous chérissez tant, c'est une chose. Mais qu'avez-vous à perdre ? Selon moi, il faut prendre le problème à bras-le-corps pour voir ce qui est possible ou non. J'ai peut-être tort, mais c'est ce que je ferais. Bien sûr, il faut être prêt à en assumer les conséquences, mais ça, j'ai pas besoin de vous le préciser. À votre place, avec le métier que vous avez, évidemment que je tenterais ma chance. Si je puis me permettre, vous n'avez pas l'air très heureux en ce moment, elle vous ferait peut-être beaucoup de bien. Ou non. En tout cas, tentez le coup.

Hanson hocha la tête. Prendre les choses à bras-le-corps était la meilleure ligne de conduite, dans tous les domaines.

— J'ai des nouvelles de mon côté, reprit Mickey. Nous nous installons à Lone Pine dans quelques jours. C'est la retraite pour nous deux, on sera partis pour la Fête nationale.

Hanson n'avait jamais entendu Mickey évoquer un départ d'Oakland. Il donna un sucre à Champagne et essaya de digérer l'information. Dès son premier mois dans la police, ou à peu près, il avait pris l'habitude de les croiser une ou deux fois par semaine, près du lac, en rentrant chez lui. Grâce à eux, il se sentait un peu moins givré, à discuter tranquillement avec un type agréable, un cocher homosexuel originaire de San Francisco.

— Eh bien, vous n'en aviez jamais parlé, fit-il remarquer.

— J'ai bâti une petite maison et une petite écurie là-haut il y a vingt ans, sur un bout de terrain hérité de mon grand-père. J'ai eu un peu d'argent aussi, confia-t-il à Hanson en se penchant vers lui. Un coup de chance aux courses de chevaux. Je ne pourrais plus me permettre de construire la moindre bicoque dans le coin avec les prix de maintenant. Je devrais vivre sous la tente. Et toi, Champagne, ajouta-t-il en claquant de la langue, tu serais parquée dehors. Aucun abri quand la neige arrive.

— Vous me manquerez, j'aime bien vous voir de temps en temps près du lac. Mais je suis content que vous ayez trouvé un bel endroit tranquille.

— Ah, le lac est superbe, non ? Il me rappelle ce poème de Yeats que vous aimez tant, *The Lake Isle of Innisfree*. Dites-moi, Hanson, j'ai parlé de vous à mon frère, je lui ai dit que vous seriez un shérif adjoint idéal. On le lui a dit tous les deux, hein, Champagne ? Il vous trouverait facilement du travail, et vous n'auriez même pas besoin d'une attestation de service dans la police. C'est lui qui décide des embauches.

— Je n'ai jamais mis les pieds à Lone Pine. Je ne l'ai vu que dans les films. Pour moi, c'est aussi irréel qu'un conte de fées.

— J'avais treize ou quatorze ans quand ils ont tourné *High Sierra* sur la route de Whitney Portal là-bas. Mon frère a décroché un autographe d'Humphrey Bogart, et mon premier amant était le chef électricien de l'équipe.

Mickey n'avait jamais mentionné Lone Pine avant. Pour l'essentiel, Hanson et lui parlaient poésie, et le vieil homme lui racontait des anecdotes du milieu gay de San Francisco.

— Lone Pine est bien réel pour nous. C'est notre chez-nous en fait, hein, ma grande ?

Il se tourna vers sa jument, leva les rênes d'une main légère. Ils carrèrent les épaules en même temps dans une pose impeccable. Ils étaient prêts à partir. Puis Mickey tendit la main à Hanson.

— Ce fut un vrai plaisir, lui dit celui-ci en la lui serrant. Bonne chance à tous les deux.

— Le plaisir était pour nous, agent Hanson. Venez donc nous rendre visite. Quand vous voudrez, vous serez toujours le bienvenu.

— Pourquoi pas, qui sait ?

— D'ici là, prenez soin de vous. Si je puis me permettre, après tout, je vous l'ai déjà dit, cet endroit ne vous vaut rien. Champagne aussi pense que vous y gâchez votre talent.

— Lone Pine… Oui, c'est une idée.

Mais Hanson savait qu'il ne s'y rendrait jamais. Ou alors si ? Qui pouvait savoir ?

— Champagne, dit-il en caressant encore une fois l'animal.

Puis il s'écarta d'un pas et vérifia qu'aucune voiture n'arrivait.

Mickey claqua la langue, tordit un peu les rênes entre ses doigts et commença à s'éloigner. Puis il stoppa Champagne et s'adressa à Hanson, qui n'avait pas bougé.

— À bras-le-corps, agent Hanson. Pourquoi pas ?

Lone Pine se trouvait à mi-chemin entre la vallée

de la Mort et le mont Whitney, le point culminant à cette latitude. Quand Hanson décrocherait enfin son diplôme, peut-être devrait-il rendre une petite visite à Mickey et Champagne, voire se présenter au shérif du lieu. Ces deux-là allaient vraiment lui manquer.

Il était monté dans sa voiture et opérait un demi-tour interdit quand, soudain, il s'arrêta au milieu de la rue : Weegee poussait son vélo sur l'autre rive du lac. En tout cas, le gamin ressemblait beaucoup à Weegee. Oui, c'était lui, accompagné de Libya.

Hanson reprit sa route, fit le tour du lac par Grand Avenue et s'arrêta au bord du trottoir. Il quitta son utilitaire, courut à petites foulées jusqu'à l'endroit où il les avait vus sur le sentier entre les arbres. Où croyait les avoir vus. Mais il ne les trouva pas. Encore une hallucination.

*

Hanson dort.

De retour du lac Merritt, Weegee et Libya mangent des pancakes de l'autre côté de la ville, à East Oakland.

— On aura besoin d'une sieste après ce réveil si matinal, mais ça valait le coup, de voir le lac à l'aube comme ça, déclare Libya.

— Sûr, madame, approuve Weegee en terminant son lait. Avant que le soleil se lève, je me sentais invisible.

Ils se dirigent vers la chambre.

— Le lac, et ce beau cheval blanc…, reprend Libya. Je me serais crue dans un conte de fées. C'était si paisible.

— À propos, on n'a pas entendu les chiens de la voisine ces temps-ci. Pourquoi ils se taisent ?

— Ils ont quitté la ville, ils ont fait leurs petites valises de chiens. Ils ont volé une voiture et sont partis vers le Texas.

Libya retape son oreiller et regarde l'horloge. Weegee s'allonge à côté d'elle, les mains sous la nuque. Les yeux au plafond, il réfléchit.

— Pourquoi ils voulaient aller au Texas ? demande-t-il.

— Ils ont un cousin à Dallas. Un vrai dur qui s'appelle Red Spot. Il braque des banques et des marchands d'alcool, il vend de la drogue, tout ce que tu peux imaginer. Les chiens flics sont tous après lui mais il est bien trop malin pour eux. Alors les chiens de la voisine lui ont écrit comme quoi ils voulaient devenir gangsters, et la maman de Red Spot, Arlene Pit Bull, lui a dit qu'il devait leur filer un coup de patte. Red Spot a protesté : « Mais, maman, ces petits roquets tout gras avec les yeux qui leur sortent de la tête, ils sont bons qu'à sauter sur le canapé, faire caca sur la moquette, et aboyer tout le temps. Comment ils peuvent devenir bandits ? »

Weegee éclate de rire.

— Pile ce que j'aurais dit !

— Mais Arlene, c'est une maîtresse pit-bull, Weegee. Elle a répondu : « Fils, la famille, c'est la famille. » À quoi Red Spot a objecté : « Mais ils sont du côté de ce pauvre oncle Ouaf, là-bas dans le Mississippi, et tout ce qu'ils auraient pu faire, c'est voler une vieille Chevrolet Monte Carlo avec des pneus lisses ! » Et Arlene, pour conclure, l'a encouragé : « Red Spot, je suis sûre que tu trouveras quelque chose pour eux. »

— Et comment ils s'appellent, ces chiens ? Ceux qui sont partis au Texas. Je n'ai jamais su.

— LeRon et JJ.

— Red Spot, qu'est-ce qu'il va bien pouvoir faire de LeRon et JJ ? Ils sont tellement enragés tout le temps et ils font tellement de bruit. La police va les attraper tout de suite.

— J'en sais rien, mais il va bien falloir qu'il leur dégote un boulot de gangster. Pour l'instant j'en sais pas plus, alors maintenant on ferme les yeux et on fait la sieste.

Weegee fixe le plafond, puis finit par demander :

— Tu as vu le gars qui parlait à celui avec le haut-de-forme et qui caressait son cheval ?

— Dors maintenant, Weegee.

— Je le connais. C'est l'agent Hanson.

24

DÉMONS ET ANGES

— La seule, heu… tout c'que j'peux, heu… si j'm'énerve contre, heu… un enfoi… Un foutu enfoiré. Si j'm'énerve, heu… tout c'que j'peux faire c'est, heu… lui rentrer dedans. Avec mon fauteuil.

— Si on m'appelle encore à cause de vous, je serai obligé de vous arrêter, toi et ton fauteuil. Je vous embarque, je vous mets au trou. On te relâchera au matin, mais tu seras obligé de passer toute la nuit coincé avec des enfoirés. Et y a rien de prévu pour les handicapés là-dedans. Quand le jour se lèvera, tu seras assis dans ta pisse. Alors, je te propose de rentrer gentiment chez toi et de nous épargner bien des soucis. Je n'ai vraiment pas envie de me coltiner la paperasse.

— Foutus enfoirés, balbutia l'autre en crachotant un peu de bave sur sa poitrine creuse. Qu'est-ce que… qu'est-ce que j'suis censé faire quand un enfoiré, tu sais, quand quelqu'un m'emmerde ?

— C'est toi qui emmerdes les autres.

— C'est des conneries. Si c'était toi, toi dans ce foutu fauteuil…

— *Cinq Tac 51, vous êtes en route ?*

— Une minute, répondit Hanson.

Il sortit son émetteur-récepteur de sa ceinture.

— Qu'est-ce qui se passe ? demanda-t-il.

— *Un problème avec des bikers au bar Lone Butte, 5400 Foothill. Hors de votre district, mais on n'a que vous, et c'est la troisième fois que la serveuse appelle.*

— D'accord, j'y vais.

— *Sachez que vous serez en code 6…*

— Très bien. Je pars de l'angle de la 75e et Holley.

— Qu'est-ce que… qu'est-ce que j'suis censé faire, tu sais, le seul truc que je peux…

— Quand le seul truc que tu peux faire, c'est rentrer dedans avec ton fauteuil ?

— Oui…

— Économise et achète-toi un flingue. Si quelqu'un t'emmerde, tu lui tires une balle.

— Mais, heu…

— Vole le fric, s'il le faut. Sinon, évite de traîner dans les bars. En tout cas, ne m'oblige pas à revenir cette nuit.

— Un flingue, heu, tu crois que je… un fl…

Hanson hocha la tête.

— C'est ça. Un pistolet. Un truc que tu peux cacher dans ton fauteuil et qui ne se déchargera pas tout seul. Bon, j'y vais. Je ne veux pas avoir à revenir pour t'arrêter. Trouve du fric, achète-toi un flingue, mais ce soir, tu rentres chez toi. S'il te plaît. Ça te va ?

— Oui, msieur l'agent, mais…

— Merci, j'apprécie. Va dormir. On vit dans un monde pourri.

Hanson fit le tour de son véhicule de patrouille et ouvrit sa portière.

— Tu le sais mieux que moi, conclut-il.

La figure humaine gravée sur la lune pâteuse était de travers, en biais, enflée, comme après une raclée. Elle jouait à cache-cache avec des nuages haut perchés.

Hanson, par-dessus le toit de la voiture, regarda l'infirme.

— Mais ne me tire pas dessus.

— Heu, heu. Je, heu…

— Je t'ai donné un précieux conseil. Tu es satisfait ?

— Oh, heu… Ouais.

— Très bien. Bonne nuit, alors. Rentre chez toi et dors un peu.

— Bonne, heu, OK.

Hanson monta dans son véhicule, claqua la portière, effectua un demi-tour et partit vers l'ouest et la 14e Est. Dans son rétroviseur, il surprit un reflet sur le chrome du fauteuil roulant. Devant lui, les fenêtres obscures de commerces abandonnés reflétaient la lueur de ses phares.

Puis il perçut un mouvement fugitif. Juste au coin.

Quelqu'un qui courait, qui disparut après avoir traversé la rue entre la station de lavage de voiture et une devanture incendiée. Il donna un coup d'accélérateur, monta sur le trottoir, s'arrêta, bondit hors de son véhicule, mais se retrouva bloqué par du fil de fer barbelé entourant une friche industrielle. Il reprit son souffle à côté d'un mur de béton qui dénonçait à la bombe : *Santana s'est tapé Ivone à la station-service.*

Il continua le long du trottoir et tomba sur deux voitures garées dont on avait défoncé les fenêtres côté passager. Les boîtes à gant bâillaient, une cassette audio dépassait de l'une d'elles. Il laissa aux propriétaires le soin d'appeler la police le lendemain matin.

Lui suivit les traces de pas dans la poussière. Elles le menèrent à un bosquet de broussailles et d'arbres maigrelets arrosés par les eaux usées de la station de lavage. Là, il s'arrêta pour écouter, examiner les arbres accessibles à sa vision périphérique, scruter les étoiles. Il descendit d'une dizaine de pas la chaussée en pente, leva la main, saisit une branche et la courba jusqu'à ce qu'un revolver lui tombe dans l'autre main. Le temps s'était réchauffé, les gens lavaient leur voiture plus souvent, les arbres reverdissaient. Et devenaient une bonne cachette pour les armes.

En l'occurrence un vieux .38 Harrington & Richardson dont le barillet était ouvert. Six coups, quatre cartouches dépareillées chargées. Le plaquage de chrome était piqueté de rouille, les pièces internes maculées de graisse et de saleté, la surface granuleuse de la crosse érodée, et on l'avait rafistolé en enroulant du fil électrique noir. Une telle arme avait toutes les chances de ne pas tirer du tout, ou par accident, voire de vous exploser dans la main. Mais ça ne coûtait rien d'avoir à sa disposition une arme non répertoriée.

À un demi-pâté de maisons du Lone Butte, il éteignit ses phares, se gara, sortit de la voiture et termina le trajet à pied dans la rue silencieuse. Au-dessus de sa poche de poitrine gauche, l'étoile de son badge, surmontée d'une paire d'ailes argentées, brillait sous les réverbères. Ce matin-là, il avait trouvé dans un tiroir son insigne de l'armée de l'air, l'avait astiqué et, une fois son uniforme enfilé, l'avait épinglé sur sa chemise juste au-dessus de son badge des services de police d'Oakland.

Le Lone Butte se trouvait à deux rues du siège des Hell's Angels, c'était leur territoire. En général, ils réglaient leurs problèmes entre eux en s'envoyant mutuellement à l'hôpital sans déranger la police. Deux dizaines de choppers customisés étaient garés en épi devant l'établissement.

Il n'y avait pas la moindre butte à moins de trois cents kilomètres d'Oakland. Une palette de chantier aux planches gauchies craquait dans la brise, suspendue par des chaînes au-dessus de la porte. On l'avait affublée d'une représentation de butte très originale. L'image évoquait davantage une vague scélérate ou un volcan, mais elle dégageait une certaine force. Elle possédait sa propre justesse. Il existait certainement des mondes où les éminences ressemblaient à ça, à un élément de paysage sombre et nu que son créateur a examiné ou rappelé à sa mémoire lors d'une cuite monumentale ou de convulsions dans une chambre d'hôtel des bas-fonds, aux fenêtres aveuglées et au faux plafond grillagé.

Quelque chose martelait la lourde porte de l'intérieur comme si un individu cognait sans trêve sa victime avec assurance et régularité. Hanson ressentit cette même pulsion, ce désir presque sexuel, dans les bras et les épaules. Il n'avait pas eu l'occasion de tabasser quelqu'un comme ça depuis un bout de temps. Il tira le battant pour l'ouvrir et eut l'impression de plonger en chute libre dans une tempête visuelle et sonore.

We're kickn' ass and takin' names,
Down and dirty, ain't playin' no games

Un antique juke-box faisait saillie sur le mur. Ses tubes de plastique boursouflés et ses vitres bombées palpitaient, rétroéclairés au néon. Il crachait si fort sa musique que Hanson l'aurait bien vu se déhancher au rythme des basses d'un côté à l'autre sur le parquet, façon dessin animé.

Gonna hunt you down, kick in your door:
Biker soldiers goin' to war – Alright[1] *!*

Les guitares et le clavier pilonnaient, ronflaient, crachaient, klaxonnaient sous le larsen, braillaient, sonnaient comme des cornemuses décidées à vous arracher des tranchées pour vous jeter sous le feu de la mitraille, mais qui est-ce que ça gênait ? Pas Hanson, en tout cas. Tôt ou tard, tout le monde meurt. Il sentit le goût de son sang sur sa langue. Il eut un grand sourire. L'opératrice l'avait expédié dans un endroit parfait pour lui. Mais les motards du Lone Butte n'étaient pas des Angels, c'étaient des Road Devils, une espèce de groupe affilié de troisième zone issu de Sacramento et dont il n'avait jamais entendu parler. En examinant leurs emblèmes, il comprit qu'il s'agissait de membres d'un club inféodé aux Angels, et qui comptait sur eux pour leur sauver la mise.

… kickin' ass and takin' names…

La serveuse, corpulente, la petite trentaine, portait un tee-shirt à la gloire de la bière allégée Bud Lite. Quand Hanson s'approcha du bar, elle chercha du

1. « On te casse la gueule et on prend ton nom, C'est dur et c'est méchant, on rigole pas, oh non / On va te traquer et te péter ta porte, On est des bikers en guerre et allez ! »

regard d'autres flics derrière lui. *Dommage, madame*, pensa Hanson, *ce soir il n'y a que moi.*

… I said kickin' ass and takin' some names – Yeah!

— Salut ! hurla-t-il par-dessus la musique. Que puis-je faire pour vous ce soir ?

La serveuse aspira une bouffée de sa cigarette, jeta un nouveau coup d'œil vers la porte, se pencha par-dessus son comptoir, retira la cigarette de sa bouche et beugla aux oreilles du nouveau venu :

— J'étais censée fermer y a presque une heure ! Nos horaires sont affichés à l'entrée !

— Vous leur avez demandé de partir ?

— Oh ça, oui.

Elle tira de nouveau sur sa cigarette.

— À qui vous avez parlé ?

— Au grand connard avec la barbe bleue.

Elle lui montra du doigt un énorme motard vêtu d'une veste à l'emblème du club, sans tee-shirt en dessous. Sa panse débordait sur sa ceinture et il portait de grosses bagues à chaque doigt. Avec ses lunettes intégrales réfléchissantes bleutées en plus de la barbe bleue, il faisait penser à un insecte bouffi géant. Il tenait une queue de billard à la main.

Hanson sourit. Il marquait de la tête le rythme de la musique.

— Deux fois que j'y ai dit ! insista la barmaid. J'ai expliqué que je devais fermer. Il m'a ri au nez. J'ai une ado à la maison, moi.

— Je vais lui parler.

Il se tourna, s'enfonça dans le vacarme, passa près des motards et de leurs copines en bougeant la tête et les épaules en cadence, comme s'il avait été invité à la fête. Son badge en argent et ses ailes brillaient, jetaient des éclairs. De l'autre côté de la table de billard, un des Devils se fracassa une bouteille de bière sur le crâne. Il éclata de rire tandis que l'alcool et le sang frais moussaient sur ses cheveux ébouriffés et lui dégoulinaient sur le cou.

Out on the road an' in the wind,
Where it ain't no law ain't no sin[1]

Une femme en soutien-gorge en cuir noir mima un baiser quand Hanson passa près d'elle, une autre fit jaillir ses seins de son débardeur et les lui présenta en les compressant si fort que de délicates veines bleues y apparurent. Il les observa bien, puis son regard croisa celui de la fille. Ses yeux d'un bleu intense étaient injectés de sang et ses pupilles dilatées.

… Kickin' ass and takin' names…

Le chef du club – celui à la barbe bleue –, appuyé sur sa queue de billard, étudiait le coup joué par un de ses acolytes. Assis sur la table, de l'autre côté, un jeune, pas encore vingt ans, regardait lui aussi en portant une bière à ses lèvres. Il n'avait pas à s'inquiéter que ses jambes se trouvent dans le chemin puisqu'il avait les mains et les pieds directement rattachés au corps. Il faisait penser à une otarie.

1. « Sur la route et dans le vent / Là où y a pas de loi, y a pas de péchés. »

Le chef se pencha pour mieux voir et, à ce moment, Hanson se plaça derrière lui.

— Excusez-moi ! cria-t-il. Excusez-moi ! répéta-t-il par-dessus la musique en tapotant l'épaule du chef.

L'adolescent assis sur le billard, la bouteille coincée entre ses nageoires, considérait la scène avec intérêt.

Le chef se retourna et toisa Hanson. Celui-ci désigna d'un geste la serveuse.

— La dame, là-bas, veut que vous partiez pour pouvoir fermer.

— En enfer, les gens veulent aussi des glaçons, lui lança le type.

Il tourna le dos à Hanson qui lui tapota de nouveau l'épaule.

— Bon sang, quoi encore ?

Un autre Devil s'approcha pour mieux voir.

— Si vous ne partez pas, vous violerez la loi ! beugla Hanson au comble du bonheur. La loi, monsieur, vous ne la respecterez pas, alors je vais être obligé de vous arrêter. J'apprécierais beaucoup, je vous serais très reconnaissant, monsieur, de bien vouloir rassembler vos troupes et les emmener ailleurs.

Le chef regarda Hanson, puis la porte du bar. Regarda le troisième motard qui haussa les épaules et cria :

— Y a que lui !

Quelqu'un débrancha le juke-box. Dans le silence, la voix du chef retentit.

— Toi et tes potes flics, vous nous prenez pour qui ? T'es envoyé ici tout seul et après, quand on commencera à te faire ta fête, tout le commissariat rappliquera.

Si au moins ils en expédiaient deux comme appâts, des balèzes qui se la jouent, deux motards, on pourrait y croire. Ou trois, quatre. Mais moi, je vais te dire…

C'est à ce moment que Hanson repéra Pogo, l'Angel que Barnes et Noble lui avaient mis dans les pattes à l'Anchor pour qu'il l'arrête en espérant déclencher la bavure. Il observait la scène depuis l'entrée, devant la porte des toilettes pour hommes. Il s'approcha, désigna l'agent du doigt.

— Attends deux secondes, dit-il.

Il chuchota quelques mots au chef des Devils qui jeta un bref coup d'œil sur Hanson.

— On se casse, annonça-t-il en accompagnant ses paroles d'un geste circulaire au-dessus de sa tête. Allez, on va se faire une virée.

— Vous avez plutôt intérêt, oui, piailla la barmaid en montrant le téléphone qu'elle avait à la main. J'ai appelé la police, moi, et pas qu'une…

L'un des bikers, en passant, la poussa contre le mur derrière le comptoir d'un coup d'avant-bras.

Hanson et Pogo sortirent regarder les Devils qui démarraient leurs motos et partaient dans un bruit de tonnerre. Le jeune aux nageoires s'accrochait derrière le chef.

— Bon, j'y vais, monsieur l'agent, annonça Pogo. Personne vous en veut pour le machin à l'Anchor, c'est ces deux salauds de flics à moto qui nous ont piégés, ajouta-t-il en s'asseyant pour démarrer. Et vous êtes un sacré veinard. Si j'avais pas été là, qu'est-ce que vous auriez fait ?

— Je les aurais regardés partir ou je les aurais arrêtés, monsieur, répliqua Hanson avec un grand sourire.

Il était euphorique, comme toujours quand il s'en sortait indemne.

— Ils ne m'ont pas laissé le choix, précisa-t-il.

— Ça alors ! s'exclama Pogo en souriant à son tour et en exhibant toutes ses dents pourries par la meth. J'ai tout de suite vu, l'autre jour à l'Anchor, que vous vous laissiez pas marcher sur les pieds, le complimenta-t-il en faisant rugir sa moto. Soyez prudent la nuit, Hanson !

Il éclata de rire, prit congé avec un bras d'honneur comme pour dire « On les emmerde », puis s'éclipsa au moment où les sirènes hurlaient, de plus en plus proches, arrivant de partout. Un, puis deux véhicules de patrouille débouchèrent au coin, les rampes de gyrophares illuminant la scène. En tête, celui du sergent Hicks.

Un gars qui se laisse pas marcher sur les pieds, songea Hanson. *Ça me va.*

25

À BRAS-LE-CORPS

Au fil des ans, de nombreux individus avaient juré à Hanson qu'ils découvriraient où il vivait et que, une nuit, en rentrant chez lui, il les trouverait à l'attendre, fusil à la main. Il ne se garait donc jamais juste devant son immeuble, mais au moins deux bâtiments plus loin, si possible le long du trottoir d'en face, et restait attentif à tout ce qui pouvait lui paraître bizarre, même un tout petit peu. Il saurait quoi quand il le verrait. Il n'avait plus besoin de penser à scruter les portes, les fenêtres et les jardins devant lesquels il passait, à tendre l'oreille et flairer les odeurs, c'était devenu un réflexe comme celui de regarder des deux côtés avant de traverser une rue. L'une des raisons qui poussaient la plupart des flics à habiter en banlieue, c'était qu'on les y trouvait moins facilement.

Il déverrouilla la lourde porte de verre biseauté, et le bout de cure-dents qu'il avait coincé contre le chambranle tomba. Une alarme discrète. Il entra, se débarrassa d'un coup d'épaule de sa sacoche qu'il laissa par terre puis, pistolet en main, il tendit l'oreille. Tout semblait normal. La maison vieille de quatre-vingts ans sentait le goudron, la moisissure, le savon, le plâtre, le vernis à bois. Un individu caché se serait trahi par son odeur. Pourtant, Hanson inspecta toutes les pièces, les placards, regarda sous les lits, vérifia que le loquet de la porte menant au sous-sol était bien fermé, parcourut le couloir jusqu'à la salle de bains où le rideau de douche était toujours ouvert, comme il l'avait laissé. Il vérifia tous les recoins où il avait eu l'occasion de trouver des intrus dissimulés chez les gens, cambrioleurs, prisonniers en cavale, déments. Enfin, il traversa la cuisine et sortit derrière, sur le bout de terrasse affaissé. Rien à signaler. Il réenclencha le cran de sûreté de son Browning et glissa l'arme dans la poche arrière de son jean.

Il se versa une triple tequila verte et sortit admirer le lever du soleil qui émergeait juste derrière les collines. Énorme à l'horizon, il chassait devant lui et tout le long de la rue une brise matinale et de longues ombres, puis se dégageait des lignes électriques, des tours émettrices, du barbelé des branches d'arbre au loin. À travers l'atmosphère, son enveloppe semblait fragile, frémissante, comme prête à s'éventrer, à répandre sur les collines un océan de feu qui engloutirait les plaines d'East Oakland. Hanson détourna le regard juste un peu trop tard. La lumière l'avait aveuglé et il dut tâtonner pour retourner à l'intérieur, où il entrevit quelque chose ou quelqu'un – embrasé de couleurs solaires –, un homme en flammes dans le couloir, qui fila loin de lui, passa la porte puis s'évanouit dans l'éclat du jour. Hanson se versa un autre verre et décida qu'il était grand temps d'aller voir Libya.

*

À 10 heures du matin, il était devant chez elle, son sac à l'épaule, vêtu d'un jean propre et d'une chemise vert olive qu'il avait repassée sur la minuscule planche rabattable fixée au mur de la cuisine et fournie avec l'appartement. Pour l'heure, il n'était ni saoul ni en pleine gueule de bois, mais se retrouver dans ce quartier en civil le rendait nerveux. Du coin de l'œil, il observait les voitures qui passaient. Il y avait un panier de basket visiblement neuf accroché au petit garage attenant à la maison, et il se rappela que Libya lui avait dit avoir la garde de son petit frère. Il se demanda quel âge il avait. S'il serait là. En général, il s'en sortait bien avec les petits dans le boulot, sauf quand il tabassait leur papa dans le salon. Bon, il ferait de son mieux. *À bras-le-corps*, songea-t-il en se riant de lui-même.

Il appuya de nouveau sur la sonnette et entendit le *ding-dong* à l'intérieur. Elle fonctionnait. Il compta dix secondes pour vérifier son estimation du temps passé. Peut-être qu'elle n'était pas chez elle. Ou qu'elle n'était pas seule. Peut-être qu'elle l'avait vu et ne voulait pas lui ouvrir. C'était idiot de venir sans prévenir, mais il avait laissé son carnet avec le numéro de téléphone dans son casier au poste. Il s'exhorta à ne pas penser au pire, pour une fois. Une Pontiac vertetunée ralentit, le conducteur l'observa et Hanson se demanda si ce n'était pas par hasard le gars qui l'avait frappée. Peut-être qu'elle aimait bien, après tout. Avant de sortir de chez lui, il avait fantasmé sur elle. *Maintenant, c'est fichu*, pensa-t-il, soulagé. Mais elle ouvrit la porte.

Restons positif, décida-t-il.

— Agent Hanson, quelle surprise ! C'est l'opératrice qui vous envoie ?

— Je suis de repos.

Son nez et sa pommette n'étaient presque plus enflés, mais son œil au beurre noir restait impressionnant. Comme ses lèvres, son cou, ses fines clavicules, sa poitrine qui soulevait aux bons endroits la chemise d'homme en flanelle qu'elle portait et dont elle avait noué les pans au-dessus de son ventre. Bon ou mauvais, Hanson se rendit compte qu'il n'avait pas du tout prévu l'effet qu'elle lui ferait.

— Je voulais m'assurer que tout allait bien, expliqua-t-il.

D'un geste fluide, elle esquissa de ses deux mains la forme de son corps.

— Je vais bien, lui assura-t-elle.

Elle portait des sabots de cuir rouge à épaisse semelle en bois qui la rendaient aussi grande que lui.

— Et votre pied ?

Elle lui accorda enfin un sourire, mais ne rit pas.

— Votre main a fait des miracles…

Elle passa dans ses cheveux des doigts ornés de bagues. Les tendons du dos de sa main étaient crispés.

— Entrez donc, l'invita-t-elle. La voisine doit nous espionner à travers ses volets.

— Très bien, répondit-il bêtement en songeant que tous les voisins devaient les observer.

De jour, la maison était lumineuse, bien aérée. Les étagères étaient chargées de livres et aux murs des miroirs renvoyaient de la clarté.

La cuisine était agréable elle aussi : table en Formica des années 50 avec des pieds tubulaires en chrome, cuisinière émaillée blanche et mignon petit réfrigérateur trapu. Et dire que tout ce qu'il avait retenu de l'autre nuit, c'était l'épluche-légumes couvert de sang dans l'évier et les empreintes rouges par terre. Maintenu sur le petit frigo par un aimant, un dessin d'enfant aux crayons de couleur représentait un oiseau blanc à la forme ramassée, avec des pattes jaunes, une tête noire. De son bec glissait le mot *Cui* inscrit dans une bulle allongée. En dessous, soigneusement tracé en majuscules : *HÉRON BIHOREAU*. Toujours sur le frigo, un bulletin de notes de sixième au nom de James Edward Watkins. Des A dans toutes les matières, sauf en maths.

— Mon petit frère, dit Libya. Demi-frère. Le soir où il a dessiné ça, il a arpenté toute la maison avant de se coucher en répétant « cui cui cui ». L'agent Hanson, c'est donc vous, dit-elle.

— Il m'a confié qu'il habitait avec sa tatie.

— Il m'a montré le livre sur les oiseaux.

— Où est Weegee en ce moment ?

— À une sortie au Golden Gate Park. Je l'ai inscrit au Boys and Girls Club pour tout l'été.

Ils s'assirent au salon, Hanson dans un fauteuil, au bord du siège, Libya, pieds nus, ses longues jambes repliées sous elle, sur le canapé recouvert de velours. Entre eux, une table basse. Une odeur de bougie à la cire d'abeille se mêlait à celle d'un chèvrefeuille à l'extérieur.

Elle se leva et regarda par la fenêtre.

— Où est votre voiture ? voulut-elle savoir. Qu'est-ce que vous conduisez, à part un véhicule de patrouille ?

Il lui expliqua qu'il s'était garé une rue plus loin. Une habitude prise au boulot. Il avait un utilitaire International Harvester Travelall, acheté quatre cents dollars juste avant de partir à la fac. Le propriétaire précédent, pour l'entretien des organes de transmission, creusait un trou à même le sol, plaçait le véhicule au-dessus et se glissait par-dessous pour travailler.

— La fac ? s'étonna-t-elle.

— Heu, oui…

— Dans quel domaine ? Le droit pénal ?

— La littérature anglaise du XIXe siècle, en fait.

Elle le regarda sans rien dire.

— C'est une longue histoire, admit-il.

— Ça n'a pas d'importance, c'est ce que vous faites aujourd'hui qui compte. On vous paye pour faire respecter la loi, qu'elle soit juste ou non. Vous êtes un chien enchaîné, leur toutou.

— Vous n'avez jamais fréquenté un Blanc, je me trompe ?

— Non, je n'en ai jamais vu l'intérêt. Ça me semblait même carrément absurde.

— Où est-il, le petit copain qui vous battait ? Celui à qui vous avez flanqué un coup d'épluche-légumes ?

— Aucune idée.

Hanson était fâché contre elle maintenant, il la regardait en hochant la tête, en songeant : *ouais, c'est ça*… Elle se leva.

— Il est temps que vous partiez. Weegee ne va pas tarder à rentrer, je ne veux pas qu'il soit au courant.

— Au courant de quoi ? Il n'y a rien à savoir. Merci, à la prochaine. Au revoir.

Et il ouvrit lui-même la porte pour sortir.

26

CENTRE-VILLE

Un ivrogne mexicain

Ce jour-là, Hanson travaillait en centre-ville. Il effectuait un remplacement, le beau temps ayant incité beaucoup de flics à prendre leurs congés. D'autres, qui les avaient épuisés et devaient effectuer leurs heures, se faisaient porter pâles à la dernière minute. Dès que Hanson eut quitté le dépôt, l'opératrice l'envoya sur un 647F vers les numéros 2200 de Broadway.

Il parcourut les quelques rues qui le séparaient du Macy's et aperçut le Mexicain ivre mort, assis adossé au bas de la vitrine. Au-dessus de lui, les mannequins de plastique faisaient des mines en fraîches robes d'été, tandis que les piétons et les clients sortant par la porte à tambour l'ignoraient ostensiblement. On aurait cru que le soleil avait pyrogravé son ombre dans le mur.

Hanson se gara en double file face au magasin, sortit de son véhicule et resta un moment immobile à contempler l'ivrogne au visage tanné, crasseux et ravagé. Il avait dû être beau autrefois.

Hanson enfila les gants de cuir noir qu'il réservait

à la manipulation des clochards, le prit par l'épaule et le secoua.

— Monsieur… *¡Porfavor!*

La tête du pauvre type ballotta d'un côté à l'autre. Hanson ferma le poing et fit courir l'articulation de ses phalanges de haut en bas du sternum du Mexicain, comme sur un grattoir à linge. La douleur fut assez vive pour le réveiller.

— Vous devez me suivre.

— Ah… Bien sûr, bafouilla le type.

Hanson l'aida à se lever et le mena jusqu'au véhicule de patrouille, dont il avait déjà ouvert la portière arrière. Le Mexicain connaissait la chanson, il avait toute une vie d'ivrogne derrière lui. Il mit de lui-même les mains dans le dos pour se faire menotter, puis, cuit comme il était, et entravé par-dessus le marché, il entra dans la voiture avec une sorte d'élégance acquise grâce à des années de pratique.

Il donna ses nom, âge, matricule militaire dès que Hanson s'assit au volant. Hanson nota tout dans son carnet, content d'avoir obtenu tout de suite l'information. Il n'aimait pas avoir à demander leur âge aux clochards pour remplir le formulaire d'arrestation : il sentait qu'ils avaient honte de déclarer « quarante-neuf » ou « cinquante et un » et de se rappeler à quel point ils faisaient plus vieux. Ce n'étaient pas encore des vieillards, du moins selon les normes démographiques, mais ils étaient finis – presque morts. Ils n'avaient plus comme horizon que leur prochaine bouteille de vin. Beaucoup de flics les humiliaient parce qu'ils les énervaient, ou juste pour s'amuser. Les malheureux n'avaient aucune raison d'espérer le moindre signe de gentillesse de qui que ce soit, mais pour une mystérieuse raison, ils se confiaient souvent à Hanson sur le chemin de la prison, lui racontaient leur vie, vécue ou imaginée, et il les écoutait.

Le Mexicain avait combattu en Corée. Il avait souvent été au feu. Malgré les menottes, il trouva le moyen de déboutonner une manche de sa chemise et de la remonter jusqu'au-dessus du coude. Il se tordit ensuite sur son siège pour que Hanson puisse voir les bourrelets de ses cicatrices.

— Je croyais avoir trouvé un chez-moi dans les marines.

Hanson se contentait d'écouter. Il fut étonné, mais pas plus que ça, quand l'autre lui demanda :

— Et vous, pourquoi n'y êtes-vous pas resté ?

— Cette guerre-là était finie. Je ne vaux rien comme soldat en temps de paix.

— Je comprends. Vous êtes un soldat de la rue maintenant, articula-t-il sans se départir d'une parfaite correction malgré l'ivresse. Je me disais…

L'opératrice sollicita un véhicule en renfort pour un 245 au couteau à un peu moins de un kilomètre de la position de Hanson. Comme personne ne lui répondait, elle informa l'agent en difficulté qu'il serait 905, « le renfort est reporté ».

— *… ne sait pas s'il s'agit d'un homme ou d'une femme, en tout cas l'individu a un couteau…*

— Puis-je vous poser une question, monsieur l'agent ?

— Allez-y.

Mais le Mexicain n'ouvrit plus la bouche avant qu'ils soient arrivés à la porte arrière de la prison. Hanson prit le micro et demanda à l'opératrice qu'on lui en autorise l'accès, puis il reposa son appareil et le battant d'acier à claire-voie commença à se soulever avec fracas.

— Quelle était votre question, monsieur Sanchez ?

— Ah… ce n'était pas important, mais…

Le bas de la porte avait dépassé le haut du pare-brise et accélérait. Les panneaux articulés en acier raclaient les rails. Enfin, le battant se cala dans un dernier vacarme.

— Je crois que vous la voyez encore, parfois, la Mort, annonça le clochard.

Merle / Earl

Chaque fois qu'il patrouillait en centre-ville, les 5150 le repéraient de loin. Ils avaient peur des autres flics, mais quand ils voyaient Hanson, ils tenaient absolument à lui parler, à témoigner, à tout confesser. Ils traversaient en dehors des passages piétons dans la pire circulation pour lui décrire les civilisations hautement développées présentes en prison, les appareils qu'on leur avait implantés dans la tête à l'hôpital des anciens combattants et qui lisaient dans leurs pensées, leur volaient leurs idées et leur donnaient des ordres.

Pourtant Merle / Earl attendit que le signal passe au vert pour les piétons, regarda des deux côtés avant de descendre du trottoir, et continua à le faire en traversant San Pablo où Hanson, garé dans une zone de livraison, terminait son rapport sur l'arrestation d'un voleur à l'étalage à Cost Plus, voleur qu'il venait de transférer à la maison d'arrêt. Il faisait semblant de ne pas avoir vu le type car il savait qu'un simple coup d'œil serait interprété comme une invitation à s'approcher et il espérait qu'il se contente de passer. Le temps que Merle/Earl ait rejoint le véhicule de patrouille, Hanson avait l'arme à la main, hors de vue, juste en dessous de sa vitre. Mais il continua à feindre de ne pas avoir remarqué le type qui, se balançant nerveusement d'un pied sur l'autre à moins de un mètre, n'avait de toute évidence aucune intention de s'éloigner.

— Puis-je vous parler un instant, monsieur l'agent ?

Hanson finit par lui accorder un regard, mais en arborant l'expression la plus indifférente possible afin de décourager la conversation.

— Un petit instant…, insista le type. En toute confidentialité, bien sûr.

Il avait à peu près son âge, des yeux intelligents, de bonnes dents, un sourire éclatant, et le bracelet de plastique blanc estampillé Alameda County Hospital qu'il portait au poignet semblait tout neuf.

— J'espérais que nous aurions l'occasion de discuter pendant que vous patrouillez en centre-ville.

Hanson ne l'avait jamais vu. Merle/Earl dut discerner son agacement à son regard, ou à la grimace de ses lèvres.

— Je ne vais pas tourner autour du pot, promit-il.

Il s'appelait Earl, était de passage, ne pouvait révéler son adresse précise, mais il vivait dans l'ouest du pays, sauf que sa femme et lui se retrouvaient séparés parce qu'un gratte-papier au ministère de la Défense avait décidé que ce serait mieux pour le bien de la nation s'il habitait seul. Quelques mois après le départ de sa femme, il avait eu une attaque – c'était du moins ce qu'on lui avait affirmé à l'hôpital des anciens combattants –, et c'était au cours de son séjour dans cet établissement qu'on lui avait implanté un émetteur dans la tête.

— Et maintenant elle essaie de me dire quoi faire. Rien que des mauvaises idées, alors en vous voyant je me suis dit que peut-être vous pourriez…

— Qui ça ? l'interrompit Hanson. Qui vous dit quoi faire ?

Il regretta sur-le-champ sa question. Quand ils vous agaçaient au point que vous ne pouviez vous empêcher de répondre, il fallait d'autant plus de temps pour s'en débarrasser.

— Mon frère siamois, Merle. Ces temps-ci, il veut me pousser au suicide.

Hanson le regarda sans rien dire.

— Vous voyez, j'ai écrit un bouquin, *Un rire par minute.* Un livre comique, je l'ai vendu à Doubleday, mais Merle me l'a piqué et le ministère de la Défense l'a publié.

Soudain, il tourna la tête, continua à parler en regardant son épaule.

— C'est bien moi qui ai écrit ce livre, reprit-il d'une voix différente, plus âpre. Il s'intitule *Faut que j'y aille.* C'est comique, d'accord, mais ça va bien au-delà. Il explique comment s'en aller quand on est avec des gens et qu'on veut partir. Comment les quitter avec élégance.

— Et qu'est-ce qui ne va pas chez toi ? poursuivit la nouvelle voix. On ne devrait pas parler aux flics. Tout ce qu'on va y gagner, c'est se retrouver encore internés.

— Va… va chier, Merle, bégaya Earl.

Il ramena à grand-peine sa tête dans le bon sens et, une fois qu'il y fut parvenu, il se détendit.

— Vous comprenez de quoi je parle, agent Hanson ? Ce type est un voleur, un menteur et je n'arrive pas à me débarrasser de lui. Ça fait deux jours que je n'ai pas fermé l'œil.

— Et lui, il ne se fatigue jamais ?

— À la fin, si, mais c'est moi qui dois le transporter et nous nourrir et tout.

— Pourquoi est-il aussi pénible ?

— Il est toujours furieux que j'aie quitté Elaine. Après tout ce temps. Il était amoureux d'elle.

— Vous prenez bien votre traitement, Earl ?

Il évita le regard de Hanson, puis se reprit et porta les yeux sur lui.

— Non. Les médocs me rendent plus faible et lui plus fort.

— Vous êtes le mieux placé pour le savoir, j'imagine, admit Hanson en souriant. Les psys ne sont pas aussi avisés qu'ils le croient.

— C'est ça. Aucun, renchérit Earl, soulagé.

— Il faut que j'y aille, Earl, prétexta Hanson en souriant. Écoutez, je ne devrais pas faire ça. Surtout n'en parlez à personne ou j'aurai un paquet d'ennuis.

Earl, sans rien dire, lui jeta un regard plein d'espoir.

— On est bien d'accord ?

— À personne, jura Earl.

Hanson retira de l'étui à sa ceinture un de ses chargeurs, en sortit une balle et le remit en place.

— Gardez ça. Vous en retirerez de la force, c'est du .357 magnum, une balle puissante. Ça devrait même vous placer sur un pied d'égalité face à Merle. Mais, de toute manière, il faut mettre les choses au clair entre vous. Ce n'est pas votre faute si vous avez dû quitter Elaine. C'est dommage, mais vous n'y êtes pour rien. Et il ne faut pas qu'il oublie qu'il dépend de vous pour presque tout. Si vous tombez malade, lui aussi. Et si on vous enferme, il se retrouve coincé avec vous. Alors vous avez intérêt à vous pardonner l'un l'autre et à avancer main dans la main.

Hanson démarra le moteur de son véhicule.

— Merci, agent Hanson. Je la garderai précieusement, lui dit Earl en serrant la balle dans son poing. Et soyez tranquille, personne en dehors de Merle ne saura que vous me l'avez donnée.

— Parfait, dit Hanson en passant une vitesse pour partir. Bonne chance à vous deux.

— Attendez ! lui lança Earl avec son autre voix.

Hanson, pied sur le frein, le regarda.

— Allons, Merle, on y va, l'interrompit Earl de son ton normal.

Boitant et titubant, les deux compères entreprirent de retraverser la rue.

Hanson s'imagina ballotté par le vent, incapable de voir le sol qu'il sentait pourtant sous ses pieds et se demandant où il était et comment il était arrivé là.

— *2L24…*

— *2L24…*

Il saisit le micro. C'était son indicatif du jour.

— Oui, 2L24.

— *Pouvez-vous vous rendre… ?*

Je suis du genre à saigner

Hanson était de retour à l'hôtel California, au cinquième étage. Il cherchait un travesti prostitué qui n'avait pas encore subi l'opération pour changer de sexe et se faisait appeler Black Velvet. En bas, au bar et grill de l'établissement, Black Velvet avait frappé au sang un de ses clients avec une bouteille de Ketchup. Le barman avait appelé les flics. On était en pleine Happy Hour.

Le temps que Hanson remonte la piste jusqu'au cinquième, la nuit tombait. Un deuxième travesti l'observait depuis le bout du couloir. Les cheveux relevés, vêtu d'un kimono de satin patchwork dans les mauves et les turquoises intenses et ouvert jusqu'au nombril, il était planté sur le seuil de sa chambre, une main sur la hanche, l'autre, qui tenait une cigarette, appuyée en haut du chambranle. Dans cette posture, il révélait une généreuse partie de ses seins artificiellement opulents, superbes.

D'une voix éraillée par le tabac, il demanda :

— Tu cherches cette salope de Velvet, chéri ?

— Tout juste.

Le travesti orienta sa cigarette dans l'axe du couloir.

— Ah… Merci beaucoup, dit Hanson avec un hochement de tête.

Il fit un pas dans la direction indiquée, s'arrêta, jeta un coup d'œil au type et ajouta :

— Très joli peignoir, au fait.

Il reprit sa route. Dans son dos, le prostitué répondit :

— Eh bien merci, chéri.

D'autres occupants, en culotte et soutien-gorge, bas résille et vinyle moulant, se tenaient sur le pas de leur porte, la mine boudeuse, et ne lâchaient pas l'agent des yeux. Tous montraient une fenêtre ouverte. Le couloir, à la moquette usée jusqu'à la trame, tachée, couleur chair en décomposition, grisâtre, aboutissait là.

Hanson enjamba le chambranle et se retrouva sur le palier d'un escalier de secours. Juste en dessous de lui, l'enseigne grésillante de l'hôtel faisait clignoter le mot *California* tels des éclairs de néon or. Il escalada l'échelle jusqu'au milieu de la volée suivante de barreaux d'acier, et s'arrêta pour regarder à travers la grille sous ses pieds. Cinq étages plus bas, la circulation grondait. Sur le trottoir illuminé par la lumière dorée, un homme le fixait. Il portait un coupe-vent d'un bleu brillant, les mots *Tokyo Japan* brodés en fil argent dans le dos, épelés par un dragon hilare au corps ondulant. Hanson reconnut aussitôt la Mort et se demanda : *Qu'est-ce que je fais ici?*

Il secoua la tête, lui adressa un sourire triste et battit prudemment en retraite jusqu'au palier de l'échelle de secours. À chaque barreau, elle résonnait comme un coup de gong lugubre. Hanson se glissa de nouveau à l'intérieur. La Mort, elle, marcha jusqu'au coin de la rue, y tourna et disparut.

Hanson, au lieu de Black Velvet, trouva sa victime, un ancien taulard aux yeux de biche originaire d'Oaxaca, un mètre cinquante à tout casser, qui se cachait dans la salle de bains à l'autre bout du couloir. Apparemment, dans ce coin, tout le monde avait fait de la prison, et lui était sorti la veille de San Quentin, vingt kilomètres au nord, de l'autre côté du pont de San Rafael. Il refusait d'avoir quoi que ce soit à faire avec l'agression dont il était victime. Il n'y avait pas eu d'agression. Ce n'était pas lui qui avait appelé les flics.

— Je vais bien, aucun problème, affirma-t-il.

Ses cheveux bruns étaient encore englués de sang et

il avait eu beau s'essuyer sommairement le visage avec des serviettes en papier, ses cils en restaient imprégnés et avaient tendance à coller à ses joues quand il clignait des yeux. Ses paupières se fermaient un peu plus longtemps que la normale avant de se rouvrir d'un coup. L'effet était quelque peu déroutant pour Hanson, ce temps qui… se suspendait… un instant… puis repartait chaque fois que la victime cillait.

En tout cas, il était content d'avoir quitté cette satanée échelle de secours.

— Vous saignez méchamment, lui fit-il remarquer.

— Pas de problème, monsieur l'agent. Vous savez, je suis du genre à saigner. Je saigne facilement.

Ivre avec modération, il tentait de se montrer enjoué.

— Très bien, dit Hanson. Alors, prenez vos affaires, je vais vous conduire.

— Mais j'ai payé la chambre, monsieur l'agent. D'avance.

— Si je vous laisse ici, vous n'allez pas poser de problèmes et m'obliger à revenir, hein ?

L'homme secoua sa tête ensanglantée et sourit à Hanson.

— Parce que ça m'énerverait, ce genre de chose.

— Aucun souci, monsieur l'agent, promis.

Sur un formulaire de signalement d'incident, Hanson nota : *Aucun plaignant sur place. Retour à la patrouille.* Il avait quand même inscrit le nom et la date de naissance du type dans son carnet, juste au cas où. Si la victime décidait de retrouver le travesti et de le poignarder, se dit Hanson, lui aurait terminé sa nuitée ou serait en train de répondre à un autre appel.

Aucun souci, monsieur l'agent.

27

VOITURE ÉGARÉE

Il lui avait fallu une heure et demie pour régler une histoire de vol à l'étalage – le transport du délinquant aux urgences, puis à la prison. Le type avait voulu faucher un blouson synthétique imitation cuir. Au moment où Hanson était sorti de l'ascenseur, Gerald McPhee, un junkie de vingt et un ans, avait bondi hors du bureau du directeur du magasin, une boucle de menotte encore au poignet et l'autre, qui se balançait au bout de la chaîne, lui servant d'arme. Le vigile, au gabarit double de celui de McPhee, avait décidé, en attendant la police, d'entraver son prisonnier, qui s'était dégagé au milieu de l'opération et s'était enfui en courant. Il avait essayé de frapper Hanson avec l'anneau d'acier, mais sans succès. Hanson n'avait eu qu'à l'attraper par le poignet menotté, le faire valser dans le couloir, lui donner un petit coup de hanche pour le déséquilibrer davantage, l'empoigner par les cheveux, lui écraser la face contre le mur. Il l'avait ensuite déséquilibré en le fauchant, après quoi le type s'était écroulé lourdement par terre. Hanson lui avait alors planté le genou dans l'épaule et la lui avait déboîtée. Avec tout ça, il n'avait même pas entamé la paperasse. Vol à l'étalage, résistance à arrestation, tentative d'agression sur un agent de la force publique. Il avait décidé d'omettre les marques de piqûre typiques sur ses avant-bras pour s'épargner d'avoir en plus à remplir un formulaire 11550, « possession avec intention de vente ».

La chaleur était à son comble et le soleil bas dans le ciel s'apprêtait à jeter ses flammes dans l'eau profonde de la baie au loin. L'opératrice envoya Hanson à la rencontre d'un homme qui avait signalé le vol de sa voiture. Il l'attendrait devant la station Exxon de Broadway, à l'autre bout de la ville.

— 2L2, noté, répondit Hanson.

Il avait entendu la radio attribuer cette même plainte à 2L4 alors qu'il conduisait McPhee, le bras en écharpe, de l'hôpital à la prison. 2L4 avait déclaré l'appel traité quelques minutes plus tard. Ça sentait la fausse déclaration, la fraude à l'assurance, ou alors peut-être que la femme ou la copine du type l'avait quitté en emportant la voiture, et il avait voulu déclarer un vol pour qu'on l'arrête au bord de la route. Rien en tout cas qui lui donne envie d'y consacrer du temps. Il était loin d'avoir atteint son quota et la date limite approchait. Sans parler de la paperasse en attente. 2L4 avait laissé tomber et maintenant l'opératrice la lui mettait sur les bras.

À la station Exxon, les lumières étaient éteintes. Quand Hanson arriva, le garagiste tirait le rideau de fer devant les postes de réparation. Devant le garage, deux vieux messieurs, soixante-dix ou quatre-vingts ans, patientaient, debout. Ils portaient des cravates et des costumes en laine, sans doute à la mode trente ans plus tôt, taillés sur mesure du temps où l'âge ne les avait pas encore rendus fluets. Côte à côte dans cette fin torride d'après-midi, ils gardaient les mains serrées dans le dos tels un prêtre et son diacre. Ils n'avaient pas l'air du genre à raconter des histoires.

Hanson s'arrêta devant la station, sortit de son véhicule et demanda :

— C'est vous qui avez appelé pour une voiture volée ?

— En effet. Je suis le plaignant. Solomon Maxwell, et voici mon cher ami, M. Freely.

Il désigna l'autre homme qui n'essayait même plus de dissimuler son épuisement et son angoisse.

— Ça fait trois heures, expliqua M. Freely en essuyant son visage en sueur avec un mouchoir en batiste détrempé. L'autre agent pensait que nous avions oublié l'endroit où nous l'avions garée, et alors…

— Vous êtes le deuxième à qui je dois tout expliquer. On a volé ma voiture.

— *2L2, avez-vous fini avec l'intervention à la station Exxon ?*

— 2L2, non, je vous préviendrai, répondit Hanson.

Deux vieux qui ont égaré leur voiture, se dit-il. Ils étaient trempés de sueur, jusqu'à leurs cols de chemise.

— Et si nous entrions, messieurs ? Il fait plus frais à l'intérieur et nous pourrons nous asseoir pour remplir les papiers.

Il dirigea son regard sur le garagiste occupé à nettoyer le sol. Celui-ci lui adressa un hochement de tête agacé et jeta un coup d'œil à l'horloge. Hanson rôtissait sous son uniforme en laine. *Ouais*, *ouais*, pensa-t-il.

— Nous serons très bien ici, monsieur l'agent, lui assura M. Maxwell. Le propriétaire s'apprête à fermer.

— Je vous en serais reconnaissant, messieurs.

Il les guida dans la salle d'attente climatisée qui sentait la cigarette, le chewing-gum aux fruits et l'huile de moteur. Les murs de parpaing avaient bien besoin d'une couche de peinture blanche et les chaises en plastique étaient sales et fendillées. Sur un comptoir, à côté d'une cafetière ébréchée, trônaient de vieux numéros empilés de *Motor Trend* et *Sports Illustrated.* Quand les deux vieillards se furent assis, Hanson commença à les questionner.

— Vous rappelez-vous où vous avez garé votre voiture, monsieur ?

— Parfaitement. C'est une Cadillac Seville bleu foncé de 1982. Elle se trouvait dans le même pâté de maisons que cette station, mais elle a disparu.

— Croyez-vous qu'elle se trouvait vers le centre-ville, insista Hanson en montrant la direction d'un mouvement de tête, ou plutôt par là-bas ?

— Je ne saurais vous l'affirmer. J'étais accaparé par la circulation et…

— Nous avons de la chance d'en avoir réchappé, l'interrompit M. Freely. Je me rappelle l'époque du tramway. Les gens faisaient preuve de politesse les uns envers les autres.

— Nous nous sommes garés avant le coin de la rue, j'en suis certain, reprit M. Maxwell. Quand nous avons compris qu'on nous avait volé la voiture, il nous a fallu près d'une heure pour trouver une cabine téléphonique en état de fonctionnement afin d'appeler la police.

— Aucun commerçant, précisa son ami, ne nous a laissés utiliser son téléphone. Ils ne voulaient pas qu'on entre.

— C'est exact, confirma Solomon.

— On a refusé de vous laisser entrer ?

— Je crains bien qu'on nous ait pris pour de dangereux bandits, avança M. Maxwell.

— On a refusé de vous laisser entrer, répéta Hanson.

Il était indigné. Deux vieillards d'une parfaite courtoisie, en sueur dans leurs costumes, et ces salauds ne les laissaient même pas appeler la police.

— *2L2, vous avez fini ? On croule sous les appels ici.*

— 2L2, négatif, je suis toujours sur l'intervention pour véhicule volé.

Il remarqua l'expression soulagée des deux autres quand il prononça ces deux derniers mots.

— Il va me falloir un moment, ajouta-t-il, mais je ne manquerai pas de vous avertir quand je serai de nouveau disponible.

— J'espérais trouver quelqu'un pour arranger le fermoir de mon bracelet-montre, expliqua M. Maxwell. Mais quand nous avons enfin pu parler à un bijoutier, il nous a dit qu'il n'effectuait pas ce genre de réparation.

— On ferme, maintenant, monsieur l'agent, signala le garagiste.

Il ouvrit la porte de verre à l'entrée, laissant pénétrer l'air brûlant, maintint le battant écarté et attendit qu'ils se lèvent.

— Nous avons encore besoin de votre local pour un petit moment, lui objecta Hanson.

— Mais là, je dois fermer.

Hanson se leva, le fixa d'un œil sévère.

— Quand j'en aurai terminé.

— Bon. Très bien, monsieur l'agent, d'accord.

Les deux vieillards avaient l'air éreintés. M. Freely suppliait le policier du regard. Tant pis pour mes stats, décida Hanson. Il leur demanda si ça ne les ennuyait pas de patienter encore cinq petites minutes, dix au plus, pour lui laisser le temps d'inspecter les alentours, comme la procédure l'imposait avant d'enregistrer une plainte pour vol de voiture.

— Navré de devoir vous faire attendre une fois de plus. Je serai vite de retour.

M. Maxwell l'assura qu'ils ne voyaient aucun inconvénient à attendre s'il le fallait.

Ils le regardèrent partir dans son véhicule de patrouille, et il espéra qu'ils resteraient bien là. Il aurait dû demander à ce garagiste de les surveiller, il n'avait aucune envie de partir à leur recherche en revenant. Il donna à la radio une description de la voiture pour que ses collègues du centre-ville la repèrent le cas échéant, et il entreprit de quadriller le quartier sans se presser, clignotants orange allumés. Rien ne l'empêchait de rouler aussi lentement qu'il voulait, de bloquer la circulation, et il ne s'en priva pas. Il se demandait comment il pourrait ramener les deux vieux chez eux s'il ne trouvait pas la Cadillac. Il espérait qu'ils avaient le numéro de téléphone d'un ami ou peut-être d'un de leurs enfants qui pourrait venir les chercher. Au pire, il les conduirait lui-même. Le sergent responsable ce jour-là, quel qu'il soit, pouvait bien aller se faire voir. En ce qui le concernait, cet appel-là était prioritaire.

Après avoir parcouru plusieurs pâtés de maisons

autour de la station Exxon, et alors qu'il y retournait avec l'intention de raccompagner chez eux les deux messieurs, il repéra la Cadillac Seville. Elle se trouvait bien entre le garage et le coin de la rue, à condition de déplacer ledit garage de trois pâtés de maisons vers l'est.

Quand Hanson leur apprit qu'il avait retrouvé leur voiture, ils avaient tous les deux l'air si exténués qu'il leur proposa de les conduire jusqu'à elle dans son véhicule de patrouille, même s'il était gêné de les faire asseoir sur la banquette arrière comme des prisonniers. M. Maxwell aperçut la Cadillac dès qu'ils eurent tourné le coin de la rue.

— Je vous présente toutes mes excuses pour le dérangement, monsieur l'agent. Je crois me rappeler maintenant que je l'avais effectivement garée là.

Depuis l'émetteur-récepteur mobile, l'opératrice demanda à Hanson s'il était 901 pour l'appel du véhicule volé.

— J'ai presque fini.

— Merci infiniment pour votre aide, agent Hanson, insista M. Maxwell. Je suis vraiment navré que mon étourderie vous ait causé tant de problèmes.

— Aucun problème, messieurs.

Hanson hocha la tête en direction de M. Freely, pour l'inclure.

— C'est très vite fait de ne plus savoir où on a garé sa voiture en centre-ville d'Oakland, surtout si on n'y est pas venu depuis un moment. On a l'impression qu'un nouvel immeuble s'y construit ou y est démoli tous les jours. Parfois je m'étonne de ne pas égarer mon véhicule de patrouille.

— Avez-vous une carte, monsieur l'agent ? demanda M. Maxwell.

— Bien sûr.

Hanson en récupéra une dans son portefeuille.

— J'aurais dû vous la proposer plus tôt. Faites bien attention sur la route. Désolé qu'Oakland vous ait causé tant de soucis cet après-midi.

Ils se serrèrent tous la main. Hanson arrêta la circulation le temps que la Cadillac quitte sa place et s'éloigne, puis il agita la main en guise d'au revoir. Il n'avait pas demandé à M. Maxwell son permis de conduire ou sa carte grise. Il aurait dû, pour le rapport, mais il avait peur de tomber sur des papiers périmés. Le formulaire allait lui revenir, les cases vides cerclées à l'encre rouge, et il lui faudrait remplir un « rapport incomplet », ce qui serait un aveu de sa négligence. Mais cela valait la peine.

Le soleil avait disparu sous l'océan, mais les nuages alignés au loin, sur l'horizon, flamboyaient.

28

QUERELLE DE VOISINAGE

C'était la mi-août. Hanson venait de prendre son service et patrouillait, de retour dans le District cinq.

— *Cinq Tac 51, nous recevons des appels concernant une querelle de voisinage au bloc 800, Monroe.*

— Cinq Tac 51, bien reçu. J'y vais.

— *Nous enverrons du renfort dès qu'un véhicule sera disponible.*

— Je vais évaluer la situation. Avez-vous une adresse de plaignant ?

— *Négatif, Cinq Tac 51.*

— Bien reçu. J'y suis presque, je vous dirai si j'ai besoin de renfort.

Il tourna au nord dans Monroe et repéra le problème deux rues plus loin. De chaque côté de la chaussée, entre six et huit personnes criaient, gesticulaient, se menaçaient et s'insultaient. Du renfort n'y changerait rien, ou risquerait d'envenimer la situation.

Des voitures stationnaient tout le long des trottoirs des deux côtés de la voie. Hanson alluma son gyrophare, se gara en double file et quitta son véhicule sans prendre sa matraque. Elle ne résoudrait rien, ne le protégerait pas longtemps contre autant de personnes et lui donnerait l'air idiot, à pendre à sa hanche. Si la situation s'envenimait au point d'en rendre l'usage nécessaire, il serait toujours temps de tirer sur les deux individus qui essaieraient de lui prendre son arme.

Ils se comportaient comme s'il n'était pas là, comme si son véhicule de patrouille et son gyrophare ne se trouvaient pas au milieu de la rue. Pour l'heure, Hanson était invisible, mais il souriait béatement tel un figurant dans une scène de foule. Il fit signe de la main aux gens de l'autre côté pour indiquer qu'il viendrait leur parler à eux aussi. Ils ne tinrent aucun compte de lui alors qu'il montait tant bien que mal sur le bas-côté envahi de broussailles et que tout le monde échangeait des insultes d'un côté à l'autre de la chaussée, par-dessus une voiture de flic.

— Hé ! commença-t-il.

— Ta mère toi-même !

— Va chier, salope !

S'ils tenaient à faire semblant de ne pas l'avoir vu, il pouvait faire semblant de ne rien remarquer d'anormal. Après tout, il n'était jamais qu'un Blanc cinglé en uniforme d'agent de police d'Oakland, armé d'un .357 magnum. Il se plaça face au plus costaud et au plus véhément des types de ce côté-là de la rue, et lui adressa un grand sourire.

— Comment allez-vous, monsieur ?

Ce n'était pas le meneur, il n'avait pas l'air bien malin, mais il était vraiment massif. Il fusilla Hanson du regard dans l'espoir de l'effrayer suffisamment pour qu'il décampe. Il n'avait pas peur alors qu'il savait que n'importe quel flic d'Oakland pouvait l'abattre en toute impunité, mais le sourire obstiné de Hanson et ses yeux paisibles comme la pleine nuit le déconcertèrent. Il finit par hocher la tête en articulant :

— Ouais.

Peut-être approuvait-il une pensée qu'il n'avait pas encore exprimée. Hanson leva les yeux vers le ciel.

— On dirait qu'il fait de plus en plus chaud. Tous les jours désormais le soleil se rapproche, vous le saviez ? demanda-t-il en hochant la tête. J'ai lu que d'ici à deux ans, il mettra directement le feu aux arbres.

Les cris commencèrent à baisser de volume.

— Enfin, reprit Hanson, on n'y peut rien. Ah, la chaleur…

De l'autre côté de la rue, les gens se taisaient aussi, se demandaient ce que fabriquait ce flic. Il se tourna vers un gars trapu, la petite trentaine, qui avançait vers lui. Hanson, en grimpant sur le talus, l'avait repéré à côté d'une femme plus jeune, et avait identifié en elle la source du problème.

— Bonjour, monsieur, le salua-t-il. On m'a appelé à propos d'une querelle de voisinage, j'imagine que c'est ici. De quoi s'agit-il ?

— Je vais vous dire, moi, de quoi il s'agit !

— Très bien, on va voir ça. Quel est votre nom, monsieur ? demanda-t-il en sortant son carnet. J'espère que nous allons pouvoir régler ça, ensuite je m'en irai.

— Lui dis rien ! s'écria la femme qui accompagnait le type.

— Fred, répondit le type en jetant un coup d'œil à la fille avant de revenir au flic. Je m'appelle Fred, ça vous va ?

— Oui, monsieur, merci, dit Hanson en le notant. Alors, qu'est-ce qui peut énerver tout le monde à ce point ?

De l'autre côté de la rue, les cris avaient repris. Une ou deux personnes du côté de Hanson répliquèrent, mais un regard de Fred suffit à les faire taire.

— Merci beaucoup, reprit Hanson.

— Vous voyez la grosse là-bas, indiqua le type, celle dans ce grand machin orange, comment on appelle ça déjà ?

— Le muu-muu ?

— Ouais. Le miou-miou.

La femme qui lui avait conseillé de ne pas l'ouvrir poussa un sifflement agressif à l'adresse de Hanson. Fred jeta un coup d'œil à la fille.

— Alvin, tu veux bien t'occuper de Louise pour moi ? demanda-t-il.

Le costaud à qui Hanson avait parlé du soleil hocha la tête, s'approcha de la fille, noyée dans son ombre gigantesque. Hanson se sentait bien parti pour résoudre le problème, lorsqu'une berline Ford noire, presque neuve mais d'un modèle économique de base, s'arrêta en haut de la rue. Quatre Black Muslims en sortirent, vêtus de leur tenue habituelle : pantalon noir, chemise blanche et nœud papillon noir. Ils restèrent plantés là, bras croisés, les yeux rivés sur Hanson.

Cette branche locale de prétendus Muslims commençait tout juste à s'afficher dans les situations tendues d'East Oakland, à la manière des Black Muslims de Portland quand Hanson y travaillait dans les années 70. À l'époque, ils avaient une radio pour suivre les communications de la police, étaient dangereux et causaient des problèmes, mais faisaient également preuve de droiture et étaient prêts à mourir pour leurs idées s'il le fallait. Hanson les respectait, voire même les admirait. Mais ces nouveaux Muslims d'Oakland, en fait de musulmans, étaient souvent de banals criminels qui avaient endossé la tenue adéquate, des brutes en costume bon marché, usurpant l'autorité des authentiques. Et Hanson n'avait pas envie qu'ils se mettent à traîner dans le coin quand il répondait à un appel.

Il ne lisait pas les journaux, ne regardait pas la télé, ne parlait pas à beaucoup de collègues, aussi n'avait-il pas vraiment conscience que les hommes d'affaires et les politiciens responsables de la ville avaient choisi de soutenir les Black Muslims au détriment des autres Noirs d'Oakland. L'idée étant de dissimuler leur racisme viscéral. Par ailleurs, ils craignaient davantage le groupe organisé des Black Muslims d'Oakland North que l'ensemble mal structuré des Noirs d'East Oakland et de West. Alors le conseil municipal accordait aux leaders de ce groupuscule des prêts à taux zéro et des subventions pour la promotion immobilière, même si en fin de compte l'argent s'évaporait, que les prêts n'étaient jamais remboursés et qu'aucun bâtiment ne voyait jamais le jour.

— Ces types sont vos copains ? demanda Hanson à Fred.

— J'en connais pas un seul.

— Pouvez-vous m'excuser un instant ? Je reviens tout de suite.

— Allez-y.

— Je vous remercie pour votre coopération. J'en ai pour deux minutes.

En se dirigeant vers le petit groupe de Muslims, Hanson se sentait vibrant comme une guitare hawaïenne, en pleine forme, impeccable. Il avançait sur le fil du rasoir et ne risquait pas de se louper tant qu'il ne s'imaginait pas en train de foirer. Ça ne lui plaisait pas trop de devoir interrompre son interaction avec Fred et la résolution de la querelle de voisinage, mais d'un autre côté tout le monde avait l'air intrigué à présent, tout le monde l'observait pour voir ce qu'il allait faire, et la situation s'apaisait. À mi-voix, il fredonna pour lui-même :

Police officers, how can it be,
You arrest everybody but cruel Stagger Lee,
That bad man, bad man, cruel ole Stagger Lee[1]*…*

— Bon après-midi, mes chers amis musulmans ! les salua-t-il avec une jovialité agressive. Êtes-vous venus rétablir la paix dans le quartier, me donner un coup de main ?

Il désigna la petite foule qui les observait depuis les jardins.

— J'espère bien. Parce que vous êtes quatre et que je suis tout seul, même si moi je porte un badge officiel, poursuivit-il en se tapotant la poitrine. J'ai laissé ma casquette d'uniforme dans le véhicule de patrouille.

Ils le regardaient avec une expression très travaillée de durs impassibles, un peu comme s'ils réussissaient à voir à travers lui.

1. « Policiers, comment ça se fait / Vous arrêtez tout le monde sauf le cruel Stagger Lee / Ce cruel, ce vieux Stagger Lee… »

— Alors, qu'en dites-vous ?

Aucun d'eux ne semblant avoir d'opinion, Hanson entreprit de les examiner à la manière d'un instructeur militaire inspectant les recrues avant l'exercice. Il grommela contre leurs chaussures au cirage imparfait, leurs coupes de cheveux, leurs vestes mal ajustées et leurs ongles sales. Ils se comportèrent en recrues, regard droit devant eux, mains dans le dos, acceptant l'inspection et les critiques ainsi qu'on les y avait entraînés, et Hanson parvint à les prendre en défaut. Du reste, comment auraient-ils pu réagir sous les yeux de presque tout le voisinage ? En empoignant Hanson, en le frappant, en le tuant ? De véritables Muslims l'auraient peut-être fait, mais pas ces clowns. Ils n'étaient pas prêts à mourir cet après-midi-là.

Hanson se plaça devant leur voiture et les regarda tous les quatre.

— Vous ne comptez pas m'aider aujourd'hui ? demanda-t-il. Dans ce cas, si vous regagniez votre véhicule et retourniez faire du pain dans votre boulangerie ?

— Nous sommes là pour contrôler les relations entre la police et notre communauté, récita scrupuleusement le responsable.

— Ne vous gênez pas, mon ami. Mais ne vous mettez pas dans mes pattes.

— Nous ne reculerons devant aucune action nécessaire.

— À vos risques et périls.

Il tourna les talons et s'éloigna en tendant l'oreille. Malgré ses acouphènes, il écouta de toutes ses forces pour discerner un éventuel bruit de pas sur la chaussée ou de revers de veste qui claque dans la brise, n'importe quoi qui aurait trahi une agression imminente à son égard. Ils pouvaient lui tirer une balle dans la nuque et il serait le dindon de la farce, mais ils avaient déjà laissé passer leur chance, et de toute façon, il se fichait qu'ils le descendent. Il pourrait enfin dormir pour de bon.

Les deux groupes antagonistes semblaient désormais lui accorder davantage d'intérêt. Hanson, une fois de plus, fit un signe de la main au type de l'autre côté de la rue.

— Je vous rejoins très vite, promit-il. Merci pour votre patience.

Puis il expliqua à Fred :

— Les Muslims ont l'intention de contrôler mes relations avec la communauté noire. J'espère que vous pourrez m'aider sur ce coup-là, je tiens à faire bonne figure devant eux.

La jeune femme était partie, ainsi qu'Alvin le costaud.

— Alors, d'où vient le problème finalement ?

Il venait d'une place de parking. Quelqu'un de ce côté-ci de la chaussée avait pris sa voiture pour aller acheter de l'alcool et, à son retour, quelques minutes plus tard, avait trouvé sa place occupée. En fait, c'était plus compliqué que ça. Hanson écouta toute l'histoire du point de vue de Fred, et demanda aux autres ce qu'ils en pensaient.

Ensuite, il traversa la rue en contournant son véhicule et discuta avec la femme en muu-muu orange, une de ces matrones noires gigantesques qui contrôlent des quartiers entiers d'East Oakland. Il se montra poli avec elle, l'appela « chère madame », la remercia et ne manqua pas de croiser du regard chacune des personnes postées de ce côté-là de la rue.

— Très bien. Merci, chère madame, conclut-il avant de retourner parler à Fred.

Il ne lui fallut pas plus de cinq minutes d'allers-retours d'un groupe à l'autre en jouant les médiateurs pour persuader tout le monde de rentrer chez soi, même juste un petit moment, et pour ceux en visite dans le coin, de faire de même, si ça ne les dérangeait pas. Enfin, il les remercia tous pour leur coopération. Sans tenir aucun compte des Muslims, il retourna à son véhicule.

— Merci encore. J'apprécie votre aide.

Il fit demi-tour lentement, avec le plus grand soin, et, quelques rues plus loin, remplit un rapport de mission. *Conflit à propos d'une place de parking. Problème résolu avant le départ.* Il plaça le papier dans sa mallette, puis annonça qu'il en avait terminé avec cet appel, satisfait de ses qualités de négociateur.

29

FELIX REMERCIE HANSON

Hanson raccrocha son micro et se gara sur le parking d'une station-service désaffectée dont on avait retiré les pompes. Toutes les vitres de la boutique et du garage étaient brisées. Il sortit de son véhicule de patrouille à la recherche du type armé. Une brise s'était levée de la baie et il appréciait d'avoir un peu l'occasion de marcher. Au fil des ans, il avait souvent été appelé sur un signalement d'homme armé, pour ne réussir finalement que trois fois à le repérer. Il ne comptait pas vraiment en trouver un cet après-midi-là, mais n'aurait pas été non plus étonné si ça se produisait.

Les portes de l'église Church of Jesus' Grace United étaient ouvertes. Hanson observa le groupe qui répétait à l'intérieur : percussions, guitare et clavier.

Il s'avança dans le vestibule, prêt à y voir le type au pistolet en train de chanter, mais à la place se retrouva face à une Noire rondelette, une belle femme en grande tenue. Elle portait du fard à paupières bleu électrique assorti à sa robe à sequins.

— Bonsoir madame, comment allez-vous ce soir ?

— Je vais très bien, monsieur l'agent. On répète pour l'office de dimanche matin. C'est très aimable à vous de prendre le temps de passer nous voir.

— C'est un plaisir.

Le trio de musiciens commença à jouer *You Gotta Move.* Le style du chanteur était plus Motown que gospel, il en faisait un peu trop, mais il était bon.

> *You may be high, you may be low,*
> *You may be rich, you may be po'*[1]*…*

— Vous devriez assister à un de nos services, agent Hanson, dit la femme.

Elle venait de lire son nom sur le badge.

— Je viendrai peut-être un dimanche.

Il eut envie de croire que c'était du domaine du possible.

— C'est merveilleux de voir que vous vous intéressez à nous, reprit-elle en regardant un instant par-dessus l'épaule de Hanson avant de poser de nouveau les yeux sur lui.

> *You may run, can't be caught,*
> *You may hide, cannot be found*[2].

— Je suis content d'avoir pu m'arrêter en passant.

Il se tourna pour voir lui aussi ce qui se passait dehors, de l'autre côté de la rue. À ce moment précis, tous les néons dans la vitrine du marchand d'alcool

1. « Que vous alliez bien, que vous alliez mal / Que vous soyez riche, que vous soyez pauvre… »

2. « Vous pouvez fuir, on ne vous arrêtera pas / Vous pouvez vous cacher, on ne vous trouvera pas. »

se mirent à clignoter, pétiller comme des bulles dans la clarté faiblissante de la fin de journée.

— Y aurait-il eu un problème quelconque dans les environs au cours du dernier quart d'heure ? demanda-t-il à contrecœur parce qu'il regrettait de gâcher ce dialogue d'une agréable simplicité.

— Je ne saurais vous dire, monsieur l'agent. Je travaille avec notre directeur musical depuis une heure.

— On nous a appelés pour signaler un homme armé dans le quartier.

— Le Seigneur sait qu'ils sont nombreux par les temps qui courent.

— Merci. Je crois que je vais aller voir de l'autre côté de la rue.

But when God, when He come around,
You gotta move[1].

Tout était fermé dans la rue en dehors de l'église et du débit d'alcool. Des ivrognes étaient assis adossés à sa devanture, la tête affaissée sur la poitrine. L'un d'eux était ivre mort, étalé sur le trottoir. Les flics se montraient rarement dans le coin et quand ils s'y risquaient, c'était à deux ou trois et ça n'annonçait rien de bon pour personne.

Soudain, tel un banc de poissons, ils semblèrent tous le repérer en même temps. Quatre d'entre eux se levèrent, chancelants, mais sur leurs gardes et tentant d'accommoder. Les autres, encore assis, cachèrent leurs bouteilles derrière eux et, les yeux braqués droit devant eux, feignirent de n'avoir pas remarqué le

1. « Mais quand Dieu, quand Il arrive / Faut bouger. »

policier. S'ils ne le voyaient pas, il n'existait pas. Un type déboucha de l'arrière du magasin en fermant la braguette de son pantalon vert anis, sale et trop court. Au-dessus, il portait à même la peau un blouson de vinyle marron. Surpris par la présence de Hanson, il s'efforça de le foudroyer du regard. En retour, Hanson lui sourit.

— Bonsoir, messieurs, les salua-t-il.

Il se voyait davantage dans leur peau que dans celle d'un soldat des troupes policières d'Oakland.

— Belle soirée, poursuivit-il en passant au milieu du groupe pour gagner l'entrée du magasin.

Les yeux baissés vers le trottoir, les ivrognes émirent de vagues « ouais » ou « ça va ».

Le commerçant, un type au crâne rasé, basané et trapu, semblait avoir la petite cinquantaine, portait la moustache, et une cicatrice grisâtre balafrait son cou. Il avait réussi à tirer un trait sur les égarements de sa jeunesse avant qu'ils ne lui soient fatals et à économiser suffisamment pour acheter ce magasin. Dos à l'entrée quand Hanson arriva, il lui jeta un coup d'œil inexpressif par-dessus son épaule puis, perché sur un tabouret, il se remit à disposer des bouteilles sur l'étagère derrière la caisse.

— Bonsoir, le salua Hanson.

En même temps, il scrutait les allées vides reflétées dans les miroirs convexes articulés sur leurs tiges et qui les déformaient comme les allées d'un palais des glaces de fête foraine.

— Hmm, dit-il.

Toujours de dos, il rectifia la position de deux bouteilles de façon à centrer leurs étiquettes.

— Comment ça se passe ?

— C'est calme, répondit le commerçant en continuant d'aligner les bouteilles qui tintèrent. Très calme même, depuis que vous avez garé cette voiture de police en face, précisa-t-il.

— On a reçu un appel à propos d'un problème dans le coin.

— J'ai rien remarqué du tout.

— L'opératrice m'a envoyé. Il y aurait un homme avec une arme à feu.

Le commerçant se baissa pour attraper un plumeau dont il se servit pour épousseter les bouteilles. Il prit un peu de recul pour les examiner, puis poursuivit sa tâche.

— Y en a, des types avec un flingue. Vous, vous en avez un.

— Exact, monsieur. Mais je pense qu'ils voulaient dire que cet homme le brandissait, vous comprenez ?

— Vous voulez dire qu'il l'agitait dans tous les sens ?

— C'est bien ça, monsieur.

Hanson regarda dehors par la vitrine, inspecta encore dans les miroirs. Le commerçant devait avoir une arme sous sa caisse.

— J'en vois plein dans le coin, expliqua le type, avec tout le temps que je passe ici. C'est des coups à se faire descendre par un autre type qui a un flingue. Moi je dis, si on dégaine, on a intérêt à être prêt à tirer.

— Absolument, monsieur. Je suis d'accord. Désolé de nuire à vos affaires ce soir, mais j'étais bien obligé de jeter un coup d'œil.

Hanson avait l'impression de jouer le flic dans une série télé.

— Peut-être qu'on a voulu lui tendre un piège, à ce

type. Quelqu'un qui l'aurait vu en train de batifoler avec sa femme et aurait appelé la police, suggéra-t-il en traînant sur les dernières syllabes. Ou si ça se trouve, c'est sa femme qui l'a surpris. Elle aurait appelé la police pour qu'un agent dans votre genre vienne le flanquer en prison pour possession illégale d'arme à feu, ou l'abatte.

Hanson ne réagit pas.

— Si vous êtes obligé d'arrêter quelqu'un, conclut l'autre en se tournant enfin et en agitant le plumeau, pourquoi pas un de ces abrutis juste devant ? C'est pas contraire à la loi, l'ivresse sur la voie publique ?

— Je ne suis obligé d'arrêter personne, je fais juste mon travail, tout comme vous, monsieur... ?

— Johnson, Norris Johnson. Je suis le propriétaire. Vous voulez ma date de naissance ? Vérifier mon casier ? Peut-être que c'est moi, le type à arrêter ?

— Pas du tout, monsieur Johnson. Je suis sûr que vous n'avez rien à vous reprocher.

— Je veux, oui.

— Pourriez-vous me donner une boîte de ce chewing-gum, là, à la menthe, s'il vous plaît ? demanda Hanson en désignant de la tête le petit présentoir de chewing-gums et cigarettes. Celui que je mâche a perdu tout son goût.

Il retira de sa bouche la boulette devenue insipide et la jeta dans une caisse de Wild Turkey dont on avait découpé le haut au rasoir et qui était déjà à moitié remplie d'ordures.

Norris Johnson descendit de son tabouret, tendit la main sous son comptoir en verre, prit une boîte verte de chewing-gums et la plaqua violemment sur la surface éraflée qui les séparait.

— Ça fait vingt-cinq *cents.* Vingt-sept avec les taxes.

Hanson posa sur le comptoir trois pièces : vingt-cinq *cents* et deux fois un *cent.* Norris Johnson fit mine de ne pas les prendre.

— Il vous faut autre chose ? demanda-t-il.

— Non, monsieur, répondit Hanson tout en observant le reflet de la rue dans les bouteilles et les miroirs tapissés de pubs derrière le commerçant. Parfois, je me dis que le seul moyen de trouver un homme avec une arme à feu serait de se rendre sur les lieux au volant du véhicule de patrouille, d'en sortir et de lancer « Hé, me voilà ! », pour voir si je me fais tirer dessus.

— On vous apprend ça à l'école de police ?

— J'y ai pensé tout seul.

— Et ça marche ?

— Pas pour le moment. C'est juste une théorie.

— Une théorie bonne à se faire descendre.

— Mais non, dit Hanson en ôtant le papier alu autour d'un chewing-gum qu'il se mit dans la bouche en adressant un regard éloquent à Norris Johnson. On ne peut pas me tuer, vous savez.

— C'est vrai ça, monsieur l'agent ?

— Bonne soirée, monsieur Johnson. J'ai été ravi de vous rencontrer.

Au moment où Hanson sortait du magasin, la Rolls de Felix s'arrêta, dans la 14e Est, puis traversa au carrefour et se gara le long du trottoir tout près de lui. Felix conduisait, il était seul. Il sortit pile devant Hanson, tout sourire. Il portait un superbe costume gris clair, une chemise de soie crème et une cravate noire.

— Agent Hanson, j'espérais bien vous trouver par ici ce soir.

— Tout le plaisir est pour moi, monsieur Maxwell. Un heureux hasard, dirait-on, cet appel pour un homme brandissant une arme à feu dans le quartier.

Felix le considéra, pensif, puis se décida :

— La vérité, c'est que j'ai demandé à Tyree de le passer. Toutes mes excuses, je tenais à vous voir.

— Alors, comment allez-vous ?

Hanson s'adressait à lui vraiment comme à un ami. Il lui était impossible de ne pas trouver Felix sympathique. Il s'était toujours senti à l'aise face à de vrais durs, des tueurs sans scrupule, du moment qu'ils n'étaient pas dingues au point de s'attaquer à lui sans raison. Cette disposition naturelle se révélait des plus pratiques pour simplifier les relations humaines. Felix lui serra la main.

— Agent Hanson, dit-il en lui mettant l'autre sur l'épaule. Mon ami. Je vous cherchais.

Hanson hocha la tête.

— Pourquoi ?

— Pour vous remercier de l'aide que vous avez apportée à mon grand-père Maxwell l'autre soir.

Hanson réfléchit un moment, hocha la tête pour signifier qu'il ne voyait pas de quoi il retournait.

— Pardonnez-moi, mais je ne…

— En ville. Le vieux monsieur qui voulait faire réparer sa montre ?

— Solomon, se rappela Hanson avec un grand sourire. Solomon Maxwell et son ami M. Freely. Bien sûr.

— Mon grand-père, l'interrompit involontairement Felix.

Il lui adressa un signe de tête pour qu'il poursuive.

— C'est donc votre grand-père ? En fait, ça ne m'étonne pas. Il avait beaucoup d'allure, même mort de chaud dans son costume en laine, après avoir égaré sa voiture et s'être fait jeter par les autres abrutis, là-bas, qui refusent de les laisser entrer et les obligent à rester en plein soleil simplement parce que, eh bien…

— Parce que c'étaient des Noirs. Deux vieillards.

— Felix, je suis désolé.

— C'est comme ça, on n'y peut rien, monsieur l'agent.

— Tout de même. C'est injuste, et j'aimerais…

Le sourire de Felix exprimait une affection sincère. Un sentiment rare chez lui.

— Il m'a raconté que le premier flic qu'ils sont allés voir les a envoyés promener, qu'il a considéré que mon grand-père ne valait pas la peine de se déranger. Et il m'a aussi parlé du regard que vous avez jeté au garagiste quand il a dit qu'il devait fermer parce que c'était l'heure.

Hanson baissa la tête, puis la hocha en souriant. Ce souvenir l'amusait.

— Ça m'a fait plaisir de les aider. Votre grand-père m'a expliqué qu'on avait dû les prendre pour des bandits.

— Ah, à son époque, peut-être. Je lui ai acheté cette voiture, mais il n'est pas censé la conduire lui-même pour aller en ville. Il sait bien que je l'aurais accompagné ou que quelqu'un d'autre l'aurait fait, mais il déteste me demander service. Du coup, je dois le surveiller, mais à son insu. Alors je suis d'autant plus soulagé de pouvoir compter sur vous. Merci.

Des fidèles sortaient de l'église et se rassemblaient sur le trottoir.

— Bon, je ferais mieux de vous laisser retourner au boulot, conclut Felix. Merci encore.

— Eh oui, faut y aller. Saluez M. Maxwell de ma part.

Felix s'arrêta et se tourna vers Hanson.

— Ah, j'oubliais, à propos de votre intervention auprès de ces Muslims l'autre jour. Les inspecter comme ça, excellente idée. Mais soyez prudent, ces types n'hésiteraient pas à vous tuer malgré leur pacte tacite avec la municipalité et sa police.

Il remonta ensuite dans sa Rolls et s'en alla.

— Passez tous une excellente soirée, lança Hanson aux ivrognes avant de traverser de nouveau la rue.

Il sourit aux fidèles qui s'écartèrent très gentiment quand il traversa leur groupe, s'excusa de les déranger et regagna la station-service désaffectée.

De retour à son véhicule de patrouille, il savoura un instant le gospel venu de l'église. Peut-être qu'il y reviendrait un dimanche matin, juste pour jeter un coup d'œil. Pour voir ce qui se passait. Qui pouvait dire ? Il parcourut quelques rues jusqu'à un parking d'où il avait vue dans toutes les directions, et remplit une fiche de mission. *Ni suspect ni plaignant sur les lieux. Patrouille à pied sans résultat. Hanson 7374P.* La nuit tombait, il alluma ses phares.

30

ARRÊT D'UN VÉHICULE POUR LES STUPS

C'était samedi, une belle soirée dans le District cinq. Le soleil était déjà bas à l'horizon. Hanson avait conduit jusqu'au Burger King qui venait d'ouvrir dans le District quatre. Il ne s'était pas encore déclaré disponible après son dernier appel, il espérait qu'aucun sergent ne passerait par là dans son véhicule de patrouille et repérerait le sien pendant qu'il faisait la queue pour commander deux Whopper Junior et deux milk-shakes. À sa ceinture, son micro crachotait, aboyait, mais tout le monde dans la file faisait mine de ne pas remarquer sa présence. Ça relevait du pari d'ouvrir un Burger King dans ce quartier. Les gérants jetteraient l'éponge quand ils en auraient assez des hold-up. D'ici là, Hanson avait bien l'intention d'y aller le plus souvent possible.

Il avait terminé un de ses Junior cheese et une boisson quand il traversa High Street pour rejoindre le District cinq, et il se signala enfin disponible. L'opératrice le rappela sur-le-champ et l'envoya en code 2 pour « intrus armé d'un pistolet », dans la zone entre la 82e et la 14e Est. Il jeta son deuxième Whopper et sa deuxième boisson par la fenêtre, alluma ses gyrophares, puis bifurqua. Il n'était plus qu'à quelques rues de l'endroit quand, en plein milieu d'une phrase, la radio fit retentir le hululement électronique grave-aigu indiquant un nouveau vol à main armée. Après un temps de complet silence, l'opératrice donna tout un tas de détails pour la plupart inutiles.

Pioneer Chicken 211, centre-ville, 187 en cours. Deux N masculins, la vingtaine, environ 1,80 m, corpulence moyenne, coupes afro courtes, vêtements foncés. Suspect n° 1 avec arme de poing, numéro 2 avec fusil à canon scié. Ils ont enfermé les employés et trois clients dans la chambre froide, ont violé une caissière et lui ont tiré dessus. Morte lors de son transfert à l'hôpital. Possible véhicule suspect identifié : Lincoln bicolore, bleu clair et bleu foncé, vitres teintées, peut-être roues à rayons. Ni plaque ni autres détails.

Un bref instant, Hanson considéra le plan d'Oakland ouvert sur le siège passager comme un atlas de cartes du XIVe siècle. *Ici s'arrête le monde connu.* Toutes les pages étaient vierges. Seul un minuscule serpent de mer se tortillait sur le parchemin.

Il prit le micro sur le tableau de bord, posa le pouce sur le bouton de l'émetteur, mais n'appuya pas. Il attendait que la bonne occasion se présente pour signaler à l'opératrice qu'il arrivait sur les lieux.

— *Le conducteur de bus a garé son véhicule, il attend sur le trottoir. Il dit que le suspect a consommé de la drogue ou de l'alcool. Peut-être en état 5150… Il va et vient dans l'allée centrale en hurlant sur les passagers.*

— …

— *Unité en appel, répétez… Le son est brouillé sur votre micro de ceinture. Utilisez la radio de votre véhicule…*

— …

— *Angle de la 5e et Foothill…*

Sur le bout arrondi du micro, on lisait *Motorola* en petites lettres dorées. Des années d'utilisation avaient érodé jusqu'au métal la surface perforée, autrefois peinte en beige.

— *Négatif, le conducteur ne sait pas si le suspect est un homme ou une femme. Pour l'instant il brandit un couteau, si on a bien compris… 3L13 couvre cet appel… L'unité qui a arrêté un conducteur pour vérification, repartez…*

— *Au coin de la 5e et de Foothill, Ford LTD noire, John Frank Mary un zéro deux.*

La dernière phrase venait de la radio d'un autre véhicule, pas de l'opératrice.

— *L'unité avec la LTD, ne répétez que votre numéro d'appel.*

Hanson repéra enfin l'adresse. Les habitants de toute la rue patrouillaient dans leur jardin, armés de battes de base-ball, de poêles à frire et de clubs de golf. La plaignante avait la peau très foncée et devait peser plus de deux cents kilos, une baleine pourvue de tout petits pieds et de toutes petites mains. Calée par des oreillers, elle occupait toute la largeur d'un sofa à roulettes recouvert de plastique beige et fumait cigarette sur cigarette. Sans doute y était-elle installée en permanence et y dormait-elle la nuit. Hanson ne voyait pas comment on aurait pu la déplacer.

La maison possédait son propre microclimat, humide et fétide – panier de couches souillées, nourriture carbonisée oubliée sur la cuisinière, assiettes sales en guise de cendriers, tas de sacs-poubelle qui vous arrivaient à l'épaule. Des enfants traversèrent la cuisine pour sortir, jetant au passage à Hanson un regard éteint et impatient à la fois. La plaignante les employait comme messagers, pour aller lui chercher des choses ou pour distribuer des mots qu'elle écrivait sur un carnet ligné à la couverture ornée d'une photo de Michael Jackson.

Elle était ivre et avait changé d'avis. Elle ne voulait plus de l'intervention de la police.

— Vous aimez Michael ? demanda-t-elle en brandissant son carnet.

Hanson lui répondit par un sourire évasif et un geste embarrassé, mains levées, paumes ouvertes.

— Pas de problème. Beaucoup de gens l'aiment pas. Il est pas comme tout le monde.

Elle laissa tomber le carnet par terre.

— Vous auriez pas déjà arrêté mon fils, par hasard ? C'est lui qui a fait peur à tous les voisins.

Hanson lui demanda le nom de son fils.

— Vous le sauriez si vous le connaissiez, dit-elle en éludant la question.

Il la remercia et se débrouilla pour sortir. C'était une grande maison à hauts plafonds et dont chaque pièce était occupée par des enfants et des adultes qui semblaient juste passer par là. D'abord étonnés par la présence de Hanson, ils faisaient ensuite semblant de ne pas le voir.

Dehors, de l'autre côté de la rue, une femme en combinaison tigrée, perchée sur son perron, brandissait comme une dague une paire de ciseaux en Inox et hurlait sur un type. Quand l'homme aperçut Hanson, il s'efforça de sourire, s'éloigna et prononça une phrase que Hanson lut sur ses lèvres : « Tout va bien, monsieur l'agent. »

Il se dirigeait vers son véhicule de patrouille quand il repéra la Mort plantée au coin de la rue. C'était en fait un homme équipé d'un gilet réfléchissant et d'un casque de chantier, et qui tenait un panneau de signalisation indiquant *Ralentir* sur une face et *Stop* sur l'autre. Il réglait la circulation autour de travaux sur la chaussée. Hanson aurait bien aimé faire un tour avec lui pour discuter un peu, se remémorer l'époque de la guerre, celle où il était toujours convaincu de la légitimité de ses actes, mais la radio l'expédia ailleurs.

*

Il était arrêté à un feu rouge à l'angle de la 82e et de Bancroft. Il chantait *I got sunshine, on a cloudy day*[1]… lorsqu'une Lincoln Continental bicolore, bleu clair et bleu foncé – la description du véhicule suspect au Pioneer Chicken – traversa le carrefour juste devant lui. À travers les vitres teintées, il distingua la silhouette d'un conducteur et de son passager, remarqua même qu'ils tournaient la tête vers lui. La voiture continua dans Bancroft. Ses jantes à rayons étincelaient, les faisceaux jaune orangé des réverbères balayaient l'un après l'autre toute la longueur du capot, remontaient le pare-brise, parcouraient le toit, redescendaient sur la lunette arrière et, une fois passé le coffre, s'éclipsaient dans le passé à la vitesse de la lumière.

Détendu, parfaitement éveillé, les pupilles dilatées, Hanson tourna à l'intersection derrière la Lincoln avec une telle aisance, dans une trajectoire si parfaite, qu'il eut l'impression de s'être entraîné toute sa vie

1. « Le soleil brille pour moi malgré les nuages. »

pour cet instant. Les lampadaires éclairaient tout d'une lueur plus vive, plus chaude, coloraient le ghetto délabré et misérable de touches de couleurs délicates jusque dans les moindres détails. Hanson remarqua que le temps s'écoulait un peu plus lentement et un peu plus sûrement.

Il décrocha du tableau de bord l'émetteur embarqué pour indiquer à l'opératrice sa position, le numéro d'immatriculation du véhicule et suivre la procédure habituelle qui consistait à demander en renfort un véhicule qui, bien sûr, ne serait pas disponible. Mais de toute manière la fréquence était si encombrée qu'il reposa tout de suite l'appareil à sa place.

Quand il colla à la Lincoln et alluma ses gyrophares, les types firent une embardée jusque de l'autre côté de la chaussée, manquèrent d'emboutir une voiture garée, accélérèrent. Ils ne l'avaient même pas repéré avant qu'il se signale. Et maintenant, il imagina qu'ils se chamaillaient pour décider de la marche à suivre : faire comme si de rien n'était en espérant qu'il disparaisse, fuir sur les chapeaux de roues, provoquer une sortie de route du véhicule de patrouille, sauter de la voiture et détaler, s'arrêter pour le descendre, s'arrêter pour se rendre, s'arrêter pour faire semblant de se rendre et le tuer. Hanson actionna la sirène et traversa en s'assurant qu'il n'avait pas attaché sa ceinture de sécurité.

Il donna un autre coup de sirène. La Lincoln éteignit ses feux, passa le carrefour suivant puis tourna dans une allée, jusque dans l'arrière-cour d'un immeuble d'habitations de quatre étages en forme de U, d'où ils seraient invisibles depuis la rue. Hanson les suivit. Ses lumières rouge et bleu faisaient le tour du terrain à cadence régulière ; comme dans les manèges à sensations fortes d'un carnaval ambulant, elles faisaient surgir de l'ombre des fenêtres, des murs, des portes, des poubelles, les lançaient au loin avant de les remettre à leur place. Il mit son véhicule de patrouille en position *Parking*, décrocha son fusil du tableau de bord et sortit de la voiture, calé dans l'angle formé par sa portière à demi ouverte. S'ils sortaient de la Lincoln et s'enfuyaient dans des directions différentes, il serait en mesure de les abattre tous les deux. D'une seule main, il bascula le canon usé du vieux Remington 870, le fit crépiter comme un serpent d'acier bleuté, à l'aise avec ce genre d'arme, et introduisit tranquillement une cartouche de chevrotine dans la chambre.

Les parois de béton réverbérèrent le claquement métallique. Puis ce fut la voix de Hanson :

— Vous, dans la voiture ! Police ! Ne bougez pas sans en avoir reçu l'ordre.

Il se vit alors de l'autre côté de son véhicule, ce Hanson-là le regardait avec un fusil, ils échangeaient tour à tour leur place, quittaient leur corps sous la lumière des gyrophares.

— Coupez le contact, jetez la clé par la fenêtre ! ordonna-t-il.

Il attendit en se demandant s'ils étaient trop idiots ou trop effrayés pour suivre ses instructions. Il aurait voulu en finir tout de suite, les abattre tous les deux.

— Baissez votre vitre !

La vitre électrique descendit doucement dans la portière en reflétant les gyrophares. Hanson vit que le conducteur gardait les deux mains sur le volant.

C'était un gamin, dix-neuf ou vingt ans, avec un chapeau haut de forme.

— Coupez le contact. Tout de suite.

Les gaz d'échappement cessèrent de faire vibrer l'atmosphère éclairée par les phares.

— Jetez la clé par la fenêtre.

Il épaula, s'écarta de l'abri que constituait son véhicule de patrouille et braqua son arme directement sur la fenêtre de l'autre voiture côté conducteur.

— Ne me regardez pas. Jetez la clé par la fenêtre.

Hanson maintint fermement la mire d'acier pointée sur sa cible, juste en dessous de la mâchoire du jeune, comme si son fusil ne pesait rien. Il continua à viser derrière son canon d'acier bleu et la clé scintilla en tombant sur la chaussée.

— À la première arme que je vois je vous abats tous les deux, prévint-il d'une voix qui ébranla les immeubles obscurs. Conducteur : ouvrez votre portière depuis l'extérieur, je veux voir vos mains à tout moment. Et vides, sinon je tire. Passager : restez dans le véhicule.

Le conducteur actionna le loquet extérieur de la main gauche. La droite était tendue à travers la vitre ouverte.

— Ouvrez votre portière en la poussant du genou et ne me regardez pas, sortez du véhicule.

Le jeune s'exécuta, les mains tendues devant lui comme un aveugle. Son haut-de-forme tomba.

— Derrière la tête. Croisez vos doigts. Éloignez-vous de la voiture en marchant de côté jusqu'à ce que je vous dise d'arrêter.

Le conducteur fit deux pas, Hanson ordonna :

— Stop. À genoux.

Le jeune se baissa, posa un genou à terre, puis l'autre.

— Passager, restez dans le véhicule. Conducteur, écartez les mains, tendez-les le plus loin possible devant vous et allongez-vous sur le ventre. Tête tournée vers votre véhicule. Attention à ce que vous faites.

Hanson crispa le doigt sur la détente parce que le conducteur avait baissé un avant-bras, mais ensuite il s'étendit gentiment de tout son long.

— Mettez les bras en croix, comme Jésus sur la croix. Parfait. Écartez les jambes. Encore. Plus que ça. Passager, à vous. Ouvrez votre portière, placez vos mains au-dessus du toit du véhicule, que je puisse les voir. Ne me regardez pas. Allez, sortez.

— Ne tirez pas ! cria le passager.

Il était plus âgé que le conducteur, la trentaine passée, il portait des vêtements de prix. Il ne s'agissait pas des suspects du hold-up.

— Bien. Reculez.

— Ne tirez pas.

— Marchez jusqu'à ce que je vous dise d'arrêter.

— Ne tirez pas.

— Obéissez.

Hanson le fit reculer un peu, puis marcher de côté vers la gauche et s'agenouiller pour finalement s'allonger derrière le conducteur. Il ne s'agissait pas des types du hold-up, mais pourquoi ne s'étaient-ils pas arrêtés dès qu'ils l'avaient vu ? Pourquoi essayer de se cacher ici ?

Au loin, des sirènes hurlaient. Elles se rapprochèrent tandis que Hanson contournait prudemment son véhicule de patrouille pour se placer dans le faisceau éblouissant de ses feux de route et de croisement.

Il laissait le fusil braqué sur les deux suspects tout en gardant un œil sur leur voiture. D'autres phares et gyrophares débouchèrent sur la scène, jetant des éclairs, clignotant. Les sirènes interrompirent soudain leur glapissement. Bruit de bottes sur l'asphalte. Hanson releva le canon de son fusil alors que deux flics qu'il n'avait jamais vus arrivaient avec des menottes. Il réenclencha le cran de sûreté, recula jusqu'à sa portière, remit l'arme à sa place et verrouilla le véhicule.

Deux types de l'unité spéciale des Stups passèrent devant lui. Celui avec une veste en cuir, une moustache à la Pancho Villa et de longs cheveux, lui annonça sur un ton autoritaire :

— On prend la main.

— Quoi ?

Ils ne tinrent aucun compte de lui. Des collègues en uniforme soulèveraient les prisonniers par les poignets. Ça ne le gênait pas que d'autres prennent les suspects en charge et s'occupent de la paperasse, ça lui convenait. De toute manière, il pouvait ajouter ces arrestations à ses stats. Mais le type à la veste l'avait énervé.

— Quoi ? répéta-t-il.

Il se planta devant les flics des Stups, leur bloquant l'accès aux prisonniers.

— Qu'est-ce que vous dites ?

— Maintenant, on prend la main.

— Vous savez où vous pouvez vous la mettre, votre main ?

Tout d'un coup, Hanson se sentit déboussolé devant cet assaut dément de véhicules d'urgence. L'arrestation s'était si bien passée que, peut-être, il attendait encore le moment d'exploser. Peut-être qu'après s'être préparé à tuer ces deux types, aller jusqu'au bout et avoir en plus entendu ces phrases absurdes dans la bouche du flic en civil, il craignait d'être en train de perdre la tête. Quelle qu'en fût la raison, il se retrouvait à conseiller à un collègue des Stups de se mettre la main quelque part. C'était ce connard qu'il aurait dû avoir le droit de flinguer. À qui ce type croyait parler, et de quoi il parlait, d'ailleurs ?

Soudain, le sergent Hicks apparut.

— Laissez-les emmener les prisonniers, ordonna-t-il d'une voix grave, apaisante, digne de confiance, celle qu'employait Hanson pour calmer le jeu lors d'une dispute afin d'éviter d'arrêter quelqu'un. Je vous expliquerai, ajouta-t-il.

Dans la cour derrière l'immeuble s'étaient entassés sept voitures de police et un fourgon de pompiers, avec un hélicoptère qui tournoyait au-dessus. Un joli bouchon de véhicules d'urgence brillant de mille feux, leurs radios aboyant et couinant par intermittence. Des rubans jaunes en plastique portant tout du long la mention *Police* tenaient à l'écart journalistes et autres citoyens, mais les habitants des immeubles avaient une vue plongeante. Ils se penchaient à leurs balcons de fer forgé, buvaient, fumaient de l'herbe, échangeaient des rumeurs. Deux lieutenants étaient venus et repartis.

Le sergent Hicks était toujours là, à côté de Hanson. Leurs véhicules furent les derniers à s'attarder, leurs seuls feux de stationnement allumés.

— La bonne nouvelle, c'est qu'il y aura un minimum de paperasse sur cette affaire, l'informa son supérieur. Pour le reste, ce ne sont que des mauvaises nouvelles. Ou pas de nouvelles, si vous avez de la chance.

Hanson hocha la tête.

— Bon, très bien alors. Parfait, conclut le sergent.

Prêt à partir, il ouvrit la portière de son véhicule de patrouille, mais se tourna une dernière fois vers son subordonné.

— Non. La bonne nouvelle, c'est que vous ne les ayez pas tous les deux abattus.

31

J'Y RETOURNE DE TOUTE FAÇON

Hanson s'était porté volontaire pour venir en renfort de Sanchez, un des petits jeunes qu'il avait connus à l'Académie de police. Il avait besoin de quelqu'un pour surveiller un individu qu'il avait interpellé, et était content d'avoir l'occasion de le revoir. C'était la première fois depuis qu'ils avaient obtenu leur diplôme.

Les maisons du quartier, anciennes, avaient connu l'époque où les habitants d'East Oakland n'étaient pas exclusivement des Noirs, mais dans cette rue, elles étaient bien entretenues. Parfois, dans ce coin, une rue tombait en ruines, bordée de bâtiments brûlés, envahie d'ordures, livrée à la drogue, aux armes, aux gangs, alors que la suivante était verdoyante et bien entretenue.

Quand Hanson arrêta son véhicule de patrouille derrière celui de Sanchez, le suspect était déjà menotté sur le siège arrière. Son collègue écoutait les témoignages d'une femme et de son mari devant la maison, sur la pelouse, et tâchait en même temps de garder un œil sur son prisonnier. Hanson, après que Sanchez lui eut expliqué de quoi il retournait, se plaça près de l'arrière de la voiture pour surveiller le type.

La femme avait appelé pendant que le mari tenait le suspect, un potentiel violeur, en respect au bout de son pistolet.

Elle avait raconté qu'elle se trouvait dans sa chambre quand quelqu'un s'était introduit dans la maison par la porte d'entrée et avait monté l'escalier. Elle avait d'abord cru qu'il s'agissait de son mari, qui, parti une demi-heure plus tôt à son travail chez Discount Tire, était revenu chercher quelque chose qu'il avait oublié. C'est là que le suspect était apparu sur le seuil de sa chambre. Il lui avait dit que si elle ne criait pas, il ne lui ferait pas de mal. Puis il lui avait dit de se déshabiller. C'était un vrai miracle que son mari soit rentré à ce moment-là.

Le mari expliqua qu'une fois arrivé sur son lieu de travail, il avait appelé la maison, juste pour dire bonjour à sa femme et lui remonter un peu le moral parce qu'elle ne se sentait pas très bien depuis quelque temps, mais que personne n'avait répondu. Ça l'avait inquiété, suffisamment pour retourner chez lui. Après avoir poussé la porte, il l'avait appelée, elle avait dévalé l'escalier en hurlant, enveloppée dans un drap. Le suspect, toujours à l'étage, avait essayé d'ouvrir la fenêtre de la chambre pour filer. Le mari l'avait tenu en respect avec son arme et fait allonger par terre pendant que sa femme prévenait la police.

L'individu n'était même pas sorti de prison depuis quinze jours, après y avoir effectué presque quatre ans sur une peine de six, pour possession de drogue avec intention de vente, agression avec violence aggravée sur un agent de la force publique, résistance à arrestation, ivresse sur la voie publique. Tout en même temps, la seule fois où il avait eu affaire aux flics, exception faite de deux délits commis quand il était mineur, quelques années plus tôt. Hanson en conclut qu'il avait dû énerver le collègue qui l'avait arrêté.

Ils formaient un beau couple. La femme, la petite vingtaine, était jolie. Pour l'heure, elle pleurait. Le mari avait une quinzaine d'années de plus, le crâne rasé et portait la moustache. C'était le genre à avoir travaillé dur toute sa vie. Il en voulait à sa femme parce qu'il avait eu peur, et ça ne lui arrivait pas souvent. Hanson l'avait entendu lui reprocher :

— Mais bon sang, comment tu as pu oublier de verrouiller après mon départ ?

Et ce n'était sûrement pas la première fois qu'il le lui demandait. Tous les trois entrèrent dans la maison pour terminer les dépositions avec Sanchez.

— Je croyais avoir bien fermé, parvint-elle à articuler entre deux sanglots.

— Pardon, ma chérie.

Hanson resta surveiller le prisonnier qui, yeux rivés droit devant, refusait de le regarder. Il n'était pas beaucoup plus vieux que Sanchez, plutôt beau gosse, les cheveux crépus un peu défrisés, endurci par le deal de rue et quatre ans derrière les barreaux.

Hanson considéra la maison, puis s'accroupit pour mieux examiner le suspect. Il n'avait pas l'air du genre d'abruti défoncé qui entrerait n'importe où pour cambrioler en plein jour et se mettrait en tête de violer une femme qui hurle. Toutes les fenêtres et les portes étaient protégées par des barres d'acier. Et il n'avait même pas touché sa victime. Il lui avait dit, pas ordonné, de retirer ses vêtements. Ça ne collait pas.

Hanson ouvrit la portière du véhicule de patrouille de son collègue, sortit une fiche et lut ses droits au type arrêté. Il savait que cette initiative énerverait les enquêteurs qui hériteraient de l'affaire parce qu'ils auraient préféré obtenir d'abord un maximum de déclarations volontaires du suspect avant de lui rappeler ses droits – mais qu'ils aillent se faire voir.

— Vous comprenez ce que je viens de vous dire concernant vos droits ?

— Ouais.

L'homme continuait à fixer la maison à travers le grillage, à travers le pare-brise.

— Vous n'avez rien à me raconter sur ce qu'il s'est passé ?

L'homme redressa le buste, puis se pencha en avant pour soulager la douleur que lui causaient les menottes.

— Attendez, je vais les verrouiller à double tour pour qu'elles ne se resserrent pas. Je suis disposé à noter votre version des faits. Qu'est-ce qu'il s'est passé, en fait ?

— C'est comme elle a dit.

— Vous la connaissez ? demanda Hanson en finissant avec les menottes.

Il remit la clé à sa ceinture.

— Aucune importance, lâcha l'autre.

Il leva les yeux vers Hanson, puis lui demanda :

— Vous, qu'est-ce que vous fabriquez ici ?

— Je fais mon boulot.

— Mouais.

L'odeur fétide de sueur et de vomi du véhicule de patrouille submergea Hanson. La puanteur qui imprégnait son uniforme et ses cheveux toutes les nuits.

— Oui, je la connaissais, répondit l'homme en se calant sur la banquette. Depuis longtemps. Je pensais beaucoup à elle en prison. Je l'ai appelée avant-hier et elle m'a dit de venir. Je sors tout juste de prison, je vis avec ma mère. Impossible de trouver un boulot, vous voyez, pour un ex-taulard. Déjà foutu. J'ai pris le bus, puis marché jusqu'à chez elle. Elle m'a ouvert. Elle m'a laissé entrer. Et une fois dedans, vous voyez, je me suis dit : « Et si c'était ma maison, ici ? Si je vivais là, si on vivait là, elle et moi… » Elle a verrouillé la porte, je l'ai suivie en haut avec cette idée dans la tête. Et quand son mec, le vieux, s'est pointé, elle s'est mise à hurler. Elle avait pas le choix.

— Allez, laisse-moi noter ça. Ça s'arrangera.

— Non, ça s'arrangera pas. J'ai l'air du gars pour qui ça va s'arranger ? J'y retourne de toute manière. Pourquoi bousiller sa vie à elle ? Il s'occupe bien d'elle. Je pourrais pas en faire autant.

— T'es sûr ? Ça serait bien si je notais ta version. Pourquoi repartir en prison alors que t'es innocent ?

Le type baissa les yeux vers le sol.

— Vous croyez que je suis allé en taule pour quoi la première fois ? demanda-t-il à Hanson en le regardant. Vous bossez dans la police, non ? Je suis coupable. Écrivez ça. Je suis content d'être venu la voir. Ça valait le coup, conclut-il.

Peut-être qu'il mentait. Peut-être qu'elle avait tout prévu après avoir reçu son coup de fil. Ou peut-être qu'il ne mentait pas, qu'elle n'avait rien planifié du tout, qu'ils voulaient simplement se revoir. Peut-être qu'ils avaient été amoureux. Cette idée l'arrêta. Il n'avait jamais imaginé qu'on puisse être amoureux dans ce district. Quelle idée originale ! Ça rendrait son boulot complètement impossible. Il y repensa toute la nuit. Il n'y avait vraiment jamais réfléchi.

Et lui, quand avait-il été amoureux ?

32

LIBYA EN TÊTE

Hanson était à court d'alcool. Il croyait avoir encore une bouteille de tequila, mais il n'avait pas réussi à mettre la main dessus, même après avoir exploré ses tiroirs, ses placards et regardé sous les meubles, pièce après pièce. Il dénicha un stéthoscope derrière une bibliothèque et l'entortilla autour de son cou pendant qu'il poursuivait sa recherche. Une nuit, des mois plus tôt, il l'avait ramassé par terre dans le couloir des urgences, l'avait rapporté chez lui et n'y avait plus pensé.

Il abandonna l'idée de tequila, sortit une bière du réfrigérateur et l'emporta sur la terrasse affaissée d'où il avait vue sur une bretelle de l'autoroute Nimitz au loin, au niveau de la courbe qui contourne l'aile est de l'hôpital où il transportait les blessés et les dingues quand il était en service. Comme toujours, les deux voies étaient engorgées et des rayons rouges et blancs semblaient en suspension dans le ciel obscur. Quand il tendit la main pour saisir sa bière posée par terre, le stéthoscope lui tapota la poitrine. Il avait oublié qu'il le portait. Il l'ôta de son cou et l'examina à la lueur que diffusait l'éclairage de la cuisine. Il plaça les écouteurs en caoutchouc dans ses oreilles, appuya le diaphragme noir contre sa poitrine et resta immobile, cherchant son cœur.

Le son était lointain, comme issu du fond d'un océan à l'autre bout de la Terre où, toute sa vie, son cœur l'avait attendu, appelé. Une pulsation double, fluide, inlassable, intrépide, inimitable, qui lui parlait dans une langue depuis longtemps oubliée. Si seulement il pouvait se la rappeler, elle expliquerait tout.

Il regarda le téléphone mural. Libya lui avait dit que ce serait ridicule de se voir. Néfaste pour tout le monde, surtout Weegee. Ils se connaissaient à peine et de toute manière elle était noire et lui était un flic blanc. Elle avait raison, bien sûr, mais il était amoureux d'elle. Il avait déjà été amoureux avant, mais ça n'avait rien à voir. Il ne parvenait pas à se la sortir de la tête. Il pensait tout le temps à elle. En service. Après le service, en se saoulant dans la cuisine. Plus que tout au monde, il voulait être avec elle, la contempler, entendre sa voix, lui parler avec les yeux. Il pensait à elle toutes les nuits en s'endormant, et se réveillait en pensant à elle. Il frôlait les quarante ans. Un imbécile tombé amoureux. Peut-être, se disait-il, si la lumière ne s'était pas éteinte ce soir-là quand il avait tenu son pied entre ses mains, son adorable pied si gracieux… Qui pouvait dire ? Mais maintenant, il voulait encore le lui tenir, y poser son visage, le sentir, l'embrasser, en nettoyer le sang avec des compresses chaudes avant de le désinfecter à l'alcool frais qui pique.

Et s'il allait la voir maintenant qu'il était de repos et qu'il la trouvait avec un type, un type noir ? Aurait-il la sagesse de s'effacer, serait-il assez raisonnable, assez lâche pour partir ? Et si l'autre refusait de le laisser s'en aller sans faire d'histoire, il lui faudrait tabasser le gars et finir en prison ? Et tout ça pour quoi ? Bon sang, il se sentait vraiment idiot. Il savait bien pour quoi.

Il faisait noir dehors, il était tard, l'heure avançait. Il l'imaginait nue au lit, le drap remonté aux épaules ou alors jeté par terre. Elle était couchée sur le côté. Sur le ventre. Le temps ne lui laissait aucun répit. Il l'imaginait couchée sur le dos, seule au lit. Puis il s'imaginait nu, à côté d'elle, un bras posé sur ses seins. Il sentait son odeur, il posait la bouche sur ses lèvres. Il imaginait ce qu'ils feraient. Et ses mains et ses doigts parés de bagues d'or et d'argent, ses mains sur lui.

Il ôta le stéthoscope de ses oreilles, alla chercher son portefeuille au salon, colla son revolver dans le creux de ses reins et quitta la maison. Weegee était parti pour une semaine au camp Mendocino. Il avait expliqué à Hanson qu'il y avait des canoës là-bas et que tout le monde dormait dans des tipis.

Il se gara juste devant chez elle et fit de son mieux pour ne pas courir jusqu'à sa porte. Il y avait de la lumière à sa fenêtre, la seule éclairée dans tout le pâté de maisons endormi. Une bougie dont la flamme vacillait derrière les rideaux tirés laissait entrevoir de fines volutes de fumée. Un disque de Sam Cooke tournait sur la platine à l'intérieur. Il tapa doucement à la porte avec l'impression de se trouver dans un autre espace-temps où la voisine avec les petits chiens le voyait, où tous les « frères », les durs du quartier le voyaient aussi, où tout le monde le voyait. La police allait le coincer à son tour, aucun doute, l'arrêter, le virer, le mettre en prison. Il s'en fichait.

La porte s'ouvrit et, dès qu'il fut entré, Libya referma derrière lui et verrouilla.

— Je savais que tu viendrais cette nuit.

Il était 3 heures du matin. Elle fumait un joint qu'elle tenait délicatement, du bout des doigts. Elle lui sourit, elle se déplaçait au gré de la lueur et de l'ombre de la bougie qui dansaient sur les murs de la pièce, elle s'écartait de lui, revenait. Le joint rougeoyait quand elle tirait dessus. Elle déboutonna son chemisier en coton blanc.

— Je pensais à toi, dit-elle en tournant avec la clarté. Viens, bébé…

Elle retira le joint de ses lèvres, le tendit à Hanson en expulsant la fumée.

— Je ne dirai rien, promit-elle.

Elle se passa une main dans les cheveux. Il la regardait, le joint entre ses doigts, sur le point de le brûler.

— Ou bien tu es peut-être venu m'arrêter, finalement, plaisanta-t-elle en ouvrant son chemisier.

Elle se débarrassa d'une manche et, de l'autre bras, le fit glisser par terre.

La dernière fois qu'il avait fumé de l'herbe, c'était plus d'un an auparavant, à la fin d'une soirée entre universitaires, avec un professeur auxiliaire d'une matière quelconque en rapport avec les arts plastiques, une femme un peu enrobée dont le mari était en congé sabbatique à Prague, où il menait des recherches sur l'architecture Art déco locale d'avant-guerre.

— Non, madame, assura-t-il en inhalant la fumée.

Il avait l'impression d'être tombé en plein miracle.

— Je suis de repos cette nuit. Nous voilà deux criminels, deux hors-la-loi, ajouta-t-il en tirant de nouveau sur le joint.

Il ne s'était pas senti aussi heureux depuis… Il ne pouvait même pas se rappeler.

— Mais il faudra peut-être…

Son émotion était si intense qu'il se demandait comment il pouvait encore respirer. Il avait oublié ce qu'il voulait dire. Sans le quitter des yeux, elle passa les mains dans son dos et ôta son soutien-gorge.

33

ÉTOILES FACTICES

Hanson dort, il observe les oiseaux dans son jardin à l'aube en compagnie de Weegee.

Ils compulsent le livre des oiseaux pour savoir s'ils ont devant eux un colibri à gorge noire ou un colibri d'Allen. C'est Weegee qui tient le livre.

— Ça dit qu'on ne peut pas distinguer les mâles des femelles, fait-il remarquer.

Hanson sourit.

— C'est peut-être la même espèce…

À l'autre bout de la ville, dans San Antonio Village – presque un autre pays –, Felix observe le ciel nocturne. Une étoile factice plane au-dessus de la baie, elle scintille comme si elle clignotait vraiment, change de place, revient. Les étoiles factices. Ils en disposent au moins quatre là-haut chaque nuit, au moins quatre, parfois davantage. Des avions stratosphériques – il les appelle lanceurs d'étoiles – les larguent au crépuscule, synchronisées avec leurs feux stroboscopiques anticollision. Elles s'installent, ternissent et s'illuminent ensuite quand l'avion est passé. On voit très bien de quoi il retourne, mais personne n'en parle, personne n'a jamais rien écrit là-dessus.

Comment font-ils pour garder ça secret ? Les aiguilleurs du ciel sont forcément au courant.

La plupart des gens ne regardent jamais le ciel nocturne. La pollution lumineuse masque les étoiles, mais quand même, des milliers de personnes ont dû remarquer ça, sauf qu'elles ne disent rien. De peur de passer pour folles.

Felix s'efforce de ne plus en parler, même avec Levon. Il voit bien à leurs regards ce que pensent les autres quand il s'y risque. Ils sourient, ils approuvent tout ce qu'il raconte, comme s'il était fou.

Il ne peut pas se permettre de laisser la colère le gagner à ce sujet. C'est ce qu'espèrent les étoiles. Il ne peut pas se mettre en colère.

Les étoiles factices savent qu'il les reconnaît, qu'il sait ce qu'elles font. À cet instant même, elles l'écoutent penser à elles. Et elles se moquent bien qu'il sache. Que peut-il contre elles de toute façon ? Les signaler aux autorités ?

Felix rit. Il est presque 4 heures du matin.

Un détachement spécial rassemble des renseignements sur lui, toutes les agences gouvernementales, la police d'Oakland, les Stups, le FBI, le Bureau du tabac et des armes à feu, la CIA. Le ministère de la Justice est dans le coup aussi, les juges à leur botte. Et d'autres organisations. Chaque nuit, sans mandat, sans flagrant délit, sans rien. Des actions illégales. Ils créent les lois et les changent à leur guise. On écoute son téléphone, on place des micros chez lui. Le service des impôts compte son argent à la banque. Ils ont des indics partout. On l'espionne jour et nuit, on enregistre ses moindres phrases, on les décortique dans tous les sens pour lui faire dire qu'il est coupable. Et ces étoiles en plus là-haut chaque nuit.

Quand ils n'arrivent pas à le prendre sur le fait, ils inventent, tout simplement. Des choses qui ne sont jamais arrivées. Elles ne sont pas conservées dans des archives publiques, mais classées « Réservé aux forces de l'ordre », puis référencées dans des bulletins ou des rapports trimestriels, et très vite ça devient la vérité. « Il est de notoriété publique, monsieur le juge », et aucun de ses avocats n'a accès aux documents pour les réfuter. Ce qui ne les empêche pas de lui réclamer leurs foutus honoraires.

On n'y peut rien, conclut-il, *autant aller se coucher et essayer de dormir. Le temps fraîchit.*

34

UNE DEUXIÈME FOIS

Hanson et Libya sont au lit tous les deux, ils se parlent avec les yeux et se sentent bien. Là-bas, sur l'autoroute Nimitz, un camion de pompiers klaxonne et lance ses modulations. Les chiens du voisinage l'accompagnent de leurs hurlements. Un hélicoptère de la police venu de la baie gronde au-dessus d'eux, ses projecteurs cognent sur la fenêtre.

— Raconte-moi quelque chose que tu n'as jamais dit à personne, demande Libya.

Il lui parle des Vietnamiennes avec le buffle d'Asie. Il avait failli les tuer. Voilà qui il était à l'epoque.

— J'ai failli mourir après m'être shootée à l'héroïne, lui apprend-elle.

Le souvenir lui fait briller les yeux.

— J'avais vingt ans.

Elle passe une jambe nue par-dessus celle de Hanson et se cambre.

— Qu'est-ce que…, commence-t-il.

Il la regarde et oublie ce qu'il voulait dire. Il oublie qui il est, complètement.

— Trop tard pour revenir en arrière. dit-il.

— C'était trop tard la première fois que je t'ai laissé entrer.

*

Une heure plus tard, toujours au lit, ils se passent un joint quand Hanson lance :

— Il y a autre chose que je n'ai jamais raconté à personne, du moins je ne crois pas, pas depuis une bonne vingtaine d'années parce que tout ce temps, je l'avais moi-même oublié, jusqu'à maintenant. Mais il ne s'agit pas d'un secret ou d'une confession.

— Attends, je m'installe avant que tu me racontes, dit-elle en se rapprochant de lui.

— Quand j'étais en seconde, j'ai décroché un petit boulot le soir à l'Holiday Inn de Greensboro. À l'époque, la loi imposait la ségrégation dans tous les hôtels, les motels, les restaurants, les cinémas, les toilettes, absolument partout. Mais l'année où j'y ai travaillé, je ne sais pas pourquoi ni sur décision de qui, c'était à l'Holiday Inn que dormaient les groupes de chanteuses noires. Et il s'agissait du meilleur hôtel de la ville. C'était un secret, parce que si ça avait commencé à s'ébruiter, les Blancs auraient arrêté d'y aller. L'hôtel aurait dû fermer. Ma mère avait connu le gérant au lycée, c'est comme ça que j'ai eu la place. J'avais seize ans et j'en faisais à peu près douze.

J'étais surtout chargé du room service et, bien sûr, les groupes se faisaient souvent servir les repas dans leur chambre à cause de la ségrégation dans les restaurants en ville. Et la plupart étaient réservés aux Blancs, de toute manière. Après mes cours au lycée, j'allais à l'Holiday Inn, j'enfilais une de ces tenues blanches de serveur, et très vite les commandes arrivaient. Ces groupes, Libya, étaient vraiment très connus, des chanteurs de la Motown, des gens qu'on entendait tous les jours à la radio, des artistes dans le Top 40 : The Shirelles, The Marvelettes, The Chiffons, Patti LaBelle and the Bluebelles, les meilleurs. En dehors des concerts, elles restaient coincées là, comme séquestrées à l'Holiday Inn, et s'ennuyaient. Je leur apportais des cocktails de crevettes à cinq dollars sur d'immenses plateaux imitation argent recouverts d'une grosse cloche. Des hamburgers aussi, et des sandwiches à l'œuf calés sous le plateau posé sur ce gigantesque chariot que je poussais dans les couloirs pour transporter tout ça. Je frappais à la porte, j'annonçais « room service » et elles répondaient « Entre », presque en chantant. Et quand elles m'avaient déjà vu : « Entre, mon chou, on t'attendait », et, assises toutes ensemble au bord d'un des lits jumeaux, parfois quatre côte à côte, avec leurs costumes de scène assortis, elles me souriaient toutes en me voyant arriver. Elles me taquinaient, elles me faisaient rougir, elles étaient extraordinaires. Les hommes en tournée, c'étaient de vraies vedettes aussi : Gary US Bonds, The Isley Brothers, Junior Walker and the All Stars. Je connaissais leurs morceaux, je les chantais quand j'étais seul, c'étaient les meilleurs du monde. Ils payaient pour les extras des filles, pour la glace et le shaker dont ils avaient besoin pour les cocktails qu'ils préparaient avec des bouteilles achetées dans un magasin spécial géré par le gouvernement. Pour me payer, ils prenaient des billets maintenus par un élastique dans de gros rouleaux, ceux de vingt dollars d'abord, et ceux de un en dessous.

Je me rappelle que je disais aux groupes de filles assises au bord du lit qu'elles étaient formidables, que j'adorais leur musique, pendant qu'elles sirotaient du rhum sec dans des gobelets en papier, et elles me disaient : « Merci, mon chou. »

Hanson éclate de rire à ce souvenir, heureux de se remémorer de bons moments. Il tend la main vers la poitrine de Libya, prend un sein dans sa main, penche la tête vers elle et la regarde droit dans les yeux.

— Merci, bébé. Grâce à toi, ça m'est revenu, tu m'as rendu toute une époque que j'avais reniée et oubliée.

35

HEURES SUPPLÉMENTAIRES

Elle se la joue, l'opératrice, dans la salle radio sans fenêtre au sous-sol du Justice Center, reliée au réseau électrique par un cordon noir en spirale. Elle sélectionne les véhicules de patrouille en fonction des appels, des plaintes, répond aux signalements de contrôles routiers, aux vérifications de casier, aux demandes de renfort. Elle affecte les agents à leurs missions, les recontacte pour les expédier ailleurs quand l'intervention est terminée. Les opérateurs du 911 s'occupent des coups de fil, des appels en attente, de toutes les réclamations et accusations, les transcrivent en sténo sur des cartes perforées qu'ils lui remettent quand elle passe. Vols, viols, cambriolages, violences domestiques – coups de feu, personnes disparues, individus suspects, conduites en état d'ivresse, violations de propriété, violences conjugales, atteintes à la pudeur et aux bonnes mœurs – ivrognes, chiens qui aboient, déments qui hurlent, sifflent, débitent des discours religieux, gisent dans la rue, évanouis ou morts. Il fait toujours nuit dans la salle de radio, il est toujours tard dans ce sous-sol où l'horloge au cadran divisé en vingt-quatre heures luit comme la lune.

Hanson signala que son intervention était terminée et bifurqua vers l'autoroute. Il avait mal à la cheville après être tombé d'un grillage. Sa main gauche saignait sur le volant et il en était à sa deuxième heure supplémentaire. Il s'arrêta dans une rue tranquille juste au nord de l'autoroute et éclaira sa blessure avec sa lampe torche. Il avait deux points rouges à la base du pouce, comme une piqûre de serpent. Il avait dû se faire ça quand il avait lâché prise et chuté de la barrière. Il était en train de s'essuyer sur sa chaussette quand il entendit le choc d'une collision – du métal et du verre qui explosaient – et leva les yeux. Plus loin dans la rue, un nuage de vapeur s'élevait, blanc argenté dans la lueur de ses phares.

— Cinq Tac 51, j'ai un accident de la route vers les numéros 1200 de Meir Street. Y a-t-il un véhicule de nuit disponible pour s'en charger ? Je vais rester sur les lieux le temps que l'ambulance arrive.

— *Négatif, Cinq Tac 51.*

— Bon, en tout cas, je suis sur place.

Peut-être que ce n'était pas aussi grave que le bruit semblait l'indiquer. Il sourit de sa naïveté. Il ne pourrait sûrement pas expédier cette affaire sur une simple fiche d'intervention et rentrer chez lui.

Il passa en pleins phares, alluma ses feux de toit. Au milieu de la vapeur tanguait une Chevrolet de 63 rouge intense, comme une pomme d'amour, une Super Sport avec des roues à rayons, l'avant défoncé. Il vit la voiture s'écarter en marche arrière de la Buick qu'elle avait heurtée et dont elle avait au passage arraché la portière qui tomba sur la chaussée, puis, traînant quelques pièces métalliques, elle roula à toute vitesse à côté du véhicule de patrouille. La Chevrolet avait les pneus déchirés, le ventilateur du radiateur claquait, la courroie couinait.

— Merde alors ! dit Hanson à voix haute.

Il fit demi-tour pour la suivre, sirène hurlante et gyrophares allumés maintenant, ajoutant au vacarme. Il roula derrière la Chevrolet à quarante à l'heure et donna à l'opératrice la description du véhicule et le numéro de sa plaque. S'il s'agissait d'une arrestation pour conduite en état d'ivresse, peut-être qu'un collègue des patrouilles de nuit voudrait intervenir pour que son nom figure dans le rapport, auquel cas il lui laisserait la paperasse. Un peu plus tard, l'aile avant gauche enfoncée de la voiture finit par arracher un pneu de sa jante qui jeta des étincelles. La conductrice perdit le contrôle et emboutit deux autres véhicules garés. Le Klaxon se déclencha et des lumières s'allumèrent un peu partout alentour. Encore des formulaires en perspective.

Hanson s'arrêta derrière elle, lui bloquant le passage. Ses gyrophares éclairaient la scène. Il courut jusqu'à la portière côté conducteur et se plaça de telle sorte que la fille ne puisse pas le bousculer en l'ouvrant. Elle avait l'air d'avoir quinze ans.

— Sortez du véhicule ! hurla-t-il par-dessus le Klaxon.

Sans en tenir compte, elle s'acharna sur le démarreur. La vapeur du radiateur éventré qui empestait le caoutchouc brûlé enveloppa Hanson comme un brouillard chaud et détrempa sa chemise en laine.

— Sortez du véhicule ! répéta-t-il.

— Va chier, répliqua-t-elle.

Du sang formait des bulles à ses narines. Elle s'escrimait sur la clé de contact. Elle avait pris autre chose que de l'alcool. Elle croisa son regard, cracha du sang. Elle avait les dents rosies. À ce moment-là, il le vit dans ses yeux. Elle était shootée au PCP.

Le démarreur qui grinçait finit par se mettre en prise et la Chevrolet fit un bond en arrière. Hanson s'écarta quand la conductrice ouvrit sa portière d'un coup de pied, et la cheville qu'il s'était tordue lâcha. Il tomba sur la chaussée et la fille s'enfuit en courant dans la nuit. Il la suivit en boitant. La douleur irradiait en décharges électriques le long de sa jambe tandis que son pistolet dans son holster lui battait la cuisse. Il tendit la main vers le micro à sa ceinture pour demander du renfort, puis se souvint qu'il ne fonctionnait plus. Elle le sèmerait s'il perdait son temps à retourner au véhicule de patrouille passer un appel.

La fuyarde ne courait pas très bien, et elle n'était pas épaisse, mais si Hanson avait vu juste pour la poudre d'ange, il aurait du mal à la maîtriser et à la menotter tout seul. En plus de supprimer la douleur, cette drogue donnait une force surnaturelle. Et elle rendait dingue, aussi.

Hanson parvint à couper la route à la fuyarde sur la pelouse de l'immeuble au coin de la rue, lui attrapa le bras, mais elle se libéra. Il lui prit l'autre bras et s'y accrocha. Elle lui griffa le visage, lui arracha son badge. Quand elle essaya de le mordre, il recula d'un pas, la fit tomber et ils se retrouvèrent tous les deux par terre parce que sa cheville, une fois de plus, avait cédé.

— Ha ! hurla-t-elle. Ha ! À l'aide !

Hanson se releva, elle essaya de bondir sur lui, mais il la jeta de nouveau au sol.

Depuis la véranda de la maison la plus proche, une femme glapit :

— Lâche-la ! J'ai un fusil, je n'hésiterai pas à tirer.

— Madame…, commença Hanson.

La fille se relevait, il la faucha pour la refaire tomber.

— À l'aide ! cria-t-elle. *Chinga tu madre !* Au secours !

La femme dans sa véranda reprit :

— J'ai un fusil ! Allez, laisse cette gosse tranquille sinon je tire.

— Je suis agent de police.

— Alors qu'est-ce qui te prend de tabasser une gamine comme ça ? Policier, mon œil. Un voyou, oui, un violeur !

La fille cracha sur Hanson.

— *Puto !*

Elle se mit à genoux, puis fonça comme un coureur qui jaillit des starting-blocks. Au même moment, la lumière d'une lampe torche frappa Hanson au visage.

— Je vais vraiment tirer !

Pendant ce temps, la fille s'enfuyait.

— Tirez, alors, madame. Pourquoi vous gêner ? Et descendez tout le monde ! beugla-t-il. Et tirez aussi sur les propriétaires des voitures qu'elle a embouties !

Il reprit sa poursuite en boitillant. Il entendit des sirènes. Des lueurs rouges et bleues apparurent à travers la cime des arbres. La lampe torche s'éteignit.

Deux véhicules de patrouille venus de directions différentes l'avaient cueillie dans le faisceau de leurs phares. Hanson boitait vers la scène quand deux collègues quittèrent leurs voitures et empoignèrent la fille, la plaquèrent au sol et s'efforcèrent de lui passer les bras derrière le dos. Hanson, debout sur le trottoir, la vit se dégager.

Ils la firent tomber une fois de plus, sur le ventre, l'un d'eux lui planta un genou dans le cou, l'autre sur l'avant-bras, lui saisit une poignée de cheveux et lui tira la tête en arrière, pendant que son collègue enfonçait son propre genou dans les reins de la suspecte, lui menottait un poignet, puis, avec l'aide du premier flic, récupérait le bras libre de la fille et le menotta lui aussi. Quand elle essaya de se relever, celui qui l'avait entravée lui passa sa matraque entre les poignets – la poignée au-dessus de l'un, le bout en dessous de l'autre – et lui tordit les bras jusqu'à ce qu'elle retourne à terre. Bon boulot.

— Merci pour le coup de main, dit l'un à Hanson.

— Non, merci à vous, répliqua-t-il dans un rire.

— Tu as fini ton service, c'est ça ?

— Exactement.

— Alors autant que tu la transportes. Puisque tu rentres de toute façon.

— Bien sûr. Vous voulez sans doute retourner au lit. Mais qui va remplir tous les papiers pour cette affaire ?

Ses deux collègues se consultèrent du regard. Ça devait faire quinze ans qu'ils patrouillaient.

— C'est toi le premier sur les lieux, fit remarquer l'un.

— Mais c'est vous qui l'avez appréhendée.

— C'est quoi, ton problème ? s'insurgea l'autre. Nous, on est juste là pour t'aider.

— La nuit a été longue, monsieur l'agent. OK, je la transporte. Vous m'aidez à la charger dans mon véhicule ?

— Ouais, d'accord, on peut faire ça.

Quand ils lui entravèrent les chevilles, elle leur cracha dessus et essaya de les mordre. Hanson alla chercher sa voiture et ils soulevèrent la fille par les chaînes de ses menottes aux mains et aux pieds, comme un poisson frais pêché, puis la jetèrent sur la banquette arrière avant de claquer la portière.

— N'oublie pas de mentionner nos noms dans le rapport. On apprécierait beaucoup, d'accord ? On a besoin de déclarer des heures employées à témoigner au tribunal. Tu sais, faut qu'on se serre tous les coudes.

— Ah, ça oui ! acquiesça Hanson.

— Singer et Neal, précisa le collègue.

Ils étaient en train de lui donner leurs numéros de badge quand la prisonnière trouva le moyen de détacher une vitre arrière et de l'expédier dans la rue rien qu'à la force de ses pieds nus. Les trois flics la sortirent du véhicule et se servirent du ceinturon de Hanson pour relier entre elles les deux paires de menottes. Une fois la suspecte ligotée comme un cochon, ils la jetèrent de nouveau sur la banquette.

— Je l'emmène directement en cellule, proposa Hanson. J'ai aucune envie qu'elle meure là pendant que je fais les croquis des dégâts. Je vous cite dans mon rapport si vous vous occupez des voitures embouties.

— On remplira un formulaire de suivi, accepta Singer, et on le remettra à la fin de notre service. On a fait la circulation tous les deux, on connaît. Mais n'oublie pas de nous mentionner.

— Merci, répondit Hanson.

Il indiqua à Singer le numéro de référence de son rapport et s'engagea sur l'autoroute.

Même avec les menottes bien serrées, la fille qui gagnait en puissance et ne ressentait plus la douleur grâce à la poudre d'ange réussit à dégager sa main gauche et à marteler la cloison de séparation en se servant de la menotte libre. Elle se cognait aussi la tête dessus avec des cris sauvages, menaçant Hanson de la vengeance du gang de son copain qui allait lui faire sa fête parce qu'il avait osé la toucher.

— Il laisse personne me toucher à part lui. Ils vont t'écorcher ton cul de Blanc, *pendejo* !

Une fois dans le parking de la prison et les grilles d'acier du portail rabaissées, il s'assit sur un muret en béton et regarda comment quatre gardiens s'y prenaient pour la forcer à sortir du véhicule.

Il se lava deux fois les mains et les avant-bras, le visage et le cou, même si c'était sans doute trop tard pour éviter que le sang de la fille se mêle au sien. Il monta l'escalier en boitant jusqu'aux bureaux, dénicha un poste de travail muni d'une machine à écrire IBM Selectric et se mit à taper son rapport comme un beau diable pour essayer de terminer avant que l'employé civil à qui il empruntait la table ne revienne et la réclame. Il avait du sang sur sa chemise d'uniforme bleue en laine, et elle était déchirée à l'emplacement du badge. Son pantalon était couvert de boue, maculé de taches d'herbe et déchiré au genou. Il lui faudrait sans doute les remplacer, quatre-vingts dollars pièce. La base de son pouce le brûlait. Son doigt l'élançait. Il envisagea un bref instant de se faire vacciner contre le tétanos, mais tout ce qu'il voulait, c'était rentrer chez lui, boire un peu de tequila et se coucher. Il ne tint compte ni de son mal à la cheville ni des égratignures sur son cou et ses joues, qui le piquaient à cause de la sueur. Il continua de taper son rapport. Il battait tous les records de vitesse quand il tombait de fatigue. Il avait eu une machine du même modèle, achetée avec l'argent gagné lorsqu'il avait remporté un concours de dissertation à la fac. Au bout de quelques minutes, il s'amusait presque. Les mots l'emportaient ailleurs.

Une heure plus tard, il avait fini – transcrire toute l'histoire à la main lui en aurait demandé une de plus, voire deux. Il retira l'ultime formulaire de l'IBM bourdonnante, le posa au sommet de la pile des documents remplis et se cala dans le siège de bureau. Il ne lui restait plus que la demande de validation de ses heures supplémentaires.

Il en sortit une de son sac et l'examina. Le feuillet faisait le tiers de la taille standard pour machine à écrire, et les cinq centimètres du haut étaient occupés par des cases portant la mention : *Réservé à l'administration.* La moitié inférieure était consacrée à une série de cases pour approbation et signature par le sergent de garde, le responsable de district, celui du service, puis de la division. Il lui restait un cadre de cinq centimètres sur quinze où résumer les diverses opérations qu'il venait de décrire. Il n'y avait aucun moyen de faire entrer son compte rendu en écrivant à la main – à l'encre noire exclusivement, la bleue rendant le formulaire nul et non avenu – de façon à remettre un document assez lisible pour être accepté, et s'il débordait même un tout petit peu du rectangle tracé sur la feuille, ce serait refusé. Un formulaire accepté restait six ans dans les archives, sans doute pour avoir la possibilité de monter un dossier si on voulait attaquer un flic pour déclaration abusive d'heures supplémentaires, qui pouvait le dire ? À l'inverse, en cas de refus à cause d'une des règles édictées dans le *Manuel des procédures* épais comme un bottin, il était « détruit ».

Avec les trois heures supplémentaires qu'il venait d'effectuer en plus de son service de dix heures et demie, il avait presque de quoi s'offrir un nouvel uniforme, mais il lui faudrait passer toute la matinée chez le tailleur, sur son temps libre. *Détruit*, se dit Hanson. *Essayez un peu de détruire ça !*

Il fouilla dans les tiroirs et finit par dénicher une tête d'écriture plus petite pour la machine à écrire, modifia le réglage pour qu'elle resserre les lettres et parvint au second essai, en veillant à séparer les phrases par un espace simple, à faire entrer dans le cadre une version très succincte mais acceptable des interventions qui l'amenaient à réclamer le paiement d'heures supplémentaires. On trouverait sans doute un prétexte pour refuser quand même sa demande, ou l'égarer. Et maintenant, il lui fallait trouver la clé d'un responsable pour débloquer la photocopieuse.

Il les entendit avant qu'ils passent la porte. Il enfila un gant d'entraînement, mais évita de lever les yeux quand Barnes et Noble entrèrent en riant dans la salle.

— Et qui voilà ? s'écria Noble, les mains sur la crosse de son pistolet et sa matraque. Ça doit être une nouvelle secrétaire.

— T'as eu une promotion, alors ? se moqua Barnes. C'est le boulot que t'aurais dû faire dès le début. Tu n'as pas ta place sur le terrain.

— Qu'est-ce que vous êtes virils dans vos tenues en cuir, répliqua Hanson en agitant mollement la main. De quoi réveiller mes tendances homo. Alors, vous étiez où, vous vous baladiez dans South Market ?

Noble abattit son casque sur un bureau.

— Amène-toi, petite bite, cracha-t-il. On va voir qui c'est le pédé. Allez, je t'attends.

Hanson sourit. Il était épuisé, mais là il s'amusait. Il prit une posture nonchalante sur son siège.

— Laisse tomber, intervint Barnes en tirant sur le blouson de son partenaire. Pense à tous ces papiers qu'il faudrait remplir. Il en vaut pas la peine.

— Salut alors, conclut Hanson.

— Le proc' va t'appeler à propos de ce truc à l'Anchor avec les motards, reprit Barnes. Le procès a lieu la semaine prochaine, t'as intérêt à être là.

— Si j'y vais, je ne témoignerai pas en votre faveur.

— Qu'est-ce que tu veux dire exactement ? s'énerva Barnes qui tenait toujours Noble par le blouson.

— Je vous dis que si je passe à la barre, je déclarerai que vous racontez n'importe quoi, sauf pour la conduite en état d'ivresse. J'avais déjà arrêté l'Indien quand vous vous êtes pointés et avez déclenché la bagarre. On va peut-être vous poursuivre pour agression caractérisée. J'ai entendu dire que les Angels se gardaient une belle petite cagnotte pour leurs procès.

Cette fois, Barnes retint Noble des deux mains.

— Allez, insista-t-il en le traînant vers l'ascenseur.

Puis, par-dessus son épaule, il lança à Hanson :

— Tu te rends pas compte, mais t'es vraiment dans la merde.

En rentrant chez lui, Hanson se rappela le Vietnam et la fois où il avait vu *Yellow Submarine*.

36

LIBYA RACONTE UNE HISTOIRE À WEEGEE

C'est le milieu de la matinée, Libya et Weegee sont assis dans la cuisine. Weegee peint un nichoir qu'il a construit avec l'aide de sa sœur. Ils ont suivi les instructions d'un manuel qu'il a emprunté à la bibliothèque. Libya feuillette le livre sur les oiseaux. Un tableau encadré représentant un glacier bleu qu'elle a trouvé dans une brocante est accroché au mur. Le front glaciaire, un bloc gelé plus massif que le Justice Center, vient juste de se détacher. L'artiste l'a saisi au début de sa plongée dans l'océan Arctique. Des mouettes à queue fourchue tournoient dans le ciel et, sur un iceberg non loin de là, des manchots sont arc-boutés, comme pour se préparer au choc de la vague qui, ils le savent, va déferler dans quelques secondes.

— Raconte-moi encore les chiens qui sont partis au Texas, LeRon et JJ, demanda Weegee en appliquant de la peinture verte sur le toit du nichoir.

— LeRon et JJ ? Les flics de l'autoroute les ont fait s'arrêter.

— Qu'est-ce qui s'est passé ?

— LeRon roulait trop vite. JJ lui a dit qu'il ferait mieux de ralentir, mais son copain se voyait déjà en vrai chien méchant gangster. Il a dit à JJ : « Détends-toi, tu vivras plus longtemps. » Et c'est là qu'un véhicule de patrouille de l'autoroute leur a fait signe.

— Mais c'est une voiture volée ! On fait pas d'excès de vitesse dans une voiture volée ! s'insurgea Weegee.

Libya approuva en hochant la tête.

— LeRon ne connaît que le bout de jardin devant sa maison et les émissions qu'il regarde à la télé. Il en a presque uriné sur la housse de siège quand le gros flic balourd a cogné à la vitre du conducteur, la main sur son flingue, prêt à tirer sur tout ce qui bouge comme font les flics, et qu'il lui a dit : « S'il vous plaît, monsieur, descendez de votre véhicule. »

— Oh, non, se désola Weegee en posant son pinceau.

— LeRon a eu tellement peur qu'il a envisagé de sauter par la fenêtre de l'autre côté pour filer dans un bosquet de pins rabougris qu'il avait aperçu.

— Il se serait fait descendre s'il s'était enfui. Et le flic de l'autoroute aurait dit, après, qu'il l'avait vu essayer de sortir une arme, et il lui mettrait un revolver à côté du corps.

— Sauf que JJ a grogné très doucement pour conseiller à LeRon de se taire en même temps qu'il lui mordait l'oreille pour le calmer, si vite que le flic ne l'a pas remarqué. Et là, JJ s'est adressé au flic, tu vois, il est très poli, en prenant l'air d'avoir peur lui aussi : « Monsieur l'agent, nous sommes ravis de vous voir. » Le flic l'a regardé comme s'il était fou et lui a ordonné de poser ses pattes sur le tableau de bord, et JJ a obéi, mais tout en continuant de parler. « Monsieur l'agent, mon ami Spot, il conduisait vite parce qu'il était terrifié. – Je lui conseille de sortir du véhicule.

Tout de suite, grommelle le flic. – Monsieur l'agent, nous sommes deux vieux chiens qui travaillent, on va au travail tous les jours, on respecte la loi. Et aussi les agents de police. Sur la dernière aire de repos, alors qu'on était dans la zone réservée aux animaux domestiques, un homme… non, deux… je suis encore si bouleversé que je ne trouve plus mes mots… voilà qu'ils sont sortis des toilettes et ils étaient tous les deux armés. Quand ils nous ont vus en train de nous soulager à l'endroit qui nous est réservé, ils ont éclaté de rire et celui avec le fusil a dit à l'autre : "Hé, vise un peu ces mignons petits *mariposa perros* !" Ensuite il a lâché un rire méchant et puis il a crié : "Vous, sales petits *perritos*, trouvez-vous un autre coin où pisser !" Ils avaient tous les deux des tatouages de gang dans le cou et sur les bras : des croix, des poignards et des crânes. » LeRon a réussi à ajouter : « Et des tatouages en forme de larmes sous les yeux, et Notre-Dame de Guadalupe sur la poitrine. » Quand il a entendu ça, JJ lui a filé un coup de patte. Et il a repris la parole. « Celui avec le fusil avait aussi un pistolet et un holster juste comme le vôtre, monsieur l'agent. À sa ceinture. J'ai oublié de le préciser. (Là, il s'est forcé à frissonner.) J'ai eu tellement peur. Et avant de nous voir, celui avec le pistolet avait dit quelque chose en espagnol, l'autre avait répondu : "On s'en fout des flics. On en a déjà tué un." Et il a fait claquer sa main sur son pistolet, là, celui comme le vôtre, comme ceux que la police porte pour nous protéger, et il a ajouté : "Deux *perros* minables de plus ou de moins, ça change rien." Il a dégainé son arme et il a dit : "Vous feriez mieux de courir plus vite que ce flic." » L'histoire de

JJ a tellement excité LeRon qu'il s'est mis à japper, précisa Libya.

Weegee rit.

— « Alors on a sauté dans notre voiture et Spot a conduit à toute vitesse. Et c'est pour ça qu'on est en excès de vitesse, monsieur l'agent. – C'était à l'aire de repos de Red Rock ? leur grogne le flic. – Oui, monsieur, répond LeRon. Ils doivent encore y être. » Du coup, le flic de l'autoroute a couru à son véhicule de patrouille, a traversé un fossé où il a perdu son silencieux de pot d'échappement, et est parti dans l'autre sens en faisant hurler le moteur. Il a tout allumé, ses feux, sa sirène, et il a foncé vers l'aire de repos.

— Et c'est JJ qui a tout inventé ! s'émerveilla Weegee.

— Il est moche comme chien, avec ses yeux qui lui sortent de la tête et sa petite face tout aplatie, mais il est futé. Ensuite il a dit à LeRon de continuer vers le Nevada, en respectant bien les limites de vitesse cette fois et, peu de temps après, ils sont arrivés à Reno et ils se sont mis à jouer aux machines à sous.

Weegee resta silencieux. Il prit son air de quand il voulait entamer une discussion sérieuse avec sa sœur. *Deux contre un*, se dit Libya, *qu'il va me parler de l'agent Hanson. Il va partout, il voit tout, il doit savoir que je vois Hanson.*

— Comment ça se fait que tu ne m'as jamais dit que tu connaissais Fee ? demande Weegee.

— De quoi tu parles ? Fee ? Tu veux dire Felix Maxwell ?

Libya ne s'attendait pas à ça. Mais si, en fait.

— Weegee, chéri, tu devrais être plus prudent. Je me fais du souci pour toi, de te voir traîner dans tous ces coins. Oakland est une ville dangereuse. Et s'il t'arrivait quelque chose, j'en aurais le cœur brisé.

— Non ! Je suis trop rapide. « Plus rapide qu'une balle », c'est Fee qui le dit.

Elle sentit son regard se durcir, mais se reprit, se radoucit.

— Mon chéri, tu ne devrais pas t'approcher de Fee.

— Je le vois tout le temps. Vraiment tout le temps. C'est un héros. Il donne de l'argent à ceux qui vivent dans The Ville. Il offre des repas de Noël aux pauvres. Tout le monde l'acclame quand il passe dans sa Rolls-Royce, on dit qu'il est comme Robin des Bois, un gangster de l'ancien temps. Il prend aux riches et il donne aux pauvres noirs, juste comme Robin des Bois avant.

— Il n'a rien à voir avec Robin des Bois. Il est mauvais. Il est devenu riche en rendant les gens de sa communauté accros à l'héroïne. Il tue des gens, Weegee. À ton avis, qu'est-ce que l'agent Hanson dirait de lui ?

— L'agent Hanson et Felix Maxwell sont copains. J'ai entendu Fee le remercier d'avoir aidé son grand-père.

37

COMMOTION

Hanson patrouillait de nouveau en centre-ville quand il reçut par radio l'ordre d'assurer le renfort pour 2L23 qui traitait une querelle de voisinage dans North Oakland. Il se gara au bord de la chaussée et vérifia l'adresse sur son guide à la lueur d'une pleine lune oblique dans le ciel. Ça se situait près de Your Black Muslim Bakery, un coin où les demandes d'intervention étaient rares parce que la police laissait le quartier assurer son propre maintien de l'ordre avec l'aide des Black Muslims. Les huiles de la police n'étaient pas enchantées de cette situation, mais elles suivaient les ordres et faisaient de leur mieux pour ne pas avoir l'air d'être ce qu'elles étaient, à savoir les larbins du conseil municipal.

Quand Hanson trouva enfin Adelle Street, le véhicule 2L23 était stationné le long du trottoir à l'adresse indiquée et une Cadillac bicolore toute neuve, bleu sur bleu, était garée en plein milieu de la rue, deux immeubles plus loin. Trois de ses quatre portières étaient ouvertes, ses phares et éclairage intérieur allumés.

Le collègue à qui on avait attribué la 2L23 cette nuit-là, le premier agent arrivé sur les lieux, ne remarqua pas l'arrivée de Hanson. Il avait tout juste passé le seuil d'une maison et, tête baissée, s'employait à prendre des notes. Il parlait à une femme enveloppée dans une tenue traditionnelle complète, longue abaya bleue et foulard sur la tête.

Hanson roula jusqu'au véhicule stationné au milieu de la chaussée.

Quand il fit des appels de phares et émit un signal dans son haut-parleur, un grand Noir vêtu d'un costume en lin ocre, coiffé d'un chapeau beige à large bord, jaillit de derrière la portière conducteur ouverte, traversa la rue en courant en diagonale. Hanson accéléra pour garder le fuyard dans le faisceau de ses phares. Il avait presque rattrapé l'individu qui sprintait le long du trottoir bordé d'arbres, quand soudain ses roues butèrent contre la bordure. D'un geste vif il enclencha la position *Parking* – ce qui provoqua un à-coup dans la transmission avant l'arrêt –, ôta la clé du contact, ouvrit sa portière d'un coup de pied et, chaussé de ses bottes à bout ferré, poursuivit le suspect.

Il n'avait aucune idée de la raison qui avait poussé le type au chapeau à bondir de sa voiture, mais ça n'avait pas d'importance. Le type était coupable de quelque chose, puisqu'il s'enfuyait en courant. Peu importait de quoi ni s'il en était bien responsable puisque de toute façon, il était coupable de s'enfuir en courant. *Le salaud,* pensa Hanson, les poumons entravés et compressés dans le gilet pare-balles ajusté avec lequel il crevait de chaud. Le suspect le fuyait lui et pas la police d'Oakland. Il ne cherchait pas non plus à se soustraire à une loi antidrogue absurde ou à l'application d'une sous-section du Code pénal californien.

Malgré l'équipement à la ceinture qui lui frappait les jambes et tirait sur son pantalon, en dépit de son penchant pour la boisson, de ses mauvaises habitudes alimentaires et du manque de sommeil accumulé, peu de fuyards le semaient. Les seuls qui avaient réussi étaient les ados en baskets qui se faufilaient dans leur cité, dont ils connaissaient l'emplacement du moindre trou dans le grillage, tous les raccourcis, les espaces où ramper, les chiens méchants, les fils à étendre le linge, sans parler des adresses où ils étaient sûrs qu'on leur ouvrirait la porte avant d'éteindre toutes les lumières. Lorsqu'un individu tentait d'échapper à un flic, surtout s'il résistait quand on lui passait les menottes, que le flic finissait par rouler dans la poussière avec lui et savait qu'il aurait à apporter son uniforme au pressing, la plupart des flics – Hanson compris – faisaient manger la poussière ou l'asphalte au gars en question, à de multiples reprises, tout en lui crachant, hors d'haleine : « Ne… t'enfuis… jamais… devant… la police. »

Le suspect avait de l'avance sur lui, mais Hanson gagnait du terrain. Chaque fois que le type jetait un coup d'œil derrière lui, il perdait un peu d'élan et se décourageait un peu plus. Hanson ménageait son souffle.

Les réverbères jetaient sur le trottoir les ombres des deux hommes, de poteau en poteau elles s'allongeaient, se raccourcissaient, se fondaient dans la zone éclairée suivante. Le chapeau à large bord du fuyard s'envola, tomba par terre, roula jusqu'à tomber du trottoir et atterrir sur la chaussée. Son propriétaire regarda par-dessus son épaule, hésita, prit sa décision, s'arrêta dans une glissade, se retourna, puis se mit à foncer sur Hanson qui baissa les épaules dans la collision. L'agresseur bondit au-dessus de lui et son genou percuta la tête de Hanson qui bascula en arrière. Les deux s'écroulèrent au sol.

L'homme commença à se relever. Hanson, sur le dos, luttait pour ne pas perdre conscience. Il tendit le bras, saisit le pantalon du suspect par une jambe, le ramena à terre, sur le ventre, puis rampa laborieusement jusqu'à se retrouver sur lui. Mais le suspect se débattit et parvint à se mettre à quatre pattes. Hanson lui empoigna alors les cheveux, lui tira la tête en arrière, le saisit à la gorge et rassembla tout ce qu'il lui restait de force pour enfoncer son pouce et son index de part et d'autre de la glotte, lui obturant la trachée. Enfin, il vit deux collègues qui arrivaient en courant, les badges dorés sur leurs casquettes scintillant dans la lumière des réverbères. Alors il perdit brutalement connaissance, comme terrassé par la foudre.

Il reprit conscience trois heures plus tard, sanglé à un brancard. Il avait trop chaud, il se sentait mal.

— Restez calme, lui conseilla une voix.

— Restez calme vous-même !

— Comment vous appelez-vous ?

Hanson ouvrit les yeux, tira sur les sangles.

— Et vous, comment vous vous appelez ? riposta-t-il d'un ton cassant.

La douleur lui coupa le souffle. Il aurait bien vomi, mais n'avait rien mangé depuis trente-six heures. Il reposa doucement la tête et ferma de nouveau les yeux.

— Pouvez-vous me donner votre nom ?

Hanson se força à ralentir sa respiration, présenta ses excuses à la douleur pour lui avoir manqué de respect, et attendit poliment la prochaine question.

— Savez-vous qui vous êtes ?

— Oui.

Son crâne explosa. Il ajouta :

— Hanson. 7374 P.

Le médecin lui expliqua qu'il s'était violemment débattu pour essayer de sortir de l'ambulance.

— Désolé, dit Hanson.

Si on le détachait, est-ce qu'il se tiendrait tranquille ?

— Oui, monsieur.

On déboucla ses sangles.

Y avait-il quelqu'un chez lui pour le réveiller toutes les deux heures et vérifier qu'il allait bien ?

— Non.

Avait-il un réveil qu'il pouvait régler pour sonner toutes les deux heures ?

— Pour quoi faire ? demanda-t-il, agacé.

La douleur lui lança un avertissement.

— Pourquoi ? reprit-il d'une voix douce.

Il souffrait d'une commotion cérébrale et s'il ne s'astreignait pas à reprendre conscience toutes les deux heures, simplement pour vérifier que tout allait bien, il courait le risque de sombrer dans le coma et de ne plus jamais se réveiller.

— D'accord, je comprends. Bien sûr, j'en ai un.

Comme s'il allait régler un réveil !

Hanson dort.

Il est endormi depuis quinze heures. L'éclairage au

sodium dehors, à l'angle de Jean Street et Santa Rosa, a tracé un circuit imprimé sur les volets. Il luit plus fort, s'atténue, clignote. La polarité s'inverse soixante fois par seconde. Hanson distingue l'électricité à travers les réseaux rouges des capillaires derrière ses paupières, l'entend grésiller de l'autre côté des volets, emplir la chambre jusqu'à devenir un rugissement. Et le voilà attaché dans une de ces minuscules capsules spatiales comme celle qu'il a vue au Smithsonian avant la guerre. Elle n'avait pas été conçue pour accueillir un être humain, mais on l'a coincé sur un siège incliné pour lui faire subir des tests, pour voir si son cœur, ses poumons, son cerveau, les poches et les boucles des organes internes peuvent survivre aux conditions de l'espace là-haut.

Il n'a pas peur de mourir, mais il est seul et loin de tout, perdu depuis longtemps dans une vie qui ne lui convient pas. Coincé, ceinturé à son siège dans cette capsule rivetée, il sent la chaleur monter. La sueur lui pique les yeux. Ses oreilles sont douloureuses, lui renvoient des bruits secs. La capsule tremble, gagne de la vitesse. Sous l'effet de l'accélération il s'enfonce plus profondément dans son siège tandis que les parois prennent un éclat rouge cerise. Il sent son visage se déformer. Il peut à peine respirer. Il ne respire plus. Le bouclier thermique s'évapore, lâche des morceaux de céramique embrasés, du magma, des structures alvéolaires calcinées.

Soudain la capsule se met à vaciller, à se balancer sous lui, elle ralentit parce que le parachute de freinage s'est déployé et berce l'habitacle. Hanson ne pèse plus rien, il ne sent plus la pression contre sa poitrine. Le métal surchauffé plonge dans l'océan en sifflant, il rebondit, danse au gré des vagues. Et Hanson se réveille dans son lit à Oakland. Le store s'ouvre sur le ciel bleu et le grand soleil. Hanson est couché, en sueur, vivant. Il sent le matelas vibrer contre ses pieds, encore, puis le lapin noir atterrit sur le sol et s'en va en sautillant.

38

UNE VISITE DE WEEGEE

La douleur nous emmène en des lieux qu'on ne peut pas imaginer, nous ramène à des événements qu'on avait réussi à oublier totalement, à des mondes qu'on ne savait même pas avoir visités. Elle nous force à concentrer notre attention sur ce qu'on aimerait bien ignorer. Hanson préférait sourire et dire qu'elle était son amie.

Après le départ du lapin, il resta allongé à étudier les dessins tracés par les craquelures dans le plâtre du plafond. Il faisait chaud. Hanson était nu sur les draps. Personne ne savait rien du type dont il avait tenté d'écraser la trachée la nuit précédente. Ni de la voiture immobilisée au milieu de la rue. Il avait été agressé par un ou plusieurs individus non identifiés.

Il ressentait comme des coups de marteau dans le crâne, et savait que ça allait empirer. La dernière fois qu'on l'avait cogné suffisamment fort pour l'étourdir plus que quelques secondes, il était saoul, il rentrait chez lui en voiture à 3 heures du matin en pleine tempête de neige après une soirée passée au club de la police de Portland. Il était presque arrivé quand son utilitaire Volkswagen avait dérapé sur une plaque de verglas et terminé sa course contre un poteau téléphonique. Le lendemain, il s'était senti encore plus mal. Mais cette fois-là au moins le poteau agresseur avait été identifié sans aucune ambiguïté.

Le type qui avait été assez rapide pour semer son propre chapeau avait pris pour Hanson un rendez-vous avec la douleur. Elle rôdait déjà dans la maison, jetant juste un œil pour l'instant, pensait-il, afin de voir s'il avait changé depuis la dernière fois, de le jauger pour connaître les réponses aux questions qu'elle lui poserait.

Il aurait dû demander des médicaments au médecin des urgences, mais maintenant c'était trop tard. Il ne voyait pas qui appeler, et de toute manière le téléphone se trouvait trop loin, dans la cuisine. Il espérait qu'il n'allait pas sonner. Il détestait le téléphone.

Il suivait des yeux les fêlures dans le plâtre au-dessus du lit – elles traçaient des rivières sur le plafond, affluents et deltas. Il se voyait naviguer vers l'océan, sur des eaux qui changeaient de couleur, passant du brun au vert et atteignant finalement un azur aussi pâle et limpide que celui du ciel. Il s'efforçait de ne pas penser à ce qui viendrait bientôt lui rendre visite, voguant vers l'horizon. Il mit un oreiller sous sa tête et s'endormit.

La maison était plongée dans l'obscurité quand la douleur le réveilla à coups de poing derrière les yeux. Les questions étaient faciles au début, elle explorait, prudente et patiente. Hanson nia en bloc. Quoi ? Comment pouvait-il le savoir ? Non. Il n'était pas là.

Mais bientôt, l'interrogatoire commença pour de bon. Une rafale de questions, sans répit, et chaque fois qu'il éludait, niait, se justifiait, le châtiment s'aggravait, changeait, prenait des formes surprenantes, tant et si bien qu'il devait se réciter les astuces qu'il avait apprises :

Détends-toi, comme chez le dentiste. Imagine-toi dans cette situation aussi longtemps que possible. Ne pense pas à l'avance à la roulette. Laisse les choses se faire.

Réponds à une question par une autre question – sans jouer au plus malin –, essaye ça deux ou trois fois, mais pas à la suite. Ne lui manque pas de respect, mais ne lui montre ni ta peur ni tes faiblesses. Interromps-la tant que tu t'en sens capable. Demande-lui de répéter.

« Attends ! » Dis-lui que tu n'es pas celui qu'elle recherche. Comme s'il te venait juste à l'esprit qu'il s'agit d'une erreur, une erreur involontaire. Inexplicable. Ce n'est la faute de personne, c'est le système qui veut ça.

La sincérité te fera gagner du temps. Quand ça ne marchera plus, passe à l'embarras. La nuit va être longue, tu dois l'accepter…

Quand les choses empirent, imagine-toi sur une planète où tu es un autre, le véritable toi, sur une planète obscure à des années-lumière dans l'avenir, et tu regardes le faux toi qui se fait interroger. Chuchote-toi : « Je ne suis pas moi. Allez, encore, je ne suis pas moi, je ne suis pas moi… »

Repose tes yeux, pense à l'avenir. Fais comme s'il y avait de l'espoir.

Si tu arrivais à trouver le sommeil… Non. On te réveillerait, on te le ferait payer. Oublie ce conseil. N'essaie pas d'essayer de dormir si ça ne t'a pas réussi avant.

Ne te mets jamais en colère, ne te berce pas d'illusions en pensant que tu peux gagner. Tu mérites tout ce qui t'arrive. Tu es coupable. Avoue et présente tes excuses pour les dénégations précédentes.

Ne crois pas que tu peux faire de la douleur ton amie. Si tu essaies, elle verra que tu tentes de la duper en utilisant cette ruse idiote de désespéré. Ne cherche pas à faire le malin, à jouer d'ironie, et surtout, surtout, ne sois jamais condescendant avec elle.

L'aube va se lever. Ne te tire pas une balle dans la tête. Interdis-toi de penser à ton arme, ne la regarde pas et surtout ne la touche pas.

Considère la situation sous un autre angle.

Quand le jour se leva, il allait mieux. Il lui semblait que le téléphone avait sonné pendant la nuit, mais comme la plupart des appels qu'il recevait chez lui n'étaient que des messages enregistrés, le plus souvent il ne se donnait pas la peine de décrocher et ne tenait aucun compte du bruit futile de l'appareil.

L'après-midi, il somnola, il s'efforça de ne pas penser à la nuit qui s'annonçait parce que la douleur était déjà sérieuse. La mangeoire à oiseaux était vide, leur abreuvoir devait l'être aussi. Et alors ? On s'en fout des oiseaux. Non. Ce sont de mauvaises pensées, ça va se retourner contre toi, on te le fera payer. Les oiseaux sont gentils. Il leur voulait du bien et assuma sa culpabilité de n'avoir pas rempli la mangeoire.

On sonna à la porte. Du moins il lui semblait avoir entendu sonner, mais personne ne venait jamais lui rendre visite. On sonna encore. Il comprit qu'il ne s'agissait pas d'un cambrioleur ou d'un adventiste du septième jour. Quelqu'un connaissait son adresse, quelqu'un qui ne voulait pas s'en aller, qui attendait qu'il ouvre la porte.

Il s'assit. Ça cognait dans sa tête, comme des coups de gong. Il enfila lentement son jean et se leva. Son pistolet, armé, cran de sûreté en place, traînait par terre, une balle déjà dans la chambre. Hanson était certain que l'arme était chargée, mais il décida que ça n'avait pas importance parce qu'il n'allait pas la prendre. Ça lui aurait fait trop mal de pencher suffisamment la tête pour la ramasser. La personne à la porte pouvait le descendre, ça lui allait très bien.

Il avança aussi doucement que possible, tête inclinée, yeux rivés au parquet à un mètre devant lui. C'était la posture qui semblait être la moins douloureuse. Dans cette position, il aperçut les rayons d'une roue de bicyclette – en tout cas, ça y ressemblait – à travers le voilage recouvrant les carreaux verts en verre biseauté. Une fois à la porte, il la déverrouilla, ouvrit le battant et leva les yeux en faisant bien attention.

— Bonjour, agent Hanson. J'espère que je ne vous réveille pas. Et que ça ne vous ennuie pas que je vienne chez vous sans prévenir. Ça faisait un moment que je ne vous avais pas vu, alors… Mais peut-être vous préférez que je m'en aille ? Vous allez bien ?

— Weegee, marmonna Hanson.

Il sentit la douleur relâcher son emprise, capituler, s'écarter de lui.

— Weegee, répéta-t-il en souriant. Entre donc.

— Je peux apporter mon vélo à l'intérieur ?

— Bien sûr.

La douleur sortait de chez lui, elle était partie, elle attendrait la prochaine occasion.

— Attends une seconde, je vais mettre un tee-shirt, ajouta-t-il.

Weegee appuya sa bicyclette contre un mur du salon, puis Hanson et lui se rendirent dans la cuisine.

— Ça me fait plaisir de te voir, Weegee, commença Hanson en ouvrant la porte de son réfrigérateur. Je n'ai… Ah si, j'ai de l'eau. Et des glaçons. Un verre d'eau avec des glaçons, qu'est-ce que tu en dis ?

— Merci, c'est très bien. Et vous, ça va ?

— Oui, répondit-il en vidant le contenu d'un bac à glaçons en plastique. Je ne me suis jamais senti mieux, lui affirma-t-il.

Il rit à ce qu'il venait de dire tout en remplissant le verre de son visiteur.

— Allons dehors, sur la terrasse, suggéra-t-il.

— Les oiseaux, approuva Weegee.

Il restait quelques graines dans la mangeoire et éparpillées par terre autour.

— Voilà, dit Hanson en posant l'eau bien fraîche sur la petite table de la terrasse de derrière. Eux aussi doivent avoir soif.

Il remplit un pichet au robinet et savoura le gargouillement qui se modifiait à mesure que le niveau de l'eau montait, que le récipient se remplissait.

— Prends le sac, là, dit-il à Weegee, viens avec moi.

Ils prirent la porte de côté, longèrent le garage en ruines pour gagner la pelouse arborée qui s'étendait en contrebas de la véranda. Hanson décrocha la mangeoire, la remplit et laissa l'abreuvoir aux soins de Weegee. Puis ils retournèrent dans la maison.

— Les oiseaux, répéta Weegee en finissant son deuxième verre.

Il le leva à la lumière, fit cliqueter les cubes de glace.

— Ma tatie a un tableau où on voit des oiseaux qui vivent au pôle Nord. Vous savez, précisa-t-il en posant le verre sur la table et en plaquant les bras contre ses flancs, les manchots.

Il imita la démarche du manchot, titubant, se balançant de gauche à droite.

Hanson éclata de rire.

— Vous savez où est The Ville ? demanda Weegee.

— C'est dans San Antonio Village, non ?

Le gamin hocha la tête.

— Vous y êtes déjà allé ?

— Une fois.

Une forme floue couleur éclairage au néon orange apparut, comme surgie de nulle part de l'autre côté de la moustiquaire. Elle bourdonnait en oscillant d'un côté et de l'autre.

— Ça alors, c'est quoi comme colibri ? demanda Weegee.

— Un colibri roux.

— J'en avais jamais vu.

— Ils ne restent pas ici toute l'année. Ils migrent depuis le Mexique jusqu'en Californie où ils élèvent leurs petits, ensuite toute la famille repart de l'autre côté de la Sierra Nevada et retourne au Mexique.

— Ma tatie a un livre sur les Aztèques, avec des images où ils ont des casques de guerre en forme de colibri.

Hanson aurait aimé que Libya accompagne Weegee lors de cette visite. Ils se seraient tous assis sur la terrasse et auraient observé les colibris.

39

LES TRAVERS DE PORC DE CHEZ FLINT

Au bout de cette longue journée torride, le soleil cabossé et tuméfié hésitait à plonger, juste au-dessus de l'horizon du District quatre où Hanson faisait la queue chez Flint's Ribs. Il était de repos, portait un jean et un sweat noir délavé aux manches arrachées. Sa commotion cérébrale datait de deux semaines et les migraines avaient cessé. Il lui restait trois mois et trois semaines avant de décrocher son diplôme professionnel dans la police. Il cochait encore les dates, jour après jour, sur le calendrier du restaurant Three Dragons, comme un soldat en guerre à l'approche de sa démobilisation.

La file débordait sur le trottoir crevassé, longeait un terrain vague goudronné clôturé d'un grillage de près de trois mètres de haut fixé dans le béton et surmonté de barbelé en rouleaux. Avec les années, le revêtement s'était boursouflé et fissuré, et les lézardes étaient envahies de mauvaises herbes, pour la plupart tuées par la chaleur. On avait dépensé de telles sommes pour recouvrir et protéger le terrain que l'argent avait dû manquer avant que la construction qu'on avait voulu épargner des dégradations ne voie le jour. De l'autre côté de la barrière, Hanson aperçut le lapin du temple qui se grattait l'oreille en observant la queue devant chez Flint.

Unique Blanc parmi les clients, il sentait tellement le flic qu'il en devenait presque aussi invisible que le lapin noir. Car qui serait venu là à part un flic ? Un homosexuel blanc masochiste venu dans l'espoir de se faire tabasser par des Noirs ? Le syndrome devait être répandu. Il y avait de tout maintenant dans la rue, avec ces cinglés.

Ou peut-être n'était-il qu'un raciste ordinaire projetant partout où il allait la peur qui l'habitait et, selon la formule consacrée, l'hostilité latente de la communauté afro-américaine d'ordinaire paisible. Si ça se trouve, personne dans la file n'avait remarqué qu'il était blanc. Dans les établissements où il avait enseigné, il avait connu des professeurs et des responsables administratifs, de respectables universitaires certainement pas idiots ni indifférents, des gens bardés de diplômes, incapables de retenir ce genre de détail chez leurs étudiants et qui devaient recourir à un plan de salle pour visualiser leur classe, et encore. C'était peut-être une simple coïncidence si à son arrivée dans la rue, et ensuite dans la file, toutes les conversations avaient cessé. Après tout, qui aurait pu dire pourquoi ? Il ne savait plus où il en était. Il pouvait dire qu'il perdait encore du poids, ça oui, il avait passé la barre des soixante-cinq kilos. Et aussi qu'il souffrait d'un ulcère hémorragique, mais il faisait comme s'il n'existait pas. L'antiacide ne le soulageait plus.

Le soleil avait repris sa course, il descendait tranquillement à l'horizon. Derrière Hanson, trois adolescents foudroyaient sa nuque du regard en maugréant contre la police.

La Rolls blanc nacré de Felix se découpa dans le soleil couchant et longea la rue vers eux.

— Vous savez qui c'est ça, monsieur l'agent ? demanda un des jeunes dans son dos sur un ton prudent et vaguement amical.

Il tâtait le terrain. Sans se retourner, Hanson haussa les épaules, hocha la tête.

— Un trafiquant de drogue ? proposa-t-il.

— C'est le plus gros.

— Ouais, carrément, acquiescèrent les deux autres.

— Très malin, fier, un vrai dur…

— C'est sûr.

— Un vrai.

— La loi peut pas l'atteindre.

Tout le monde dans la file tourna la tête pour suivre la Rolls du regard.

Enhardi par l'apparition de Felix, un des ados lui lança sur un ton presque agressif :

— Alors, qu'est-ce que vous fichez ici ?

— Je suis en intervention, je viens arrêter des travers de porc, répondit Hanson.

Le soleil finissait de se coucher, son éclat s'éteignait. La queue avança.

Hanson s'offrit deux portions de travers de porc. En route vers la sortie, il sourit aux trois jeunes et les salua de la tête en secouant son sac.

— Ils sont en garde à vue, plaisanta-t-il.

Felix, en costume de lin ocre, l'attendait sur le trottoir juste un peu plus loin. Son chauffeur avait les mains sur le volant, la tête penchée de côté et veillait sur Felix par sa fenêtre ouverte. La portière passager s'entrouvrit puis se referma – sa vitre teintée lança un éclair bleu noir intense en reflétant l'ultime lueur du crépuscule –, l'un des gardes du corps du dealer inspecta les alentours.

— Pourquoi ne venez-vous pas simplement travailler pour moi ? demanda Felix en emboîtant le pas à Hanson.

Une des cinq ou six personnes qui attendaient à l'arrêt de bus de l'autre côté de la rue, un vieillard émacié, voûté par l'âge et dont les omoplates saillantes se déployaient comme des ailes et vêtu d'un pantalon de chantier et d'un marcel blanc sale, les regardait de loin. Le bus arriva, ses portes s'ouvrirent en sifflant, et le vieil homme disparut.

— Je serais un très mauvais criminel.

La Rolls les suivait consciencieusement le long du trottoir.

Felix acquiesça de la tête. Hanson se sentait à l'aise en compagnie de vrais durs, mais beaucoup frôlaient la démence et il fallait parfois s'inquiéter qu'ils se retournent soudain contre vous. Pour des raisons connues d'eux seuls.

La Rolls avançait à leur allure. Ses pneus broyaient les ordures et le verre brisé, cahotaient dans les nids-de-poule.

— Je voudrais vous montrer quelque chose, dit Felix.

Hanson hocha la tête et le regarda. Il se demandait ce qui allait se passer.

De l'autre côté de la rue, le bus siffla encore, trépida et s'éloigna. Le vieillard était parti.

— Venez faire un tour avec moi, reprit le dealer en jetant un coup d'œil vers le ciel.

— Je vais mettre mes travers de porc dans la voiture.

Felix retourna à sa Rolls.

— Tu m'énerves à me suivre comme ça, lança-t-il au chauffeur. On va traverser le cimetière. Attends-nous de l'autre côté.

— Levon va m'écorcher vif s'il t'arrive quelque chose.

Felix avança encore à côté de sa voiture sur deux cents mètres environ, puis remonta sur le trottoir, sous l'auvent d'un marchand de chaussures d'où il fit signe au conducteur de filer, avec ce commentaire :

— Laisse-moi m'occuper de Levon.

Hanson claqua la portière de son utilitaire et rejoignit le dealer.

— Vous avez fait tout le chemin depuis l'Idaho dans cette voiture ? s'étonna Felix. D'ailleurs, c'est où ?

— Elle n'a pas l'air de grand-chose, reconnut Hanson. C'est ce qu'on appelle une voiture qui a vécu, mais elle marche bien.

— En bossant pour moi, tenta Felix en se laissant aller à un accent de la rue, vous pourriez vous payer une chouette bagnole.

— Genre mac en Cadillac…

Ils entrèrent dans le cimetière par la route asphaltée tracée sur un terre-plein de quinze centimètres de haut, une voie unique serpentant dans le terrain. On aurait dit une coulée volcanique permettant aux gens de rester dans leur voiture jusqu'au lieu même des funérailles, ou pour rendre visite à leurs morts.

— Asseyons-nous là, proposa Hanson.

Il indiquait un groupe de tombes de Hell's Angels, une sorte de Stonehenge miniature de marbre noir dont chaque pierre tombale était ornée d'un crâne ailé.

— Je tiens pas à salir mon costume, répondit Felix.

— Bon…

Hanson, un peu contrarié, ajusta sa sacoche de sorte à pouvoir dégainer rapidement son pistolet.

— Vous pouvez rester debout, dit-il, ou vous acheter une nouvelle tenue, ou même mettre celle-ci à nettoyer. Ce n'est pas si sale ici.

Felix, immobile, regardait le ciel.

— Qu'est-ce que vous vouliez me montrer ?

— Soyez patient.

Le cimetière était construit sur un promontoire. Hanson porta les yeux vers le nord où, de l'autre côté de l'autoroute McArthur, les collines d'Oakland s'élevaient brutalement, verdoyantes, opulentes. Le quartier de Chabot Park et ses demeures à un million de dollars.

— D'East Oakland au cimetière, pensa-t-il à voix haute. Poursuivre l'ascension dans les collines d'Oakland. Peut-être que c'est ça, le paradis pour cette ville.

— Ce n'est jamais qu'un cimetière. Le type des Muslims que vous avez poursuivi l'autre nuit, celui qui vous a assommé mais que personne n'a vu à part vous ?

— Oui, eh bien ?

— Il est dans le parc, là-haut, au moment où je vous parle. Avec deux de ses copains à nœud papillon. Quelle idée de porter un truc pareil !

— Il est mort ?

La question avait échappé à Hanson.

— Je crois, oui, sinon il ne serait pas resté dans le sac-poubelle quand on l'a fait rouler en bas de la pente.

— Vous savez, Felix, vous devriez plutôt jeter vos victimes dans la baie, ou encore mieux, les emporter quelque part dans le désert et les enterrer. Vous allez finir par leur taper sur le système aux flics d'Oakland à force de jeter des cadavres dans les collines. Ils se moquent que des trafiquants de drogue noirs se fassent exécuter, mais les lâcher ensuite dans des quartiers blancs chics, ça fait tache. C'est comme traverser à l'aveuglette juste devant un véhicule de patrouille. C'est considéré comme un manque de respect.

Felix éclata de rire.

— Le temps file. Serait-ce la fin de Felix ?

Il sortit son petit sablier de verre rempli de paillettes de diamant, le renversa et scruta les petits éclats brillants qui palpitaient et stridulaient dans le goulot puis s'amoncelaient en dessous. Quand le bulbe inférieur fut plein, il posa la main sur sa poitrine pour sentir son cœur battre, comme s'il cherchait quelque chose dans sa poche.

— Felix vit toujours, conclut-il.

— Pourquoi personne ne l'a vu, l'autre fois ? demanda Hanson.

Il était loin de regretter de n'avoir pas un détecteur de mensonge sous la main.

— Le Muslim au chapeau, précisa-t-il.

— La police ferme les yeux quand ces types-là sont dans la merde. C'est comme ça. Parce qu'ils sont, soi-disant, croyants. Le conseil municipal, le gouverneur, le président, les Rockefeller, tous ont décidé que les Muslims seraient leurs larbins à Oakland. Alors maintenant ces enfoirés marchent sur mes plates-bandes. Je me débarrasse de deux ou trois, et ils recrutent des remplaçants tout juste sortis de prison. Ils leur donnent un nœud pap', un costume minable, leur racontent qu'ils sont les fils d'Allah, maîtres de la Terre. Et les flics me poursuivent, moi. Le lieutenant que j'avais dans la poche, que je croyais avoir dans la poche, me dit : « C'est le business, c'est tout. T'inquiète. » Hé, regardez ça, s'écria soudain le dealer en pointant le doigt vers le ciel.

Deux étoiles venaient de surgir, étincelantes dans le ciel qui s'assombrissait.

— Vénus et Jupiter, expliqua Hanson. On peut voir les lunes de Jupiter avec des jumelles et quelquefois, comme ce soir, on peut même en distinguer vaguement quatre à l'œil nu. On dirait qu'elles sont reliées à la planète par des câbles. Et parfois on a l'impression que Jupiter et Vénus arrivent de directions opposées. Mouvement rétrograde et phénomènes du même genre.

— Vous êtes sûr qu'il s'agit bien de ça ?

— Dans la mesure où je peux avoir des certitudes, répondit le flic en riant. En tout cas, c'est ce que disent les livres, et j'avais un télescope dans l'Idaho.

— D'accord. Mais attendez…

— Je me sens bien ici, dans ce cimetière. C'est tranquille. Comment se fait-il que les gens ne montent pas plus souvent ici, juste pour se détendre ?

— Dans un cimetière ?

— Ah, c'est une sorte de phobie culturelle ?

Felix jeta un coup d'œil à Hanson et remarqua qu'il souriait.

— Oui, confirma-t-il, nous les Noirs, on est comme ça.

Il scruta l'horizon à l'est, où le bleu foncé débordait sur l'azur pâle. Hanson se dit que le dealer n'allait pas le tuer aujourd'hui. Il semblait glisser vers la folie ces temps-ci, mais pour l'heure ils conversaient comme des individus normaux, et ni l'un ni l'autre n'en avaient souvent l'occasion. Pourtant, Felix avait Levon à qui parler, songea Hanson, situant approximativement l'emplacement de la maison de Libya.

Il sourit à Felix, se mit à rire, s'adossa à la pierre tombale d'un Hell's Angel. Le soir tombait. Il considéra les rangées de sépultures, repensa à Doc enseveli dans le carré des vétérans à Los Angeles. Et les autres ? Le sergent-major et Krause pourrissaient sans doute au Cambodge depuis longtemps maintenant. Il était le dernier à qui la vie collait à la peau. Et il était là, assis dans le cimetière en compagnie du trafiquant nº 1 d'Oakland, qui roulait en Rolls-Royce.

— La guerre m'allait bien, songea-t-il à voix haute. Tout le monde avait peur de moi. Et j'étais peut-être cinglé, mais tout était fou, alors si vous l'étiez encore plus, c'était une bonne chose. Plus on se montrait dingue, plus les autres avaient peur de vous. Vous savez comment ça marche. Si vous êtes fou et méchant, le type qui se fiche de vivre ou de mourir, personne ne se moque de vous. Je pouvais faire ce que je voulais à l'époque. J'étais spécial. Je connaissais le code secret. En plus, je n'étais pas fou du tout. Et au bout d'un moment je n'étais même plus perturbé. Là-bas, j'avais toute ma tête, j'étais parfaitement lucide.

Un avion volant vers l'est brillait à 30000 pieds d'altitude. Il captait les derniers rayons du soleil à l'horizon.

— Cette nuit-là devant le magasin d'alcools, se rappela Felix sans quitter le ciel des yeux, quand vous avez embrouillé Lemon en rigolant, quand j'ai vu tous ces gens qui faisaient attention de ne pas se trouver sur votre passage, je n'arrivais pas à vous cerner. Levon oui, mais pas moi. J'ai envisagé plusieurs scénarios. Je vous prenais pour une espèce d'agent fédéral.

Hanson éclata de rire.

— La police d'Oakland vous avait peut-être recruté à la sortie d'une école spéciale d'agents secrets. Ou carrément à votre sortie de prison.

— J'ai peur de la prison. Passer ma vie au milieu de crétins, de débiles mentaux, les gardiens autant que les prisonniers, non merci. Un jour, un psy pour vétérans m'a dit, parce que je l'avais énervé je ne sais plus avec quoi, il m'a dit : « Je vous imagine très bien en quartier de haute sécurité, et vous n'y feriez pas long feu, vous savez pourquoi ? » J'ai répondu : « Pourquoi ? » Et il m'a répondu : « Parce que, même quand vous vous seriez fait votre réputation de taré à qui il faut ficher la paix, vous persisteriez à chercher les plus costauds, et l'un d'eux finirait par vous tuer. » Il avait sans doute raison, mais qu'est-ce qu'on peut faire d'autre pour s'occuper en prison ? Suivre une formation ? Se repentir et trouver Jésus ?

— Voilà ce que je voulais vous montrer ! s'exclama Felix en montrant l'horizon obscur à l'est. Elle reste à un endroit, puis se déplace, elle a des lumières rouges et vertes et bleues pour donner l'impression de scintiller.

— Ah, une de ces fausses étoiles, fit remarquer Hanson. On dirait qu'elles scintillent comme des étoiles qui surgissent à l'horizon, à cause de la couche d'atmosphère plus épaisse qui réfléchit, réfracte et déforme l'image. Mais ça n'a rien à voir. Dans l'Idaho, j'ai photographié des fausses étoiles au télescope. Rien à voir avec un astre scintillant, non.

— C'est des saloperies d'étoiles factices. Elles me suivent partout. Elles écoutent mes appels téléphoniques et tout ce que je dis, à travers les murs ou quand je suis dans ma voiture. Tout à l'heure, je me suis dit que si j'en sortais, elles ne me remarqueraient pas et suivraient le véhicule, expliqua-t-il sans quitter le ciel des yeux. Vous, au moins, vous ne me prenez pas pour un dingue. Je n'en parle jamais, pas même à Levon.

— C'est plus que sûr qu'elles sont là-haut, acquiesça Hanson. Qui sait ce qu'elles peuvent faire. Mais je ne crois pas qu'elles vous surveillent en particulier. Je ne sais pas de quoi il s'agit au juste, en tout cas, c'est l'armée qui les installe dans les airs.

La Ford noire quitta la chaussée de Bancroft, dérapa dans l'herbe, redressa tant bien que mal sa trajectoire et passa sous l'arche d'entrée du cimetière. Elle accéléra en montant l'étroite voie goudronnée vers Hanson et Felix, phares éteints. Hanson s'était levé d'un bond parce qu'il avait tout de suite reconnu le véhicule. C'était celui des Muslims qui l'avaient observé pendant la querelle de voisinage de Monroe Street. Il restait assez de lumière venue de l'ouest pour distinguer le chauffeur et, sur la banquette arrière, deux types qui avaient l'air de se disputer, voire de se battre, mais en retenant leurs coups, de manière confuse, vive et saccadée, deux types effrayés qui ne savaient pas ce qu'ils faisaient.

Hanson plongea la main dans sa sacoche.

— Mais qui voilà ? lança-t-il.

La voiture freina, s'arrêta dans une espèce de sursaut, roula encore sur quelques mètres, s'immobilisa.

Il sortit son pistolet et se débarrassa de sa sacoche d'un mouvement d'épaule. Elle tourbillonna, parut flotter, palpiter dans sa chute tandis que la Ford avançait de nouveau. La portière arrière la plus proche de Hanson s'ouvrit d'un coup et le passager s'effondra par terre, arme à la main. Au même instant, des volutes de flammes et de fumée s'élevèrent dans l'habitacle, brûlantes, et percèrent un trou au milieu du toit – accompagnées d'un bruit de rafale d'automatique – et Hanson visa le type qui sortit son pistolet en le tenant d'une seule main, tourné sur le côté comme il avait dû le voir dans des films. Il le pointait plus ou moins vers Hanson et quand il pressa la détente, à plusieurs reprises l'arme tressaillit en silence dans sa main parce qu'il avait oublié de retirer le cran de sûreté. Il abandonna, resta immobile, les yeux rivés sur lui, conscient qu'il allait mourir avant même que Hanson tire deux fois, l'atteigne en pleine poitrine et qu'il s'affale contre la voiture qui quitta la voie goudronnée dans un crissement de pneus et s'éloigna en travers de la pelouse. Hanson repéra l'autre tireur, un genou à terre, qui tentait de se redresser et de changer de main pour tenir son Uzi fumant, un semi-automatique minable trafiqué pour lui permettre de fonctionner uniquement en mode automatique. À sa manière de le tenir, on voyait que le type n'avait jamais tiré de sa vie. Il saisit le canon brûlant comme une poêle à frire après les coups tirés à travers le toit, lâcha l'arme, puis se pencha pour la récupérer de sa main indemne.

Hanson passa en courant près du premier agresseur et lui tira une balle dans la tête. Le type était mort. Il écarta ensuite le pistolet à terre d'un coup de pied, puis toucha l'autre en plein front et dans le cou à un mètre et demi de distance tandis qu'il s'efforçait d'atteindre son Uzi. Le type était mort.

Il glissa sur l'herbe, stabilisa sa posture, rétablit sa ligne de visée, tira une, deux, trois, quatre, cinq, six balles dans le coffre et à travers la lunette arrière de la Ford qui tourna comme une toupie hors de contrôle, et heurta un obélisque de marbre de près de trois mètres de haut, une réplique miniature du Washington Monument. Il courut ensuite jusqu'à la vitre du conducteur, se protégea le visage de la main gauche et tira dans la tête du chauffeur déjà à l'agonie et qui essayait à nouveau d'atteindre un pistolet avec son bras encore valide. Le type était mort.

Un peu essoufflé, Hanson recula, considéra les trous qu'il avait percés dans le coffre, le visa, cran de sûreté relevé. Personne n'allait jaillir de là, mais il le surveilla quand même en s'écartant à reculons. Soudain des coups de feu retentirent derrière lui. Il pivota, pointa son arme dans la direction.

Felix se tenait au-dessus des deux tireurs morts étendus à moitié sur l'asphalte et à moitié dans l'herbe, et les arrosait de balles, indifférent aux taches que faisaient sur son pantalon les éclaboussures de sang, la poussière et les fragments de goudron. Hanson le regarda vider son arme, replaça la sienne dans la poche arrière de son jean, puis le rejoignit. Après tous ces tirs, ses oreilles tintaient et il était presque sourd, mais il entendit quand même le dealer hurler aux cadavres :

— Allez vous faire voir, avec vos étoiles ! Qu'elles aillent se faire voir elles aussi ! Enregistrez ça, tiens !

En bas, dans East Oakland, les premiers tourbillons rouge et bleu apparurent au loin, minuscules, se regroupant en essaims avant de s'engager silencieusement dans la côte menant au cimetière.

Hanson avait toujours son arme dans la poche quand il fut ébloui par le faisceau des phares du véhicule banalisé. C'était trop tard pour la poser dans l'herbe, s'en éloigner et affirmer : Mais non, c'est pas à moi. Ils devaient surveiller Felix. La voiture s'arrêta à une cinquantaine de mètres de lui et son projecteur lui balaya le visage. Les portières s'ouvrirent et se fermèrent en claquant, mais la carrosserie demeurait invisible derrière les feux allumés. Il se sentit coincé au milieu d'un réseau de lignes de tir qui lui frôlaient les jambes, lui laissèrent un instant de répit, puis remontèrent jusqu'à ses hanches et finirent par s'immobiliser, braquées au milieu de sa poitrine.

— Saloperies d'étoiles, lança Felix dans son dos. C'est elles qui ont tout manigancé.

Les feux rouge et bleu des véhicules d'urgence éclairaient le quartier obscur en contrebas, petits feux dans la nuit qui convergeaient en brûlant vers le cimetière. Derrière Hanson, des véhicules de patrouille hurlaient déjà depuis l'autoroute McArthur, leurs sirènes noyant les mots que Felix prononça ensuite. Quelqu'un avait dû lancer un code 33 – assistance d'urgence à agent – dépêchant sur place toutes les voitures disponibles alors que personne ne savait de quoi il retournait. Des conditions idéales pour des collisions et des tirs accidentels entre policiers. Un sacré bazar. L'inconnu qui le gardait dans la ligne de mire de son fusil aurait dû l'abattre, puis abattre Felix. Problème résolu. Toutes les autres voitures retournent patrouiller.

Une voiture de police sauta sur le trottoir près du bâtiment d'entretien et une autre approcha par-derrière, à travers le terrain arboré. La suivante passa en trombe sous l'arche de l'entrée, quitta la chaussée, dérapa sur l'herbe et traversa en chassant de l'arrière une rangée de pierres tombales et en fracassa une autre.

Hanson refusait de se faire descendre au milieu d'un tel cirque, ni même d'y participer. Il concentra son attention sur une étoile, une vraie, à des années-lumière du cimetière d'Oakland, et observa tout de là-haut. Les agents sortaient de leurs véhicules de patrouille dans tous les sens, brandissant des pistolets qu'ils tenaient à deux mains, mal assurés, s'accroupissaient ou s'agenouillaient, avançaient de biais, attendaient un ordre audible par-dessus les hurlements des sirènes.

Il savait qu'on allait lui demander de croiser les doigts derrière la tête, de se retourner – pour vérifier s'il était armé –, de continuer à pivoter, et enfin de s'immobiliser, de se mettre à genoux, puis face contre terre, mais il ne ferait rien avant qu'on lui en donne l'ordre. Il ne voulait embarrasser personne. Pas de coups tirés par accident. Il voulait que la séquence ordre-exécution se déroule exactement comme elle était censée le faire, comme à l'exercice.

Felix n'avait pas les mains en l'air. Il avait l'air

furieux, mais il gardait les bras bien écartés du corps pendant que les flics formaient autour de lui un vague cercle ondulant, hérissé de canons braqués. Au premier tir qui se déclencherait, la moitié des agents tomberaient sous des tirs amis. *Ah, mes amis…,* songea Hanson. Felix Maxwell, baron de la drogue, éliminé avec la moitié des forces de police de la ville d'Oakland dans une sorte de tuerie suicide. S'il ne souffrait pas trop, il mourrait en riant. Il sentit que la cible de la visée se déplaçait de sa joue à son front. Quatre ou cinq collègues lui beuglaient de mettre les mains derrière la tête. Il s'exécuta.

— Maintenant, tourne-toi !

— Tu te tournes jusqu'à ce qu'on te dise de t'arrêter !

— Tout de suite !

Il se retourna, mains sur la nuque, sans tenir compte d'une flic qui lui criait : « Plus un geste, enfoiré ! » Hanson chanta dans sa tête une chanson pour les étoiles : « *Star of wonder, star of light, star of royal beauty bright, westward leading, still proceeding*[1] … »

Ensuite il se retrouva à genoux et veilla à la correction de sa position allongée, face contre terre, comme dans les manuels, sans doute la plus impeccable que ses collègues avaient jamais vue. Sur le ventre, les bras en croix comme pour dessiner un ange dans la neige, les jambes écartées au maximum, presque à en déchirer son jean, la joue dans l'herbe. Les lumières rouge et bleu balayant son visage et les bottes de ses collègues. Il entendit des pas qui s'approchaient. Quelqu'un lui

1. « Miraculeuse étoile, étoile de lumière, étoile à l'étincelante beauté royale, tu nous guides, infatigable, vers l'occident. »

prit son arme. Puis on le menotta, le remit debout, le traîna jusqu'à un véhicule de patrouille, lui rabaissa le menton contre la poitrine et le poussa sur la banquette arrière. Il était toujours vivant.

Il remarqua le sergent Hicks qui l'observait juste devant sa voiture.

40

TOUT VA BIEN

Il était presque minuit quand les responsables des Affaires Internes annoncèrent à Hanson qu'il pouvait rentrer chez lui mais qu'ils l'attendaient à la première heure le lendemain. Il s'était bien débrouillé, ce qui n'avait rien d'un exploit dans la mesure où il avait dit la vérité à chaque fois, sauf quand il avait raconté qu'il avait craint pour sa vie, et comme à peu près n'importe qui à part lui aurait craint pour la sienne, il s'agissait d'un mensonge facile, presque infaillible. Le plus difficile au cours de cet interminable interrogatoire avait été de ne pas laisser éclater sa colère, mais c'était un effort quotidien depuis son retour de la guerre. Pour le reste, il avait décrit les événements exactement de la même manière à chaque fois, tout comme il avait répondu à chaque question précise sans dévier, presque mot pour mot, bien qu'au début ç'ait éveillé les soupçons des inspecteurs. Pour les questions pièges, il s'était contredit à quelques reprises, mais c'était ce qu'il fallait faire, c'était ce qu'on attendait de lui, ça participait de la procédure. Il aurait pu se montrer, disons, un peu plus aimable, ou tenter de le faire, même s'ils devaient s'en servir pour le coincer. Parce que c'étaient de sacrés enfoirés.

On lui avait proposé de passer un coup de fil, comme à n'importe quel criminel, mais il savait qu'on enregistrerait tout ce qu'il dirait. La seule personne qu'il aurait eu envie de joindre, c'était Libya, et il ne voulait pas que les Affaires Internes apprennent quoi que ce soit sur elle, même si leurs agents étaient sans doute déjà au courant pour eux deux. Mais il refusait de leur fournir son numéro de téléphone.

Ils avaient remorqué son utilitaire jusqu'au dépôt, l'avaient fouillé et il s'y retrouvait garé avec les véhicules de patrouille. Il avait une allure comique dans cet environnement, mais personne ne se moqua de lui. En fait, personne ne lui adressa la parole puisqu'il sortait d'un interrogatoire avec les Affaires Internes. C'était comme s'il avait été porteur d'une maladie.

Le plus prudent aurait été de rentrer chez lui se saouler. Il y aurait été à l'abri des surprises.

Sur le trajet, il remarqua que la petite épicerie coréenne où il avait l'habitude de s'arrêter sur le chemin du travail pour se procurer sa demi-pinte de vodka était encore ouverte. Peut-être que les propriétaires le laisseraient téléphoner. Mais pourquoi le feraient-ils, après tout ? Ils ne le connaissaient pas, ne savaient pas ce qu'il faisait dans la vie à part leur acheter cinq jours par semaine une bouteille de leur vodka la moins chère. C'étaient des Coréens de toute façon. De bons soldats pourtant, brutaux, des durs. Et il lui faudrait bien de la chance pour trouver une cabine téléphonique pas encore démolie. Une fois chez lui, il pourrait appeler, seulement les Affaires Internes avaient sans doute placé sa ligne sur écoute.

Il se gara devant le petit groupement de commerces miteux, où l'asphalte était recouvert de verre brisé. D'ordinaire ce bout de parking grouillait d'ivrognes, de junkies, de branleurs qui essayaient de rassembler leur courage pour cambrioler un magasin. On ne pouvait pas reprocher à ces Coréens de faire savoir au monde entier qu'ils ne se laisseraient pas marcher sur les pieds. Il n'y avait jamais vraiment réfléchi avant. En tout cas, cette nuit-là, il n'y avait personne dans le coin.

Il allait devoir supplier pour utiliser leur téléphone, puis supplier Libya de… de quoi ? D'accepter de lui parler ? De lui dire : « Oh, mon pauvre chéri » ou au contraire de lui dire de se débrouiller tout seul ? *Bon, finis-en avec ça*, se dit-il, *ensuite tu pourras t'acheter une bouteille à rapporter chez toi.* Et puis qu'est-ce qu'il croyait, à la fin ? Qu'est-ce qu'il s'imaginait ?

Il resta assis dans son utilitaire à examiner la camelote exposée dans la vitrine du magasin. Il coupa le contact et resta encore un peu. Et merde, conclut-il. Il n'y avait rien d'agréable à espérer ici. Il redémarra pour rentrer chez lui, mais le véhicule cala quand il voulut passer la vitesse. Le moteur ne voulait pas redémarrer. Et en plus, la lumière commençait à s'éteindre dans l'épicerie. Il sortit de sa voiture et se dirigea vers la porte d'entrée. Des fenêtres avec des barreaux, de petites ampoules rouges clignotantes peut-être reliées à des alarmes. Au bout de tiges articulées, des caméras, réelles ou factices. La porte renforcée de barreaux était verrouillée, comme toujours. Le commerçant faisait entrer les clients quand ils sonnaient. Il sonna. La plupart des lumières étaient déjà éteintes. Il sonna encore et quelqu'un au fond, derrière des caisses empilées, avança.

— Bonsoir, dit-il sans élever la voix.

Il n'attendait rien de sa tentative, sûrement rien d'aimable, alors pourquoi se ridiculiser en plus en criant « Bonsoir » ?

— On ferme, répondit une femme depuis l'autre bout du magasin.

— Madame ?

— On ferme. Tant pis. Revenez demain matin.

— Je m'excuse, madame, de vous déranger à cette heure…

Il inspira profondément et décida de terminer sa phrase.

— … mais pourrais-je utiliser votre téléphone, s'il vous plaît ? Rien qu'une minute. Je vous dédommagerai. Ma voiture ne démarre pas.

Quand la porte s'ouvrit, il sursauta comme s'il venait d'être électrocuté. Il entra, ferma derrière lui.

— Il y a quelqu'un ?

La seule personne qu'il voyait, c'était lui, dans les miroirs convexes disposés un peu partout.

— Je vous connais, l'informa la voix, vous venez tous les jours acheter un peu vodka. OK. Agent de police, je sais. OK pour le téléphone. Sur le comptoir. Allez.

Elle ne bougeait pas du fond du magasin.

— Merci…

Le combiné, une antiquité, devait peser dans les deux kilos.

Hanson composa le numéro de Libya recopié sur un morceau de fiche de rapport d'incident qu'il gardait dans son portefeuille.

Quand elle décrocha, il dit :

— Salut…

— C'était toi, hein ?

— Libya ?

— La fusillade. Dans le cimetière. C'était toi.

— Oui. Je vous ai réveillés, Weegee et toi, c'est ça ? Bien sûr. Quel imbécile. Pardon.

— Mais non. On était réveillés, tout va bien. Et toi, ça va ?

Une autre lumière s'éteignit dans l'épicerie.

— Et toi, ça va ? répéta-t-elle. On a tout vu à la télé. Tu vas bien ?

Seules deux lampes éclairaient encore au fond.

— Oui, ça va, lui assura-t-il. Promis, oui, je vais bien. Mais il faut que j'y aille, ils ferment ici. Dis à Weegee que j'ai appelé, passe-lui le bonjour de ma part. Dis-lui pour nous deux. Et allez dormir tous les deux, j'appellerai demain. Tout va bien. Je te rappelle demain matin. Tu me manques.

Il raccrocha dans la pâle et lointaine lueur jaune venue du fond de l'épicerie.

— Merci, merci beaucoup, dit-il. Je vous remercie de m'avoir aidé. Bonne nuit.

Il marcherait jusque chez lui. Ça n'était qu'à quelques kilomètres. Il pourrait admirer les lueurs de l'aube.

— Bonne nuit, dit-il une deuxième fois avant de sortir.

Il repéra le lapin du temple qui le regardait depuis la bande herbeuse débordante d'ordures et de broussailles située entre le parking et la rue, et n'en fut pas surpris. C'était bien là le mystère.

41

CLASSÉ SECRET DU GOUVERNEMENT

Felix boite le long du couloir, furieux, il rumine, il a une coupure à la mâchoire, un œil au beurre noir, la paupière enflée et à demi fermée. Des blessures, consécutives au passage à tabac dont il a été victime dans le cimetière, œuvre des flics qui ignoraient à qui ils avaient affaire et s'en fichaient. Le lieutenant de la police d'Oakland qu'il soudoie lui a juste dit : « C'est le prix à payer pour le business. »

En arrière-plan, il entend la radio branchée sur la fréquence des flics qui passe les appels successifs et la télé qui diffuse *La roue de la fortune.* Au-dessus de la cité, on perçoit le claquement des pales d'un hélicoptère.

Quand Tyree le rejoint dans le couloir, Felix lui fait un signe et ils vont tous les deux dans le bunker. Felix rabat la lourde porte blindée en acier. Il règne un silence complet, un silence de mort.

Le chef s'assoit sur le canapé.

— Tu sais…, commence-t-il.

Soudain, il se lève et se plante au beau milieu de la pièce à l'épreuve des bombes, du feu et dépourvue de fenêtre. Il étudie l'éclairage encastré dans le plafond au-dessus de sa tête. Tyree veut parler, mais Felix lève la main pour le faire taire et secoue la tête comme pour dire : Pas maintenant.

Il semble prêter l'oreille à la pièce plongée dans le silence tout en tournant lentement sur lui-même et en examinant les moulures en haut des murs. Au bout d'un moment, il se campe devant la bibliothèque, en retire à moitié un livre, un autre, regarde derrière eux, les replace. Il décroche un téléphone posé sur le bureau à côté, porte le combiné à son oreille, écoute, raccroche sans le quitter des yeux. Il décroche de nouveau, tire sur le cordon, replace le combiné contre son oreille, écoute, puis raccroche avec soin et se rassied sur le canapé. Son œil est dans un état pire encore qu'il ne semblait. Le blanc est injecté de sang. Il observe la liseuse posée à côté de lui.

Il l'allume, l'éteint, examine l'intérieur de l'abat-jour, tapote le siège en cuir à côté de lui, continue de scruter la lampe tandis que Tyree s'approche. Il tapote de nouveau le coussin, nerveusement, jusqu'à ce que son associé s'asseye. Il montre du doigt la petite lampe, hoche la tête, regarde Tyree et dévisse l'ampoule.

— Écoute, chuchote-t-il en jetant un coup d'œil à Tyree.

Il approche l'ampoule de son oreille, la fait tourner.

— Ils…

Il applique le verre fin sur son œil enflé, déglutit, retrouve son souffle. Il lève son autre main dans la pièce silencieuse, secoue la tête. Ils sont partout.

42

LE LION

De ses yeux dorés paisibles comme la nuit le lion scrutait Hanson qui passa la porte de la cage aux fauves, puis s'arrêta au niveau du garde-fou de cuivre, assez près pour se pencher, tendre la main à travers les barreaux et toucher l'animal s'il voulait en prendre le risque.

Le lion regardait derrière Hanson à présent, comme s'il s'imaginait loin de sa cage, de retour dans la chaleur et les hautes herbes jaunes de la savane. *Peut-être qu'en fait il peut se déplacer à sa guise*, songea Hanson. Même enfermée, la bête régnait en maître.

Ce n'était pas la première fois qu'il venait le voir, cet animal qui ne craignait pas la mort, et certainement pas la sienne. Il n'avait pas choisi de naître lion, immunisé contre la peur, tueur sans pitié ni remords, c'était sa nature.

Hanson, au départ, connaissait la peur et c'est seulement plus tard – il avait fallu une guerre – qu'il était devenu celui qu'il serait définitivement. Lors de sa première mission sur le terrain, il avait fait preuve de courage, feint de ne pas remarquer la peur qui le suivait partout, toujours sur ses talons, qui se plaignait, critiquait chacune de ses décisions. Il avait compris que sa bravoure ne durerait pas une année de plus. Deux ou trois mois peut-être, mais pas un an. Il épuisait ses réserves de courage, il ignorait pour combien de temps il lui en restait et ce qu'il ferait quand elles seraient épuisées. Et puis, un matin à l'aube, il s'était levé après avoir survécu à une nouvelle embuscade, alors qu'il demandait une évacuation médicale pour les blessés et les morts, cela lui était apparu comme un miracle : lui aussi était mort. Son nom figurait sur la liste des moribonds, on ne lui demandait plus rien d'autre, son tour venait. Il n'avait plus à avoir peur ou à faire preuve de bravoure. La peur le laissait se débrouiller directement avec la Mort.

Le lion, revenu dans sa cage, attendait. Tous les autres fauves l'avaient rejoint, agités, tournaient en rond en montrant les crocs. Le vacarme métallique des verrous et des barreaux résonna, puis le grincement de charnières d'acier. L'homme parut traverser le mur, par une issue de service. Un soigneur nettoyait à la brosse la poudre vitaminée et le sang de cheval sur ses mains et sur les jambes de son pantalon d'uniforme blanc. Il regarda Hanson.

— Je me rends compte maintenant, lui déclara Hanson. C'est beaucoup de responsabilité.

L'autre acquiesça, mais ne s'attarda pas. Les fauves s'agitaient dans leurs cages. Il était temps de les nourrir.

Hanson n'avait pas la télé, il dut en acheter une dans un centre commercial pour regarder ce que racontaient les infos du soir sur la fusillade. Des agents de police étaient plantés derrière le ruban de scène de crime déployé au bout de la rue. On tenait à distance journalistes et caméras, expliquait la voix off, pour sécuriser les lieux. Trois hommes armés, dont un muni d'un fusil d'assaut, trois prisonniers en liberté conditionnelle, avaient été abattus au cours d'une fusillade par un policier travaillant sous couverture. Ce dernier avait été mis en congé administratif sans suspension de solde, la procédure habituelle après des échanges de coups de feu impliquant un représentant des forces de l'ordre.

Hanson dort.

Il se fait tard. À côté de lui, le lion ronronne. Des hyènes chuchotent dans les buissons. Au loin, la circulation sur Bay Bridge bourdonne, grommelle au-dessus de l'eau noire. Oakland est désertée. Le soigneur passe en effleurant le sol. Il a l'air d'un fantôme dans son uniforme blanc.

43

LA MÉDAILLE DE LA BRAVOURE

Hanson courait dans Piedmont. On abordait la deuxième semaine de son congé administratif sans suspension de solde. Le lendemain, il allait connaître la décision des instances de la police à son sujet. Il avait fait ce qu'il avait fait, si c'était à refaire, il le referait et s'inquiéter ne servirait à rien. Au pire, il risquait le licenciement. Mais tous les flics avaient peur des Affaires Internes, de loin la plus grosse unité de la police d'Oakland, comportant quatre fois plus d'agents que les Vols et Homicides. Y être engagé, c'était comme se faire implanter une puce de terreur dans le cerveau. Ils avaient tout pouvoir.

Quand ils l'avaient interrogé, Hanson s'était forcé à dire : « Je craignais pour ma vie. » Ces mots magiques suffisaient à justifier presque n'importe quel tir. C'était son seul mensonge. Mais mentir constituait le seul motif de licenciement, même si par ailleurs vous n'aviez rien fait de mal.

Aucun agent de la police d'Oakland, en uniforme ou travaillant sous couverture, n'avait jamais été révoqué pour avoir abattu un civil, et encore moins fait l'objet de poursuites judiciaires. Un ou deux avaient été licenciés, mais pas longtemps parce que les avocats du syndicat étaient toujours parvenus à invalider la décision de justice et à obtenir la réintégration des flics avec rappel de salaire. Comment les huiles auraient-elles la moindre chance de recruter des gens prêts à patrouiller sur le terrain dans East Oakland si tout le monde savait qu'en cas de tir fatal dans un moment de panique, par erreur, parce qu'on avait mal évalué la situation, on serait sérieusement remis en cause ? Il suffisait de dire qu'on avait craint pour sa vie. Il avait agi correctement, mais il avait menti.

Il n'y pouvait plus rien, sinon allonger sa foulée.

Il descendait Fairview Avenue quand il aperçut un véhicule de patrouille flambant neuf du quartier Piedmont qui roulait lentement dans sa direction. Il fit demi-tour, rentra les épaules, partit d'un pas rapide dans l'autre sens. Quand il entendit le son du haut-parleur qu'on branchait, il accéléra. La voiture se rapprocha, puis, juste derrière lui, un chuchotement amplifié retentit.

— Allez, connard, fais-moi plaisir.

Il s'arrêta, leva les mains bien haut en l'air.

— Comment ça va, Hanson ? Je me suis laissé dire que tu avais tué trois Black Muslims.

Hanson mit les mains derrière la tête et écarta les jambes.

— Les témoins racontent qu'ils n'avaient jamais vu ça. Ils disent que tu les as exécutés.

Il se retourna et reconnut Knox.

— Qu'est-ce que tu as entendu d'autre ? demanda-t-il.

— Des tas de gars ne te portent pas dans leur cœur.

— C'est vrai. Et qu'est-ce qu'ils disent ?

— Tout ce que tu peux imaginer. La rumeur circule que tu joues les gardes du corps pour Felix, au noir.

— Et toi, t'en penses quoi ?

Knox eut un petit rire.

— Tu es un bon flic. Ces minables t'auraient descendu si tu ne les avais pas pris de vitesse. Trois enfoirés de gangsters, trois pistolets et un Uzi, bon sang. Il fallait bien les descendre, on se fiche de savoir pourquoi. Tu as fait un super boulot.

— Ma foi…, soupira Hanson en baissant les mains.

Il se dirigea vers le véhicule de patrouille.

— … merci beaucoup, agent Knox. Merci, mec, j'apprécie.

— Cela dit, il vaudrait mieux ne pas traîner avec Felix Maxwell. Ce n'est pas parce que ça la fout mal… ça la fout vraiment mal… mais… tu vois, je patrouille autour de la baie depuis presque vingt ans, et pendant une bonne partie de ce temps j'ai appartenu à un service de police digne de ce nom.

Hanson hocha la tête.

— En fait, à une époque, j'étais un vrai cador dans le coin. Je m'occupais des Stups, des gangs… Une brigade spéciale.

Knox, en évoquant ces souvenirs, hocha la tête et prévint Hanson.

— Felix Maxwell, je le connais, dit-il. Il est futé et doué. À East Oakland, on le prend pour Robin des Bois.

Il planta ses yeux dans ceux de son collègue.

— C'est un sociopathe, un salaud sournois. Dingue, en plus. Il le sait, mais refuse de l'admettre. Ne lui fais pas confiance. S'il te plaît, dis-moi que tu vas être prudent.

Cette nuit-là, à 2 heures du matin, il était toujours réveillé et scrutait son plafond dans le noir. Il n'avait pas bu assez pour s'assommer parce qu'il voulait éviter la gueule de bois lors de son entretien le lendemain matin avec le sergent Hicks.

Il maîtrisa sa respiration. Juste avant de plonger dans le sommeil, il repensa à Mickey et Champagne, à Lone Pine, là-haut dans la montagne où le paysage était verdoyant, l'air pur, et où les oiseaux dansaient dans les arbres.

À l'autre bout de la ville, Felix non plus ne dormait pas, il ruminait, se demandait qui il était. Dans l'après-midi, deux motards de la police lui avaient demandé de s'arrêter au bord de la rue, juste pour se foutre de lui, comme ils pouvaient le faire. Ils avaient rédigé un simple avertissement et le lui avaient tendu en riant.

— Passez une excellente journée, monsieur Maxwell.

Quand ils étaient repartis, il était si furieux qu'il avait embouti une voiture garée. Il avait continué sa route et chargé Levon de s'occuper de l'accrochage.

Levon l'avait regardé et avait répondu : « D'accord », puis il lui avait suggéré de prendre quelques jours de congé, de se reposer un peu parce que les flics étaient encore sur la défensive après la fusillade. Le petit l'avait pris de haut. Se reposer ? Il n'y avait pas de repos en ce monde. Si on se relâche, on se fait tuer. Voilà ce qu'ils attendent, qu'on baisse la garde, c'est tout ce qu'ils veulent.

Le lendemain, à 9 h 50, Hanson franchit l'entrée principale du Justice Center et se dirigea vers les ascenseurs. Il s'arrêta un instant devant la plaque murale de marbre noir en hommage aux policiers morts dans l'exercice de leur fonction – quarante noms et dates y étaient gravés. Elle paraissait petite, les inscriptions entassées et pas vraiment soignées. Les patronymes n'étaient pas bien alignés, pour certains la police de caractère était un peu différente. Il était évident qu'au fil des ans on avait changé d'artisan et que certains étaient plus doués que d'autres. Comme si le budget prévu pour le monument avait été alloué à autre chose, et qu'au moment où un flic tombait encore on devait chercher ailleurs les fonds pour financer une prestation au rabais. Et puis la taille des lettres était trop petite, les noms disparaissaient dans ce mur étincelant. En bas, une demi-douzaine de plantes vertes en pot avaient été disposées contre la paroi. Un livre d'or retenu par une chaîne reposait sur un lutrin en bois flanqué du drapeau américain et de l'étendard de l'État de Californie.

Ils avaient trouvé la mort par arme à feu au milieu de la circulation, d'accidents de moto, lors de poursuites, la plupart victimes de malchance, de leur inexpérience, de leur négligence ou de leur cafouillage. La rue, ce n'était pas comme à la guerre. Là-bas, celui qui parvenait à tenir deux ou trois mois avait de bonnes chances de survivre jusqu'au bout puisqu'il savait à quoi s'attendre et à quoi prendre garde. Il s'agissait d'être constamment attentif parce que des gens mouraient tous les jours, pas à des années d'intervalle. La guerre, c'était en permanence, il n'y avait ni différends conjugaux ni problèmes financiers, ni embouteillages, ni files d'attente à la caisse, ni factures dans la boîte aux lettres. Les flics finissaient par relâcher leur attention car ils seraient devenus dingues à essayer de rester aux aguets tout le temps, comme à la guerre.

Hanson les entendait parler derrière le mur. Ils étaient morts, mais trouvaient encore le moyen de râler contre tout. Les huiles de la police, qui se comportaient en politiciens plutôt qu'en flics, les citoyens sur le terrain, les gauchistes bien-pensants avec tous leurs diplômes et qui ne comprenaient rien au monde réel. Et le Noir typique d'East Oakland, et de West Oakland, bien sûr. Comment savoir ce qui lui passait par la tête, à celui-là ? Autant vouloir raisonner une boîte à lettres, et si vous essayiez quand même, il prenait ça pour de la faiblesse. Et lui n'hésiterait pas à vous descendre si vous lui en laissiez l'occasion. Les mêmes conversations que Hanson entendait jour après jour dans les vestiaires.

Il traversa la grande salle, vérifia l'heure à l'immense horloge en forme de badge de police géant, aperçut son reflet dans la vitre à verrou protégeant un panneau d'affichage. Sauf sur le terrain, en uniforme il se sentait déguisé.

En attendant l'ascenseur, il détendit ses épaules, ralentit sa respiration, se conseilla de ne s'attendre à rien de particulier, ni en bien ni en mal. La décision à son sujet serait de toute façon la bonne. Ne pas trop réfléchir. Ne pas réagir. Ne pas se mettre en colère. Il n'avait aucun ami ici.

Il sortit de l'ascenseur au quatrième étage. La porte de la cabine se referma derrière lui. Il se trouvait dans un couloir sinistre aux murs gris, au plafond en plaques isolantes, à l'air recyclé et aux portes pleines. L'endroit était silencieux, désert, tout juste si des grains de poussière voletaient dans l'atmosphère inerte. Les oreilles de Hanson cliquetaient, geignaient. Un bref instant, il crut s'être aventuré par erreur dans une partie du bâtiment qui lui était interdite, mais les numéros sur les portes étaient les bons. Le bureau du sergent Hicks se trouvait au bout du couloir, tous les autres à cet étage – ceux identifiés par des noms sur la porte – étaient attribués à des capitaines et des plus gradés.

Il frappa. Hicks lui dit d'entrer et de fermer la porte derrière lui. Hanson, ne connaissant pas le protocole dans ce genre de situation, avança d'un pas et se mit au garde-à-vous.

Après le couloir sordide, il basculait dans une autre dimension. La lumière était plus douce, l'air plus frais. Au sol, un tapis persan déployait ses motifs simples mais élégants, dans les tons bordeaux et noir. Contre un mur, un canapé de cuir cannelle foncée, avec au-dessus un grand tableau représentant un paysage austère dans le style de l'Hudson River School – crépuscule dans la montagne. Il avait entendu dire que la femme de Hicks était fortunée et ça devait être vrai.

Le sergent était assis derrière un bureau en chêne massif au plateau dégagé, à l'exception d'une chemise typique des dossiers du personnel dont Hanson supposa qu'il s'agissait du sien. Pendant qu'il considérait ce nouvel environnement, Hicks l'observait. Cet homme rappelait à Hanson des parents qu'il avait en Caroline du Nord, à cause de ses pommettes et de ses yeux verts au regard sévère.

— Repos, Hanson. Détendez-vous. Ôtez votre casquette si vous préférez. En un après-midi vous avez abattu trois civils. Asseyez-vous.

Hanson se dirigea vers le canapé, Hicks fit pivoter son fauteuil pour le suivre du regard.

— Deux témoins ont déclaré que ça ressemblait à une exécution. Trois d'un coup, insista-t-il. À Portland vous n'avez tué qu'un suspect, maintenant que vous êtes ici vous faites par lots.

— Ils m'auraient abattu si je leur avais laissé le temps de comprendre comment se servir de leurs armes.

— Ils avaient pour cible Felix Maxwell, ça faisait plusieurs jours qu'ils le suivaient en attendant une occasion. Ils ont mal choisi le moment.

Si des collègues, de leur côté, suivaient les Muslims, songea Hanson, *ils avaient assisté à la fusillade.*

— Quelle sorte de relation entretenez-vous avec Felix Maxwell ? demanda Hicks en le regardant fixement.

— Il y a un an, je n'avais jamais entendu parler de lui. Le plus gros dealer de l'État, voire du pays, et je n'en avais jamais entendu parler.

— La brigade sait que vous le fréquentez.

— La première fois que je l'ai vu, je lui ai donné un avertissement parce qu'il était garé en double file devant Raylene's Discount Liquor. Sans le moindre doute, il s'agissait d'un trafiquant de drogue. Ou alors j'étais arrivé à une conclusion hâtive et raciste à cause de la Rolls-Royce.

La remarque ne fit pas sourire le sergent.

— Ensuite, je l'ai croisé de temps en temps. C'est un personnage intéressant.

— Felix Maxwell ne « croise » personne à moins de l'avoir décidé. Qu'est-ce que vous fichiez avec lui l'après-midi où vous avez abattu les trois suspects ?

Les types des Affaires Internes lui avaient posé les mêmes questions. Plus d'une fois. Hicks devait vouloir se faire sa propre opinion pour entériner ou contester la décision finale.

Hanson réfléchit un peu avant de répondre.

— Je venais de m'acheter des travers de porc chez Flint's Ribs, je retournais à ma voiture quand Maxwell est venu à ma rencontre, à pied. Il voulait que je travaille pour lui. Je lui ai dit que ce n'était pas possible. Nous sommes allés au cimetière et avons discuté de choses et d'autres. Des étoiles.

Hicks se carra dans son fauteuil.

— Vous dites la vérité, reconnut-il, dérouté. Nous avons tout vérifié. Personne ne vous a cru au début. Qui croirait une histoire pareille ?

Il se tut un instant. Puis reprit :

— On va vous décerner la médaille de la bravoure.

Hanson jeta un coup d'œil au tableau. Il ne s'agissait pas d'un crépuscule. C'était un incendie de forêt.

— Vous vous rappelez à l'école de police, quand je vous ai frappé avec les gants d'entraînement à l'exercice ? Je l'ai lu dans vos yeux à ce moment : si nous nous battions vraiment, j'allais devoir vous tuer. C'est pour ça que je vous ai ordonné de rentrer chez vous. J'en ai parlé avec le lieutenant, je vous veux dans la brigade.

Hanson ne dit rien. La montagne était en feu. Wapitis et cerfs fuyaient en direction d'une rivière, loin en contrebas.

— Alors ? insista Hicks.

— Je vous remercie, sergent, j'apprécie cette proposition de travailler avec vous. Me permettez-vous d'y réfléchir quelques jours ?

Hicks parut étonné, puis contrarié.

— Pourquoi pas ? Prenez encore une semaine de repos, votre remise de médaille peut attendre. Dites-moi quand vous serez prêt.

— Merci.

D'un hochement de tête, le sergent lui accorda la permission de disposer. Au moment où Hanson arrivait à la porte, il ajouta :

— Ne déraillez pas. Le conseil municipal n'apprécie pas cette histoire parce que les Black Muslims sont à leur botte. Pour ma part, je pense que vous avez eu raison d'abattre ces bandits. Ça fait flipper les autres. Mais ce n'est pas moi le grand patron.

Hanson tourna la poignée.

— Je sais que vous n'appréciez pas trop Barnes et Noble, mais faites au moins l'effort de témoigner en leur faveur sur l'affaire qui arrive en jugement. Ils croient que c'est important. Appelez le procureur et arrangez ça.

Hanson hocha la tête en signe d'assentiment, sortit dans le couloir et referma la porte.

Il ne voulait pas faire partie de la brigade de Hicks. Il ne voulait pas être flic du tout, mais il en était un et il n'avait pas pour habitude de laisser tomber. Il n'avait jamais rien laissé tomber auparavant, parce que si on se laisse aller une première fois, on le fera la fois d'après, et celle d'après, et à la fin on ne supportera plus rien, même les choses faciles, et à ce moment-là autant se coller un pistolet sur la tempe et tout laisser tomber.

Il repensa à Lone Pine. Pour s'y rendre depuis Oakland, on passe par la montagne, mais il faut partir avant l'hiver parce que ensuite la route est impraticable. Par l'est, en prenant par Tioga Pass, puis Yosemite, on redescend avant le mont Mammoth, on suit la route vers le sud, on traverse des villes fantômes, des sources chaudes, des lacs sans fond et enfin on aperçoit le mont Whitney.

44

UNE PORSCHE ROUGE

Hanson dort.

Il est tard, mais plusieurs heures passeront avant que les camions des éboueurs longent les rues vides à l'aube, dans un tintamarre de grognements et de conteneurs entrechoqués. Pour le moment, tout est tranquille, paisible autour de Hanson endormi. Un couple d'opossums argentés se dandine en descendant la pente derrière son immeuble. Ils se dirigent vers les poubelles du Safeway.

De l'autre côté de la ville, tout au bout du District cinq, le vent souffle dans les allées, les impasses et les terrains vagues que la police d'Oakland a hachurés, désignés hors périmètre sur les plans de patrouille où les panneaux de signalisation font défaut, ou sont fanés et blancs, ou même indiquent la mauvaise direction. C'est là que, dans les bungalows style californien de Bleeker Court, vivent et meurent seules les vieilles femmes que Weegee a traitées de sorcières.

Là-bas, dans la brise, une Porsche 911 rouge est entrée en marche arrière dans un cimetière de wagons de marchandise démolis, des centaines, sans roues ni essieux, entassés par deux. Le bas de caisse de la voiture rase le sol, ses vitres sont fumées, on ne peut presque pas la voir depuis le chemin de terre qu'elle a emprunté jusqu'à cet endroit. La portière passager s'ouvre autant que possible au milieu des épaves métalliques – et Felix Maxwell s'extrait de ce modèle de sport surbaissé. Il referme sa portière, perçoit le bruit mat du loquet, se détourne, s'éloigne, puis soudain revient sur ses pas et tape à la fenêtre côté conducteur, qui s'abaisse dans un glissement. Il pointe un pistolet à hauteur de sa taille, tire trois fois dans le véhicule, illuminant l'habitacle. Dans un soubresaut, la tête de la victime heurte la vitre de l'autre côté. Un bref instant, le pare-brise s'éclaire de rose, puis retombe dans l'obscurité.

Felix remet son arme en place sous la taille de son pantalon fait sur mesure, puis se penche pour regarder à l'intérieur de la Porsche. Il retrousse jusqu'au coude une de ses manches de chemise et passe avec précaution la main dans l'habitacle. Il saisit quelque chose, se contorsionne, tire, puis dégage son bras. Il tient une étoile dorée entre le pouce et l'index.

Il se faufile entre la Porsche et le flanc d'un wagon, il s'apprête à s'engager entre les rangées de carcasses pour atteindre une autre route. Mais il s'arrête avant l'allée suivante, recule d'un petit pas, écoute ou plutôt tente d'écouter parce qu'il entend des sifflements dans ses oreilles après les coups de feu. Et les éclairs crachés par son arme l'ont rendu aveugle dans la pénombre. Il plisse les yeux pour mieux y voir. Quelque chose le regarde, mais quoi ? Contre le flanc d'une épave affaissée, si près qu'il a failli ne pas le remarquer, un gamin, son vélo à côté de lui, se tient absolument immobile, comme un animal paralysé à l'approche du danger. Le dealer distingue ses traits maintenant, il le reconnaît, lève son pistolet. Même sans avoir recouvré toute sa vue, il ne peut pas le rater.

Une ombre surgit de l'herbe à ses pieds, détale. Felix tire comme un fou dans sa direction, encore, essaie de la pister dans les mauvaises herbes et les débris éparpillés. Il fait feu de nouveau, sur rien. Le gamin et sa bicyclette ont disparu. Trois wagons plus loin, le lapin noir grignote des brins d'herbe sans quitter Felix de son œil noir nacré.

45

WEEGEE EST EN DANGER

C'était la fin d'après-midi et Hanson venait de terminer son deuxième jogging de la journée autour du lac Merritt. Un peu étourdi, il reprenait son souffle en marchant sous l'enseigne au néon du Grand Lake Theater haute de deux étages. On y passait *Le Retour de l'inspecteur Harry*, celui où Dirty Harry dit : « Vas-y, fais-moi plaisir. » Hanson n'allait pas beaucoup au cinéma. Il ne savait même pas que ce film-là faisait partie de la série des inspecteurs Harry. Il ne sortait pas souvent. Les habitants d'East Oakland ne sortaient pas souvent.

Il avait semé sa folie en courant, l'avait laissée sur place au lac Merritt où elle le cherchait. Il se sentait un peu hors de son corps, s'efforçait de le réintégrer avant que les badauds de Grand Avenue remarquent quelque chose. Il se rendait compte que ça tenait en partie au fait que, suspendu quinze jours, à la suite de la fusillade, il ne patrouillait plus. Il cogitait trop. La vie était plus simple sur le terrain, quand on vit dans l'instant, qu'on s'attend en permanence au pire tout en étant détendu. C'est plus facile de rester soi-même dans la rue, avec son arme, et du reste on peut s'y conduire de façon vraiment bizarre avant que quelqu'un s'en rende compte.

Il passa devant un distributeur du *Tribune* et, découvrant le gros titre, il s'arrêta.

UN LIEUTENANT DE POLICE DE LA BRIGADE SPÉCIALE ABATTU PENDANT UNE SURVEILLANCE

Il chercha une pièce de vingt-cinq *cents* dans ses poches, mais n'y trouva qu'un canif pliant de dix centimètres, il s'accroupit, posa un genou à terre – ses jambes lui faisaient mal après son jogging – et lut ce qu'il put à travers le couvercle en plastique déformé de la boîte. Ça s'arrêtait à la pliure centrale de la page.

Cet officier ne devait pas s'être montré assez vigilant pendant sa surveillance ni avoir utilisé la bonne méthode, pour se faire tirer dessus à travers la vitre de sa voiture. Encore une opération de la brigade spéciale qui tournait mal… et cette fois le public était au courant. Mais il n'y aurait sûrement pas davantage de détails dans l'édition du lendemain, quelles que soient les circonstances réelles – simple rencontre, marché, balance, menace, regard de travers, parole malheureuse –, elles avaient causé la mort de ce flic. *Il n'en fallait pas plus*, songea Hanson en boitant dans Grand Avenue en direction du Safeway. La police allait se bouger, imitée par des membres de la communauté des dealers armés d'Oakland qui en profiteraient pour s'emparer des stocks de came des autres.

Un véhicule de patrouille déboucha dans Grand Avenue et avança à la rencontre de Hanson. Le flic au volant lui jeta un regard mauvais. C'était un patrouilleur de jour qu'il n'avait jamais vu. Les agents le reconnaissaient toujours au premier coup d'œil parce qu'il était rentré vivant de la guerre. Ça lui avait demandé des efforts, mais désormais il parvenait en général à se convaincre de ne pas croiser leur regard. Pourtant, ce jour-là, dans l'état où il se trouvait, et aussi idiot que ce fût, il le regarda droit dans les yeux. La voiture ralentit, puis le dépassa et traversa le carrefour.

Pourtant, se dit-il, si les flics décidaient de casser du voyou à cause de leur lieutenant abattu, après une mini-guerre des gangs et une subite augmentation de coups de feu tirés depuis des véhicules en mouvement, ça ne changerait rien par rapport à la situation antérieure sinon pour quelques jeunes durs de la communauté noire qui y laisseraient leur peau, des types qui n'auraient pas vécu bien longtemps de toute manière. Et peut-être y aurait-il aussi un nouvel ado tétraplégique de dix-sept ans à Oakland, condamné à rester vissé à la télé sur un matelas imprégné de pisse jusqu'à la fin de ses jours. Bon, et alors ? Sa vie aurait été pourrie, même s'il avait encore eu l'usage de ses membres.

La rue suivante, Elwood Avenue, donnait dans Grand Avenue et menait chez Hanson, deux longs pâtés de maisons plus loin. Le premier longeait une rue en pente raide où les voitures se garaient en épi, roues bloquées contre le bord du trottoir sur lequel on avait aménagé des marches. Le second s'étendait le long d'une rue adjacente, sinueuse, extrêmement escarpée et encore plus longue que la première. Hanson aborda la côte à fond de train, vira sans ralentir l'allure, accéléra là où ça montait davantage. Il escaladait le bitume, punissant chaque muscle de son corps, défiant son cœur :

— Allez. Ouais. Achève-moi. Explose. Vas-y !

En haut de la montée, il plaqua les coudes sur ses genoux, le souffle court. Il transpirait des litres de tequila et se maudit.

— Oui, oui. C'est bien ce que je pensais.

Son cœur s'obstinerait à battre encore trois jours après sa mort.

C'est alors qu'il entendit le lent cliquetis du vélo de Weegee en train de grimper la pente derrière lui. Il se redressa et se tourna.

— Weegee, le salua-t-il en se redressant. Content. De te voir. *Amigo.*

Le gamin marchait à côté de sa bicyclette sur laquelle il s'appuyait. Il titubait de fatigue, mais parvint malgré tout à lui adresser un vrai sourire.

— Bonjour, agent Hanson. Comment ça se fait que vous n'êtes pas au boulot aujourd'hui ?

— Je suis toujours en congé avec solde.

— À cause des types que vous avez tués ?

— Eh oui, mon cher. Mais ce ne sont pas vraiment des vacances. En fait, ils sont en train de se demander ce qu'ils vont faire de moi.

— C'est vrai que vous avez abattu ces trois Muslims, tout seul, pour protéger Felix ?

— Non, je ne le protégeais pas, lui. Ils me tiraient dessus aussi.

— J'ai entendu dire que vous travailliez peut-être pour Felix.

— Pas du tout, mon cher.

Weegee parut soulagé.

— Vous n'êtes pas comme les autres flics, dit-il.

Mais je savais pas que vous étiez aussi balèze. Trois contre un.

— Je ne suis pas aussi doué que tu crois, je me suis simplement beaucoup entraîné à tirer. C'est vrai pour tout : quand on s'exerce, encore et encore, on devient bon. Que ce soit pour faire du vélo, reconnaître les oiseaux ou tirer sur les gens. Ces pauvres types, ils étaient déjà terrorisés et ne savaient même pas se servir de leurs armes.

— Et vous, vous n'aviez pas peur ?

— Pas vraiment. C'est difficile à expliquer. Moi-même je ne comprends pas bien. Viens, suis-moi.

Hanson traversa la pelouse devant chez lui, défit le lacet de chaussure auquel il avait accroché sa clé.

— Apporte ton vélo à l'intérieur. Quoi de neuf de ton côté ?

— Oh, vous savez, toujours sur mon vélo.

— Eh bien, entre.

Il lui prit le deux-roues des mains, le porta en haut des marches, puis ouvrit la porte.

— Comment vas-tu ? demanda-t-il.

— Bien. Ça va.

Mais il n'allait pas bien du tout. Et il n'était pas seulement épuisé, il était effrayé. Hanson en avait vu, des gens effrayés, mais jamais Weegee jusque-là. Il tendit la main, lui toucha l'épaule.

— Un verre d'eau ne nous ferait pas de mal, je crois. Tu veux un verre d'eau ?

— Avec des glaçons ?

— Tout de suite, répondit Hanson en faisant rouler le vélo jusque dans la cuisine. Je n'ai ni Coca, ni boisson gazeuse, ni rien d'autre au frigo, mais des glaçons, j'en ai autant que tu veux, ajouta-t-il en riant de lui-même. Referme bien la porte derrière toi, on va s'occuper d'eux.

Il versa de l'eau dans un verre, ajouta des glaçons et emporta le tout au salon.

— Installe-toi, proposa-t-il en montrant son canapé. Et voilà. Je reviens tout de suite.

Il rapporta un oreiller posé sur une couverture pliée qu'il posa sur le canapé.

— Au cas où, précisa-t-il.

— Vous allez travailler aujourd'hui ?

— Non, mon cher. Je suis encore en vacances.

— C'est ce que j'espérais, parce que, pour tout dire, j'ai pas beaucoup dormi cette nuit.

— Je l'ai tout de suite remarqué. Je suis policier, j'ai l'habitude d'ouvrir l'œil. C'est pour ça que je suis allé chercher ce kit de sieste que, je pense, tu devrais utiliser, associé à ce canapé et dans les meilleurs délais, pour prendre un peu de repos.

Weegee sourit.

— Vous êtes vraiment drôle, des fois, quand vous parlez comme ça.

Hanson sentit soudain ses yeux le piquer et dut regarder le plafond un instant en se disant que son cœur allait peut-être le tuer après tout, son propre cœur.

— Tu es sûr que ça va ? insista-t-il.

— Oui. Je suis juste fatigué.

— Installe-toi bien, alors. Si tu as besoin de quoi que ce soit, je serai sur la terrasse, je vais bouquiner. Je suis à ton service. Tu n'auras qu'à m'appeler en criant fort.

Weegee ôta ses Nike, installa l'oreiller et tira la couverture sur lui.

— Là-dehors, sur la terrasse? demanda-t-il en se redressant et désignant de la tête l'arrière de la maison.

— Je serai là, *señor,* sur l'unique terrasse qu'on a bien voulu me louer quand j'ai emménagé à Oakland.

— Vous resterez là?

— Promis.

Hanson s'assit et contempla le ciel qui s'assombrissait. Les oiseaux avaient déserté les alentours pour le reste de la journée. Leur mangeoire était presque vide. Il se demanda pourquoi Weegee était aussi fatigué. Il aurait peut-être dû insister pour le savoir. Non, décida-t-il, ça n'aurait pas été une bonne idée. Il le saurait plus tard. Même s'il se faisait du souci pour lui, il était content de l'avoir chez lui. Il se demanda s'il devait appeler Libya, lui faire savoir que son frère se trouvait avec lui. Cette maison était toujours vide, sinistre. Peut-être hantée par le fantôme d'une personne qui y avait vécu à l'époque où elle était neuve et charmante avant qu'elle soit divisée en appartements, négligée, abîmée. Un spectre de femme inexplicablement abandonnée et désormais toute seule.

Hanson prit un livre qu'il avait acheté la veille chez Walden Pond Books et le feuilleta. C'était une parution récente, qui traitait du raid des forces spéciales sur le camp de prisonniers de guerre Son Tay en 1970 et présentait de nombreux documents que l'armée venait tout juste de rendre publics. Soixante hommes répartis dans six hélicoptères avaient traversé la frontière, puis s'étaient enfoncés en territoire nord-vietnamien pour attaquer le camp et libérer cinquante prisonniers de guerre américains. Mais l'endroit était désert, ils y avaient été transférés le mois précédent et il ne restait plus personne à sauver.

S'il était revenu au Vietnam quelques mois plus tard, il aurait sans doute fait partie de l'expédition. Il examina les photos dans le carnet central du livre en se demandant s'il allait reconnaître quelqu'un parmi ces soldats, des types comme lui, aux visages noircis, déjà éreintés, qui s'attendaient à crever. Des types comme lui, oui. Il se demanda ce qu'ils faisaient à présent, de retour à la vie civile. Il s'arrêta sur l'un des clichés où l'on voyait cinq types qui regardaient l'appareil depuis l'intérieur d'un hélicoptère. Il lui sembla en reconnaître un. Il leva à la lumière le feuillet de papier glacé de la photo noir et blanc au grain grossier.

Son téléphone sonna.

Il le fusilla du regard, comme s'il espérait le convaincre de se taire, mais, comme toujours, la sonnerie persista. Il le décrocha et dit «allô».

— Felix va tuer le gosse, Weegee. Il sera obligé de s'en charger lui-même, personne ne veut le faire.

La voix laissa place à un souffle électronique, puis le téléphone se mit à bégayer sa tonalité.

Merci, Tyree, songea Hanson.

Il reposa son livre, prit son pistolet et vérifia que la porte de devant était bien verrouillée. Les fenêtres. La porte du sous-sol. Puis il revint au salon où Weegee dormait sur le canapé. Il s'assit en face de lui, de l'autre côté de la pièce, cala son arme sous une jambe et le regarda dormir. Il fallait le sauver, et pas seulement de Felix. De tout le reste. Ça valait la peine de se battre pour lui. Il en valait la peine. Il était une raison de vivre.

Le téléphone sonna encore. Il décrocha.

— Allô.

C'était Libya.

— Felix Maxwell cherche Weegee. Il est venu ici… Il avait le regard fou, il cherche Weegee. Tyree a appelé après son départ.

— J'ai parlé à Tyree. Weegee va bien, il est chez moi. En sécurité. On est en sécurité.

— Pas tant que Felix est vivant.

La police d'Oakland pouvait bien se les garder, sa médaille de la bravoure et sa brigade spéciale. Si vraiment on ne pouvait pas le tuer, pourquoi ne pas consacrer sa vie à quelqu'un au lieu de la traîner partout avec lui en se lamentant sur ce monde injuste ? Et si on pouvait le tuer, pourquoi ne pas renoncer à cette vie qui ne l'intéressait plus depuis longtemps pour une cause qui en valait la peine ?

— J'ai vu quelque chose et je n'aurais pas dû le voir, expliqua Weegee quand Hanson le réveilla. Mais je peux le raconter à personne.

— Ils savent que tu l'as vu ?

Weegee acquiesça d'un signe de tête.

— Ne t'en fais pas, personne ne te fera de mal, promit Hanson. Libya va bientôt arriver.

À l'autre bout de la ville, les phares d'une Rolls-Royce étincelante, en chasse, illuminaient les rues du District cinq, puis disparaissaient.

Libya savait comment tenir une arme, Hanson n'eut pas à le lui montrer.

46

FINI POUR MOI

Un tout petit pistolet Beretta .22 dans la poche de son jean, son exemplaire de *SkyGuide: A Field Guide to the Heavens*[1] dans la main gauche, Hanson, à qui on avait ouvert les deux portails, pénétra sur le territoire de Felix. Tyree lui ouvrit la porte.

— Felix est là ? demanda Hanson en brandissant son livre.

Les planètes orbitaient autour du Soleil, leur chemin tracé sur fond de ciel bleu nuit.

— Les étoiles, Tyree ! s'exclama-t-il. Peut-être tout est-il expliqué dans les étoiles, clair comme de l'eau de roche. Si seulement nous pouvions lire ce qu'elles nous ont écrit.

Tyree croisa son regard, hocha la tête, montra du doigt le couloir qui menait au bunker.

— Il discute avec Levon. Il vous ouvrira.

Il regarda Hanson s'engager dans le couloir et se diriger vers le fond. Dans la pièce voisine, une radio était branchée sur la fréquence de la police, mais il

1. *SkyGuide* : *Guide pratique pour les cieux.*

y avait peu d'activité. Au bout du couloir, Hanson frappa à la porte blindée en acier.

— Salut, Felix, dit-il dans l'Interphone fixé à côté.

Felix ouvrit. Hanson lui tira trois fois dans la tête, presque à bout touchant. Le pistolet fit un bruit de petits pétards. Trois points noirs apparurent, traversant l'arête du nez. Le front se retrouva parsemé de brûlures de poudre. Le dealer s'écroula, mort. Hanson le contourna pour entrer dans le bunker et referma derrière lui la lourde porte. Levon, enfoncé dans un fauteuil inclinable La-Z-Boy, leva les yeux vers l'intrus. Il avait sur les genoux un livre ouvert qui parlait du Costa Rica, *Choose Costa Rica for Retirement: Retirement, Travel & Business Opportunities for a New Beginning*[1]. Il attendait de se faire abattre.

Hanson remit en place le cran de sûreté de son pistolet, s'assit sur le canapé en cuir. Il posa son ouvrage sur l'astronomie par terre. L'odeur poivrée de la poudre flottait entre eux comme la fumée d'une cigarette.

— Je suis désolé, Levon.

Levon ferma son livre, le posa sur la liseuse. Dehors, dans le couloir, on cognait à la porte et l'Interphone piaillait.

— Si la police n'a pas encore compris que c'était Felix, elle le fera dans un jour ou deux. On ne peut pas s'en tirer après avoir descendu un lieutenant de police, même corrompu jusqu'à la moelle. Felix mourrait sous peu, d'une manière ou d'une autre. Mais je suis désolé de l'y avoir aidé.

1. « Pour votre retraite, choisissez le Costa Rica : retraite, voyage et opportunités d'affaires pour un nouveau départ. »

— Je vais dire aux autres de nous laisser un peu tranquilles, annonça Levon.

Il demandait du regard la permission de se lever. Hanson hocha la tête. Levon se leva, marcha jusqu'à la porte et dit dans l'Interphone :

— On va bientôt sortir. S'il vous plaît, arrêtez de taper comme ça, on a à parler.

Il se tourna vers Hanson.

— Que voulez-vous ?

— J'en ai terminé, répondit Hanson en baissant les yeux sur le corps de Felix.

Le sang noirâtre formait sur son visage une toile d'araignée, puis une flaque sous sa tête, et imprégnait peu à peu le tissu de sa veste de costume.

— Mais encore ? insista Levon.

— Je n'ai rien prévu après, expliqua-t-il en regardant le petit pistolet dans lequel il ne restait que quatre balles. Je n'ai aucune envie de tuer quelqu'un d'autre. Vraiment pas. Mais je tuerai autant de monde que je peux avant que vous me descendiez. Il faudra deux jours à la police pour monter une brigade d'intervention ou une force spéciale, venir ici et réduire en cendres ces bâtiments.

— Mais vous, de quoi avez-vous envie au bout du compte ?

— De passer cette porte et de quitter cette ville pour de bon. Seulement, je n'ai aucune raison de partir d'ici vivant sans avoir la certitude que vous n'essaierez pas de nous retrouver. Les flics pourraient s'y mettre, mais j'en doute parce que ce que j'aurais à déclarer ne ferait que leur compliquer la tâche. Alors j'aimerais avoir votre promesse qu'après mon départ vous ne me poursuivrez pas, que vous n'enverrez personne à mes trousses, et que vous laisserez Weegee et sa sœur tranquilles. Sinon, *adios.* Je peux aussi bien vous abattre sur place, ouvrir cette porte et en finir.

— Vous n'aurez pas besoin de tuer davantage.

Levon s'agenouilla près du cadavre.

— Felix…, prononça-t-il comme s'il restait quelque chose de Felix pour l'entendre. Je suis désolé, mon vieux, mais tu savais que la fin était proche. Tu étais futé, tu étais brave, tu t'es battu le plus longtemps possible contre tes démons. Tu peux dormir maintenant, je prends la relève.

Il passa la main sous la veste du mort, brisa la fine chaîne d'or retenant le sablier en verre, se releva, puis le retourna et regarda les paillettes de diamant s'écouler en crissant à l'entrée du goulet avant de tomber. Il le mit ensuite dans sa poche, se dirigea vers la porte et appuya sur le bouton de l'Interphone.

— Tyree, annonça-t-il, l'agent Hanson et moi allons sortir. Tout est réglé. Il va s'en aller et nous, il va falloir qu'on discute. Je lui ai promis qu'il pourrait partir. Alors quand on sera dans le couloir, je ne veux pas voir un seul flingue.

Il déverrouilla la porte et ils sortirent.

— Tyree, tu peux raccompagner l'agent Hanson, s'il te plaît ? Ensuite tu me rejoindras. J'ai l'impression qu'on n'aura pas vraiment le temps de faire des projets.

Tyree conduisit Hanson à la porte d'entrée, lui ouvrit, traversa la propriété avec lui.

— Merci de m'avoir appelé, Tyree. Je suis désolé…

— Ça devait arriver. Je préfère que ça soit vous plutôt qu'un autre. Plutôt que s'il était allé en taule et s'était fait descendre dans la cour.

Ils se serrèrent la main.

— Bonne chance, Tyree. À Levon aussi.

— Je lui dirai, promit Tyree en hochant la tête.

Dimanche matin. C'était tôt pour Hanson… ou trop tard.

La journée s'annonçait belle. Il démarra son utilitaire, s'écarta du trottoir dans des claquements de moteur, puis quitta The Ville pour prendre la direction de la 14e Rue. En regardant dans son rétroviseur, il comprit que s'il se décidait tout de suite, il pouvait faire demi-tour et retourner droit dans son passé en s'arrêtant à l'endroit de sa vie où il voulait recommencer à zéro. Mais il ne voyait pas ce qu'il aurait pu changer, il n'avait jamais rédigé de notes qui lui auraient indiqué le moment où il avait fait fausse route la première fois. Alors il roula jusqu'à East Oakland, où les rues familières se croisaient, où l'avenir continuait à s'inventer.

47

LONE PINE

Il est minuit à Lone Pine. Les flocons tournoient dans les phares qui gravissent la route enneigée menant au mont Whitney. La lumière balaie les arbres, plonge dans une longue allée, puis s'éteint non loin d'une maison presque entièrement dissimulée. Celle de l'adjoint au shérif du comté d'Inyo. Hanson sort de son véhicule de patrouille, de la neige jusqu'aux chevilles, puis ferme sa portière sans faire de bruit. Il a belle allure dans son uniforme kaki. Visiblement il se nourrit mieux, il dort davantage. Ses joues sont rosies par le froid.

La lueur vacillante d'une bougie à la fenêtre de la maison obscure le conduit à travers l'averse blanche jusqu'à la grange située derrière. Il tire la lourde porte en bois, gravant ainsi une aile d'ange dans la neige. À l'intérieur, on se croirait en septembre, comme si le foin et la tendre luzerne avaient été fauchés et mis en bottes l'après-midi même, encore tièdes du soleil d'automne et embaumant le trèfle incarnat. La porte est hermétiquement close contre l'hiver, les fenêtres sont devenues opaques au fil des ans et pourtant le fenil baigne dans une clarté nacrée.

Champagne le salue en poussant un petit hennissement. Son poulain gris argent né à la fin de l'été se lève de sa litière de paille. Hanson sort une pomme de la poche de sa veste et la donne à la jument, se baisse pour tendre un morceau de sucre au petit.

— On se revoit au lever du soleil, promet-il.

Au moment où il se retourne pour sortir, un remue-ménage bref mais intense l'arrête. Le lapin du temple surgit d'une botte de luzerne éventrée et, quelques brins de paille accrochés à sa fourrure, le fixe d'un regard audacieux. Hanson lui sourit.

— Évidemment.

Il lui donne la carotte qu'il a apportée, se tourne encore une fois et se touche le front comme s'il essayait de se rappeler quelque chose. Et soudain la tiédeur de l'écurie vient l'emmitoufler. Champagne et son poulain, le lapin du temple, les souris dans le grenier à foin, la famille de mouffettes qui hiberne sous le plancher, les araignées dans leurs toiles, les colombes qui roucoulent dans la charpente, tous sont en sécurité. Il se dit que c'est grâce à lui et savoure encore la scène avant de refermer la porte. Il neige de plus belle. L'écurie luit dans la douce lumière venue de nulle part.

Quand il ouvre la portière de son véhicule de patrouille, l'éclairage de l'habitacle s'allume. Sur le siège, quelque chose est enveloppé dans un cône de papier kraft. Hanson soulève le paquet, referme la portière du coude, défait l'emballage et admire le bouquet de tulipes jaunes destiné à Libya. *Le printemps*, songe-t-il. Avril est de retour.

La neige a déjà recouvert le capot et le toit de la voiture, elle a enseveli les enjoliveurs. Il reste là un moment, de la neige dans les cheveux, sur les lèvres, sur les fleurs au creux de son bras, à contempler la bougie à la fenêtre. Il ne porte pas de pistolet, il n'est pas armé. Il entre, son bouquet de tulipes jaunes à la main, passe à côté du snowboard de Weegee, appuyé contre le mur à côté de la porte de derrière. Dehors, la neige submerge le véhicule de patrouille.

On entend Libya dans la chambre où la bougie vacille à la fenêtre.

— Eh bien, agent Hanson. Vous êtes bien beau ! lui lance-t-elle en l'accueillant.

— Oui madame, mais moins que vous.

— Viens te coucher.

— Regarde ça.

— Elles sont magnifiques.

Une minute plus tard, la bougie s'éteint.

Hanson dort, le bras abandonné le long des courbes parfaites du dos de Libya. Dehors, la neige s'amoncelle contre la maison, de plus en plus haute, de plus en plus profonde, jusqu'à la faire disparaître.

DU MÊME AUTEUR

Aux Éditions Gallimard

SYMPATHY FOR THE DEVIL, 1993, Folio Policier n° 699

Aux Éditions Calmann-Lévy

UN SOLEIL SANS ESPOIR, 2018, Folio Policier n° 900

CHIENS DE LA NUIT, 1998, Folio Policier n° 721

Aux Éditions 13e Note

PAS DE SAISON POUR L'ENFER, 2012

Composition APS-ie
Impression Novoprint
à Barcelone, le 28 juin 2020
Dépôt légal : juin 2020
1er dépôt légal dans la collection : décembre 2019

ISBN 978-2-07-283855-2. / Imprimé en Espagne.

372221